U0069691

人間出版社
中國作家協會

白色流淌一片

蔣峰

our generation's bewildermen

a novel
by

jiang feng

一個青年藝術家的消失

谷立立(自由撰稿人)

我相信，蔣峰是理想至上的。當他的同齡人在用力描繪白富美、高富帥們不食人間煙火的夢幻戀情時，他正一筆一畫地描繪著另一種人生。和前作一樣，新作《白色流淌一片》(以下簡稱《白色》)很懸疑，也很悲情，甚至不乏草根；他寫理想，也寫現實，有時無限接近於生活，有時又似乎隔了一層紗。或者不妨說，往前一步是現實，往後一步是理想，可《白色》偏偏卡在了當中。

關於戲劇寫作，契訶夫曾有一句至理名言：「如果第一幕牆上掛著一把槍，那在第三幕時就一定要讓槍打響。」蔣峰酷愛「草蛇灰線、伏延千里」的寫作，也精於此道。《白色》是一部典型的蔣峰式懸疑小說。一開篇，他就布下一個局。小說首章〈遺腹子〉以交叉敘事講述了兩個遺腹子出生前的家庭紀事。這是男主角許佳明的首度亮相，只是還未及現身，蔣峰就殘忍地宣告了他的死訊。至於事件的前因後果卻隻字未提。在其後的諸章，蔣峰延續著同樣的神祕。他帶著我們沿著許佳明的人生軌跡兜兜轉轉地走了一圈：〈遺腹子〉寫出生；〈花園酒店〉是童年。〈六十號信箱〉和〈手語者〉兩章並行，記錄下學生時代或叛逆、或張揚的往事。

這就像是一次漫長而艱難的告別。自始至終，蔣峰不斷提醒我們去關注許佳明最後的結局。隨著人物逐一登場、場景逐漸鋪開，壓抑氣氛也在緩慢地醞釀著、上升著，情緒飽滿得似要溢出紙面，終於在最末一章〈和許佳明的六次星巴克〉裡盡數爆發而出。此時，故事又回到了起點，蔣峰採取旁觀角度、以友人的回憶抽絲剝繭細數許佳明的從藝歷程。敘述如慢鏡般緩緩推進，將其一生掃視了一遍，同時鐵板釘釘地將死訊落到了實處。如此，從死到生，再回到死，就像一次輪迴。一個人的一生也就淋漓盡致地展現了出來。

從本質上說，《白色》還是青春敘事，只是蔣峰的青春更帶著些現實的諷喻。小說標題所指的「白色」是一個人精神世界的高度濃縮，同時隱隱投映出其命運的走向。眾所周知，青春就像雪一樣純潔，有著最純粹的情感和揮霍不盡的激情。但青春又是脆弱的，易於被周遭世界所侵蝕、同化。一旦步入成人世界，見識了永遠不能端上台面的齷齪勾當，且與現實的髒汙交織纏繞，即便是雪花也不能獨善其身。這就好比天邊飄著的一朵雲襯著碧藍的天空，本來是一幅絕美的畫面，卻偏偏被風吹散，化成雪，紛紛揚揚落入人間。誰知剛一落地就遭人踐踏，轉眼之間變成深深淺淺的灰色。等到殘雪化去，原形畢露，大地還是單調一味的黑色，而許多醜事、惡事也在此時浮出了水面。

既然是青春敘事，當然少不了愛情。蔣峰慣於在環環相扣的懸疑故事裡加入愛情的元素，這無疑更凸現出凶手的殘暴和凶案的血腥。《白色》裡同樣有說不清、道不明的情感糾葛，只是在現實的語境下，這種感情明顯變了味。《白色》寫了一個人的成長，也寫了很多人的墮落。以主流的價值觀念來評判，蔣峰的世界裡活躍著的全都是非常規的人物。他們大都有破碎家庭的背景，身體或者心靈留有不同程度的殘缺，曾經有過夢想，也試圖以非常規的手段獲取世人眼中的成功：名校背景、談吐不凡，有讓人仰視的地位、有可供揮霍的財富。只是要成功，先要付出常人無法想像的代價，諸如青春、夢想、愛情，乃至於做人的尊嚴，都是必須的籌碼。

以許佳明的三段愛情為例。〈六十號信箱〉和〈手語者〉兩章分別寫了兩種學生時代的戀情：高中時暗戀「學霸」房芳、大學時與藝術系女生譚欣交往。到了〈我私人的林寶兒〉一章，故事有了戲劇性的轉變：此時許佳明已經成年，是一位尚未成名的畫家，與三流演員林寶兒有了一種剪不斷、理還亂的關係。房芳、譚欣、林寶兒三個人性格不同、經歷迥異，唯一的共同之處在於她們都是拜金女，在生命的某一階段都曾止步於現實的泥沼。為了擺脫困境、攀上高枝，過上令人豔羨的幸福生活，許佳明的女神們各顯神通，最後也都無一例外地投入了老男人的懷抱：自視甚高的房芳攀附上教委的高官；尊崇藝術的譚欣為「藝術」而「藝術」地和大師上了床；林寶兒美其名曰「私人」，其實早就是幾個男人的公共情婦了……

其時，白花花的銀兩像鏡子一般映出她們貪婪的本性。一旦被財富、權勢俘虜，所謂的理想也便跟著墜入萬劫不復的深淵。諷刺的是，當初極具理想意味的「白色」從高天上的流雲，一路降級為一勺廉價的奶精、一張實用的面膜，甚至是淌了一床的精液（不厚道地說，也可以是散落一地的銀子)。如此演變,是道德的淪喪、理想的嬗變,也是變革中國的一大悲哀。

出生於破碎家庭的許佳明,從小被教育著長大後要做一個高尚、正直、坦蕩蕩的人。他天真地以為等到有朝一日長大成人,一切都會變得很美好,他會擁有「特別幸福的一生」。但事實是,長大了才知道,光明是沒有的,幸福也談不上,「這個世界其實特別冷」。是的,世界不但很「冷」,而且還透著蝕骨的「寒」。事實上,蔣峰是悲觀的,他並不抱有盲目的樂觀,而是用全部心力為我們炮製了世界的冷酷與人情的涼薄。

《白色》記錄了一個人、一個家庭的三十年,這也是變革中國的三十年。在過去三十年間,世界日新月異、變化多端,且正在以誇張、扭曲的形式,加速旋轉著向下墜落。極富理想主義情懷的許佳明以自身的成長見證了當代中國近三十年諸多怪現象:要當一個畫家,首先要五毒俱全,要會賣乖,更要會拍馬;美協官員滿腦子貓膩,只知官場三字經,對有才之士大加排擠;要當優等生,成績好不好不要緊,會不會體察上意、能不能討好老師才是正經事;重點中學的辦學宗旨不是教書育人,而是更多更好地收取贊助;高級酒店存在的唯一目的是供富人嫖娼宿妓、包養小三……凡此種種,始作俑者恐怕還是一個「利」字。

與之相對應的是文藝的式微。在金錢至上的時代裡,文學、藝術遠遠沒有權勢、財富有用。這世界很勢利,奉行一條無往不利的硬道理:誰出錢,誰就是主子;誰出錢,就得按照誰的規則來玩。在大多數場合裡,才華一無是處,往往淪為創作者的恥辱。現實裡,蔣峰一再感受到這種恥辱，比如在某些舊書店裡，圖書被當作白菜蘿蔔一樣論斤賤賣。這些習焉不察的細枝末節深深刺痛了他的心。反映到寫作中，也就有了《白色》裡高度神似的一幕：許佳明的朋友李小天去他家探訪，進得門來，只見一屋子人圍著滿地的畫作，東挑西撿、討價還價。蔣峰借人物之口說出了他的厭惡，「我當時感覺不好，看他們這麼幹，好像快打烊的超市，一幫大媽圍著打折處理的青菜，五毛一斤還得掰掉菜幫子再上秤。」

因此，儘管蔣峰還是一如既往地寫著懸疑，但此懸疑不是彼懸疑，《白色》濃重的現實諷喻讓人讀出了另一番滋味。如果要給《白色》加一個副標題的話，莫過於〈論一個青年藝術家的消失〉了。在經歷過太多失敗之後，許佳明等來了理想隕滅的那一天。他因何喪命、又死於誰手，不是問題的關鍵。關鍵是當一個青年藝術家無聲無息地消失之後，他得到了什麼？回到《白色》裡，世界照舊一派繁忙：官員們忙著加官進爵，忙著出國考察，早將藝術的本義置於腦後；林寶兒哭過痛過之後，緊接著打掉了腹中胎兒，轉眼沒事人一樣尋找下一個男人……除了美協檔案裡的二十五個字生平介紹之外，許佳明的人生的確什麼也沒有留下。誰都不願意相信這是現實，但不得不承認，這就是活生生的現實。

即便如此，理想至上的蔣峰不相信文藝會死，不相信夢想的盡頭會是再也無路可走的死胡同。他既非中庸，也不極端，他無意質疑體制，也不刻意粉飾什麼。我手寫我心，他不過是記住了他眼中的世界。骯髒的依舊骯髒，殘酷的還是殘酷。總有人為了利益將理想狠狠地踩在腳下，直到一地狼藉。也總有人願意相信夢想，相信在殘酷世界的另一邊有一個美麗城堡，城堡裡的水蜜桃公主正等著他去營救。即便為此做了白骨又何妨，就像《白色》裡的許佳明一樣。

目錄

序　一個青年藝術家的消失——谷立立　003
第一章　遺腹子　011
第二章　花園酒店　049
第三章　六十號信箱　093
第四章　手語者　193
第五章　我私人的林寶兒　271
第六章　和許佳明的六次星巴克　413
後記　我為什麼還要寫作　491
附錄　蔣峰創作年表　495

第一章　遺腹子

1

出事那天說好了去領證的。許玲玲在斯大林大街沒等到小吳，快到中午她看見天邊有好幾片烏雲在追著一片白雲跑，她趕緊上了十九路。從車站走回家還是淋了點雨，頭髮濕了讓她不高興，上到一樓半她看見家裡的門是開著的，小吳不知道約在斯大林大街的嗎？

她側頭溜一眼，不是小吳，她爸和兩個朋友在外屋說話。他們只抽菸，不喝茶，弄得哪哪兒都是煙。她關上外屋門，爸爸有客人，按規矩該去廚房燒水泡茶。她把水接滿，打開煤氣。她想一會兒要不要跟他說說小吳呢，讓她等了一上午。可是她下月初六就要和小吳結婚了，這是他們小倆口的事。爸爸一定會這麼說，他會說，我老了，管不動了。

我們沒辦法，我們也無能為力。她爸的聲音從外屋傳過來。那兩個男的都沒說話，他們應該不是她爸的朋友，不然年紀也太小了點。有一個挺眼熟，想不起在哪見過。不過她在汽車廠住了二十多年，見誰都似曾相識。水燒好了，蓋子被水氣頂起來。她拎著水壺走到門口。她爸還在說話呢，我們還沒領證，我們沒責任。

許玲玲推開門，兩個年輕人馬上站起來望著她，眼熟的那個又彎腰把手頭的菸掐了，手蹭著褲子看她。玲玲右手拿著托盤，幾個茶杯在上面亂撞。那個人把手揚起來，卻說不出話。玲玲想起在哪見過他了，他們都是小吳單位的同志。她躲過他們的目光，低下頭看左手，白氣從壺嘴一陣陣地冒。她噝了口唾沫，含著淚迎著他們的眼神。她早該猜到的，早在那片最乾淨的雲被那麼髒那麼多烏雲圍追堵截的時候，她就應該預感到，小吳出事了。

2

第一個電話是上午九點一刻。有個女人打過來，說是派出所的，問她叫什麼名字，在哪個城市。莫名其妙，林寶兒枕著手機想，你算幹嘛的呀，來抓我啊？可是她太睏了，她怕說太多話就睡不著了。她說北京，接著翻身面牆繼續睡。手機還在腦袋下面震個沒完。

後面那個電話肯定沒到中午，這回是個男的，說話還有點結巴，說是什麼公司的北京辦事處。她也沒聽清是哪家公司，非要她去一趟。林寶兒閉著眼睛說沒空。那邊不停地堅持，還說了不少廢話，全是結巴的，差點讓她再次入睡。她打斷這個人，問他是不是佳明派過來的。他結巴了半天說：「是。」

「那幹嘛去公司？你請我吃午飯吧。」她將手機放床頭，雙手去揉耳垂，耳洞有點癢。昨晚她喝太多酒，沒摘耳環就睡了。她雙臂支起頭部，隔好幾米對著手機說：「朝陽大悅城五樓，『一茶一坐』。」她沒開揚聲器，聽不著算了，她正好一個人去吃。

她一點多到的，還不慌不忙地把前四層逛一遍。那個人就坐在餐廳的禁菸區候著。他那打扮，怎麼說呢？太正式了，寫字樓下班的全是這套襯衫西服，並且不算貴，一千多塊錢的品質。林寶兒盯了會兒他袖口的扣子，ZARA的，碰上打折幾百就夠。推銷員的穿法，她想，她認為找房子的、賣保險的、拉廣告的，都是推銷員，這城市有一半人是推銷員。

餐桌不大，六十釐米見方，林寶兒坐到他對面。他雙手奉上名片。她注意到他手腕上沒有錶，接過來看名片背面，英文那面。以她的英語水平剛好能連猜帶認地把名片看懂。他沒英文名字，是拼音，三個字——Xiu Zhibo，起碼她知道他姓修，總不會是「朽」吧？下面是公司，以前能看出來，但這回的單詞她不認識幾個，連LTD都沒找著。右邊那標識很熟，老見著。她翻到漢字的一面，對修智博笑了。中國平安，他還真是賣保險的。

「你也是佳明的朋友？」

「不算是，你點份什麼吧？」見面聽他講話不結巴，比電話裡順多了。他半起身遞菜單，身下一杯水被他碰倒，溢出一大半。她沒接菜單，也不想幫忙，雙臂環抱看他出醜。修智博舉著菜單愣了兩秒，才識趣地坐回去。

林寶兒離開椅背，向他傾著身子說：「你點什麼，我double就好了。」
但似乎這也讓他難堪了，他也許已經等了她一小時，桌上只有一杯清水。他沒打算在這吃，只想安排林寶兒一餐。林寶兒扭頭衝著牆壁忍不住好笑，她看著鋪滿一面牆的餐廳文化史說：「佳明沒給你一筆可以隨便點單的開銷嗎？」
「什麼？」他翻菜單，低頭應著。招手叫來服務員，交代她點好的每一份。然後托了下無框眼鏡，問林寶兒：「什麼開銷？」
「他這次聰明了呀。」林寶兒笑著說，「你之前他已經派過來三個人了，佳明給了他們足夠的錢，讓他們陪好我。你知道他們拿他的錢做什麼？用這錢泡我，跟我約會。我就順著他們來。所以他這次就沒有給你匯錢，是吧？」
他雙目無神，沒聽明白，至少是沒明白的樣子。
林寶兒對他眨眼睛：「說說吧，你負責什麼任務？」
「任務？」
「是啊，前面的都有啊，什麼理由都有。概括起來就是我再考慮考慮，挽救我們倆。弄得我們倆一分開，世界末日會再來一次似的。」
他欲言又止，穿過她的肩膀往遠處看，彷彿她身後來個他多年未見的老友。他問：「警察沒給你打電話嗎？」

「真安排警察了？」她回頭看，沒人向這邊走。「哪呢？」

她還在回著頭，修智博看著她腦後的髮髻問：「你叫什麼名字？」

林寶兒轉回來衝他笑，他當然知道她叫什麼。

「我們說的這個人，」他說，「昨天晚上死了。」

她看著他眼睛，試圖找到破綻，證明他在騙她。她說：「這次夠狠的，必殺招了吧？怎麼樣？我答應他，然後他就復活了？」

「復活不了。」

「幹嘛說得這麼真？你知道嗎，你的前任跟我說，他在昆明被車撞折了腿，讓我去看看他。結果我多問兩句，他就禁不住樂了；另一個人說他得了癌症，我問他什麼癌，結果他慌慌張張，編了個心臟癌。」

「我不清楚你和他到底是什麼狀況，我連你名字都不知道。他之前也沒有車禍，也沒得癌症，他是昨天死的。我只是個業務員，中國平安。上海那邊上午先確認你在北京，通知我跟你接洽一下。我以為警察已經通知你了。」

她有點不舒服，感覺衣服全都黏在肚子上，站起來把衣擺拽到胯部，蓋住裙子上面。已經是立冬的時日，再過一個月下雪了她也只穿這麼多。沒準今年例外，要多穿點。坐下來她撥了一次電話，那邊關機，女的中文說一遍，男的用英文講一遍，聽到「power off」，她放下電話問：「你們怎麼找到我的？」

「他身上的手機。上海那邊說，你在他通訊錄的第一個，啊老婆，我們還不知道你名字。」

「為什麼是啊老婆？」

他說：「我以前也這麼幹，把重要的人加個『啊』，就是A，這樣打開通訊錄就是。」

她得靠手掌托著臉，才不會令頭墜下去，問：「那有別的老婆嗎？A老婆B老婆C老婆？」

「沒有，只有你一個。」

「你跟他說，別鬧了，我答應他就是了，我不想再這麼玩了。」

「他真的死了。昨晚十點鐘，有人用錘子在他腦袋鑿了十幾下，扔進蘇州河，今天早上上班的人都看見了。」

「看見什麼？」

「看見屍體漂在河面上。」

她嚥下口水，但還是不斷從舌底生出唾液，在她嘴裡打轉。此時下嚥都那麼費勁。她抓起皮包在裡面翻了一通，問修智博：「有菸嗎？」

他搖搖頭。林寶兒繼續翻，右手使勁劃拉，恨不得把頭藏到包裡再不出來。最後她絕望了，哭著對他說：「你一個大男人居然沒菸？」她伸手抹了下雙眼，挎上包起身說：「我去買一包。」

B1層的超市才有菸，修智博坐在「一茶一坐」看她出去。他能料到她會在緩慢下行的扶梯上痛哭流涕。大悅城直達一層的扶梯和林寶兒止不住的眼淚，卻是那麼不協調的一景。服務員端來一份清炒芥蘭，一份雞煲，跟在後面的又擺上一杯抹茶和一杯龍井。他看著煲裡翻滾的紅油，什麼都沒想。那些紅油逐漸安靜的時候，他收到了林寶兒的信息，沒有標點，五個字：「我不回來了」。

3

電視劇都是騙人的，許玲玲再也不想看了。那裡總會有個大夫從手術室裡出來，摘下口罩，對守候家屬長舒一口氣，說，他命大，如果打擊部位再往左一寸，或是再往右一寸，可能就沒命了。不然就是另一種演法，走出來的大夫連口罩都沒摘，也不說話，只是搖頭，死寂的氛圍過後，外面的家人哭成一團。然而真實的大夫卻不一樣，他說了好多。他說要是再往左一寸，小吳就沒命了，要是再往右一寸，小吳就什麼事都沒有了。

現在呢？他花了好長時間跟老許解釋，什麼叫做植物人。他說，至於哪年哪月醒來說不準，可能小吳睡二十年都醒不了，也可能明天一早他就睡飽了，還跟你們一起喝豆腐腦呢。

沒法判斷老許聽明白沒有。大夫還站著，老許卻坐下來，雙掌揉著臉，想了一會兒，捂著臉對大夫說，其實他不可能明天就醒來，是吧？

大夫把白帽子取下，帽簷早就被汗水浸濕了。他低頭一折兩折把帽子揣進白大褂的兜裡，彷彿這些不幸都是他造成的。他雙手插在兜裡看著許玲玲說，暫時不會甦醒，就算十年二十年他真醒了，那時候全身肌肉萎縮，也是個廢人。

他如果這麼一直睡著，許玲玲扭頭望病房的大門問，那他就不會變老了，對嗎？

她爸瞪她一眼，她説錯話了嗎？她咬著嘴唇好讓自己別哭。老許重新站起來，和大夫面對面地講，該怎麼辦？

你們肯定清楚，小吳是個孤兒，沒父母，沒兄弟姐妹，所以，你們説了算。

我們說了不算，他是工傷，你去跟他們廠長商量，我們跟他沒關係，我閨女跟他也沒關係。

許玲玲鼻子一酸，眼淚湧了出來，忽然間喘氣一抽一抽的，胃跟被火燎了似的難受。她問廁所在哪，衝過去扶著牆壁對水池吐。出來時老許正拿著她外套等她。許玲玲想去看看小吳，老許把她拉出了醫院。

職工醫院離家不到五里地，他倆有一輛「永久車」，剛下過雨，微風襲人。老許說走過這段上坡再騎車載她。許玲玲點點頭默許，但是沒忍住，一時甩出去好幾滴淚水。她推車故意落在爸爸身後，這樣她可以肆意哭泣。那麼多眼淚，多少還是有點細聲。老許裝作聽不到，沒回頭看她。他知道此時勸她什麼都沒用，等這幾個月挺過去，她會領悟到，她還能有新的幸福。

東風大街每兩分鐘才駛過一台汽車。路旁的楊柳要比樓房還多，雨後成群的知了洶湧鳴叫。

陽光從點著葉尖穿過蜻蜓的翅膀，照進每一處角落。也許從跟小吳處對象到籌備婚禮，就是一齣為時十三個月的小插曲，老許自我安慰，玲玲還年輕，大把的青春，什麼都來得及。兩個小夥子逆行從他身邊騎過去，老許就要發火罵人的時候，後面傳來自行車倒地的聲音。

沒人撞到玲玲，她自己跑到柳樹下，對著樹根嘔吐。老許退兩步把「永久」扶起來，玲玲的頭還在頂著樹皮。她吐一下午了，肚子裡早沒食物可吐。老許苦著臉看她受罪。好半天玲玲直起身子大口喘氣。他把手絹遞給她擦擦口水和眼淚，掏出水瓶讓她多喝點。

玲玲仰脖喝水的一瞬又看到了那片最乾淨的雲彩，那些烏雲全都不見了，可它還在。她有點小感動，對它凝望許久，視線好容易從天空移開時，她看見她爸都要哭出來了。老許接過水瓶，憋了一會兒，啞著嗓子問，啥時候的事呀，玲玲？

4

這回換修智博被叫醒，晚上十一點不到。重回單身之後他一直睡得很早，他怕黑夜裡東想西想，他已經分手三年了。電話那邊說，白天不好意思，誤會他了，之後就是沉默。他知道是中午那個女孩。講不清為什麼，他對她的印象全都凝結在她起身拽肚子前面衣服的畫面。他說沒事，把手機換到左手，騰出右手去開台燈找眼鏡。他知道這個電話肯定沒法在三十秒以內打完。

林寶兒說下午才反應過來，他只是工作，為了佳明保險的事，可是她卻把他晾在了「一茶一坐」。她頓了一下，彷彿在尋找更多的罪狀，「我不該讓你請客的，還講了那麼多傻話。」她說，「不然我一會兒回請你吧。」

「不用了，再說也很晚了。雨也挺大的。」說完他就後悔了，他知道黑夜對悲傷有多大的催化作用。

他聽到她的嘆息，幾乎就要被雨聲淹沒了。她說：「我一直都沒有吃飯。」地點定在簋街的火鍋店，他下出租車時她已經坐在裡面，上身被一團水氣縈繞。就像多年的老友，他很安靜地坐到她對面，跟服務員借用毛巾擦臉上的雨水。

她看著他說：「早知道你被淋，去接你好了。」

修智博向窗外望，一個紅色的「馬六」停在大雨中。她問他還點些什麼嗎，眼睛卻盯著翻滾的紅油。他搖搖頭，掏出一包菸扔到她面前。

「我叫林寶兒。」她說。

他把名字記下來，問她何時可以要一份身分證複印件。

「他還買過保險嗎？」她直截了當地問。

「準確地說是壽險。」他說，接過她手中的勺子攪拌鍋底，「所以受保人應該是他自己，如果他能平安無事的話。現在他有了意外，我們還不確定誰能繼承這筆錢。」

「你知道我沒這資格。」她側低頭，咬咬嘴唇，「我還沒和他結婚。」

他點點頭，夾幾片羊肉放進鍋裡。

「誰殺的他？」

「這個還不清楚。」他感覺腳下軟軟的。

「你說警察會找我談的，不會的，早上找過我，沒理他們，之後就沒找我。我沒和他結婚，他死的時候，我人在北京。我對他們一點用都沒有。」

修智博沒應聲，腳下那些軟東西是一團一團的，他大概知道是什麼了。

「其實我對你也沒用了，是吧？」她問。

他也不知道怎麼說，搖頭，肉已經熟了，他不想吃，又夾點青菜放進去，葉子立即就蔫了。

「可能還有點用，」她說，「你還可以安慰我，這會讓你感覺自己很善良。」

「話不是這麼說的。」

似乎她知道自己說得有點過火了，她把一些菜撈出來，換個話題：「他沒有別的繼承人？他爸媽呢？」

「你不知道嗎？」

「我不知道，我問過他，有時候他回家，我要跟他回去，他總藏著掖著，不帶我，就像他爸是死刑犯似的。我什麼都不知道。」

「他沒有繼承人。」

「沒有繼承人？」

「他是個孤兒。」

「孤兒？」她苦笑，單手托著臉，「這有什麼丟人的？」

「你們，」修智博頓了一下，也點上一支菸。他這回謹慎多了。「你們準備結婚的？」

「是他準備了，我沒準備。我想嫁給他，但不能嫁給他。我們吵了幾次，他就去了上海。我應該答應他的求婚，對嗎？他那麼希望有個家。不是說我是否名正言順，擁有他的繼承權，我不在乎這些。而是，」她對著雨愣了一會兒，回過身來說，「我欠他一個家。」

她捂著嘴，眼淚在眼圈裡晃，拿包菸起身。他沒記錯，她又拽拽身上的衣服，去了洗手間。

修智博彎腰看到桌下全是成團的紙巾。他叫服務員拿罐可樂，問她這桌是幾點開始下單的。服務員查了一下，說下午兩點五十就在這裡了。哭了一下午，他想，用漏勺撈鍋裡的碎渣。但她確實什麼都沒吃。

差不多十分鐘她坐回來，心情好多了，對著紅油長吁一口氣，對他說謝謝。然後她微笑，接著保持微笑，又長吸一口氣：「我決定把他的孩子生下來。」

5

自己的女兒，三個多月了，老許居然一點都沒看出來。要是她媽媽還活著就好了，這種事母親準能第一個知道。可是在老許的記憶裡，她媽似乎就沒活過，死那麼多年了。

他跟玲玲商量墮胎，那不是商量，是在用商量口氣宣布他的決定。他說最遲到禮拜天，他會聯繫一個好大夫把這事辦得乾淨利索。玲玲瞪大著眼睛直搖頭，印象裡是她第一次對父親反抗。父女倆大吵了一架，到最後許玲玲拿著菜刀抵住自己，問他今天是什麼日子。本來今天要做新娘子的，她依然瞪大眼睛說。之後她癱在地上哭也哭不動了。

後來老許就不提這茬兒，夜裡睡不著覺，他騎車去了職工醫院。借助窗前的月光他在小吳的床前坐了半小時。他對這孩子印象不錯，踏實本分，可以把女兒託付給他。現在卻越發恨他，彷彿小吳故意要被車間的鋼床砸到，故意逃避一個未婚夫、一個父親的責任。臨走時他掏出剪子對著輸液管比劃了半天未能下手，然後他略感蒙羞地推車回家。

你對不起我，對不起玲玲。

房間沒開燈，一個黑影坐在外屋等著他。老許將剪子放在茶几上，摸著黑靠在床下和玲玲面對面。好多話他白天說過，那時候兩人情緒都太激動，老許覺得有必要再講一遍。他說，你把你爸看扁了，我不怕人家笑話我沒女婿有外孫，我從來就不在乎這些，我是擔心你。

玲玲沒還嘴，這樣真好。

他繼續講，你沒工作，腦子不好使，也許以後能有機會上班，但絕對不夠你養孩子的。我六十三了，等孩子上小學我就七十了，該死了。路是你們娘兒倆的，你照顧不了他。老許想如果再動情點，她會更受用，想著想著他還真哭了出來。那種乾哭的聲音響在屋子裡，聽起來很難受。明天就跟我去醫院吧，他帶著哭腔說，一完事誰也不知道，你還能找個好人家，做個好新娘。

他不說了，也不哭了，就靜靜地等女兒答應。他講道理時玲玲沒插嘴，講完玲玲也不說話。他也不催她，起身鋪床。玲玲接過枕頭抱住，看他忙左忙右。掛鐘響的時候她終於說出了第一句話，爸，這是我的，長這麼大第一次有個東西是我的，求求你，別把他搶走了。

6

篡街之夜的雨連下了三十多個小時，直到第三天中午才開始放晴。林寶兒被午後的陽光照醒，難得的好心情。她找點松子餵給啊貴。看樣子牠還沒餓，還是踩著圓環停不住地跑。那是隻松鼠，早先佳明送她的。打聽到他花了三百六才買下來，她半張著嘴，給牠起好了名字：「啊！貴！」

有兩個顯示佳明的未接來電，見鬼了。她打過去問是哪位。那邊又開始結巴上了。哦，是修智博，她暗自好笑，把手機調至揚聲放在桌上，騰出雙手整理房間。可以先從疊衣服開始。修智博問她吃過了沒有。似乎聊點沒用的可以緩解緊張。

「沒吃呢。你要請我嗎？」

他「可可可」說了半天，才接上個「以」。她抱著衣服哈哈大笑，一抹陽光照在她的嘴唇上，打開窗看過去，天空居然那麼藍，一片雲彩都找不到。她對著電話說：「那就定個時間吧。」

「可是我在上海。」

他這回沒怎麼結巴。林寶兒想，這個就是傳說中的電話恐懼症吧。她問去上海幹嘛了，那邊天氣好嗎。

他沉默好一會兒，跟要承認錯誤似的說：「佳明今天火化。」

林寶兒把衣服扔下，拿起電話，關掉揚聲器，問：「來的人多嗎？」

「沒有葬禮，不是你想的那種，因為沒家屬，是警察火化的，就像例行公務。我連火葬場都沒去，我是來取ＤＮＡ報告的。」

林寶兒聽著，推開窗戶望遠處有沒有雲。從外面看去，一個女孩的身子在十七樓的陽台往下傾。

「你想要他的某件遺物嗎？」修智博問。

「不要，」她回身看看屋裡還沒疊的衣服，「他遺物都在我這兒。」

「還是有一些，警察留給他一個叫李小天的朋友了。」

「我認識他。」

「嗯，我昨天查了一遍，我讓他們做了佳明的DNA報告。等他的孩子生出來，會有資格繼承他的遺產和保金，就相當於給了你。」

「謝謝。」她找出一支菸點上，「但這樣，好像我拿生育賺錢似的。」

「你別這麼想。」

她不想在房間裡待著了，應該約誰出來吃個飯，看場電影。可她又不願對哪個朋友解釋佳明，至少現在沒心思。她一個人步行進了電影院。七排十五座，一個古裝大片，全讓十六座的小男孩給毀了。裡面每句西北話這孩子都要放聲學一遍。有好幾次林寶兒忍無可忍，要不是他媽媽在旁邊，早跳過去掐死他。前排的幾個人也不斷地回頭表示反感。他媽媽先是向他們低聲道歉，然後警告兒子再這樣就再也不帶你看電影了。可孩子忍不住想學，這成了他此時的慣性。他媽媽跟他商量，我們現在出去，我給你買冰淇淋和爆米花，好不好？影片還不到一半，他們就離開了電影院。

她也是單親媽媽嗎？林寶兒看著娘兒倆的背影想。現在她左側空了兩個座位，她坐到正中間，雙臂展開。有一段煽情她哭了，與影片無關，她越哭越厲害，後來止不住她也提前退了場。六七億票房的電影，那裡一下子就多了三個空位。

7

沒兩個月就藏不住了，老許帶玲玲離開汽車廠，去市裡住。那年代不時興租房，挨家挨戶地找在廠區上班的人家換。老許解釋說，生完孩子我們就回來，沒人知道你都有過什麼事。玲玲沒再逆著他，陪老許去借搬家的馬車。躺在馬車上她又看到了那片雲，可是不確定，那麼多那麼白，一朵挨著一朵，流在天空裡，白色流淌一片。

搬進新家她還是不出門，每天關在新家看電視。她早不看電視劇了，那些都是騙人的。她改看動物世界，裡面講獅子要經過兩三千次的交配才能受孕。她瞪大眼睛看這些森林之王，她為什麼一次就有寶寶了？這也許就是人類有幾十億，而獅子才幾千隻的原因吧。

她喜歡袋鼠那一集，算上重播她看了三次。袋鼠寶寶睡在媽媽的肚子裡，睡飽了就露個小腦袋看看外面。這種鏡頭一出現，她就覺得身體的血液都在興奮地跳動，瞇著眼睛看牠們一蹦一蹦的，恨不得跟著節奏拍手。

我不想把孩子生出來，有天晚飯的時候她對爸爸說。那時候已經六個月了，老許放下筷子，傾著頭審視玲玲。

我想一直懷著他，誰也搶不走。

老許沒理她，任她自說自話，有點怪想法要比產前焦慮強多了。他有更重要的事操心，託人送禮他虛構了一個年滿二十八歲的兒子，前兩年去深圳打工，每個月都會給家裡寄二百塊錢，就在今年夏天，被一個酒後駕車的香港人撞死了。他對不同部門講著同一個故事，聲情並茂，講多了他自己都覺得是真的了。他說，他兒子還留下一個懷孕的女人，就快生了，他想要這個孩子。我孫子的戶口當然要上到我們許家，他越說越真切，有回一抬頭還真看見兒子領著媳婦、孫子回來過年。兒子叫什麼他早想好了，至於孫子或是孫女的名字，他還沒有定。然而不管怎麼說，他們都姓許。他們許家從父女兩人一下子變成大戶人家了。

星期六要在職工醫院例行檢查，老許帶著玲玲回了汽車廠。他把帽子壓得低低的，不希望被哪個熟人認出來。一樓掛了號他們去三樓等待，排到玲玲時老許讓後面的人先去。他還做了別的打算，為此還帶了兩條紅塔山。他打算下午王大夫上班時遞過去，他想偷偷給玲玲做次B超。

到中午父女倆坐在醫院長椅上一人一個土豆絲捲餅。玲玲也沒抱怨，事實上她比她爸更好奇這個寶寶是男孩還是女孩。王大夫下午兩點上班，老許退休的同志跟他推薦的。同志說，這個大夫好說話，喜歡抽菸，你進去說是劉老師的朋友，他就明白你什麼意思。其實誰都不知道劉老師是何方神聖。

兩點一刻老許陪女兒進診室，把兩條菸放大夫桌上，還不敢馬上推過去，就像剛買來自己抽的。王大夫簡單詢問幾句，抓起聽診器檢查玲玲的心跳，玲玲孩子的心跳。

老許左手被玲玲雙手握著，右手藏在菸後往大夫那邊輕推，低聲說，我是劉老師介紹來的。

王大夫沒理他，皺著眉聽心跳，有個新問題困住了他。他摘下聽診器，戴上老花鏡，邊寫邊說，去做個B超。老許連連點頭，拉玲玲出去。

紅塔山忘拿了，王大夫喊住他。

他戒菸了嗎？老許不明白，想了一下午也想不通。四點多鐘王大夫指著片子跟老許說，這是腦袋。老許似懂非懂地跟著答應。王大夫接著指，這也是個腦袋。

兩個腦袋？玲玲問。她又聯想到了袋鼠寶寶，兩隻腦袋從口袋裡伸出來看世界。

王大夫眼睛沒離屏幕，摸了會兒白大褂沒找到菸，打開老許的一條抽出一包，打開一包抽出一支，剩下的又推給老許，自言自語說，龍鳳胎啊。

8

林寶兒很想跟修智博解釋，她生孩子不是為了險金，她在北京有房有車穿名牌，比大多數女孩闊綽多了。佳明怎麼說她的，她不缺錢，但缺一個前途。她聽進去了，就因為太對了，她想到這句就來氣。然而她能怎麼辦？她都不知道自己還能幹什麼，換幾年前還可以去酒吧唱歌，估計這兩年酒喝多了，嗓子也廢了。

她有想過從最底層做起，每月一兩千的薪水做助理。有回她很低調地去家廣告公司應聘，所謂低調就是去市場買一堆雜牌衣服套身上，紮起頭髮戴個沒鏡框的眼鏡去面試。女經理對她印象不錯，許諾不出意外的話，下週一來公司，實習期三個月。助理還要實習?連裝帶演地謙卑讓她差點就成功了。只有一個疏忽，她是最後一個面試的，談話結束和女經理一起走出公司。聽說她打算坐地鐵去知春路談一個客戶後，林寶兒提出送她過去。晚高峰堵在路上讓兩個女人都有點不自在。她還記得經理最後一個動作是拿起車窗前的太陽鏡打量，一束夕陽那麼不巧地穿過北三環，照在鏡片上，把燙金的GUCCI晃得刺眼睛。那次之後她再也不主動送誰回家了。

如果再有機會，她真想搖著經理的肩膀講，我給你做助理不是為了錢，是為有個前途。如果再有機會?這不可能，過去就過去了，若是真能改變什麼，她希望回到一年前，一心一意地和佳明在一起。從沒有哪個人的失去讓她如此悲傷。

趁肚子還沒起來，她要報個學習班，隨便學點東西，沒準學明白了就是大好前途。選來選去卻報了個胎教班，相比於英語速成、會計培訓及主婦廚藝，這個又好玩又實用。上課時間是每週一三五的晚上七點半，一次課要兩個小時，她算了一下，平均每小時三百多的學費。來上課的都有家人陪伴，媽媽或是老公。只有她是一個人，提著包站在門口茫然無措。胎教老師要關門時對她笑笑，問：「你姐姐還沒到嗎?」

她頭轉一圈張望，低頭看看，哦，現在胎教的確太早了。

還真挺有意思的，原來胎教班不是教大人的，老師授課的教育對象是這些媽媽肚子裡的孩子們。頭一小節放音樂，莫札特和蕭邦，接下來是詩歌會，老師先朗誦了幾首詩，要求每個媽媽回家選首最喜歡的詩，下次上課大聲讀出來，給你的孩子聽，也要讓別人的孩子聽。

林寶兒幾乎是半張著嘴聽老學員的詩歌，不僅僅是有興趣，她開始熱愛從那些媽媽嘴裡跳出的文字，她完全被那些文字的旋律迷住了。她覺得自己以前過得好膚淺，不是說給寶寶學的嗎，她聽起來卻那麼新鮮。

十點前她在第三極書店挑了本最厚的詩集《中外詩歌鑒賞》。回到家裡她食指壓著詩行一字一字地讀到凌晨三點多。關燈之後她細細回憶，選了裴多菲的一首詩作為朗誦作業。匈牙利詩人，她剛知道這就是寫過「生命誠可貴，愛情價更高」的那個人。她又打開燈把那首詩抄了下來，詩裡講，女孩是冰冷冬日，男孩是炙熱夏天，只要她肯上前一步，他一定會後退一步，那樣他們就能在溫潤宜人的春季相愛了。

她舉起抄好的詩句對著夜色讀出來，讀到第三遍的時候她多了些哭腔，她深吸一口氣讓自己更大聲更勇敢，她越來越覺得這不僅僅是給寶寶讀的，佳明也在天堂的那個街角傾聽著她。

9

兩個孩子，這不是壓力乘以二的算法，如果養不起，那孩子們全完了。老許去了理髮店，把白髮染回黑色，做了一個牌子去天橋下面蹲點，重新幹回力工的老本行，往五樓六樓搬磚搬家具。他都退休十年了，他沒敢跟任何人講，他已經六十三歲了。

每一天他都要把帳算清楚，今天賺了多少錢，還差多少才夠養兩個孩子。攢足的計畫遙遙無期，可生產的日子是定好的，就在那裡，最多還剩三個禮拜。他琢磨能賣的東西，首先是那十六冊集郵本，他玩了快五十年，一冊冊放到自行車後座，他推到郵局門口，數九寒天他渾身哆嗦地站了三個下午。他以為這些是生命裡最值錢的，可全部賣光才一千出頭。最後一本他死掐手裡不鬆開。他哀求說，長春還是偽滿首都的時候就有這本了，多少再加點吧。

失去郵票的頭一夜他有點恍惚，天一亮他就破罐破摔地要把所有東西都賣掉。整套家具多少錢？三十？拿走吧。手錶多少錢？十五？十七我就賣！玲玲看著她爸發瘋也不敢阻攔。她最受不了的是，老許要把她最鍾愛的電視也賣掉。她咬著嘴唇一臉委屈。老許說等咱家有錢了，孩子們出息了，再買個彩色的。

沒有了電視，玲玲只能對著窗外的大雪發呆。她看見他爸推著一車的東西消失在白色盡頭，不一會兒那裡就回來一個空著手的黑點。哦，老許把自行車也賣了，以後來回就是走。

家徒四壁，除了發愣只能睡覺，每天玲玲都要睡上一個子午覺才醒來，有時候午飯後還能睡上一覺。有天午覺她被老許驚醒，老許正吃力地從她手腕上把玉鐲拽下來。玲玲睜眼就要往外跑，手被爸爸死死扣住，這把她逼急了，衝著老許使勁吼，這是媽媽給我的！

你記得你媽媽長什麼樣嗎？那你就別要孩子！老許比她更大一個分貝，這把女兒嚇著了。玉鐲被擼下來，玲玲一抽一抽地哭，她說，你不是我爸爸，你就是認錢，你會把我孩子也賣掉，我絕對不會生下來，你沒機會把他們搶走！

玲玲說到做到，算好三個星期臨產，她卻一點動靜都沒有。早一個星期老許就不再去天橋等活兒，只在家陪著她，可一天不來，兩天不來，十天又不來，就彷彿那倆孩子在子宮裡走迷路了，找不到出口似的。

有時候老許會問問她怎麼樣，有沒有異常。每到這時玲玲就瞪大眼睛望著他，似乎在警告，永遠別想打這兩個孩子主意。玲玲發現了新的娛樂，家裡的彈簧床可以蹦著玩。老許勸不住，好說歹說讓玲玲答應只往正上方蹦，別往床邊跳。

老許的新樂趣是養花，那種沒人要的君子蘭，土是在花壇裡挖的，花盆和苗都是跟別人討的，比集郵好多了，而且老許因此關心每天的陽光了。

快過年了玲玲也沒動靜，蹦床技術卻越發嫻熟。老許看她挺著肚子一上一下，比跳在自己心上還難受。每回跳床玲玲都念念有詞哼哼唧唧，臘月二十三的聲音特別大。老許的眼神跟著她上上下下。他辨識了好半天，確定玲玲毛褲上的黑道道不是髒東西，是被浸濕了。他聲音發抖，一著急嗓子又啞了，對著玲玲喊，你快下來，你羊水破了！

10

林寶兒跟修智博講，教詩歌的老師姓李，非常喜歡她這個學生，覺得她有很強的文學領悟力。修智博聽完哈哈大笑，説可能因為你是她唯一一個生出來了的學生吧，見過世面，她其他的學生還在人家肚子裡呢。林寶兒不高興，像修智博這種人一旦跟你混熟了，就狗嘴吐不出象牙。他的話一下子否定了兩個人，一是李老師懷才不遇，可見才能一般；二是講林寶兒並不是真聰明。林寶兒噘著嘴，猛踩一腳剎車，對修智博揚著下巴説：「去去去，自覺坐後排去！」

那天修智博是陪她聽胎教課，第一次有人陪她聽詩歌。她喜歡上了詩歌，也喜歡李老師。每次課後她都會跟李老師去喝碗魚片粥，再把她送回家。林寶兒什麼都跟她説，她講了懷孕是怎麼回事，講了佳明是什麼樣的男孩，講了當初為什麼不肯嫁給他，因為佳明知道她以前的一切，她當時沒覺得，只是不隱瞞，後來明白肯定不能嫁給知道她太多的男人。因此她又講了自己的過去，來解釋她為什麼沒有那種經濟壓力。

李老師托著腮聽她説完，這跟林寶兒的傾聽姿勢一樣。她喜歡李老師對她經歷的反應，不羨慕，也不反感，通常別人的這兩種態度都令她不安。

「你有沒有想過，如果你沒有一技之長，」李老師説，「你下一個男人還是要問，你哪來的錢？」

「還會有下一個嗎？」她脱口而出。她無法想像哪一天，一個長相天馬行空的男人會替代佳明的臉，印在她心裡。

「總會有的，你會重生有愛別人的欲望，盼望那個人也愛你。」

林寶兒喝了一口奶茶，沒說話，她回想當初對佳明從認識到愛的那個過程，甜蜜而苦澀的旅途，還會再複製一次嗎，什麼樣的男人才有這種資格呢？

「你要學點什麼。」李老師建議，「它不僅僅能讓你現在的生活變得名正言順，還可以讓你慢慢發現，你自己的未來才是最重要的。」

就是最後一句，徹底把林寶兒拽走了。那天她把車停在樓下，遲遲沒有上樓，將自己的二十七年全過了一遍，佳明說對一半，她是缺前途，但更缺少信心，只有她真的學會了很多知識，她才能像信任那些人一樣信任自己。

她報了北師大的成人自考，她詢問過李老師，像她這麼對詩歌感興趣，可以先學漢語言文學。開學的頭一夜沒睡好，啊貴在籠子裡叫個不停，踩著那個圓環像電扇一樣的速度在轉。後來沒聲音了，她打開燈面對籠子，捂著臉失聲哭出來：「啊！貴！」

中午她開車去了平安大廈，十九層C座，名片上這麼寫的。她一眼就看見了在角落裡吃盒飯的修智博。「調皮搗蛋的學生，才會被老師分到這種位置。」她過去靠在他辦公桌上，說，「你下午有事嗎？」

「有，我只要上班，就全是事兒。」

「你上次說，我只要把佳明的孩子生出來，能分著多少錢？」

修智博愣了一下，開抽屜翻出文檔，在計算器上算了一遍，說：「照現在的行情，有三百多萬。其實險金沒多少，據說他的畫，因為絕版，越來越值錢了。」

「要那麼多？」

林寶兒直接往外走。修智博看著她背影從門口拐出去。她的包還在這兒，那她就是抽菸去了。他抓緊時間把飯菜往嘴裡扒拉。他可不想讓她以為，自己吃盒飯還能吃得這麼香。

沒兩分鐘林寶兒回來了，見他剛才還一盒的飯忽然沒了，她會心地笑了：「你沒吃飽吧。你下午請個假，陪我辦件事。事辦好了，你要什麼我請你什麼。」

「不成，我忙著呢。」

「忙你個大頭鬼！」林寶兒輕踢他一腳，「你必須陪我，我下午去打胎。」

11

過了五個小時，王大夫從產房出來，把老許拉到一邊說，這個我無能為力，你女兒根本不配合我們。老許沒聽明白，苦著臉等他說下去。王大夫給他打著手勢模擬，我們讓她擴張，往外頂，但她使勁往裡縮，一點也不配合。

不能啊，玲玲一直特別乖，老許抓著王大夫胳膊解釋，她是不是緊張？王大夫仰頭苦笑，再緊張也不至於把話聽反，還有，你怎麼當父親的？王大夫凝視著他說，她晚產了二十天。

老許從門窗望著熟睡的女兒，想進去和她談談。但玲玲剛注射鎮定劑，一時醒不了。已經是晚上十點半，王大夫說他今晚不回家，現在去吃飯，再過兩個小時，看看十二點她醒來的反應如何，如果再抗拒的話，他搖搖頭，就很難講了。說完他大步下了樓。

老許跟他後面下去，走出醫院外面正在大雪，不時有零星的煙花在夜空閃爍。他踩著新雪，深一腳淺一腳地走到廠區一號門，敲開一家水果鋪要四箱蘋果。店裡也沒這麼多，老闆問他蘋果梨行不行？老許搖搖頭，堅決不行，蘋果有多少算多少，全部送到職工醫院。

本來他想一樓到四樓，病人大夫每人發個蘋果，這個晚上平平安安。一樓發過一半他明白這個想法並不可行。十一點了，他總不能為一個蘋果把人家叫醒。而那些沒睡的人呢？都在被病痛折磨，更沒心思吃蘋果。他把剩下的蘋果再勻成四箱，放在每層的服務台。這樣也能有效果，他抱著最後一箱爬樓梯想，他們老許家一定會平平安安。

四樓的護士看見他上來大聲喊他，告訴他許玲玲醒了。產房又一次大亂，他望著那邊卻發現自己的雙腿居然跑不動。另一個從產房出來的護士衝他喊，是保大人，還是保孩子？

保大人，倆孩子我都不要，我就要我閨女！他吃力說著，可是嗓子又啞了。玲玲在裡面時不時地哀叫，這種事不能打麻藥的嗎？他要抓著褲腿才有力氣走過去。王大夫從裡面出來攔住他，摘下口罩，抓緊時間抽兩口菸，煙霧在他嘴裡一圈圈地繞。

她確實開始配合了，但來不及了，他說著又吸了兩口，快進快出，接過護士拿來的單子給老許，簽個字吧，剖腹。

不能剖，老許搖著頭，雙手還在抓著褲腿，他向後退一步說，不能剖。剖了就留疤了。

笑話！王大夫呵斥他，轉眼這支都抽完了，命重要，疤重要？疤重要。

王大夫又點上一支菸，使勁咬著菸嘴，離老遠都能看見他氣得青筋暴跳，他指著老許叫，不剖的話，全死！孩子，大人，三口人，全死！

那也不能剖，剖了就沒人要了！他吼出來，也不是針對誰，整條走廊都迴盪著他的聲音。我閨女腦子有毛病，是傻子，以後我死了，誰也不要她，還不如就這麼死了！

產房的護士停了下來，玲玲側過頭，透過半開的門遠遠地看著爸爸哭。

我救不了你，玲玲，老許死命抓著頭髮掉眼淚，你得使勁救你自己，爸把話給你撂下，一會兒你要是死了，爸在這兒陪你一起死。

12

大夫介紹三種人流，無痛的，半麻醉的，還有個是不打麻藥，就是很痛的。如果全麻醉，醫師沒法根據病人的痛感刮宮，多少會對子宮有點損傷。反過來講，沒麻醉對子宮危害最小，當然，特別特別疼。

林寶兒聽他講完，看著表格問：「子宮損傷會怎樣？」

「可能影響以後的生育，其實可能性很小。」

她伸手在這三欄點了幾個來回，說：「那就無痛的唄。」

站在一旁的修智博插嘴了：「半麻醉的不是挺好嗎？」

「嘿，」林寶兒仰頭笑話他，「你們這幫賣保險的最喜歡中庸。行就行，不行拉倒。就是你們，不行也行，行也不行。」

「那幹嘛要我來？」

修智博白她一眼，提著她的包到走廊候著。兩分鐘後林寶兒穿著消毒衣服，跟著大夫推開門走向處置室，似乎心情不錯，從他身邊經過時，還對他打了個V。修智博也不了解這種事要多長時間，也沒帶本書出來。等著無聊他偷偷翻她包裡有什麼好玩的，有個iPad4，打開看看，可以無線上網。他先發條微博，說他此時正在醫院等一個女孩做人流。點擊發送前又修飾了一下文字，估計看著了會想，這女孩誰？幹嘛要你去陪？他的生活平淡如水，這可能是他今年最酷的一條微博了，他故意給粉絲留點想像空間。其實只有十幾個人關注他。

然後他掛了會兒QQ，也不知道找誰聊，直接進到歡樂鬥地主。豆兒快輸沒的時候林寶兒踢了他一腳。

「這麼快？」他說。

她指著iPad說：「送你了。」

「我不要。」

「你幹嘛不要？」

「我幹嘛要？」

「拿回去慢慢想。」

她開車問他吃什麼。他說你請吃飯，你自己定。他們去了泰國餐廳，整個大廳都飄著咖哩味兒。上菜以前他倆都沒怎麼說話。聽說有手撕的菜，林寶兒起身去洗個手。修智博留意著那個細節，不會再有了，她再也不用拽一拽衣擺，遮住肚子了。

她坐回來，修智博低頭看菜單，就是不理她。林寶兒在桌下踢了他一下，問他是不是不高興。

「還好吧。」修智博有氣無力地應著。

「我打胎，又不是你兒子，你哪門子不高興？」

「我好心餵驢肝肺了。」

「什麼驢肝肺？」林寶兒搶過他菜單，捲成一筒要敲他腦袋。

「當時你那麼有決心說要生出來，我都被你感動了。我請了假，自己掏錢去上海請人做DNA報告，你這個單子我頂著壓力，遲遲不結單。還有，我只負責保險，他畫賣多少錢跟我沒關係。我花錢請律師幫你申請下來資格。現在呢？我就知道你三天熱乎，你對誰都不可能持久的。」

「我愛不愛他，跟我是否生他孩子沒聯繫。」她十指緊扣，沿著右手拇指說，「你給我打個電話。」

「幹嘛？」

「打吧。」

修智博撥給她。手機在林寶兒包裡響起。林寶兒掏出來給他看屏幕，來電顯示是佳明，見鬼了。她摁下接聽，對著電話說：「是你打來的吧。」

修智博的手機傳來一樣的話。他掛掉電話，點點頭。

「要看下我通訊錄嗎？」林寶兒望著他說，「我把所有的電話都存成了他，二百多個號碼，連10086都是。每個電話都是佳明來電，我得跟人家聊上幾句，才知道對方是誰。快半年了，我的世界只有他。」

13

護士喊「生了」的一刻，老許從座位上站起來，隔著產房的門問她是男孩女孩。那邊死寂般的沉默。他聽見護士拍打嬰兒的屁股，但沒有一絲的啼哭聲。老許轉身求助外面的人。望著所有人他指著門裡面，上下牙顫了半天也沒能問出口。玲玲在裡面又一次大哭起來，哭聲漸弱的時候，一個護士端著托盤走出來。

一點活氣也沒有嗎？老許靠在牆上問。

死胎，她已經儘量地輕聲說。還沒有人告訴玲玲，第一個孩子已經沒了。

留著，我們許家埋，老許跟著護士往前走，還有一個，是不是？我想剖腹，救活一個算一個，是不是？

護士停下來，回頭審視著他，說，來不及了，真的晚了。

老許從後門去住院部，他想一切結束之前看看小吳。真夠招笑的，算上一對兒女，五個人，這個植物人會最長壽，無憂無慮，長命百歲。他坐在床邊握住他的手，頭兩年他都是把這個孩子當兒子待的。以前是你對不起我們，老許說，現在我對不起你，玲玲也對不起你。他看著一滴滴的輸液，真均勻，一秒半一滴，這就是你的生命單位，你好好活著吧。

雪停了，天也快亮了。老許躺在雪地上想，應該再周全一些，他不能馬上就死，他得把女兒和外孫、外孫女埋好了，再找個荒郊野地慢慢死。想到這些，他鼓足力量又站了起來。路過大廳時，還揀了個蘋果咬一口。

才到三樓就有護士衝他尖叫。開始他聽不清，那邊反覆叫，是這四個字——母子平安。老許噝了口唾沫，張了半天嘴問不出話，又噝了幾口唾沫。

他沒急著去看孩子，先去了產房。門推開的一剎，玲玲對他笑了，此時他再也綳不住了，靠在牆上哭起來。然後他抱了抱女兒的頭，把眼淚抹在她頭髮裡。

我剛告訴小吳了，我跟他說，你有兒子了。

孩子能姓吳嗎？玲玲問。

不能，他得上咱家的戶口。

你跟小吳說什麼了，爸？你有告訴他，我那天去斯大林大街了嗎？你告訴他，我等了一個上午，我想嫁給他。

我說了。我說，孩子不能隨你姓，但可以用你的名字，他會像你一樣好。

真好，佳明，許佳明，他是我的，以後誰也不許從我身邊把他搶走。我現在就想他了。爸，我從小就沒媽媽，天生就笨，自己名字也不會寫，連新娘都當不上，老天爺欠我整整一輩子。玲玲晃著食指，哭了好一會兒，才繼續說，我以後不要老天爺還我了，爸。我就讓祂保佑許佳明是個聰明孩子，讓老天爺保佑他以後能有個特別特別幸福的一輩子。

14

林寶兒說自己一定是蔡文姬、李清照轉世，要麼就是司馬遷被閹之後，含恨投了女兒身，反正就是冰雪聰明，人家五六年都過不了的專業，她不到兩年就賺滿學分，拿到學位。「你想啊，跟那些寒窗苦讀的學生都得四年畢業。」坐在一茶一坐，她對修智博張牙舞爪地比劃，「我下一步就是，報比較文學的研究生。」

「比較什麼？」

「你們這幫做保險的就是沒文化。」她接過菜單，報菜譜似的一氣兒說了十幾個，還問修智博記住沒有。

「記住了。」他挑了三個菜報給服務員下單。「那你打算什麼時候工作？」

「不知道，你說什麼職業最適合我？」

「總之不可以教外國人中文。」

「為什麼？」

「不能讓他們知道，中國有你這麼漂亮的女孩。」

「得了吧，」林寶兒往後靠，笑著說，「都兩年了，也沒見你幹什麼。」

「我是不好意思殺熟。」

第一個菜端上來了，林寶兒叫服務員開瓶紅酒，慶祝她的大學畢業。她說，要是一會兒喝多了，你有責任送我回家。修智博，彷彿這句話含義頗深。似乎他們已經心照不宣，尤其在今晚。過去兩年有不少好機會被他們錯過了。都確定自己愛對方，可誰都不確定對方是否愛自己。估計也不急著表白或上床，他們還挺享受這階段的。

修智博說年後他差不多要升到部門經理。林寶兒恭喜他，說這回再貪汙就沒人敢查了吧。他說也不行，權限之內最多就是給你下十份保單，自己受保，再偷偷把你做掉。

「前提是，你得娶了我吧？」

修智博又被問住了，臉憋得通紅，林寶兒提議講笑話，一人一個，看誰最先講不出新的來。林寶兒有小白兔系列做本錢，連著講十個。修智博可不成，又沒事先溫習，講不出五個就卡殼了。好半天他想出個老段子，大致是兩人一起養狗，叫屁股那狗先死了，兩年後見著叫臉的狗，跟主人唏噓，要是我屁股沒死，也有你臉這麼大了。接著就冷場了。

修智博明白他說錯話了，林寶兒聽後一語不發，就跟初次見面的情形一樣。林寶兒在包裡一陣亂翻。其實她早就戒菸了，但她需要找個託辭去自我調整。她說她去買包菸，提包下了扶梯。雖然這回她不會再淚奔大悅城，但同樣也不會再回來了。

最後兩個菜端上來，修智博還是看著紅油翻滾，酒精被燃盡。他早就知道，從第一次見面那天，就愛上了林寶兒；他也知道，這女孩忘不了許佳明，即使他有幸跟林寶兒白頭偕老，也無法取代許佳明的位置。他沒胃口，連筷子都沒掰，直接開車回了家。

夜裡十一點半，他被電話吵醒。林寶兒怪他怎麼那麼狠心，看見她喝了酒還不送她回家。什麼邏輯？修智博睜大眼睛看無盡的黑暗，問她在哪裡。她說簋街的火鍋店。

進門的時候他掃眼她桌下有沒有紙團，還真有十來個。他彎腰撿一個放桌上，她揮揮手：「拿下去，噁心死了。」

他坐下來，摸摸她的臉，說：「又在這兒哭一晚上？」

「我不是氣你，我氣我自己。一旦跟佳明有一點聯繫的，我聽到就受不了。老這樣，我和你能有什麼結果呀？你又對我那麼好。」

「別，你可別把我說得太備胎。」

她破涕為笑：「你不生我氣吧？」

他搖搖頭。

「你知道嗎？他是個孤兒，我總會想像他這一路是怎麼過來的。有時我就把他想得很悲慘。我想他好容易熬過他的童年、少年，終於長大了，快到三十歲，他剛要開始自己的人生，就結束了。」

「他不是孤兒，我以前騙你的。他爸媽都還活著。」

林寶兒嘟著嘴看他：「你又哄我。他沒繼承人，我又不是不知道。」

「有，真有。」他動了幾筷子肉，低頭看著碗說，「他爸爸是植物人，算今年躺了三十年，他媽在精神病院，也待了二十多年。他有個繼父，在監獄裡是死緩，就是無期。他十歲左右，繼父又娶了個繼母，結婚五年被他繼父給殺了。」修智博拿漏勺攪著火鍋，又是一鍋翻滾的紅油。「你之前抱怨，他從來不講他自己，每次回長春也不肯帶你去。他是沒法跟你解釋。試想一下，他回家都要幹嘛，先去醫院看個植物人，再去精神病院見個瘋子，回頭還要去監獄探視個殺人犯，最後去墓前拜拜死人。」

林寶兒扭頭看外面，此時沒有下雨，她托著下巴說：「我該答應他的，跟他結婚，我真的欠他一個家，應該把我們的孩子生下來。」

「有件事，你一直都沒講，你剛見我時，還把我當成他派來的說客。就是，你為什麼拒絕他求婚？」

「因為他知道我太多了，我就不能再跟他結婚了。不然等他成了我老公，那些事會像掘墳一樣的被刨出來，成為我倆永恆的絆腳石。」

「都是什麼事情呢？」

他在套她，林寶兒含著笑看他。估計他早就猜到了個大概，那她也不要自己講出來。因為如果他再知道了她的一切，她就又錯過了眼前這個好男人。

第二章　花園酒店

1

過了春天開始有人來家裡見許玲玲。每回老許都會抱著許佳明坐在一邊。頭一個來的姓劉，以前是鑄造廠的，去年因為身體問題辦了病退，在桌前坐了半小時，咳了不下三百聲。老許對女兒搖搖頭，這個不行，看這身子骨都挺不到夏天。但是許玲玲喜歡，她手托著臉，痴迷地盯著那人蠟黃的臉和被菸燻黑了的牙齒。她知道總要出現一個人，帶她離開這個家。

把姓劉的趕走後，老許把他用過的碗筷煮了三次，他盯著最後一鍋翻滾的水，一狠心端著鐵鍋到樓下扔掉了。

第二個年輕些，剛從部隊下來，就是少了條胳膊，一個晚上都在講他的英雄事蹟。這一次許玲玲更加專注，雙手托臉望著他的嘴型，可是一句也沒聽進去，她在享受聽他說話的樂趣。他感覺也不錯，估計以前沒人這麼迷他的事蹟，手舞足蹈地反覆講，軍事演習，在雲南，狙擊埋伏，身邊就是吐信子的眼鏡蛇，兩難選擇，要麼一動不動被蛇咬死，要麼起身跑遠暴露藍軍目標，最後他被蛇咬了一口，大叫著跑遠，暴露了藍軍目標。

胳膊就這麼沒了，老許皺眉看著打結的空袖子，問他如果把結打開垂下來，再裝個假的能不能好點兒。戰鬥英雄沒理他，一隻手完成了拿菸、叼嘴上、掏出火機、再點著的全部過程。他抽第一口，閉眼回味一下，說：「這是我的勳章。」

「什麼？什麼勳章？在哪兒？」

「排毒截肢後，領導沒給我授勳。這是我給自己的獎勵，這個結，我的勳章。」

老許點點頭，也不知道做出什麼反應最合適。

戰鬥英雄抽兩口，把菸掐掉，先表態說：「你們看怎麼樣？我覺得還行，挺好。」

老許連連點頭，放下懷裡的許佳明，到談正事的時候了。可是許佳明著急了，一個晚上他都瞪著大眼睛看他們講話。他想要是沒戲，就按著答應老許的條件辦，一句話也不說，但是陌生人看上她了，他要出擊了。

許佳明從桌下鑽過去，抱住許玲玲的膝蓋，慢悠悠地說：「媽媽，我睏了。」

所有人都愣住了。老許把他抱到房間，許玲玲低下頭抓緊吃菜，戰鬥英雄第一回講了與部隊無關的話：「他叫你媽媽？」

許玲玲嘴裡被一口菜占著，點點頭，又搖搖頭，然後不知道怎麼想的，又點著頭。

戰鬥英雄追著問：「你不是說，你是他姑姑嗎？」

「我沒說。」

「我說的，怎麼了？」老許從裡屋出來問。

「什麼怎麼了？介紹人說，玲玲是他姑姑，你是他爺爺，你兒子早兩年死了。」

「我是有個兒子，可是死三十多年了，三歲就死了。我們沒想讓你看出來，一開始我們是按照介紹人的意思準備的。」

「準備？你們這是詐騙！你是他媽媽，孩子他爸呢？」

「睡著了。」許玲玲說。

「睡著了？」

老許告訴他：「植物人，醒不來了。」

「萬一醒過來呢？如果我跟她結婚了，她男人又起來了，這算怎麼回事？」

「他爸在醫院，工傷，靠葡萄糖維持，你要是不放心，我去把管子拔了。」

「老爺子，你瘋了吧？」他聲音高起來，似乎剛被嚇著。

「醒來也沒事，他倆沒結婚。」

「孩子都有了，還沒結婚？這孩子戶口怎麼上的？」

「戶口本上寫著呢，是我孫子。」

「你們又繞回來了。我跟你捋捋，我是少隻胳膊，所以介紹人把你閨女介紹給我，傷殘軍人對低能兒，也差不多了吧？現在你又給我搭個拖油瓶的？而且醫院那個要是醒來，就是倆了。」

「醫院那個醒不來，孩子我來養，我一直當孫子養的。至於我閨女，就是腦子有點笨，她不是低能兒，家務都是她做的。」

戰鬥英雄起身掏褲袋，說：「我還是把飯錢給你留下來吧，勸你們啊，以後可別再招搖撞騙了。」

「我還早就受不了你剛才吹的那些事，」這人留不住了，老許決定還擊，「十幾年沒打仗了，和平年代你掉隻胳膊，丟人不丟人？」

戰鬥英雄：「軍事演習，演習，你懂嗎？」

「演個屁！你忽悠誰都行，別忽悠我。我就是從『三八線』活過來的，我們整個營都被炸沒了。我伍零年過去，在朝鮮待了十年，連朝鮮話都學會了。你跟我充軍功？你還是換個人家吧。」

他摔門而去，許佳明從床上驚醒過來，拽個椅子站上去和老許看窗外。那個軍人逐漸走進花園深處，有隻松鼠在他左側的樹枝間躥上躥下，一路跟著他。

前兩年他們把房子換到這來，周圍的鄰居都以為許佳明是他的孫子。老許從東邊的窗戶能看到南北兩座花園的全景，以前這裡叫共青團花園，後來布爾什維克沒了，不知道誰把石板上的「共青團」三個字抹掉了，可是又沒人想得出能在上面添點什麼，右側一排就那麼空著。失去了「共青團」，經費也削減了，那裡的花越來越少，草越來越高，幾盞忽明忽暗的路燈自從被一群拿彈弓的孩子一夜擊碎後，就再沒人裝上過。夜間巡邏的人從以前的小分隊逐漸減成了一個耳背的打更老頭。就是這一個，還只是在值班室睡覺，不到天亮不出來。這麼幹，早晚要完，老許想。

操不了這個心，他有更煩的事情。給女兒相了大半年的親，已經是十月底。這裡下了第一場雪，剛落到路面就結成了冰，在白天化成水摻著泥土又凍成了硬塊。撐不過一個月，連續幾場雪，這裡就要被一片白色覆蓋，偶爾太陽上來時，冰雪融化，白色流淌一片。他本來想著要在過年前把事情安頓好，現在看來女兒和外孫沒法一起打包。只能先解決一個，找個好人家把女兒託付出去，外孫還可以帶在身邊。等過了年他就六十七了，沒法養活三個人了。

他闔上窗簾，把佳明抱回到床上，脫衣服進了被窩。兩年前，玲玲有回睡覺把兩歲佳明的左臂壓骨折了，老許就要求他離開媽媽，和自己睡。頭兩回玲玲還進來偷孩子，被他打了一回，夜裡就再也不敢摸進來了。

除了這些，他還擔心遺傳。大夫說玲玲只有五歲到七歲孩子的智商，他早忘了女兒五歲以前是什麼樣，其實是發現的太晚了。那年頭好多爛攤子，等老許一個個處理掉回頭再看，孩子已經傻了。許佳明現在四歲，那就應該是四歲孩子的智商。那再等兩年呢？如果有那麼一套題讓他倆做，看看母子倆誰得分高，就知道佳明有沒有被遺傳了。好像不是這樣的，得去醫院檢查，但是現在去肯定沒用，四歲的孩子當然還是四歲的智商，什麼都看不出來。不過老許至少能做到，讓他們母子遠一點兒，別影響了孩子，快點把她嫁出去。

睡一半老許醒來了，還是夜裡，天沒亮。他穿好衣服在房間走一圈。他相信人是不會無緣無故在深夜醒來的，肯定是有意外狀況刺激了他的神經。他去廚房檢查煤氣閥門，摸著每扇窗戶，是不是有哪扇沒關好，漏風。大門鎖著的，沒小偷進來，玲玲睡得也很熟。那就是沒問題，是他自己神經衰弱。

他又回到被窩，渾身冰冷，想辦法讓自己暖回來，再去抱外孫。黑暗中傳來很細微的聲音，說不上哪發出來的，床下、暖氣管道、樓上，好像都不是。他閉上眼睛，像品酒一樣的去感受這些。算不上聲音，似乎是頻率極高的聲波，床都跟著震還是聽不出來是什麼東西。

突然一聲巨響，接著劈里啪啦的，有人在鼓掌，一大群人的歡呼。他連忙下床，撩開窗簾往外看。在花園，人們剛剛鋸倒了一棵老楊樹。那麼高那麼老的樹，比他的年紀都大，十來分鐘就沒了。

不是很清楚，路燈都不亮，屋裡那層玻璃結了窗花，上面全是許佳明用指甲劃的霜道道。他把裡層窗戶打開看過去。雪地裡有兩撥人，一撥在搭建臨時工棚，其餘的人拽著不知道從誰家扯過來的電線，接上電鋸伐樹。他們在倒下的老樹上砍些枝子，就在楊林裡攏起火堆。

看了有十分鐘，老許知道是怎麼回事了，終於有人接手這裡了，現在他們是一根電線一把鋸，等明天把工棚搭起來，就可以支出幾十根電線幾十把鋸。等到那時候，不單是這片楊林，東邊的松林，南邊的柳林，都會一起被砍倒。要是他們還嫌不夠，可能會把池塘的浮冰敲碎，將下面的水抽出來，用土填平，在那些魚蝦被活埋的地方建起一幢高高的大廈。

老許把裡窗關上，看著佳明劃過的霜花，眼淚一下子就掉下來了。他感覺這個夜晚的好多失眠的老人都像他一樣，站在窗前懦弱地看著這一切。喜歡來花園溜達的、聊天的、打牌的，都是快七十的老人了，你們就不能等兩年，等這幫老頭老太太們死光了，再來毀掉這全部嗎？

2

原來這就是個聲音，一個儀式，告訴你，我們來了。又下一場大雪後，天寒地凍，這些人一夜間就消失了，留下了幾十個樹樁露在雪地上。相比於石路旁的長椅，老人們更喜歡坐在樹樁上。頭戴帽子腳踏白雪，從窗戶望去，彷彿一群著了色的雪人。

老許還惦記著介紹對象的事，來過兩個，都有殘疾，是不是常說的「般配」就是這個意思。但就是誰也沒帶玲玲走。壞在佳明身上，他不肯喊「姑姑」，也不肯閉嘴，「媽媽、媽媽」拼命地叫。有什麼辦法呢，又不能打他。

媒人說會想辦法，保證找個合適的。這回介紹個姓于的小夥子，來的那天趕上許佳明生日，四歲了。算哪天？夜裡十二點左右生的，左還是右？老許也弄不清楚，當時一團糟，大夫護士加起來也使不上勁。主要是玲玲不想生，她怕生出來就被人抱走了，她想跟袋鼠一樣把孩子留在肚子裡，哪也別去。折騰到半夜，大家都打算放棄的時候，小佳明受不了了，自己爬出來的。

傍晚五點多鐘，于勒拎了個蛋糕進來。媒人說他內向，話少，吃好喝好最重要。但老許要和許佳明先說兩句話。他把佳明拉進屋，讓玲玲在客廳陪于勒一會兒。可是兩人就在客廳悶著，餃子的熱氣把許玲玲和于勒隔到桌子的兩邊。他們一句話也不說，也不動筷子，不約而同地側過頭看著牆上的鐘。

老許在裡屋跟佳明商量，外面那個是來家裡的第五個叔叔了，別再搞砸了，別再喊「媽媽」了。許佳明歪著頭，透過姥爺的肩膀看窗戶，從他這個角度能看到陰下來的天空。風已經起來了，窗框被颳得呼嗒嗒地響。

「為什麼？」許佳明愛這麼問，像口頭禪一樣。

老許習慣了他的「為什麼」，外孫不是真的想知道原因，那只是對成人世界的一種參與方式。他彎下腰，臉貼近佳明，說：「這回答應了嗎？」

「我沒有姑姑。」

「那你就什麼都別叫！」

回到客廳兩個人還是沒說話。于勒看見老許回來，放鬆了些，滿臉的笑意。他媽媽忙著數蠟燭，數數就亂了，抽出五根插在蛋糕上。許佳明站椅子上「一二三四，一二三四」地數了好幾遍，拔掉了一根，遞給她大聲說：「媽媽，今天我四歲！」

深水炸彈，老許真想把外孫拽下來就打。幾個人都愣了一會兒，還是于勒叔叔解了圍，他敲了兩下碗，對他們笑笑，先夾了一個餃子。老許拿出酒要給他倒上，他搖搖頭，手掌蓋住自己的杯子。不是說吃好喝好嗎，老許想想不喝也行，把酒放回櫃子裡，和大家一起默默吃餃子。

算佳明四個人，什麼也不聊，響徹屋子的只有外面的風聲和尷尬。許佳明趴在桌前盯著蛋糕，一口也不吃。他感覺完了，這個話不多的男人一定會把媽媽帶走，那樣他就真的只有姑姑了。想著想著他放聲哭了出來。于勒叔叔掏出手絹，將他的鼻涕眼淚一把擦掉，然後指了指玲玲，又指了指自己，對老許點點頭。

老許放下筷子，點起一支菸，問道：「你覺得合適？」

許玲玲抬頭望著于勒問：「我和你合適嗎？」

于勒惶惑了一陣，左右手握在一起，兩個拇指在拳頭上點了幾下說：「啊吧？啊吧啊吧！」

「哎呀。」許佳明忍不住喊了出來。這個男人不會說話，也聽不到他喊「媽媽」。

3

掛鐘裡的長針還指在「4」的時候，許佳明就醒了。他只睜著右眼看，長針落在短針後面，換一隻眼睛，長針還是在後面，然後他把雙眼都捂住，就什麼都看不到了。

許佳明最喜歡禮拜天，不用被叫醒去幼兒園，能睡到自然醒。如果他肯憋著，一直裝睡，可以躺到短針走過「8」。通常不用那麼久，媽媽就會跑過來抱他。他閉著眼睛也能摸到奶頭，把它含進嘴裡。但是姥爺發現後不讓媽媽再餵奶了，有一回他還打了媽媽。他只打媽媽，從來不打佳明，他和媽媽一起犯了錯，姥爺就兩倍打媽媽。他哭著求姥爺說，他不會把媽媽喝光的，那裡早就吸不出奶了。

外面工地的人們出來了，聲音嘈雜起來，吊車鐵鉤的影子在牆壁上晃了一圈，又離開了房間。媽媽還不進來，姥爺也沒去四十七棟浴池泡星期日大澡，他們都不對勁。下了一夜的雨，早上天晴了，兩個人在外屋的窗前說話。又有什麼人要來了嗎？

聽不到他們說什麼，他也不想下床。姥爺要求佳明，一旦醒來，就不許再回到床上。他有很多規矩，如果佳明不遵守，姥爺就會打媽媽。他翻過身，背對著掛鐘，身前是一面塗了綠漆的牆。他往上看，接近天花板的地方有個黑點。他忘了那是蚊子還是蒼蠅，前天被姥爺拍死在那裡。有了新目標，他又玩起一隻眼遊戲，確實，左右眼看它的位置是不一樣的。他伸手指用左眼瞄準，換了右眼，手指就跑到黑點左邊去了。要是他夠高就好了，他會站起來摁住它，再換眼睛看黑點，看你還跑不跑？

這一天許佳明快五歲，四歲半。躺在夏日雨後的涼爽清晨，他還不知道有一個漫長而不安的人生在前方等著他，在那個人生裡他才華橫溢，或許還有短暫的榮華富貴，他更不會知道自己將品嘗到愛情的苦與甜。成人後的他至少能試圖去爭取幸福和消滅痛楚，可此時他過不去，未來不是高速路牌，開快點就到了，那是時間，三百六十五天才走了一小站。他五歲的人生就像是兩邊的高牆給他擠出了一條窄路，他做不了選擇，都沒空轉身，只能硬挺過去，所有的不情願和傷心彷彿架在窄路上的梯子，他得跟跟蹌蹌地爬上去，再從梯子的那一層戰戰兢兢地滑下來。

他那時無法想那麼多，他還小，更多的傷痛是成年之後的他附加給童年記憶的。但是有些感覺，他沒想到過了那麼多年還能記著。二十二歲那年他第一次去錄音棚錄廣告，他對著話筒，導演和錄音師在玻璃牆的另一面對他打著手勢。一支牙膏廣告，只有八個字，重重的男低音——「超效超能，潔白無痕。」雖然聽起來跟牙膏不沾邊，那更像是威猛先生的效果宣傳，然而他錄了十幾遍依然找不到節奏音準。沒錯，說話也會跑調的。他拿下耳麥示意暫停，他要找找感覺。這時停電了，就那麼寸，他被電子門鎖在裡面了。外面的人著急，各種誇張表情，卻幫不上忙。他擺擺手讓他們放心，錄音棚夠大，還不至於缺氧窒息。他把座椅調後倚在上面瞇了一會兒，他知道，有了這次意外，只要他差不多過了，人家就會錄用他的。大概有十分鐘，十五分鐘，電子門的紅燈閃了一下，導演從門外走進來要興奮地擁抱他，也就是在這一刻，他的眼前出現的不是導演和錄音師，而是推門進來的媽媽。

「佳明？」媽媽輕喚他。

他連忙閉上眼睛，裝睡的話她會上床摟住他。可這次沒來，她繞過床前關上窗，將蓋房子的聲音擋在外面，俯身親了親他的臉。他要裝得再像一點，可是什麼樣才更像是睡覺呢？他瞇起左眼望著她，好漂亮，一身白紗，頭上還有花。他換右眼看，不在剛才的地方了。他知道只有把媽媽抱住，目標才不會跑。

工地吊車鐵鉤的影子忽然打在媽媽臉上，許佳明倒抽了一口氣。外面有人敲門，很多人，敲了幾下就用拳頭捶門，似乎還有人踹了幾腳。許佳明坐了起來，瞪大著眼睛看媽媽。姥爺在客廳把門打開了，一群男人衝進來。佳明看到了于勒叔叔在最前面，呵呵笑個沒完。于勒叔叔聽不見聲音，所以幹什麼都特別大聲，他對著媽媽笑了半天。身後的人群在門和玻璃上貼上紅字，左右長得一樣的字。于勒叔叔掏出一袋硬幣灑到床上，拍拍許佳明，一把將媽媽抱起來。許佳明瞪大著眼睛說不出話。那些人迎風而來，順風而去，就這樣把媽媽搶走了。

4

老許不想活了，所以急著算一筆帳，需要攢多少錢給外孫，才可以放心去死。沒那麼好算，從現在開始到許佳明二十三歲畢業分配還有十八年，每年都會不同，飯量會越來越大，以後上了學，還有學雜費、書本費和校服費。他都按照最低的標準，不然他死亡的願望就更難實現了。

玲玲嫁走後的頭兩個月，每回半夜醒來，他就坐到桌前在草紙上寫寫畫畫。有時候會走神，給那邊的妻子寫紙條，片言隻語，零零散散。他把寫完就反悔的話挑出來，存到罐裡，剩下的天亮前在火盆燒給老伴。他以前不叫老伴，她死的時候還不到三十，隨著他逐漸老去，稱謂也改了。過了那麼久，死人都變老了。

罐裡裝著的更多是「對不起」之類的致歉，原因很複雜，其中他最愧疚的是，老伴死後，他還苟活世上二十多年。在那些字條裡，他幾次跟她解釋，不是他貪生怕死，是他實在走不開。這麼多年活著也不幸福，沒什麼好留戀的。他說，死法他都想好了，鎢過量中毒。二十二棟老王的兒子以前是燈泡廠的，家裡存了好多鎢絲，他可以去要點，按兩條命的量吃下去，剩最後一口氣打個110，免得發現太遲，屍體臭了。

早幾年他就這麼想了，活著太累了，一點樂趣也沒有。那時是惦記玲玲，要不是小吳出了點意外，玲玲早嫁過去了，他也就跟著死了。結果他還得活著，女兒還在家裡，又生出個外孫。

那也得有個時限，許佳明出世那年他六十三了。想把外孫養大，他得活到八十多歲。遭不了二十年的罪，他快挺不下去了。他身體沒問題，沒有心臟病，沒有高血壓，沒有糖尿病，一般這個歲數老人的毛病，在他身上都沒有。但是心碎了，千瘡百孔，自從老伴沒了，每天都有刀子在他心口戳。心痛心痛，那些傷真是從心裡面發出的嗎？他要是死了，真該把心臟捐出來，讓大夫們研究一下，長長見識，看看什麼是人世間最悲傷的心。

有時候他會跟老王在二十二棟的陽台上坐一下午。老王癱了，腰部以下沒知覺。跟老許一樣，老伴也沒了，只是沒死得那麼早。兒子在監獄，上個月從燈泡廠被帶走的，還沒審判。老許知道是殺人罪，殺的什麼人他不清楚，也不想打聽。想說的話，老王自己就講了。

老許被他雇來的，每天負責幫老王記單子上的東西買齊，再把垃圾帶走。老王下不了樓，但也不需要太多照顧，飯菜都是自己做。腿沒知覺，主要靠手臂撐著，在屋子裡爬。他家煤氣灶都比別人家矮一半，老王趴地上挺著腰炒菜。以前他兒子改的，水龍頭、開關、飯桌和門把手，把這些全改矮了。他說他兒子其實挺好的，挺孝順，可他們之間有誤會，特別深的隔閡。

他倆原先不認識，街道聯繫的。老許每個月從他那兒領二十五塊錢，那時候已經不少了。他退休金才不到一百塊，再就是一點軍人傷殘補貼，杯水車薪。頭一個月他拿到錢後，居然有點不安，以前都是從單位機構領工資，這是他第一次從私人那裡拿錢，有種欠人家的感覺。老許左手接過錢，右手摸著褲線說，他打聽了，請個保姆才四十，二十四小時照顧，悶了還能聊聊天，他去幫忙聯繫一個吧。

老王不接話，讓他數數錢對不對。用得著數嗎，倆十塊一五塊，瞎子都能摸出來。老許知道他是不想談這個。反正他表示過了，找我不是最好的選擇。自己不是圖便宜的人。老許把垃圾裝好，問他明天買點啥。一個菜花，二兩肉，買個拖把，幫忙將把兒鋸了，算了，你長短把握不好，拿回來我鋸吧。老許把這些在紙上記下來，領了三塊錢，明天他得在每樣後面標好價錢，多貼少補。

他開門要走的時候，老王在身後說話了：「請保姆得找女的吧？」

哦，他想談這個事兒了。老許背抵著門，看著他。

「還得是年輕的小姑娘吧？」老王說著，從床上下來，在屋子裡爬了一圈。老許以為他要拿什麼東西說事兒，想過去幫把手。老王趴地上抓住老許的腿，仰頭看他，說：「讓她看見我這麼爬，跟狗似的在這兒爬，我還不如死了！」

老許下樓了，一頭霧水。他去幼兒園接佳明，回來的路上下雨了，老許左手撐傘，右手將他抱懷裡，光看這個，真沒人敢猜他有六十八。佳明非要自己打傘，老許把傘給他。對他來說傘太大了，傘把兒在外孫手裡搖搖晃晃。老許被淋透了。

「晚飯吃的啥？」

「不好吃。」佳明翻眼皮想半天，忘了托兒所開什麼飯了。

「還想吃啥，姥爺給你做。」

「煎豆腐。」這次佳明想都沒想。他就愛吃這口，只要豆腐過了油，放點鹽巴都能吃大半碗米飯。

由於下雨，路口的豆腐攤提前收了。老許把佳明抱上樓，找條乾毛巾給他擦擦頭上的雨水，把黑白電視給他打開，讓佳明離遠點看，別動電源，他一會兒就回來。

「你去接媽媽嗎？」

「豆腐，我去買豆腐。」老許從抽屜裡翻出車鑰匙。

「姥爺，你啥時候讓媽媽回家呀？」

「不是姥爺不讓，是她自己不想回來。」

「為什麼？」

「不為什麼，你應該高興，媽媽跟于勒叔叔過得可好了。」他得趕快出門，快點騎，不然市場大棚也關門了。下雨天什麼事都沒準。

他來回跑了兩趟，頭一趟回來路過花園工地時，自行車摔水坑裡了。過去挺好的路，被他們那些吊車卡車壓得一團糟。老許爬起來，跺跺腳，人沒事。但豆腐碎了，再騎回去，大棚差一點就關了。這次騎得慢，碰上水深的路面，就下來推著走。出來得急，沒穿雨靴雨衣，全身都透了，褲子濕得黏腿，半天邁出一步。他在想老王的話，他不怕被老許看見丟人，可是怕年輕姑娘笑話他，為什麼？啊，他什麼時候被外孫傳染這句話了？

沒人看他，他也要在雨中笑一笑。後來他明白了，老王是個男人，老人，殘疾人，但不管怎麼說，他總還是個男人，碰到年輕女人他還是會點燃欲望的小火苗。這是飛蛾撲火，沒半點希望，只能自取其辱。他這麼選擇，雇傭老許是對的。那麼我自己呢，老許自問。他知道他也是的，是男人都一樣，就是生理上不行了，內心也會渴望。況且他沒問題，老伴死二十多年了，一直沒想過，不敢想，欲望及本能早刨坑埋了。現在把這些挖出來，你想要這些，但就是得不到，隨著你老去，越來越沒指望，你再活二十年也沒戲。這輩子就這樣了。

他的死又多了一條理由。

那天夜裡他繼續算那道題。漫長的題目，他算到十九歲了，暗夜中看到了佳明邁入二十歲戴著學士帽的情形。但他不想再等了，他伺候不了兩代人了。天亮以前這道題終於被他解出來了，他對著加好的數字呆坐著。其實不多，要是老許預見到一九九三年以後中國會有持續二十年的通貨膨脹，這後面再加兩個零也不夠許佳明活下去的。可就是這兩萬多塊已經超出老許的想像。他一臉哀愁，一支接一支地點菸，去客廳的台曆上一頁頁地翻看餘下的日子，他還沒法去死，他還得被世界、被生活、被他自己，被錢一點點地折磨著。

5

「或者換個方式，給孩子買保險，」老王在法院門口跟他講，「有那種大人每個月給孩子帳戶存錢的，存到你死，保險公司再一點點吐給孩子。要麼就是你自己的生命保險，你有個好歹，錢就是他的了。」

老許被六月的陽光照得晃眼睛，他點支菸，第一口嗆得厲害。可是菸點上了，他想猛抽兩口再扔吧，接下來兩口吸進去卻吐不出來了。他低頭咳嗽，煙霧從嘴角、鼻孔，甚至耳朵裡冒出來。他捶捶胸口，問：「反正都得死，是吧？」

「你自殺不算。」

之後他們就不說了，坐三輪車上發呆。兩個孤獨的老人，習慣了不說話，話都特別少，語速還慢，通常一個說完了，另一個要等幾分鐘才接話。就是發呆，他倆也各有不同。老王是拿著照片比對出入法院的人，老許則捏著剩下的半支菸彎腰踩滅，放回到菸盒。應該戒掉的，還能省筆錢，他想，把這半包抽完，就再也不買了。

老王看看手錶，十一點十五，撐著車座說：「我得下來了，他們要午休了。」

三輪車是老許月初買的二手貨，光靠那點退休金和給老王買菜買米什麼的，還遠遠不夠他要攢的數字。他試過老本行，重新當力工，年紀大了，頭一個活兒就差點搞砸了，往五樓搬個洗衣機，一層三毛錢，勉強到了四樓半，腰倒是還有勁兒，可是胸口喘不上氣來了。他在家躺三天，思前想後，決定收廢品。雖然他一直覺得收破爛的比要飯的好不到哪去，但是他六十九歲了，還能幹什麼呢？

老許知道，指望收破爛賺錢，就是收了一噸報紙，一萬個酒瓶子，也攢不下兩萬塊。那只是個幌子，他瞄的是花園工地。那裡開工一年半了，除去兩個冬天累計五個月的停工，十三個月裡他們把樓蓋到五六十米，沒牆沒玻璃，就一個鋼鐵骨架，遠遠一看，赤裸裸陰森森。尤其天黑以後，月亮上來，周圍一帶都籠罩在密密麻麻的菱形陰影中。最後要蓋多高，他也不清楚，現在就已經是廠區最高的樓了。每次在那裡等人的時候，老許越仰頭看越想不明白，這個蓋完了到底能幹什麼。不像是能住人的地方，感覺在上面颳一陣風都顫悠，再說那麼高，接孩子回家不得爬個小半天呀。那年代大家住的是五六層的職工宿舍，而且沒有電梯，老許不會理解的。

沒事老許就在那兒轉悠，他買三輪車就為這個，兩種人會賣東西給他，都比市價划算。頭一種是逃課的學生，三五成群的，進工地偷點廢鐵廢鋁，有時能有銅絲，一看就是電線上擼下來的。他們東西少，但是便宜，都不用上秤，一幫孩子，給個一兩塊就屁顛屁顛地往遊戲廳跑。另一種是工頭帶著人，算民間工頭吧，不是公司的人，民工們自己選的大哥，組織大家在白天開工時一捆鐵條抽一根地存著，每天夜裡從圍牆的豁口運上車，讓老許一車拉走。之所以選擇老許，是因為工頭來看過他地窖，以前冬天存白菜的，足夠大。老許答應先不賣，放到這裡，等明年大樓竣工，人都撤了，他再把這些處理掉。退休金和補貼的錢全部花出去，收回來的是鐵，老許只能靠老王那邊的工作養佳明。

老王給他加錢了，老許成了他的司機。四月以後他兒子進入審判週期，他頻繁往返檢察院，他以為他爬進檢察院的樓道，敲開檢察官的辦公室，總能讓他存一絲憐憫，對他兒子手下留情。後來他搞清楚了，不是檢察官鐵石心腸，這是個天平，他兒子被告是天平這邊的，檢察院是天平那邊的，他們天生就是對手。老王要去找天平談談。

老許提醒過他，上次跟檢察長事兒沒辦成，要吸取教訓，得給法官送點禮。老王說他送了，送的是大禮。老許納悶了，老王每次出門都拽著自己，也沒見他帶什麼來呀。

「我膽小，面矮，怕丟人，連請個小保姆都不敢，我今天連滾帶爬地找法官求情，所有的路人都回頭瞅瞅我，你說我送他的是什麼？」老王撐著地面苦笑道，「我送給他一個良心。」

好像不是這樣的，殺人就該償命，與良心無關。可老許沒法勸，這不是老王的好日子，是他一輩子最糟心的時光。要不是收那些鐵，搞得手頭緊，他連老王的工錢都不想要了。他此時能做的就是多陪陪他。老王是那種用不著你陪他聊天散心的人，那就陪他晒晒盛夏的太陽吧。可是老王有他的計畫。他拿著法官的照片守在門口辨認每個出入的臉。他不想跟上次一樣，直接進去敲法官的門，他要更可憐，守在門口，讓從法院過往的人都看見他。他甚至要把老許攆走，這樣法官問他是怎麼過來的，他就說他是從家爬了五公里過來的。在他的計畫裡，他要讓法官不忍心拒絕他。

老許被他趕走了，他把三輪車停在街對面，坐在樹蔭下遠遠地看。中午法官沒出現，幾個從法院出來的同志停在老王身邊，想幫幫他，都被他擺手拒絕了。那就繼續等，下午更熱了，柏油路被烤得冒漿。老王趴在那裡一動不動，有一陣老許還以為他被地面烤死了，連忙往回跑。到了馬路中央，老王抬頭示意他別過來。老許左右看看，去東邊路口買了兩條西瓜。

回來的時候他驚呆了，雖然他早料到會是這樣，但這場景還是震到了他。他看到門口的老王仰著頭對著法官哭訴，法官蹲下來勸了老王幾句，起身要走，老王趴在地上跟著他蹭了幾米，一下子抱住他的小腿，年輕的法官轉身跟他解釋，老王不聽，眼睛一閉，就在法官的皮鞋上咚咚咚磕起頭來。

看著這些，老許懵了，站在十字路口，進退不是，雙腳真跟被柏油黏住了似的一動不動。他吃了口左手裡的西瓜，紅漿從嘴角冒出來。就在斑馬線上，即將變燈的一刻，老許兩手發抖地哭了出來。

6

體檢非常麻煩，抽血，驗尿，血脂，血壓，血糖，CT，X光，視力，鼻腔，聽力。早知道這樣就不帶佳明過來了。四個樓層，十二個診室，折騰一上午。醫生讓他下午兩點過來拿結果。保險公司的人三點半過來，老許看看錶，晚上下班前，他的命就是外孫的了，而且那麼貴。

許佳明還在大廳看書，其實只是看書裡的插圖。都是老許當破爛收上來的，收了半年的廢品，那些鐵還得等段時間出手，報紙、紙箱和酒瓶，他怕有肝炎病菌，當天就送到廢品收購站去。但有些不賣，帶字的成冊的他都留著，雖然沒幾本書，基本上都是《故事大王》、《故事會》和《讀者》，但老許分辨不出來，他認為這些都是書，都是精神財富。過兩年他死了，他會給許佳明留一套房子，留一筆保險賠償金，再就是十箱子的精神食糧，現在已經五箱半了。

那怎麼預防細菌病毒呢？首先老許相信書和酒瓶子、罐頭盒不一樣，乙肝患者用過的餐具，肯定不能用了。可是他們看過的書，也許還是乾淨的。況且他還留後手了，他跟花園工地的人要了些板子，打了十個木箱，書裝滿後，在裡面淋上八四消毒液再釘死，過一個月再開箱。如果佳明不像那些讀書人一樣蘸著口水看書，就一定沒問題。他為外孫做了那麼多，卻還不敢放心去死。

體檢時間很長，佳明沒催他沒怨他，性格和他媽媽一樣好，這讓老許有點擔憂，智力不高，不敏感的人，性格都特別好。他坐到外孫身旁，佳明對一幅插畫已經盯了快十分鐘了。黑白畫，林子裡的兩隻狼，母狼跟在公狼身後，全都側著頭往畫外看。老許摸著他的頭問：「看了多少了？」

佳明此時才知道外公在他身旁，也不驚訝激動什麼的，很淡然地翻過一頁說：「書帶少了，我重看的。」

「你要是識字，能看的就多了。」

「為什麼？」

老許想教他，可裡面的字他最多也只認識一半。他以前學堂認的還是繁體字，從朝鮮回來，漢字都變簡單了，好容易學會，又簡化了，然後呢，又繁體化了，他崩潰了，索性不學了，認識幾個算幾個，搞來搞去說是消滅文盲，反倒讓他這種識字的人成文盲了。

老許說，他得會拼音，這樣能查字典就好了。他昨天還收了一本《新華字典》呢。

「姥爺，我餓了。」

老許拉著他走出醫院。走過涼亭他想起來，有一年秋天就是和女兒坐那兒吃的飯，好像是土豆絲捲餅，也是在等會診結果。那時候佳明還沒生，來看什麼病？哦，他記起來了，就是來做胎前檢查的，檢查佳明在玲玲肚子裡好不好。哦，他又記起來一個事，他應該還有個外孫女呢，不然不會讓他們等那麼久。他女兒懷的是龍鳳胎。

看著小販在土豆絲上刷醬，他難過了，同樣的情景，他老了不少。他有點難過，過了六七年還吃路邊小販，還這麼沒出息。他衝小販擺擺手，說不要了，帶著佳明進了一家館子。可是剛坐下來時他看看菜價，又捨不得了，點份水餃讓孩子吃飽得了。反正他老成這樣了，吃了也是浪費。他跟服務員強調，不要放醋，要叉子。許佳明吃餃子不蘸醋，而且一定要用叉子。

孩子話不多，以後得跟老許和玲玲一樣，人生註定孤獨。他看姥爺不動筷子，他也放下叉子不吃了。老許拗不過他，叫服務員再上一份三鮮的，給自己倒好醋，跟外孫一起吃。

兩點十五分回到醫院，大夫說再等等。難不成他也懷了龍鳳胎？他拉著外孫下一樓大廳，站在掛號窗口看上面的牌子，摘出三樣接近的，兒科，腦科，神經科。他走上前問窗口問：「給小孩測智商要掛哪個科？」

兒科。大夫拿小燈照佳明的耳孔，食指在他眼前晃了晃，又給一個小勺捂住單眼看視力表。佳明喜歡這個，位置不一樣，可是「山」開口的方向卻沒變。大夫把口罩摘下來，跟老許說：「沒問題啊。」

「我想測測他智力。」

「智力？」

「他媽媽是傻子。我怕遺傳。」

「為什麼？」許佳明插話。

「看上去挺好的，」大夫審視著孩子，說，「多大了？」

「再過三個月六歲，明年這個月就上學了。能測測嗎？」

「不是測的事兒，真想知道得照腦電圖。我建議你先別急著做，挺貴的。我問問他。」大夫彎腰問：「小朋友，多大了？」

許佳明不說話。大夫看看老許。老許搖搖佳明胳膊，說：「叔叔問你話呢。」

「你多大啦？」

「我姥爺剛告訴過你，五歲零九個月。」

大夫樂了，對老許一擺手，說：「沒事，回去吧。」

一塊大石基本落地，老許拉著佳明想飛奔兩步。而佳明不高興，擰著姥爺的手走在後面。上到三樓時，佳明說話了：「姥爺，我不傻。」

「對，佳明可聰明了。」

「不是，你剛說我傻的。」

老許停下來，眨著眼睛說：「姥爺錯啦，來，姥爺抱你上樓。」

佳明扭著身體不讓抱，掙開他的手，瞪著他說：「姥爺，我真不傻。你每天晚上出去我都知道，你一出門，我可害怕了，我燈都不敢開，就等著你回來。可我就是不說，我知道你去掙錢，我要是說了，你就捨不得去了。」

老許回身把樓道窗戶打開，風吹得他眼睛通紅。他捏捏鼻子，咬著嘴唇。真受不了自己，快七十了，還會哭。他闔上窗戶，拿手背擦擦眼睛，拽出手絹給外孫擤鼻涕，揣回口袋說：「上樓等著吧。」

他和佳明坐在診室門前的椅子上並排看書，他勉強讀完一個小故事，佳明還在看那兩隻孤狼。三點鐘還沒出結果，保險公司那邊今天肯定得推了。要不過幾年再買吧，他身體還不錯，要是今年買了還不死，就是浪費。從今天開始，外孫不再是個負擔，他是個懂事的大人了。再熬兩年吧，他得為外孫好好活著。這麼多年老許頭一次體驗到，原來幸福是這樣的。

護士叫他進去，他把書放下，讓佳明別動。大夫在裡面等著他。他看眼錶，快四點了，一會兒回去還得把豆腐買了，過油吃。

「許林森？」剛進來大夫就問他。

「對。」

「你還抽菸嗎？」

「以前抽，剛戒。」

「嗯，以後也別抽了。」

大夫側身，雙臂支在桌子上看著一連排的透視照片。老許靠近一步，問：「哪張是我的？」

「都是你的。」

「這麼多，」老許笑著，「大夫，我先不想買保險了，所以我這體檢結果什麼樣都無所謂。是我跟他們講，還是你跟保險公司的人說？」

「那是醫院跟他們有合作，我不負責。」大夫的小鐵棍指著照片，想了一會兒說，「叫你家人來一趟吧。」

老許沒明白，兩手插在褲袋裡亂抓，低頭冷靜一下，他知道了，可怕的事情發生了。他抬頭說：「大夫，我要是什麼病，你跟我說就行。」

大夫看看他，摘下眼鏡，雙手搓著臉，長嘆口氣，說：「還是把你子女叫過來吧。」

7

老許下樓去等，剛敲了二十分鐘的門，屋裡沒人，要不然就是于勒聽不到叫門聲。玲玲他們兩口子住二道區，和汽車廠剛好是長春的兩個斜對角，過來一趟得兩小時，又沒有電話，總不能提前寫封信，定好日子再來吧。

已經是秋末，各家門前成堆的白菜陸續入缸醃上了，光禿禿的樹枝在風中搖擺，就等著一場大雪把這些落葉和白菜幫子埋起來，眼瞅著又一年過去了。老許點上菸，看著樹葉在風中飄來飄去。他看不到明年的落葉了，也吃不到明年的酸菜了，今年能吃上幾顆都不好說。保險公司拒絕他的投保，同樣，他也拒絕了醫院的觀察治療，都是因為錢。

他重抽起菸，雖然現在他抽半支都費勁，但是，早死早超生。下輩子託生成牛馬，都能比這輩子強點兒。他把老王的活兒辭了，那場官司也打完了，他兒子被判死緩，意思是等兩年就改無期。不用償命，下半輩子吃喝不愁，算是打贏了吧，算是老王的磕頭下跪有效果了吧。庭審那天一度混亂，老許也去了，他知道是怎麼回事了，他知道他兒子殺的是什麼人，老王是怎麼癱的了。在公訴人、檢察長、律師和被告的一問一答中，他全明白了。

那天老王幾次撐著桌子破口大罵，他罵他兒子，最後一次竟然要老許背著他衝到被告席，掄起拐杖去抽兒子的頭。他們被提前趕了出來。兩個老人坐在法院門口的台階上等宣判。蕭風瑟瑟，老王哭著說自己造的是什麼孽啊，落這麼個下場。老許喘半天，說不出來話，一口氣卡在嗓子眼。他想說自己有孽，老伴兒死得早是他造的孽，生的女兒是傻子也是他造的孽，但是老天爺不該讓他在這個時候，佳明剛懂事，老許剛想好好活下去的時候得肺癌。

他去過孤兒院，轉一圈就出來了。那群半大小子，還有那些模仿他們的孩子，他寧可帶外孫一起走，也不送他去那種地方。或者跟玲玲商量，佳明的媽媽。可能不行，她養活不了他，她的丈夫于勒也沒責任養活他。

快到中午時，有人拍了他一下，是于勒，跟他比劃半天。老許還不習慣跟他打交道，知道說話沒用，也對他比劃。他和于勒忙活一陣，對方做了個「請進」的手勢。這個老許明白，走進去，問道：「玲玲呢？」

玲玲沒事，一直在家看電視呢。老許問她怎麼不開門。她說你們自己開門啊。老許說爸看你來了。她說我知道啊。總有什麼不對勁，他回頭看看門鎖，指著于勒吼道：「我是她老子，我都沒這麼幹過！你把她反鎖在家裡？」

于勒慌慌張張，「啊吧啊吧」說個不停。估計女婿在給他講，玲玲有回自己出去走丟了，過了好久才找著的故事。老許點點頭說，等她熟悉這個家，就好了。于勒做了個「吃飯」的手勢，老許搖搖頭，于勒還是進了廚房。

老許把電視關了，想跟玲玲談談，憋了半天也不知道從哪說起，只好打開電視陪玲玲一起看。剛好是動物世界，玲玲最喜歡的節目。她以前愛看電視劇，懷了佳明以後，有天發現電視劇都是編的，瞎扯淡的，就轉而迷上了這個，更真實，但也更殘忍。她最喜歡袋鼠那期，成百上千的袋鼠媽媽帶著寶寶蹦來蹦去。可惜後來不播了，那都是六年前的節目了。

這集講老虎，從一隻懷孕的虎媽媽講起，牠生下三隻小虎。一隻循著氣味過來求歡的公虎咬死了其中兩隻，他的目的是殺絕母虎的後代，好和母虎重新交配。母虎不幹，叼走僅存的遺孤藏好，然後和公虎展開一次決鬥。決鬥持續一夜，公虎被趕跑，片子最感人的一處是，母虎回來時迷路了，牠一路哀號，找了三天，才在上游的洞穴見到自己餓虛脫了的孩子。

玲玲看哭了，眼淚吧嗒吧嗒掉下來。老許叼菸沉默，他知道自己就是那隻公虎，剝奪了女兒做母親的權利。多說也沒用，老許起身拿外套，說得去接佳明了，佳明上學前班了，成績特別好，什麼知識一教就會。玲玲含著淚說，真好，真好，他比他媽媽強多了。

玲玲送老許去公車站。老許怕她再走丟了，讓她記著怎麼回去。玲玲給他看個紙條，于勤把地址寫在上面了，她不認字，但可以給別人看。

等車的時候下雪了，天還不夠冷，雪花特別大，飄在空中遲遲不肯落下來。十九路車人太多，老許說等下一班。其實他知道，他這個歲數，上車就有人讓座，他只是有些話還沒說。他想告訴女兒自己得肺癌了，要死了。可是說了又有什麼用呢？雖然她的親媽親爸很早就沒了，但她還是理解不了，死亡的有去無回，是多麼令人傷心的一件事。

十九路又來了，老許找好零錢，從中門上去，轉身望著玲玲，對她揮揮手，猶豫了一下，還是說了：「玲玲，你好好的，爸就要死了，你好好的。」

玲玲聽懂了，懵在站台。中門已經關上，汽車緩慢啟動，她忽然跳下馬路，撲過來，扒著門縫對老許喊：「爸，我恨你，媽也恨你。」

8

工地有名字了，他們把石板上的「花園」留下來，在被抹掉「共青團」上寫了「酒店」兩個字。以前從右往左豎著看的「共青團花園」，反過來讀成了「花園酒店」。南北花園這回徹底圈起來。第二年春天，那些老人們不能去那裡遛彎了，也不知道都去哪了，老許有一段時間沒碰見過臉熟的，能打招呼的老朋友了。好像他們真是像開發商所願望的，在一個冬天裡都死絕了似的。

不過就是老許這幫懷舊的老傢伙發些感慨罷了，大多數廠區人都在歡迎這位客人。從砍樹那天算起，到現在已經兩年多了。以前只在港片裡見到的，或是從書裡讀到的「摩天大樓」四個字，這一次就要降落在他們身邊。小佳明就是其中一位，春節以後每天回家，都會仰躺在雪地上數一遍再上樓。二月十五日是二十九層，三月一日三十三層，三月十五日到了三十六層，四月一日還是三十六層，他們不蓋了，大廈封頂了。

老許還有他的操心事，今年以來他都不再去收鐵，也沒人再找他。後來他知道，那批工人撤了，工地現在更需要瓦匠、電工和管道工。之前他承諾，等竣工再把地窖裡的鐵賣掉。估計等不著那天了，他身體已經不行了，就是爬二樓的家都是撐著樓梯扶手，氣喘吁吁。還有他更擔心的，工頭知道這個地窖，知道裡面藏了多少鐵，他怕他們哪天夜裡開著解放，捲土重來做沒本的買賣。不可不防，一大筆財富，老許有回下地窖數了一遍，深吸一口氣，這些要是都賣成錢，差不多真可以把佳明撫養到大學畢業了。

他側面打聽了市裡的幾個收購站。老闆們一聽就明白是怎麼回事，可他們膽小，不願意攤事惹麻煩。只有一個答應了的，開價低一些，而且要求老許自己拉過來，交貨才算，假如在路上被警察查了，跟他們無關。又不是偷來的銷贓，他也是花錢收的。老許不滿意，卻要了電話號碼，說考慮考慮。他得算算這麼賣，一共要少賺多少錢。

不往遠說，早個三五年，他氣還能喘勻的年紀，他就敢借輛解放，走不設崗的小路和國道，運南方賣去了。要不找于勒來幫忙吧，怎麼不熟也是他女婿。可他那種說不出話的人，老許實在是不了解，回頭把他告發了，這兩年就白忙活了。要是小吳那年沒出事，玲玲能嫁給他就好了，那麼壯實，那麼好的小夥子，他倆能當父子處。對啊，老許想想自己樂了，這些都是佳明的救命錢，不就是小吳的兒子嗎，他一個本該外姓的姥爺，不就是在給差點上門的女婿操這分閒心嗎？他當爹的時候就累，等當了姥爺，更累。沒爸沒媽的孩子。真是，造的什麼孽啊。

有爸爸的孩子都做什麼呢？有一次在樓下許佳明對姥爺說，他們班好多同學都在夜裡跟爸爸繞過工地帳篷，悄悄爬過花園酒店了，從小門進去，有個安全通道，可以一直爬到最頂層。

「為什麼？」老許問。許佳明早不說這句話了，現在成老許的後遺症了。「又不是爬山，樓梯有啥好爬的？」

「登得高，望得遠呀。」

「蓋好了再去，我讓你可勁看。你看那頂層還玻璃都沒有，你說那是安全通道，裡面黑乎乎的，還沒安燈，樓梯扶手都沒裝呢，掉下去摔死你。」老許指著大廈的圓頂說。

「以後只許有錢人去了，聽說在花園酒店要一百塊住一天呢。」

老許倒抽一口氣，那是一個月的退休金。不可能，小孩子瞎傳。老許搖搖頭，審視著逐漸顯形的怪物，說：「我以前老進去，我比你清楚，那裡面除了最頂上沒窗戶漏風，中間根本不通氣，沒準到哪層，你就缺氧悶死了。」

「點蠟燭上去，再就是把綁紙箱的塑料封帶點著，哪層滅了，就知道是缺氧了。姥爺，你帶我上去唄。」

「你好好學習就行了，惦記這些有啥用。」

「我同學的爸爸都領他們去了。」

「那你找你爸去。」

佳明甩了一下，氣鼓鼓地看著姥爺說：「你不告訴我爸是誰，我怎麼找？」

老許心有點酸，蹲下來拍佳明肩膀。

「你不跟我去，我就自己去，反正我塑料封帶都攢夠了。」

「你敢去，我就抽死你！」

老許掄起巴掌，但是沒下手。佳明不躲，也不哭，瞪著姥爺嚥唾沫，彷彿那些都是不小心流出的眼淚。老許想可能是這樣吧，學前班裡那些同學，一定是笑話佳明沒爹沒娘，所以他才那麼想上去，他想證明自己和那些有爹有娘的小朋友一樣，也去了花園酒店。這樣的解釋，老許就不會把外孫的不聽話放心上了。那要是果真如此呢？老許可就真的真的心碎了。

「佳明，你把那些封帶都留著，姥爺這些天要辦件大事，等姥爺辦好了，肯定帶你去。」

9

他決定自己運，不靠別人。在白天，他把每個軸承都過了遍潤滑油，將三輪車的所有螺絲擰緊。晚上十點多他下了菜窖，他花了三個小時才拖出三十五根鐵條，每根鐵條二十斤。先這些吧，老許爬上地面想，以後每天賣一點兒，死前肯定能賣完。他一根根塞進三輪車，扯一張軍綠色的帆布罩在上面，出發了。

他走大道，長春最寬敞的街，斯大林大街，跟共青團花園一樣，也要改名字了，從解放到九零年，叫了四十年，本來是偽滿時期日本人建的，那時候叫中央通。三個年代他全經歷了。

越是大路越穩當，巡邏的警察不會平白無故攔住他這種糟老頭。一連排的路燈下，斜長的身影在他左邊路面上畫半圓。不算特別遠，以前半小時就能騎到，現在他身子弱，馱著七百斤的東西，可能會慢點。路過文化廣場他看眼大鐘，騎四十分鐘了，一半還不到。

夜裡三點的時候，他能看見收購站的路口了。他歇一下，數了數，五個紅綠燈，他的肺都爛了，視力怎麼還能那麼好？聽說眼角膜可以捐出去，捐誰呢？這個用不著他操心，醫院給安排，都是死後的事兒了。換了錢，他還得給佳明開個帳戶，買保險。他自己想買的時候沒機會了，外孫得有。兩種全買了，人身保險和信託保險，他得把錢都存到摺子裡，每個月給佳明扣除去。銀行能像他這麼負責嗎？每月扣十五塊，堅持十五年？找人託孤呢？他有幾個老朋友，但是那些人，看氣色兒沒一個能活過三年的。他該有戰友的，五七年他就去了朝鮮，一路大捷，都攻到了清川江，美軍一場空襲全毀了。他們營裡二百來人，就他一個活著回來了。

最後一小段上坡，第三個紅綠燈就是，騎不動了，他下來推車。低頭使勁時心中奇怪，影子怎麼從左邊跑到前面去了？影子越來越大，他面前全黑了。他回頭看，一輛亮著大燈的車在身後慢慢開過來。那是輛警車。

開到他身邊車窗被搖開，副駕位上的警察問他，要不要幫忙。老許滿腦袋汗，搖著頭。他不緊張，已經沒力氣緊張了。

「拉的什麼呀，老爺子，這麼沉？」

「破爛，一輩子攢下的破爛。」

「真行，也不嫌累。」

開車的巡警說話了：「有繩子嗎？幫你拖一下。」

「到了，就快到了。」

他停下來，將三輪車橫路邊，讓警察先過去，就當是歇會兒。警車又不趕路，慢悠悠往前蹭。老許坐馬路牙子上，等好半天才見警車過兩路口。他把車把順回來，重新上路。

感覺車比剛才重了，力氣使不上。他胸口抵著車把，身體和路面成六十度往前推，可是車子就是往後頂著他。就跟掰手腕似的，表面上看勢均力敵，誰也扳不動誰，其實就是在較勁呢，輸贏只是一秒的事兒。三輪車持續發力，老許頂不住了，一洩氣就被扳倒了。三輪車向下坡滑去，這下好了，身體和路面是一百八十度了。

他睜開眼睛，真操蛋，他還死不了。身後一聲巨響，接著是咣咣當當的聲音。他撐起來看一眼，失控的三輪車撞在迎面開來的捷達上，三十五根鐵條，一根不落，全都蕩了出來。

管不了那麼多了，重新躺下來喘口氣，那些星星在他臉上一閃一閃的。他伸手指過去，認出了北斗七星，找到了大熊座，獵戶座，再往前是仙女座吧。他笑了，手臂在身上比劃，這片星空真漂亮，經歷了幾千、幾萬、幾十萬年，都不曾改變一絲模樣，不管什麼時候，不管到了哪裡，都依然那麼有序地排在天空上。他第一次發現長春的夜空和三十五年前的清川江一樣美。

10

「我沒想把你叫來。我跟警察說了，我說那些鐵條我不知道是怎麼回事，就是路邊撿的，把我關起來吧，你們慢慢審，下得了手的話，你們就動刑，我七十歲了，癌症晚期，跟外孫住一起，他聰明、懂事、有膽量，看見我夜裡出門還能裝睡覺，他怕我捨不得把他扔到黑夜裡，他跟他媽不像，跟他爸不像，就像我，什麼都不怕，他才六歲，還等著我一會兒回去給他做早飯，我要是回不去了，你們得管，不能讓他餓死在屋裡，也別通知我家裡人過來領我，我沒啥親人，就一個女兒，是傻子，叫她來沒用，她有個丈夫，聾子加啞巴，你們去吧，對他比劃，等他明白了，我都死在你們局裡了，不信誰就把我肺挖出來看看，黑了，爛了，我活不過下個月，可能這禮拜就死在你們這兒，把我放出去，還來得及料理後事，能做多少算多少，我死了，誰來照顧我外孫，我傻閨女怎麼辦，關啊，把我關進去啊，我什麼都不說，別以為我不懂，等不到你們找到證據起訴我，就是兩條命，我外孫餓死在家裡，我就死在你們牢裡！」

下雨了，他倆走著夜路。那年代沒出租車，老許也不願意警車送他們回去。他走前面講，于勒跟後面聽著，也聽不到，但能感覺到雨滴打在臉上，他從懷裡拽出傘遞給老許。只有一把，老許推回去。于勒擺手不要，頭髮已經被淋濕了。老許把傘揚開，讓于勒進來。走了幾步，四隻腳擠傘下容易打架，于勒停住兩秒，繼續跟在老許後面。

「你確實是個好人，把玲玲交給你我放心。我上次去你家，我坐十九路回來，你知道她跟我說什麼嗎？她說，爸，我恨你，媽也恨你。你知道我什麼心情嗎？我就這一個閨女，我就要死了，她跟我說的最後一句話是，她恨我。我那天在十九路上，幾次都想，跳下車摔死得了。沒錯，要不是我，玲玲也不能是個傻子，她媽也不至於死。但我悔罪了，我把你閨女養大，下輩子再給你們做牛做馬。沒用，我明白，我該做的就是這輩子做牛做馬，等把她閨女伺候大，等把她閨女伺候大了，還要伺候她閨女的兒子。我許林森圖什麼呀？這他媽根本不是我的種！」

老許回過頭，于勒還在後面，被他表情嚇了一跳，停下來惶恐地望著他，好像在等他的指令。老許對他笑笑，說：「我對你也有罪，你也該恨我。我設計的，一直都騙著你呢，我沒兒子，自然沒佳明這個孫子，玲玲也不是他姑姑，就是他親媽。你別怪爸，我這麼幹，就是想讓你順順心心地和她好好過日子。」

天快亮了，不過公交車還沒出，他們還得繼續步行。一陣大雨後變成細雨，老許伸手感覺下，把傘還給他，一點小雨他走得動。

「你別看玲玲現在恨我，其實她依賴我，離不開我，要是哪天她真明白她爸死了，再也回不來了，沒準出什麼差頭，都有可能跟她媽一樣，變成瘋子。我跟你講這些呢，就是想說，玲玲不是我的，可我把她養大。佳明也不是你的，我沒辦法了，才求你把他拉扯大。你別考慮他是誰的，那樣你日子就沒法過了。他就是許佳明，一個獨立的人，懂事、聰明，以後肯定有出息。

玲玲呢，她要是沒出啥事，精神沒問題，你就跟她過，要是不行，你就送出去，國家給照顧。把精力耗在有希望的人身上。我有軍人傷殘證，能證明她是被我遺傳。你別看她跟我沒關係，可我把她全都辦妥了。」

你放心吧，佳明交給我吧。

陌生的嗓音，老許轉身看于勒，他的臉藏在傘下。老許把傘撥開，抓著他的肩膀問：「你剛才說話了？」

于勒瞪大著眼睛，努力理解老許在講什麼。

「是你在說話，你能聽見我說話。你還有什麼想提的要求，你全講出來。」

于勒望著他，一臉的惶恐不安，張著嘴使了半天勁，吐了幾個字：「啊吧？啊吧！」

細雨中的幻覺，老許接著領路。他也不講話了，兩人默默走著。也許是心靈感應，也許是從老許心裡發出一廂情願的聲音，不管怎麼說，于勒答應了。老許打算放手了。

快到家了，他們沒進去，老許指著家門說，以後這房子是你的了。于勒看看大門，老許對他比劃著：「你，拎著行李，進來，睡覺。」

又是茫然的眼神，算了，他回頭都寫遺囑上，他還打算給女婿留點什麼。他倆往前進入荒草地，汽車廠圍著這片草地蓋了二十幾棟的樓。野草在瘋長，已經快過大腿，就是一個營的部隊在裡面伏擊你都看不出來。廠區的物業從不管這裡，這種狀況持續到十年後的夏天，一個叫毛毛的女孩被姦殺在草間，才過來一幫人連幹三天三夜，把這些野草連根拔起。

越往裡越泥濘，于勒要雙手抓著褲腿，才能把腳從泥裡拔出來。他跟在後面，不明所以。走到草叢深處，一米見方的空地被砍下的野草覆蓋，老許掏出鑰匙蹲下來撥開雜草，一扇地門被他打開。于勒傾著身子往下看，那麼深，那麼多，差不多上百噸的鐵存放在裡面。于勒直起身看老許，清晨的細雨落在他動著的嘴上，他聽不到。

老許說：「佳明愛吃煎豆腐，把豆腐過油放點鹽，這些錢夠了。」

11

要不是工人們磨洋工，真就沒機會進到花園酒店了。雨季裡最好的夜晚，月朗星稀，收鐵的那個豁口還在，老許拉著佳明鑽進去。也是，為什麼修補它呢？等酒店落成了，他們會重建一面金色圍牆。池塘還在，裡面的魚蝦都死了，淺淺的積了點雨水，以後肯定要弄，這些地皮都是花錢買的。

沿著涌石路能走到側門的安全通道，他想起頭一次給玲玲相親的那個獨臂軍人，就是從這條路走回去的，那時這裡是大片松樹林，還有隻松鼠陪伴他一路。現在想想恍同隔世，那時候那麼多煩心事，都是怎麼挺過去的？打開小門他樂了，對呀，那些人就是那天晚上過來伐樹開工的，花園酒店是這兩年零十個月的見證者呢。

這成了死前的儀式，那就不光是陪佳明爬了，他也想從頂樓看看自己生活半輩子的廠區到底什麼樣。佳明拎根點著的封帶走在上面，燒化的塑料帶著火苗一滴滴地掉在台階上。老許後面給他打手電筒。他們很慢，兩步一樓梯，貼著右側的牆壁，石灰牆，還沒刷漿，手摸在上面有點陰涼。左側的保護欄扶手還沒裝上，上到第六層老許往下照了照，有點害怕了。他讓佳明注意，手不可以離開牆。

「封帶燒完了，我得兩隻手換呢。」

「腳別動，換吧。」

開始他們每層都報數，後面就亂了。十幾層的時候換了第三根封帶，老許給佳明照亮，新的被引著，問道：「氧氣很足，對不對？」

「對呀。」

老許雙臂支在腿上喘著粗氣，最後一口又上不來了，坐下來緩了半天問：「你說你們同學的爸爸都點封帶，對不對？」

「對呀。」

「一直到頂，都沒滅過，對不對？」

「對呀。」佳明也知道哪兒有問題了，咬著指甲想了一會兒，把封帶扔地上踩滅，坐到老許身邊說：「姥爺，本來就不缺氧的，對不對？」

老許點點頭，想誇他兩句，一時沒力氣，捂著胸口咳嗽。佳明幫忙敲他後背，咳出來幾口痰好多了，把手電筒遞給佳明，說：「姥爺爬不動了，你去爬吧。」

佳明接過電筒，站起來猶豫著不動，說：「姥爺，我不爬也行，我也累了。」

「你去吧，咱們都來了哪能不爬，姥爺就在這兒等你。」

「那我跟你歇會兒再去。」

他又坐下來，拇指在開關上推來推去。老許提醒他一會兒沒電了。佳明就把手電筒闔上，兩人面前無盡的黑暗。

「佳明，姥爺要是哪天死了，你會不會想姥爺？」

「不會，姥爺不會死的。」

「會，姥爺會死，人老了都得死。等姥爺沒了，你眼前就是現在這樣，一片黑。你得把這陣兒挺過去，時間挺長，得挺個十幾年。等你忍耐著熬過去了，你就長大了，那時你的面前就是一片美好，心想事成。」

佳明不說話。

老許知道他在哭，他繼續說：「你現在還小，不明白我在說什麼。你把這些話先記著，以後你撐不住了，就給自己背一遍，你又能熬過一個月。你現在跟我說一遍，等我長大了，一切都好了。」

佳明不說話，摸摸姥爺手臂，大聲哭起來。

「別哭！你跟我說，等我長大了，一切都好了。」

老許聽著他啞著嗓子學了一遍，老許讓他再說十遍，永遠不忘記。後來他恍惚了，身體癱在牆角，耳邊響起各種聲音。他知道自己不行了，他怕死在佳明面前，撐起手臂說：「你上去吧。每上一層樓，就跟姥爺報一下樓層，讓姥爺知道你安全。姥爺在這兒等你。」

「那我下去查查現在是第幾層嗎？」

他想笑，笑不出來，說：「不用，從這兒算，沒有姥爺的第一層。」

佳明上去了，頭兩層他還聽得到，後面佳明的聲音逐漸模糊，但沒事，有聲就是沒危險。老許閉上眼睛，過去的好多事都浮上來。他想起十八歲第一次扛槍，二十五歲參加長春的百日圍城，解放後和玲玲她媽結了婚，生了兒子，等到三十了又響應號召，拋家棄子去了朝鮮，然後，什麼都沒了。

樓上沒聲音了，老許用最後一絲氣喊了兩聲佳明，想上樓去找他。站不起來，他雙手扒著樓梯往上爬。跟狗一樣的爬，他想起老王了，他那樣了還活著，他卻不行了。

他早該死的，要不是那天夜裡鬧肚子，就和戰友一起埋在南朝鮮了。他半夜起來，幾趟茅房跑了半宿，他蹲著看見一百多架飛機投著炸彈呼嘯而過。他呆了，當年打四平也沒這麼嚇人。屁股都沒擦他就跑回去，營地不見了，整個營二百多號人全都燒沒了。

他被搖醒，他以為自己已經死了，是佳明，從上面下來，手電筒照得他影影綽綽的。他問：

「到頂了嗎？」

「沒有，我爬到十五層又下來了。姥爺，我怕你死了。」

「去，上去！我就在這兒等你，你上去！」

他聽見腳步一點點遠去，光沒了。他喊外孫一聲：「佳明？你還記著姥爺教你的那句話嗎？」

「記得。」聲音從樓上傳過來，「等我長大了，一切都好了。」

「再說一遍！」

「等我長大了，一切都好了！」

營地炸平了，他穿著短褲哭號著在廢墟亂翻，沒有槍，沒有軍裝，沒有證件，他什麼都不是了。眼睛哭乾了他平躺下來，頭頂一片夜空，真美，那麼多的星星在他淚水裡一閃一閃的。

九十年代的夏日清晨，許佳明第一次站在花園酒店頂樓的旋轉餐廳，等待第一束陽光照進他身前的落地窗。那時的落地窗還沒有玻璃，早上清爽的風吹在他臉上令他搖搖欲墜；那時的餐廳還無法自行旋轉，他可以沿著邊緣伸開雙臂自己旋轉一圈。他俯瞰地面，把自己生活了七年，以後還要生活十二年的每一個角落都牢記在心。

他那時不會懂，成年後他回到長春，拿出第一筆收入，住進花園酒店，乘著電梯上來的夜裡，他知道這一次的登頂對他有多重要。他的童年只有一條路，這條唯一的成長之路又有座梯子卡在那裡，那座梯子如此之陡，高過花園酒店，直通雲層。有姥爺的守護，他在梯腳站了兩年不敢上去。也就是從那一天，從那個大霧瀰漫的清晨，他向上跨出了第一步。

姥爺告訴他，等我長大了，一切都好了。為什麼？怎麼才能長大呢？梯子擋在他面前，他在旋轉餐廳看著遠方的群樓，左眼看，換右眼，他們還在那裡，如果目標足夠遠，他們就不會跑，站在那裡一動不動，等著他過去。你們都別動，等我從這邊上去，再從梯子那邊爬下來，我就長大了。

第三章　六十號信箱

1

寄情書那天許佳明下午沒上課，想去廟裡燒香拜佛。進去一看最便宜的香也得十塊錢，還不能講價，美其名曰「請香」。許佳明把兜裡錢翻出來，一塊五毛加起來才七塊。他想不行的話，把這半包菸供給佛祖得了，抽不抽是祂的事，心思到就行。

左扇大門貼張大廟地圖，大小神仙住了七八個院。有各種金剛和各種菩薩，可是他沒找著月老。是不是月老級別不夠，擺不進來。既然買票進來了，順手把那些金剛菩薩都拜了吧，反正除了感情，他別的煩惱也不少。

每個神像下面都有個金色牌匾，雙語介紹這個人叫什麼名字、幹嘛的，都管凡間的哪一塊兒，整得跟真事似的。許佳明把中英文都讀一遍，再端詳一下祂長什麼樣，鞠躬都沒有，直接去下一個院。他不算虔誠，如遊客一般。見著文殊菩薩得好好拜拜，換古代這可是教育部長。他雙膝下跪，手心向上，一個頭磕下去。還有四百多天他就高考了，考得遠點，更遠點，再也不回來了。

給菩薩敬菸有點不像話，他四周看看，有個老太太正手持一捆香搖搖晃晃進來。你搞清楚這是誰了嗎，人家可不保你平安健康。許佳明過去跟她解釋了幾句，討了三支香，在香爐的火焰上方搖幾圈把香點上插好，心中默念，也別考太遠了，跟房芳一個大學就行。房芳是他情書收件人的名字。

出來的時候他想通了，和尚都是禁欲的，不娶媳婦，當然不供月老。七個院被南北一條主線串起來。角落裡有個偏院，隱密偏僻。進去一看，許佳明被震住了。二十多組神像，兩兩一組全是交媾。金剛和菩薩以他在片子都沒見過的姿勢，搞得不亦樂乎，真是佛祖心中留。許佳明先看英文注解，一堆專業詞彙裡就看見個Tibet，這跟西藏有什麼關係？哦，藏傳佛教，這些都是歡喜佛。

許佳明進門順時針轉，他發現很多詭異的姿勢基本要靠金剛的膂力，而且男女表情都稱不上享受，說慘烈也不為過。彷彿兩人不是做愛，是在鬥法叫勁，勝者為王。就算許佳明的性經驗只限於三級電影和打碼片，就算他從一個帖子裡讀到女優的淫蕩都是假的，演出來的，但許佳明也知道，這種事再不舒服，也不至於這麼你死我活。

在屋裡轉了一圈，走到大門右側的時候，他眼睛一下子就濕了。說不上為什麼，就是突然有點難過。他注意到了那個男人的眼睛。這麼多體位基本都是他一個撐著，高大威武，眼睛鼓鼓地從眼眶往外脹。他順著他視線找過去，許佳明發現他並沒在看女人，沒在看那個還裹著他的女人，他在看某個定點，牆上的斑點，窗外的樹葉，或是地上的爬蟲，反正是某個虛幻的事物。這讓許佳明難受，他被這赤裸裸的性給傷害了。這些歡喜佛不要說愛，連一點點感覺都沒有，只有發洩和欲望。他站在展廳假想一條線，這邊是他，省實驗高二快一班的尖子生，那邊是長大後的他。如果說成人世界是他早晚要邁過這條線要去拜訪的地方，此時他覺得那邊也好不到哪去，一樣的恐懼與絕望。

他快步走出寺廟，心想能在十七歲線這邊的時候愛上房芳真好，這一分愛會令他長大後到了線的那一邊，還可以有一個乾淨的愛與性。

2

他找人問了問，還不到三點，學校還有四個小時才放學。他不想回去，收件人拿到情書以前他想先迴避一下。今天是週五，週日肯定能讀著。週一再去上課，找個藉口跟NIKE搪塞一下就好了。NIKE是他們班主任，歷史組組長，頭髮稀少，中年胖男人，講課跟說書似的鏗鏘有力。沒課的時候，他最大的愛好就是用他們歷史組的座機往家長手機打小報告。那年代手機接聽也得六毛錢一分鐘，他一說就是半小時，彷彿是成心把家長激怒，再誘導他們把氣撒在孩子身上。

許佳明不怕，他沒家長。他住他姑父家，在啞巴樓。他姑父是聾啞人，可能是因為聽不見才不會說話，有點事還不打手語不寫條，學人家口型以為自己能講明白，結果說來說去就只有「啊咦哦」三個音。他還裝電話，總覺得自己是正常人。電話是那種除了響鈴還閃燈的，下班沒事就坐桌前盯著看誰找他。一亮燈還搶著接，「啊咦哦」地講一通，說快了就像「哎呦哎呦」，掛掉後他翻電話本對比來顯，看是誰打來的。對不上號就算了，知道了是誰，他伏在窗前能琢磨一下午，自己是不是應該直接去他家，問問他什麼事兒。

電話本上有歷史組的號碼，他姑父家長會的時候抄下來的。許佳明早給改了，差兩位數，跟來顯對不上。而且，許佳明永遠搞不懂，每回家長會NIKE一氣兒說兩小時，他姑父在座位上都在幹點啥。還有一件事他沒跟任何人講，就算以後跟房芳好了他也得藏著，其實他姑父娶的不是他姑姑，是他親媽，他是私生子。他姥爺得癌症之後，跟死亡賽跑似的虛構了一個短命的兒子，假兒子又生了他。這幾年上墳他在人前都喊他爺爺。

他找網吧待幾個小時，他不會玩網遊，反恐也弄不明白，看過新浪體育後，他不自覺地登入了論壇。一個加拿大的簡體字網站，各種馬甲分享著色情圖片。他知道這不好，剛才還認定了他與房芳的純潔人生呢。可能就是歡喜佛搞得他心神不寧，他想回到人間，溫習一下人間的不是金色的身體。

網吧人太多，他沒辦法全屏，每點一帖子在圖片展開前就急著回覆一句「碰見這把好乳，雖不是板凳勝似沙發」或是「樓主功德無量，小弟六體投地」之類的。後來他改看網文，沒影像沒聲音也沒感覺，裡面對白都是「啊……啊啊……啊啊啊……」，也不知道作者什麼意思，寫色情文又不按字數結稿費，點這麼多省略號幹嘛？

他關掉文章，將首頁留在屏幕，沒省略號沒露點，好比飛機安全降落。他往後一靠，點支菸。頁面打著碩大的廣告——移居加拿大，月入一萬元。他不信這個，只點開看一眼，裡面說多年以來加拿大人口負增長，他們急需引進未滿十六歲的少年，以培養成加拿大二十年後的中堅力量，條件是少年必須隻身前往，他們只要早晨的太陽，那些步入中年的父母是累贅。這倒挺適合許佳明的，況且他英語沒問題，倫敦、紐約應付不了，對付蒙特利爾這種法語區的人肯定沒問題。可惜他十七歲了，剛好過線。他搖搖頭，回到新浪看體育新聞。

網速很慢，時間就很快。出來時天黑了，他有點失落。每回瀏覽色情網站、泡錄像廳感受前排的老頭手淫、以及站立交橋下喝茶看民工打牌這種無意義的事情之後，他總要沮喪一陣子。偶爾還會痛恨自己齷齪骯髒，反覆說，使勁罵自己。表面上他對高尚的說法不屑一顧，認定這是一種虛偽到假惺惺的品德，可是內心裡他真的希望自己能長成為一個高尚正直坦蕩蕩的男人。

唯有房芳是他的解藥，他暗戀她十八個月，每當他體會到愛著她的感覺時，覺得自己也在變得和她一樣乾淨。在她面前他常常裝作驕傲、漫不經心、無視她的容貌。可有幾次真想在胸口割一刀，把心掏出來給她看看，讓她看看自己是多麼卑微與脆弱，孤獨與絕望。他一直在高尚和齷齪之間反覆搖擺。他偷看她的眼睛時都在想，他和她的孩子會長成什麼樣，他們以後會去哪個城市生活，他要找份薪水多少的工作才能養她到一百歲。

這些他都不能說，如同那些齷齪骯髒的陰暗面，這些是他的祕密。每一個少年的成長中都會有朵祕密之花，花開的記憶永遠不能講，可一輩子也忘不了。

以前給房芳的情書都是匿名在網吧敲出來的。高三報考前總要玩一次真的。他怕被拒絕，但更怕錯過她。他覺得自己像飛機倖存者在荒島上待了十七年等待救援，他有多麼希望這封瓶子裡的信能漂洋過海到達她那裡，令她伸出救援之手，帶他離開這個絕望孤島。

3

星期六他在家裡睡了一天，他姑父在外屋忙再婚的事情。他見過新娘，不好看，跟他媽比差遠了。人家的婚禮他幫不上忙，也不想出現，他不想顯得自己太多餘。

星期天他們把請帖都做好了。他去南湖抽了半盒菸，坐在湖邊的長椅上看著成群的候鳥回到北方。春天到了，日落時分水面泛著金光，似乎每隻鳥斜陽下呼吸著自由空氣。帶我走吧，有那麼一陣他甚至都說出聲來了，隨便一個人，把我帶走吧。

星期一他提前去了學校，他一瘸一拐地找NIKE描述了上週五中午的一場車禍。他指著左腳說大夫要他住院，但他怕影響學習。「所以，」他頓了一會兒說，「我還是堅持回來上課。」

NIKE靠在椅子上仰頭看他，只有這樣前額唯一繁茂的一縷頭髮才不會垂下來。他不相信許佳明，但也懶得讓他脱鞋看看。他一般不管學生，打家長手機只是他個人愛好。作為省實驗快一班的班主任，他認為學習是他們自己的事情，這些孩子聰明，知道得失。他拿出菸盒叼起支菸，兩手在兜裡摸了半天。這讓許佳明很有種衝動，把自己的火機遞給他。

「以後提前寫假條，先請假。」NIKE伸手摸許佳明的褲袋，拽出火機點上菸，把火機放進抽屜裡，長吸一口，很愜意地繼續説，「上學這種事，沒有能來和不能來，只有想來和不想來。只要你想來，傷多重都能來，明白嗎？」

「明白。」

「假條也不用寫車禍了，編這個沒意思。事假或病假就行了。我不關心你是什麼病什麼事。你就讓我知道，你還給我寫了個假條，還尊重我這個老師。」

「知道了，但是，我真被車撞了。」

NIKE沒理會他，起身到窗台拿菸灰缸，轉身問他：「為什麼他們都叫我NIKE？」

他背對窗台擋著光，這時許佳明才注意到他一身adidas。穿著三道槓的外套，腳上是三葉草的運動鞋。他也在和他的世界對抗。

有人在外面敲門，許佳明微微鞠躬退了出去。房芳的父親來了。他見過他，經常在亞泰桃花苑的班車點接女兒。關門的一刻他聽見他問NIKE，點點來了沒有。許佳明也不知道班上誰的小名叫點點。房芳兩個字的發音都跟小名似的，不至於還叫她點點。

回教室裡沒見著房芳，那時班上有一半人沒到；早自習沒見著房芳，班上有三個人沒到；第一節課沒見著房芳，班上就她一人沒到。幾何課上NIKE帶著房芳的父親進來打斷一下，他們還是想知道誰的小名叫點點。沒人舉手。後半節許佳明沒聽進去，他想不明白到底誰是點點，房芳的消失跟點點有什麼關係。

星期二她也沒來。跟他的情書有關嗎？跟點點有關嗎？趁人不注意他去房芳那兒坐了兩節課，他想尋找她的痕跡。幾本教輔，一份政治筆記。他手指點著紙張逐字逐句地看，彷彿那是寫給他的回信。

歷史課他坐回去，清初的文字獄。他手臂撐著腦袋聽了二十分鐘「清風不識字」。每回情緒一激動，NIKE就把垂下來一縷頭髮重重地抹上去。正在他描述寧古塔的蒼涼時，兩個警察出現在外面，輕敲其實已經敞開的門。

班裡有一點小騷動，NIKE對著同學，左手下壓兩拍，跟著警察到了走廊。許佳明聽不清警察跟他說什麼，他學姑父的讀唇術，再按照「啊咦哦」的方式翻譯出來。每一個細節他都不漏下，包括戴眼鏡的警察是左手執筆在本上記錄線索，時不時還要抬筆推下眼鏡。看到最後，他鼻子一酸哭了出來，他知道他完了，他知道他註定要在荒島上捱過餘生，他知道他還得在姑父的新家多餘下去，他知道自己將宿命一般，繼續被高尚與齷齪折磨。他知道，這些他都知道，再沒有人能帶他離開這裡，他的收件人死了。

4

房芳還不認識他那陣兒，許佳明時常以路人甲的身分在她身前身後晃悠。那時候大家是高一新生，還沒有快一班，房芳在三班做文藝委員，許佳明還在他的十七班。三班挨著地理組，一下課許佳明就抱著地球儀，裝作給老師送教具一般在房芳身邊走兩遍。

省實驗是反著來的，高三在前幾層，十層往上是高一，彷彿對快高考的高三學生來說，在電梯裡多待三十秒都算奢侈。學校電梯是不少，可架不住七千人同時出來。如果下節不是體育課，一刻鐘的休息時間，沒人爬十幾層往外跑。房芳也一樣，忙的時候坐教室裡做題，沒事的話就在走廊溜達一圈，看看窗外的風景。其實也沒什麼好看的，一大片的工地，學校在建初中部。這時有個抱著地球儀的路人甲從旁邊走過，沒多久又抱著似乎更大的地球儀走回來。地理科代表，七百五十分的考卷，地理就占十分，還有這麼賣力氣的。

接近三班時許佳明就慢點走，又不想太明顯，貌似很吃力地擠著額頭，只用餘光瞄眼房芳。有幾回他快崩潰了，真想把地球儀一摔，大聲告訴她，這破玩意兒跟我無關，二手市場十塊錢一個，抱倆月了我都不知道加勒比海在什麼地方，我就是來看你的，我喜歡你，行就行，不行拉倒，我再也不費這個勁了！他當然沒說出來，有一半這樣的勇氣，都不至於熬到現在，房芳死了還不知道，他愛她。

既然無法表白，他總得找點事兒幹。他給自己設任務，一次搞清一個問題，比如她嘴角的痣是左邊還是右邊，她的頭髮是自來捲還是偷偷燙過，她眉毛有描過嗎。這些都比較容易，但是高二以前他始終都沒弄清楚，他有沒有房芳高。每回都是一瞥，房芳又沒站直，有時趴在窗前，有時倚在門口，從來就沒能背靠背地出個結果。

許佳明並不矮，上個月量是一米七八，以後肯定還得長。可是房芳十五歲的入學身高就已經一米七五，從後面看她的雙腿纖瘦細長。許佳明轉著地球儀想，那兩條大長腿，可以把這些亞非歐美拉纏繞一圈。當然，這不算色情，依然聖潔如雪。

房芳的父親叫房傳武，他很矮，一米七都不到。他在一汽做速度測試員，很難跟人解釋速測是什麼。汽車廠每天生產上千輛車，每輛車下線以前都要拉到專用跑道上，請他這樣的人跑一圈，有點兒「是騾子是馬拉出來遛遛」的意思。別的不用管，油門一踩就成。然後技術員會把這輛車的最大馬力和耗油比例算出來。這些都是隱藏數據，不會告知車主，說明書上也不寫。如果標注最高時速一百八，那他們起碼要跑出兩倍，三百六十邁才算合格。幹這行不是什麼技術活，身體得過硬，猛跑的時候別把早飯中飯甩出來。諷刺的是，房傳武到現在都沒有駕照。

收入比工人高，比技術員低，他一直過得挺節省。下了班都是坐二八六路回他的亞泰桃花苑。從起點到終點，二八六路跟走街賣唱似的走走停停，二十公里開上兩個小時。疾走急停，弄得車上的乘客都一個樣子，死死抓住扶手，目光呆滯地盯住車裡的滅火栓或是某個孩子的臉，任憑身體怎麼搖晃，都懶得抱怨，也不轉動眼睛。冷不丁進來，會覺得一車人都在站著打坐。

有一回他站前面跟司機聊天，沒話找話，他說別看我天天坐你車，但你真不行，你磨磨唧唧開一天，沒我二十分鐘跑得多。司機沒搭理他，也沒算一天和二十分鐘的帳。不用說，這個人在吹牛，給自己找面子，司機知道二八六路一車人，包括他，十年之內都買不起車，十年後也得看中國還有沒有鬧革命搞批鬥這種事。這幫人就這樣了，坐到二八六停運，或是自己停運的那一天。

之後房傳武就學乖了，一句話不說，也跟別人一樣，盯著投幣箱數鋼鏰兒。他咬牙切齒地想，攢錢給房芳買車，買最好的，就買甲殼蟲，最適合女孩子。汽車廠的車他都信不過。

要是沒堵車，準時到，他就提前一站下，省實驗四號班車在那兒有個站點，順道接上女兒回家。三月八日禮拜五，那天班車到了，但女兒沒出來。估計是小提琴排練，他也不急，路上買條魚拎手裡，掄起雙臂，晃晃蕩蕩走回家。

房芳在七點半打電話進來。她解釋她正和點點在外面吃飯，點點媽媽又出車去上海了，她答應今晚住她家陪她。房傳武不說話，他知道女兒馬上會找無數理由求他，跟他撒嬌，他挺享受這些的。然而這回沒有，房芳突然嚴肅起來，跟他保證今晚就跟點點講明白，明年高考，她沒時間再陪她玩了。就一夜，她說，明天起床就回家。這讓房傳武一下子不知道說什麼好了，他囑咐她注意安全，兩個女孩吃完飯早點回家，晚上別再出門。

掛掉電話他到廚房對老婆說先不做鯉魚了，房芳不回來了。因此他們還吵了一架。她怪他太寵女兒了，養孩子沒他這樣的。一直到晚上她還在嘮叨，車軲轆話反覆說。他警告她，再說他真急了。好了，她倒是不提這事了，熄燈以後開始翻舊帳，因為這個點點，房芳這幾年有多少次不著家，連過年那幾天都往外跑，大年三十也過不消停。後來他終於急了，彷彿在勉強兑現他之前的威脅，爆發得很溫和，他抓起枕頭去了女兒的房間。此後的幾年，他一直睡那裡。

第二天剛亮他又被老婆弄醒了，比平常上班還早。她問女兒幾點回來。他應付兩句，翻身背對她，心裡盤算著今天找點事做，離她遠點。他家在一樓，有個不大的院子，他想去買點菜籽，種在院子裡。那就跑遠點，出城去農村買。

他裝兩瓶水騎車去的，當是郊遊散心，來回路上就有十個小時。騎車回來他頗為感觸地計畫，退休以後還是回農村住，養豬種菜真好。七點他才拎著韭菜苗和葡萄秧進了桃花苑。他以為這事過去了，一家三口吃頓晚飯，聽房芳講昨天她們都幹什麼好玩的了，晚上有精力的話，挑燈把葡萄秧架上。可是計畫不如變化快，其實是沒變化，女兒一直沒回來。

他也不知道點點家住哪兒，電話是多少。他老婆提出報警，他說不合適吧，怎麼跟警察說呢？女兒去同學家玩一天沒回來？他打１１４查昨天的來電號碼。１１４不管這個，建議他試試電信局。他又打電話去電信局，接線員說這是隱私，不方便查詢。他急了，在房芳床上翻來覆去一夜沒睡。

週日早上電信局一開門，他進去就大罵一通。他們趕緊查出這個號碼息事寧人。房傳武拿過來一看，傻了，白折騰了，房芳昨天在重慶路附近一家話吧打過來的。那裡沒法查，重慶路相當於上海的外灘，北京的王府井，沒人住在那兒。他對老婆說，明天去學校看看，沒準她正坐在教室呢。這也是一廂情願，他自己都覺得出事了。

星期一早晨他去了省實驗。他先在教室後門窗看了一會兒，沒見著女兒。他去歷史組問班主任，點點來了沒有？NIKE問他，誰是點點？房傳武瞇眼回想了一會兒，忽然意識到，自己原來從沒見過她。他一直以為挺熟悉點點呢，他知道她是房芳最好的同學，知道她是單親家庭，她爸爸以前賭博被人捅死了，知道她母親是長春至上海鐵路段的列車長，知道這孩子是二月六號的生日，上個月房芳春節都沒在家過，特意陪她去了趟海南，當做生日禮物。怎麼現在他連點點是誰都說不上來呢？

他和NIKE查了一節課，把六十個同學的檔案全過一遍，有一個二月六號生日的女生，但父母都在。第二節NIKE在八班有課，讓他在辦公室慢慢核對。房傳武堅持去操場等。他又去看眼後門窗，房芳還沒出現。

第三節是幾何課，NIKE要帶他進班裡問問，他覺得這不是小事。NIKE把他領進快一班，也沒時間介紹他，打斷一下就問，這裡面誰叫點點？沒人應聲。你們誰認識點點？依然沉默。有聽說過點點的嗎？學生都不看NIKE了，低頭做題。他轉身對房傳武搖了搖頭。這時候他才明白，他根本就不認識點點，這些都是從女兒的嘴裡講出來的。

就在快一班，他都要倒下去了，扶住門框，他雙腿直打哆嗦。過去的兩天發生了什麼呀，過去的兩年發生了什麼呀？沒有點點這個人，從頭到尾她都未曾存在過，幾年以來，關於點點的一切，都是女兒編出來的。

5

房芳死後兩天，直到禮拜二上午，才被發現死在花園酒店的303房間。花園酒店在崑崙一路上，他們把以前的共青團花園圍一圈建起來的。所以花園酒店真彷彿花園一般，鬱鬱蔥蔥茂密繁盛，周圍都是不高的楊樹，使得這棟三十六層的大廈格外顯眼。

許佳明姥爺家住在附近，以前大樓剛封頂還沒電梯的時候，他和姥爺摸黑爬過一次。這是他對姥爺最後一次記憶，到13和14層的拐角處他姥爺終於爬不動了，堅持要許佳明繼續上，他坐下來歇一會兒。兩個小時後，許佳明再回來的時候，他姥爺已經吐出最後一口氣。初中畢業後他又去過一次，走進電梯裡，那兩層樓都消失了。12往上只能按15，13和14都被他姥爺帶走了。

從低到高，一樓是大堂和飯店。二樓為會議廳，鋪滿了能坐上千人，在傳銷還是合法的年代，這裡天天訂出去。三樓有六間二百坪以上的總統套房。隨便走進哪一間，按下開關，頭頂的二十四盞水晶燈交替閃爍。從落地窗望下去，可以看見酒店的小池塘和兩隻互不理睬的天鵝，牠們揚著脖子各玩各的，彷彿提醒我們反伊甸園的可能是真實存在的。未來某一天，即使人類只剩下兩個，還是會相互廝殺，優勝劣汰。

星期二房傳武在現場坐了一個下午。他想不明白，一天八百八十八元的房費，房芳來這裡幹什麼，那些和「點點」一起的日子，她都在幹些什麼呢？

起先是大堂經理報的案，他看看登記表跟警察說，303房間是三月八日中午有個叫王勇的先生用身分證登記的。老警察讓他先打住，問這麼大一酒店，怎麼不用電腦，都寫這破本子上？經理愣了一下，也不知道腦子過了些什麼，就是不告訴他為什麼，繼續跟背稿子似的說，門把手一直掛著請勿打擾的牌子，所以這麼多天負責打掃服務員沒有進去過，他們不清楚裡面一共有幾個人，好像沒人出入，也沒人點餐。後半句他急剎車一般，不說了。

人家是幹酒店這行的，什麼人花小一千住進來，他心裡有數，他也明白關在房間裡幾天不吃飯意味著什麼。每個房間裡都貼了「拒絕毒品，遠離生命」的牌子，但養他們的畢竟不是警察局。這裡的服務員入職培訓時就講了，不該你知道的不要瞎打聽，別不小心給自己扣個知情不報的罪名，反正等顧客毒性過去，退了房，收拾乾淨了，還可以歡迎下次光臨。

303房間是禮拜五開的，那個王勇持信用卡刷了兩天的房費，可以住到週日中午。酒店平時不催客人續款，老闆上課說了，這樣客人不知不覺就又多住幾天，消費是硬道理。每星期二他們才查一次帳，電話提醒一下那些欠費的房間補下房款。那天303房間打不通，經理讓服務生拿卡去看看裡面的人在不在。幾分鐘後服務生回來說，有人在裡面反鎖了，鐵鍊子勾住的那種，弄得門只能開幾釐米寬，隔空喊了半天沒人應聲。經理問他什麼味兒，有沒有冰毒的味道。經常有這樣的，溜冰過頭了，一躺就是一星期。不著急，醒來再跟你算錢，八百八十八一天，乖唄，賴帳就電話舉報你。可303裡面飄散的味道不是冰，服務生支支吾吾，說不上來什麼味兒，就說是味道，有點像裝滿蔬菜凍肉的冰箱斷電兩個月，再把冰箱門打開的感覺。

經理把鎖匠叫來，捅咕半天，門徹底推開的一刻，他就明白斷電的冰箱是什麼意思了，那是血肉腐爛的味道。一瞬間他彷彿被什麼東西裹住，頭皮發麻。他皺著額頭檢查一圈，客廳沒人，往裡走，房間裡沒事，床下面是空的。然後他和服務生點上菸，盯著洗手間的門把手抽完這支菸。

警察十分鐘就到了，他們從書包翻出房芳學生證，去了趟省實驗聯繫上死者父親。分析了現場，老警察跟房傳武說，週六晚上房芳先盛滿水，洗了個熱水澡。

「什麼意思，死得乾乾淨淨？」

「不是，這缸血水上面還漂著精液。」

房芳躺在浴缸裡，她看著一顆顆精子從下體滑出來，向上，再向上，浮到水面。她剛跟人發生了性關係。不過從水位上看，浴缸裡肯定沒有第二個人。也許她早計畫好了，就是想死在浴缸裡，她把剃鬚刀片拆下來，一閉眼，劃了自己的手腕。

警察問他女兒是不是左撇子，因為她被割的是右手腕。房傳武直搖頭，他覺得那不能說明什麼。他說，他女兒右手能寫字，能用筷子，右手什麼都能幹，不比左手差。警察沒說話，知道房芳是左撇子就夠了，也不好反駁。自殺的家屬都這樣，他們寧可虛構一個凶手，也不接受親人自殺的事實。早十年他就知道為什麼，一個人自殺，說明死者身邊的家人朋友都有罪；要是被殺，大家都是受害者，悲傷也來得更純粹。

沒人再問他，房傳武躲到窗下，他在想像女兒的血從手腕湧出來把一缸水染紅的情形，他知道房芳後來害怕了，爬出浴缸去求救，可是血流得太快了，她剛抓住門把手就倒在了門邊。於是幾天後，催帳的大堂經理一拉開門被嚇壞了，腐爛的屍體就從裡面竄出來，躺到他腳上。一絲不掛，全身血跡，就這麼羞恥地死了，生平十七年始終在追求和保護的那一點點尊嚴，一瞬間就全都毀掉了。

傍晚的夕陽斜照在套房裡，他坐在落地窗前看兩隻孤傲的天鵝背道而馳。他不知道還有多少祕密沒被陽光照到，為什麼一個孩子心中要有那麼多難以啟齒的故事。女兒自殺，是不是因為做父親的很失敗，他打開窗戶透口氣，望著創業大街上的汽車想，都是小兒科，車速連他的零頭都不到。

還是那個老警察，走過來和他並排站著，手臂倚在窗框上看了會兒日落。他問是不是就這麼一個孩子。房傳武點點頭，指著遠處，說雪都化了，你看春夏秋冬，一年又開始了。老警察望著他，家屬已經有反常跡象了，算了，不講了。

他繼續陪他看日落。太陽這東西沒譜，可能再過兩小時還落不下去。講出來，今天早點收工吧。他咳嗽兩聲，彷彿尋找最合適的聲調，側身對他說：「驗屍官剛才給我發傳呼。」

老警察又停了，這話真不好說，據說現在工廠把人開除，都有專業職位了，好像叫人事經理。以後他們這行也得加個壞信使職位。容易嗎，負責偵破，還得負責傳話。

「你說吧。」反倒房傳武先問出來。聲音從外面傳進來，他頭一直在窗外，看著街上的蝸牛車。

「你女兒剛做完流產。」

說完他就走了，留下房傳武頭站在窗前沒有動，抿著嘴唇，迎著風。他不知道套房就他一個人了，那群人如會議結束似的迅速消失。他還在儘量把眼睛睜大，好讓湧出來的淚水消融在眼眶裡，不至於掉下來。

6

這禮拜NIKE一直在遊說校方，能不能在週一的升旗儀式上為房芳默哀三分鐘。領導們多少了解點房芳的死因。正副三個校長有兩個不同意將這件事擴大。讓NIKE生氣的是，即使是同意的劉校長，也只是假模假樣地不說話而已。NIKE紅著臉跟他們爭了半天，最後劉校長說了句莫名其妙的話做總結，他說鐵打的軍營流水的兵，省實驗的規矩不能亂。省實驗的人都知道劉校長的腦子有問題，他是體育老師出身，除了體育學院，全中國的體育老師，只有他一個人熬到了校長。

要是省實驗的規矩不能亂，那就照他的規矩來。星期一早上，三個年級七千人集合在操場，NIKE背著手站在快一班的隊伍前把升旗看完。結束後主席台上的劉校長拿著話筒安排，哪個班跟在哪個班的後面。對了，組織隊列才是他該幹的事兒。當他喊到高二快一班跟進時，NIKE對全班做了一個手掌下壓的手勢。這是他招牌動作，以前上課他要是菸癮犯了出去幾分鐘，就這麼弄一下。

劉校長用麥克風連喊三聲錢老師，NIKE的官方稱呼。幾個班主任過來打聽什麼情況，NIKE說我們班有同學死了，我們要為她默哀，你們從後面繞吧。一時間許佳明明白這手勢是好事，是在高尚與齷齪的鬥爭中，給高尚加分的一件事，而且他也的確是希望更多的人像他一樣，想念房芳。

一時間高二年級二十多個班兩千多人，都被他卡在操場西側。能帶快一班的基本都是學年老大，有威望，說了算。別的班主任不願駁他面子，在人家默哀的時候帶隊喊口號離場，也都站著不動。NIKE清清嗓子，對全班講了幾句話。不愧是教歷史的，名人演講記多了，他這幾句話也講得跟起義宣言似的。NIKE說房芳一直是快一班的人，進省實驗第一次考試，就以前十名的成績進了我們班，之後從沒掉出去過這個班。上星期就那麼死了，全校沒人知道她的死，沒人想念她，一點動靜都沒有。我們快一班得為她做點什麼，我建議，此時此刻，我們就在這裡為她默哀，起碼我們要讓省實驗的人知道，有這麼一個叫房芳的好女孩，來過這世上一回，來過我們快一班一回。

後排有幾個女生哭了。許佳明知道那只是感動，誰都沒有他難過。從第一次見到她，他就宗教一般虔誠地迷戀了她四百多天。他常這麼比喻，面前一條線，或是一條河，現在是河這邊，他要堅持著活到河那邊，他已經把房芳當成了他長大後的私有品，她成了他往前游的燈塔。然而正當他吃力划水的時候，對岸的光消失了。沒什麼能比迷路在水上更痛苦。

他睜眼看看腳邊的塵土，默哀還在繼續。他想如果房芳的死，是一段心碎愛情的結尾，那聚光燈也是打在她和王勇的頭頂。他倆是主角，許佳明就是個小角色、一份調味品。他能想像房芳泡在花園酒店的浴缸裡對王勇嬌嗔道，我們班有個叫許佳明的可喜歡我了，哪天你要是對我不好了，我就跟他好。可是，房芳，有一天他真的對你不好了，你寧可死，也不會選擇我。你們是國王和王后，撲克裡的Q和K，在你倆面前我就是個J，小丑，我永遠管不上你們倆，永遠都要被你們壓在下面。真的，房芳，不帶你這麼殘忍的。

那天夜裡，許佳明終於想著房芳自慰了一回。他從來沒這麼褻瀆過她，開始有點費勁，後來他就幻想花園酒店的現場，想她還在發育的乳房，想她也許稀疏的陰毛，再後來他想她兩條長腿上的血跡。最後他終於興奮起來。

完事之後他有點愧疚，他覺得他與那些猙獰的歡喜佛無異，一時間無法入睡。過去一年多他都是想著房芳那張臉才睡著的，剛才卻拿她手淫，這一次是齷齪贏了。想著既然今天已經越軌了，那就乾脆把她戒了吧。黑暗中他告訴自己，誰也不要想，許佳明，到最後你都得是一個人孤獨地游過去。他難過起來，失聲地哭了。這習慣不好，由於跟他姑父住一起，什麼事他都很大聲。

看眼鬧鐘已經兩點多了，他還沒睡著。他摸出手電筒展開信紙給房芳寫信。不能點燈，啞巴樓是這樣的，半夜弄多大聲都沒事，只要一開燈，鄰居們就像吵醒一般，扒著窗戶看你家怎麼回事。他想寫封訣別信，或是別的什麼說法，反正是靈異驅魂的那種。內容大概是你一直都不愛我，而且你根本沒察覺到我愛你，那你就不要再陰魂不散了，我會試著把你忘掉，忘掉你樣子，忘掉你聲音，再也不想你，我會堅強地游到河那邊。

寫完後他找枚郵票夾進去，把信一折兩折塞進枕頭裡。這樣就能睡得踏實了，他自我暗示了一會兒，發現不靈，胡思亂想了好多事。萬一有一天，他也跟房芳似的突然死了，人們是不是一樣會發現他的祕密，就像這封信，抽屜隔層的人體撲克，褥子下面的閣樓ＶＣＤ，還有那些不敢寄出去的情書，對了，政治書第六十七頁還有他抄下來的色情網址。這些都是羞恥，得找個地方把祕密藏起來，如果他沒了，就讓許佳明這個孩子徹底消失吧。

窗外傳來鳥叫，天就快亮了。許佳明有點著急了，最後再想房芳一次，想戒明晚早點上床。他回想第一次遇見她的情景，那時他在校外飯館吃午飯，每週一他都出去找有電視的飯館，正午十二點會播放週末聯賽的集錦。他喜歡國米和維埃里。那次國米平了，還好維埃里進了三個球。房芳就是這時進來的，聽見她說話他沒轉身，眼睛還在盯著電視。那個粉滴滴的聲音問老闆有沒有酸辣粉，她說，小碗，別放辣椒，別放醋，小碗酸辣粉。老闆有點為難，嘟嘟囔囔去了後廚。插播廣告時許佳明回頭看了看，他想知道沒醋沒辣椒的酸辣粉能是什麼樣。如果生活是一場電影，那麼許佳明這次回身放慢一萬倍都不過分。因為就這一瞥，不經意地一次回頭，他所看見的一切，一碗粉，一個姑娘，一雙纖細的手，直到今天許佳明還得靠那張至純至淨的臉才能入睡。

7

他姑父想在大婚前來一次大掃除。許佳明說他的房間由他負責。「說」這個用法習慣了，他一聲都沒出。他姑父是聾子，許佳明打的手語。以後十幾年許佳明經歷不少事，交了不少朋友，所有的人都覺得手語是許佳明最神奇的本事。

許佳明知道不用怎麼收拾，又不在他房間鬧洞房，意思一下就行了。主要是他得把祕密整理一下，做好隨時死掉的準備。他把週一夜裡想到的都翻出來，將屋裡每一寸空間都過一遍。鏡子後面他找著身分證和存摺，兩個名字都是許玲玲，那是他媽媽。戶口本上是他姑姑，他姑父也是這麼以為的。

存摺是低保帳戶，許佳明翻到帳目的第一頁，七十年代，還沒他的時候，每月就開始往裡打錢了。明細最後一條是一九八八年五月，沒取沒存，已經五千多了。許佳明知道現在低保是一個月一百八。十幾年沒動的存摺，加起來三萬多了吧。

他揀起身分證，那還是一代的黑白照片。許佳明盯了一會兒，琢磨自己到底哪兒和他媽長得像。沒多久他有點想他媽了。許佳明剛上小學時她進去的，也快十年了，不知道怎麼樣了，好點沒有。有時間得去四平看看她，他還從沒單獨去過。他把存摺身分證和光盤撲克一起裝書包裡。他沒打算取錢，得留著，別哪天被新姑姑看見，轉她帳上去。這些以後都用得著，他媽又不是死刑無期，剝奪政治權利終身。精神病也有放出來的那一天。

之後他也不想收拾了，雙腿翹在桌上坐著，回想他媽，他姥爺，他以前的家。把他媽送進精神病院，他一直有愧。他姑父都沒想過的主意，他提出來了。他那時小，淨想著他媽天天在門口丟人現眼來著，他沒想過把他媽送走後，他和姑父搬到啞巴樓，他在這個冰冷世界就一個親人都沒有了。

他有點難過，把書包挎上，開門跟他姑父比劃兩下，意思是清掃完了，出去轉轉。他姑父檢查他房間，比沒收拾還亂。就算不大動，起碼在窗戶上貼倆喜字。許佳明沒意見，至少裝作無所謂，站椅子上問他姑父哪扇。他姑父指指中間那扇。許佳明擺下試試，紅色衝窗外，屋裡也透出個形狀。那也不舒服，他打算往後在家天天拉窗簾。

許佳明跳下椅子，要他姑父等著，他去拿漿糊。他姑父說漿糊不行，得是透明膠。他姑父也是比劃，再配上他的「啊咦哦」。客廳沒透明膠，全是黃不拉幾的寬膠帶。他順手把剪子帶進來，見他姑父正打開他書包看人體藝術。他姑父回頭見著他，問他撲克是哪來的。他說想不起來了，剛收拾出來，打算扔了。他姑父皺皺眉，看著眼前這個連繼子都算不上的男孩，供吃供住供上學，如今還得面對他青春期的性困惑。他姑父把撲克收盒裡，放進書包，告訴他扔遠點，別帶回來了。許佳明點點頭，其實他想說，你也尊重一點我，別再翻我書包了。但不能說，他還在河這邊，寄人籬下要加倍卑微。十年後，還是那幫朋友，一致認為除了手語這一特長，許佳明還是個好脾氣先生。

離開啞巴樓，他騎車穿過幾個街區，去周邊看看把東西藏哪兒，找個樹林刨坑埋了肯定不是他這種高智商孩子的選擇。後來他知道放哪兒了。他去路口找配鑰匙的買把鎖，別太大，拇指大小就行，最好是舊的，新鎖太顯眼。接著他又繞社區騎了幾圈，他知道這規律，有些樓前人就是多，麻將、撲克、羽毛球，全是人，有些樓就是沒人，似乎愛玩的都往那個樓去了。

六十五棟便是冷清的那種，自從旁邊建了平均三十幾層的步步高小區後，這些四五層的紅色板樓就一直落在它們的陰影下。實際上步步高只有三幢樓，分別是三十一層、三十二層和三十三層，橫著看起來就像是通天的台階。據說他們還在占地拆遷，地產商放話每起一棟新樓，他們就增加一層。有時候許佳明就想像，真等他們造了幾百層的那一天，他就踩著這些雲梯離開地球。

低頭回到六十五棟，除了過往的行人，門口連個摘菜的老太太都沒有。他走進四門，在信箱前巡視一遍，記住最舊的那個信箱。四門一樓從四十六中門記數，每層三戶人家，他算算要爬到頂層五樓。

上樓的時候他想起一事，卸下書包看看。果真如此，存摺不在了，「啊咦哦」把它偷走了。他真想找他姑父說道說道，引用課本裡魯迅的一句話，他已經出離他的憤怒了！忍吧，他姥爺死前告訴他，以後受多大委屈，你都要打掉牙往肚子裡嚥，你得忍到上大學。他又想他姥爺了，這一陣他好脆弱，總是想念死人。

五樓左手是他要找的人家，好像真沒人住，門牌號被牆灰糊上了也不刮一下。他敲了一會兒，每次都更重一點兒。然後他從書包裡找出一小本敲隔壁的正中門。有個老頭把門開條縫見是個孩子，將門全打開。許佳明指著左側，問他有人住這兒嗎，就是這家，六十中門。老頭問他找誰，要幹嘛。許佳明說自己是送快遞的，給他們家送錄取通知書。老頭忽然感嘆現在的世道啊，這麼大點的孩子就出來工作了。他說，老雷家好幾年沒人住了，房子一直空著。許佳明端著小本瞎翻，裝模作樣問他，叫雷什麼呀，看看跟這收件人是不是一致。雷，雷？鄰居大爺翻眼白想了半天，看來真是搬走好幾年了。後來許佳明都想放棄了，他還在那兒想，他說他記得他們家是回族，男人活著的時候是警察，被火車軋死了，沒多久他媳婦領倆孩子搬走了。又一個心碎人生，許佳明想，又一個死人。

許佳明說聲謝謝就往下跑。下到一樓他打開雷家的信箱，把裡面的東西掏出來。這都多少年了，放信箱裡面還能起一層灰。全是廣告傳單，他抽張活血壯陽的溜一眼，什麼世界啊，那些有女人的老男人還得靠藥頂著，他這天天頂著的少年卻沒女人。他把這些放信箱上面，一會兒遠點扔，別讓人起疑。再往裡掏還真有幾封信，郵戳花得看不清日期了。他家男人叫雷力，收件人這塊寫著呢。先收著，哪天無聊了再撕開，估計比看滋陰大補酒的神奇療效解悶多了。

清完信箱他停了十幾秒，跟那天大廟拜佛似的，他想有點儀式感。打開他書包，他一樣一樣往裡放，光盤，撲克，身分證，所有沒敢寄出的情書，上學期抄網址的政治書，一張葉玉卿的巨乳海報。之後他想了想，把菸和火機也塞進去了。

他拿出小鎖，將小鑰匙掛進自己的鑰匙鏈。他又鄭重其事地站了一陣兒，從今以後，你許佳明就是有地址能收東西的人了。他真想找個能給他回信的筆友寫信，他會很驕傲地把地址留在信紙的背面，錦程大街十六街區六十五棟。他關上郵箱門，看眼上面的數字，60號信箱，這將是他祕密的家。

8

婚禮在三月底，他姑父找人算過，陽曆陰曆兩個雙數，大吉大利。許佳明不知道他姑父還信這個，要是娶他媽那回也這麼算一下，婚姻美滿家庭和睦，可能許佳明不至於這麼苦，現在還能姑姑、姑父地叫著。許佳明還記得，三歲那次婚禮他沒去，剛睡醒就見一幫人將他媽媽搶走了，走前還扔了一把硬幣在床上。他還忘不了，他姥爺逼著他媽出嫁的。表面上是為女兒找依靠，現在看看，其實他姥爺在給許佳明鋪後路。當然他姑父一直以為那是他爺爺。他又想他姥爺了，要是知道姥爺在陰間的門牌號，他都想割腕跳樓加投河找他去了。

他姑父是二婚，事先徵求過新娘的意思，低調一點，他們在下午結婚。可也實在太低調了，婚慶公司都沒請。他姑父從單位借了幾輛捷達，沿著人民大街慢行一遍就算了事。人民大街是貫穿長春東西的一條街，許佳明知道他們就是在那領的證。這條街是偽滿時期日本人修的，當時還是用他們日語漢字名，叫中央通，後來叫斯大林大街。可能是前兩年市委開會，認真地討論了一下斯大林的問題，他死那麼多年了，活著的時候也沒來過長春，可能都不知道這個社會主義小兄弟的東北方，還有這麼個城市，長春三百萬人，我們憑什麼天天賤滋滋地紀念一個格魯吉亞矮子。改成什麼大街好呢？人民大街，許佳明死活想不明白，他們怎麼選擇這麼一個讓人無語、政治路線絕對正確的名字。

酒席辦在社會主義新農村，又是社會主義，不過這是懷舊型消費的。大鍋飯的風格，什麼都是論盆論缸端上來。這次許佳明去了，新郎講話時他要做翻譯。他姑父對著麥克風比劃了半天，有點不對勁，你一個啞巴用什麼麥克風？許佳明把麥克風拽到自己面前。前面的翻譯基本還是準確無誤，當他姑父表示將與新娘林莎一同撫養這個侄子，共創美好明天時，許佳明改說大家吃好喝好，不醉不歸。他可不想成為眾人焦點，而且他正拼命往前游呢，一旦到了河對岸，才不要你們兩個撫養。

接下來是新人走桌敬酒，他姑父那邊只來了姐姐姐夫。姑父的老爹去年沒了，留下老媽身體不好，總惦記閉眼一死跟著過去。倒是他姑父手套廠的同事來了不少，他們都是不同程度的聾啞，好幾個還是啞巴樓的鄰居。區分他們很容易，聾啞人乾杯時都是使勁敲，因為他們從來不知道，玻璃的碰撞聲有多令人撓心。

許佳明在找娘家人在哪，都是什麼表情，他們怎麼捨得把女兒嫁到這裡來。他知道他媽之所以嫁給姑父，是因為智力有問題，好人不要她。幾年後他們終於知道不是腦子的緣故，叫自閉症。二十年前的醫療技術，碰見智商不高、精神又偏激的人，大夫都搞不清是怎麼回事。

他姥爺死後，他媽嚴重起來。活著的時候她從來不理他，父女倆一句話沒說過。父親剛入土，話就上來了。白天說，夜裡也說。後來她還找個盤子，畫上她父親，天天對著說。畫的還挺像，每天去公園就找棵沒人的樹，把盤子架上去，她跟站軍姿一般筆直，一口氣能說上一天，不帶重樣的。不知道她哪有那麼多心事傾訴，有時候說生氣了還衝盤子吼兩句，有時候又對盤子哭上半天。

根本沒有正常的時候，她丈夫，她兒子，任何活人她都無視，世界上就這一個看不到摸不著的親人。許佳明有回受不了，把盤子偷出來扔了。她難過好幾天，三千里尋母似的在公園每棵樹下繞圈找，走兩小時去報社登尋人啟事。他姑父後來看不下去了，又畫個新盤子給她。這回許佳明不敢扔了，一直被她帶到精神病院。

許佳明要求把他媽送醫院去。他那時候小學一年級，全班都知道公園裡的女瘋子是許佳明的母親，他們叫她盤子精。因為這個他跟人打過不少架。他跟他姑父說，有這樣的姑媽他沒法活了。懂事以後他後悔了，他知道自己小時候的想法，他剛上學，進入人生第一個社會型群體，就跟猴群也有等級一樣，在這個班裡他希望活得有尊嚴，不被人笑話，起碼別掉到最底層。現在他不這麼想了，想受人尊重要靠自己努力，不要被那些外在的目光影響。這麼想而已，他媽要是真回來，沒準劣根性又得上來。

不想了吧，他巡視一圈，在後排他找著娘家人了，來的不多，一桌都沒坐滿。除了新娘的父親，全是女的，都是新娘的閨蜜吧。她們全是三十出頭的樣子。單瞅一個還能算是好看，可是為什麼坐到一起就那麼奇怪。一個個都說不上漂亮，卻又很顯眼，看上去組團從國外整容歸來似的有模有樣。啊，他明白了，她們穿著的品味很一致，她們都喜歡漆皮、鱗片和蕾絲的東西。

許佳明端著可樂不知是進是退，有個紅頭髮的女人揮手叫他過來，要他把桌上的東坡肘子消滅掉，太膩了，她們不敢吃。許佳明偷看幾眼新娘父親，一頭銀髮，上唇留著鬍鬚，可能是夾在一幫女人中間的緣故，他渾身不自在，靠在椅背上一語不發。許佳明揣測他在想什麼，是他準備的這場婚姻，還是他對這場婚姻毫無準備？應該是後者，他一臉不高興，連筷子都沒掰開，繃著嘴瞪視牆上的壁鐘。許佳明盼望他能鬧一通，把閨女帶走。他才剛學會對他姑父一個人忍辱偷生，湊齊一對兒他應付不了。

紅頭髮阿姨喊他寶貝兒，讓他慢點吃，整個肘子都是他的。她問他在哪個學校讀書，幾年級了。他說在省實驗，高二下學期。另一個超大耳墜的女人驚呼一聲，省實驗！那可是清華北大的苗子啊！許佳明心想，大驚小怪，我還沒告訴你我是快一班的呢。出於禮貌許佳明問她們都是做什麼的，都這麼好看。這是謊話，許佳明覺得她們個個都是披張美人皮的妖怪。

幾個女人彼此笑了笑，似乎對許佳明的奉承很受用。紅頭髮的說，她們都在推銷安利的營養素，能幫助女人抗衰老。許佳明點點頭，心想原來如此，要不是安利打贏了政府的官司，打擊傳銷那會兒，就該讓你們這幫白骨精現出原形了。

這時新郎新娘過來了，他姑父銜銀髮父親喊了半天，不是「啊咦哦」了，這回是「叭叭叭」。許佳明意識到，這是正式改口呢。他爸沒應他，酒都沒喝一口，舉個空杯子畫半個圈就算過去了。然後新娘林莎就開始調戲許佳明，她右手攥著紅包甩來甩去的，要他喊她姑姑。許佳明也不知道這種情況是假意推辭一下，還是上來就改口。他愣了一會兒，他姑父摸摸他頭髮。他特意清清嗓子大點喊聲姑姑。他可不想讓林莎嬉皮笑臉地說，聲音太小，沒聽見，再叫一回嘛。

他新姑姑應聲大外甥。叫錯了，該叫大侄兒，許佳明也懶得糾正。她把改口費給他。許佳明接過來時悄悄搓一下，最多一張，還不一定是紅票。好像她父親這時不理解了，耳語般的聲音自言自語，姑姑？許佳明衝他笑笑，難道他們沒跟你說，你女婿有個拖油瓶的侄子嗎？你們婚前在研究彩禮陪嫁的小黑屋裡，連我都沒討論到？他沒說出來，但還是打手語發洩一下。他姑父又摸摸他頭髮，讓他別提了，高興點兒多吃點兒，別胡思亂想。他早吃飽了，又不能提前走。出包房抽了一支菸，他再一次幻想有個房芳這樣的白衣天使，插著翅膀飛下來，把他帶到雲端。他依然想房芳，暗戀也有哀悼期，他一時還不能接受新女孩。

重新回來他想好接下來幹什麼了。婚菸是芙蓉王，每桌都放了兩包，他要把這些收齊，鎖到60號信箱裡去。後半場酒都喝亂了，人們串桌敬酒。臉熟的就說，過去咱倆某某場合見過一次，喝一杯；不認識的就說，剛見你就覺著你跟我一朋友特像，也喝一杯。這時候最好下手，很快他就順了五個半包菸。誰都不會注意這孩子，繼續聊他們的。拿第六包時，有個男的在他頭頂說，看你保養這麼好，回頭我也得讓我老婆用雅芳。許佳明仰頭看一眼，他正跟戴大耳墜那女人聊天呢。不是說安利嗎，怎麼變雅芳了？

他可不管，芙蓉王最重要，它在圓桌的另一側向許佳明招手呢。他握著筷子，左手輕撥轉盤，看起來是要夾對面的水煮牛肉。他有經驗，一會兒右手夾肉，左臂一拂，菸就跑袖子裡來了。芙蓉王與他從一百八十度漸漸變小，讓它慢慢轉，走到零度就可以據為己有了。

他得先裝作不經意地看看周圍有沒有被誰留意。大人們還在亂走亂碰，喝得五迷三道。忽然那麼一瞬間，他出現幻覺了，所有的人彷彿VCD快退一樣倒著走。他看見自己叫林莎姑姑；他看見紅頭髮那個問他，寶貝兒，你是哪個學校的；他看見新娘父親一臉不甘心；他看見她們鍾愛的漆皮、蕾絲和鱗片。啊啊啊！許佳明站起來順時針看一遍，就好像世界圍他轉了一圈，那些女人全都散開了，端著酒杯跟婚禮上的男客聊天攀談。他一下子就全明白了，他揮舞著手臂拉住他姑父，差點就要喊出來，她們都是雞！她們都是到了年齡，從了良，急著嫁人的小姐！

9

許佳明後來在上海有個朋友叫李小天，做國畫的，品味能力也就那麼回事，不過賣相還不錯。與其他文化領域不同，繪畫是一個挺寂寞的職業，除了齊白石、陳逸飛那種國寶級的畫家，很少有畫家能做到家喻戶曉婦孺皆知。李小天能成為這行當裡少數派名人，跟他的畫沒關係，反而是因為他微博裡的段子轉發率很高。許佳明也不是靠作品成名的，他們這點很像，都很尷尬地活在畫家圈裡。

說不好他們算什麼朋友，其實不熟，平時不聯絡，只有許佳明去上海或是他來北京時，他們就挑個陽光好的下午，出來喝杯星巴克。晚飯都不一起吃，太陽一落山他們就各忙各的。而且每次散夥都是這樣，作東的那個人看看天色不早了，隔著小圓桌去握對方的手，說這幾天我們多聯繫，在這兒有什麼事儘管給我打電話。然後兩個人起身披外套挎包，心裡明鏡似的清楚，都是幹這行的，孤獨寂寞慣了，來這兒也就是拜個碼頭，往後就算我客死異鄉，也不至於給你打電話。

他們認識了差不多十年，除了一次意外，警察把李小天安排過來見面，他倆滿打滿算也就喝過六次咖啡。李小天很有趣，逮著個話題就能編個笑話，好笑點兒的回頭就發微博上了。相比之下，許佳明枯燥乏味，他反而認定正是李小天詭異的幽默，阻礙了他們的坦誠相待。

有一回忘了是什麼誰開的頭了，說到高考，李小天說他以前像每個孩子那樣糾結了十幾年，到底是考北大還是清華，現在想想，他那時候真是閒得蛋疼。他自我開心了十幾秒後，發現許佳明根本沒笑，瞪大著眼睛看著自己。這多少有點不快，李小天點上一支菸，往後一靠，正色道：「我剛講了一個笑話，你一點都沒笑，我允許你再回味一分鐘。」

許佳明也點上一支菸，還真回想了一會兒，接著身子傾過來說：「我明白你的笑點了。」這一刻反而把李小天逗壞了，他哈哈樂了半天問許佳明什麼情況，你沒那麼木吧？許佳明撓撓頭，跟他說：「我也糾結過這問題，到底是北大還是清華，後來我上了清華。」

李小天一下子懵了，挺好玩一笑話，居然撞槍口上了。他問許佳明，你學習怎麼能那麼好，不應該啊。許佳明說，他在他們班屬於中下游的成績。中下游？李小天問，別人呢，都考哪去了？我們班六十個人，最後十七個進了北大，五個中科大，七個被哈佛耶魯斯坦福挑走，我是屬於快一班最沒出息的那二十多個，只能上清華。

這回換李小天瞪大眼睛望他，他移近靠椅讓許佳明再講講那個鬼地方，什麼省實驗，他怎麼進去的。許佳明說，省實驗全稱是吉林省實驗中學，一屆將近三十個班，兩千多名學生，只有前一百八十人是中考進來的不花錢，房芳和許佳明都是公費生。許佳明沒覺著自己怎麼用功，他的目標是快長大賺錢養自己，跟學習好壞無關。只是考試那些題他都會，而已。

兩千多人減掉一百八十人還是兩千多人。剩下的孩子全是自費生，分數不夠，家長找人送禮託關係，加上每年交一萬八的學費和兩萬四的建校費才能進入這扇門。省實驗從三屆七千名自費生中收取三個億，這筆錢到哪去了呢？學校不斷向學生灌輸他們擁有全國最頂尖的設施，他們有自己的體育館、游泳館和網球場，他們還建造了體育場、一萬人看台和塑膠跑道，尤其是人工草地，管這塊兒的劉校長捻著指頭強調，光是四季的保養都是按寸花錢的。可是除了這些，你們還幹了什麼？一年可是進帳三個億。

自費生讀完三年高中不吃不喝也要花掉四十萬，前十萬是託禮託關係的敲門磚，十二萬六是你的學費和養草皮的建校費。接下來三年也許二十萬都不夠，省實驗每個班差不多一百人，每個教室都跟小禮堂似的，十排以後想看見黑板得自備望遠鏡。按照潛規則是五千塊起調，每加一千讓你前進一排，保你一個學期的座次。所有的老師週末在外面都有自己的補習班，家長怕孩子不受待見，被老師穿小鞋，帶著補習費擠進來捧老師臭腳。還有紀律衛生扣分，值週生把紅袖標藏起來去抓人，每週一的升旗儀式由政教委員宣讀上星期各個班級的得分情況。許佳明原來的班主任剛開學就講明白了，那些給班集體拖後腿的扣分同學，統統停課寫檢討，哪天寫完五萬字哪天上課。同時她通過班長以非官方的方式把價位傳出去，一分等價兩千元，交給她就可以回到教室裡。

許佳明剛入學時在十七班，班主任是英語老師，現在想想她的口語實在不怎麼樣。中年女老師的可惡特徵在她身上得到了完美展現，四十來歲的離異女人，喜歡從眼鏡上面打量學生，打捲的頭髮束在腦後。她每季固定有七套衣服，從古奇到香奈兒，天天不重樣，每星期輪回一次，彷彿時刻提醒學生們，又要換季了，這一季套裝的羊毛要出在哪隻羊身上？

有帶班經驗的班主任都知道，帶高一新生第一件事是儘快尋找你的眼線，將其立為班長。僅這點與好老師、壞老師無關。考察的人選就是那種喜歡打小報告、愛出風頭的女生。可十七班的男班長更變態，他是個連睡覺都要扭屁股的娘娘腔。很多年以後許佳明想明白了，那個班長肯定是gay。他不反對gay，性與愛是他們的自由，結婚合法都沒問題。他只希望在憲法裡面加上這麼一條，不允許將同性戀升職為主管以上。這個世界已經很糟糕了，東廠的人就不要再染指了。

男班長除了通風報信和斜著眼發號施令外，最讓人頭皮發麻的是，他很享受用他的銷魂蘭花指摩挲你的手臂告訴你，準備後事吧，彩虹知道了。後事就是錢，彩虹是班長給班主任起的外號。他說既然七天七套衣服，彩虹最符合她的氣質。這一看就是班主任的意思，她知道自己總要有一個外號，索性先選個好的占上。

彩虹不喜歡許佳明，如果一個人不怎麼學習，還能得高分，那就是個壞榜樣。那時她還不知道從這孩子身上根本榨不出一滴油。有一次許佳明在廁所抽菸被抓到，扣了一分，按照規矩兩千塊贖身。可他不能跟他姑父要錢，再說賄賂也違背他原則。這樣每天上學把書包放進教室，他就去彩虹的辦公室，站在窗台邊寫到放學。二十多天沒上課、沒課間、沒午休，彩虹都過去三輪了，他愣是寫出了五萬字檢討並翻譯成英文，回到了人間。他恨這個班主任，估計班主任也恨他，因為許佳明壞了錢的規則。

這些還都是二〇〇〇年前的事情，那年代豬肉不到六塊一斤，供孩子讀高中就要幾十萬的開銷。但如果你能進快班，除了考試，什麼麻煩學校都會替你解決。無論你是文理，或是日俄小語種的學生，只要拿到快班通行證就相當於有機蔬菜進了大棚，用不著再花錢買座，幾十人的小班座位按名次排序；沒有老師敢在這裡兜售他的週末補習班，他們不需要這些，能給快一班教課，身價會立即漲成平行班老師的十倍；還有許佳明最喜歡的，快一班不參與紀律衛生考核，值週生就算把紅袖標套腦袋上都管不了他，哪怕他把教學樓炸了，只要警察不抓人，省實驗現搭帳篷也不能落下你的課。

張闊就是典型，他是班上最小的學生，一米五幾的個子，喉結都沒發育，一說話還是最明淨的童聲。而且他是個結巴，話永遠都說不利索。但只要過眼的文字、公式、英文就能倒背如流。他十三歲就跳級進了省實驗，從第一次考試他一直是年級前五名。可誰也沒想到的是，早在幾年前他爸關進去後，他就接手了一百多人的社團，負責保護朝陽橋到春城大街兩千多家店面。終於在高二上的時候，一個夜總會老闆不想被保護了，跑去莫斯科找個退役上校，湊了十二人組建一支伏特加保鏢隊，帶回來跟張闊談，我現在用不著保護了，需要的話，還可以費點心保護你這個小屁孩。黑社會也是社會，文明是立足的根本，不至於一上來就刀光劍影。這次讓張闊受不了的是，有個他忌諱的詞被反覆提及——小屁孩。後來就在小屁孩的英明領導下，警察在伊通河把老闆全家五口人撈上來。

這時候快一班的同學才知道，原來教室裡還有江湖傳說。省實驗請最好的律師替他打官司，從未成年，從沒有直接參與，或是從被勢力集團利用的角度為他辯護。一年下來警方居然一直沒能羈押他，好像是取保候審。那是許佳明聽說的第一個法律用語，後來他知道取保候審的意思是，每週有兩次，課上到一半會有兩個警察敲門進來跟老師說，請你們班張闊跟我們走一趟。放學前他們還會開著警車將他送回來。

省實驗的想法是，不可能無罪，所以儘量拖著，別打官司，最好拖到明年，未決嫌疑人在法律上還是無罪的，學校幫他獲取高考資格。那年代高考還在七月六七八日，只要能保他進考場，哪怕八日從考場一出來就被拉到法庭上也無所謂。無期也好，死刑也好，這些跟省實驗沒關係，省實驗要的是發榜單能寫上，張闊以多高的分數被清華北大錄取。要是那時張闊槍決都沒關係，紅榜「張闊」兩字連黑框都不用打。

省實驗每年始終為之奮鬥的就是這一張紅榜，一百多個名字，最差的大學也是南開復旦，吸引更多的家長把孩子從初中送到這邊來。家長們是看見前百名的榮光，他們沒想過兩千多人去掉一百人，還是兩千多人，剩下的都是炮灰，所有沒考進快班還在平行班的學生只是分母。正是他們源源不斷地找人託關係塞錢進來，才能讓學校每年進帳三個億，如按寸計價的草皮一般，百年樹人，萬古長青。

10

許佳明想找NIKE談談，一直沒逮著好機會。NIKE這兩天又忙著跟校方做抗爭了，他們對期中考的時間互不讓步。學校希望早點考，這個月快一班發生的幾件大事，讓他們想早點洗牌，加點新人進來，況且快一班現在已不滿六十人了。NIKE希望晚一點，給這幫孩子多點時間，他想到班裡後二十名的邊緣學生，上學期好容易擠進來，提前考試很可能就被踢出快一班。他們爭論的焦點是，考試定在五一前還是五一後，那時五一有七天假，NIKE了解他的哪些學生是複習型的，十天假期有多關鍵。

最後他們又是不歡而散，NIKE明白，不歡而散意味著校方說了算。他一直想把快一班帶好，有凝聚力、團結、陽光一點，讓學生們在若干年後回頭望望，感覺這三年是生命中最美好的時光。然而這很難，大部分同學對快一班沒有歸屬感，除去張闊那種天才型的、房芳這種穩定型的進了快一就沒出去過。包括許佳明在內，後面的四十名座次基本就是流動的盛宴。

長達三年的大逃殺，NIKE心裡有數，他以前學生回來撞見他，沒一個認為自己的高中能用美好形容，他們經歷了名校、結婚、升職、裁員、離異，甚至流產，回頭比較一下，還是覺得生命中再沒哪個階段，比這三年更加弱肉強食、不堪回首。而且是撞見，他們回來不是看望NIKE的，快一班出來的人沒一個將NIKE當做自己的恩師。話裡話外NIKE聽出來，在他們心中，自己只是鬥獸場的主持人，任憑他們在下面拼個你死我活，把敗者送回平行班，他還是活著那些人的班主任、恩師。

他也做了不少努力，堅持為房芳默哀就是其一，他懷念這個女孩，但他更想要的效果是讓快一的人意識到，你屬於這個班。每半個學期就像打遊戲通關，不管你走到哪一步，只要是宣布大考日期，所有同學都會馬上退出團隊，大難臨頭各奔東西。

說到房芳，那兩個警察在中午又來找他了。他們查出來在花園酒店開房的王勇，過去幾年他一直是長春市教育局的副局長。NIKE一時很驚訝，他早知道王副局，只是沒想到就是這個王勇。戴眼鏡的警察問他：「省實驗的考卷是從哪裡出來？」

「教育局，」他說，「如果是常規日期，從教育局拿題，如果改日期了，非正常日子的話，我們教研組自己出。」NIKE有點明白為什麼學校希望提前考試了。

「你看看這個本子，」另一個老警察遞給他，「王勇在過去兩年，一年半有六次給這個傳呼號碼發試題答案，正好是三個期中考核三個期末考。你看看是不是你們的試題。」

NIKE接過來，直接看歷史答案，選擇題ＡＢＣＤ還看不出來，綜述有一道是對比秦始皇和隋煬帝。他記得上次期末考有這道題。他點點頭：「應該是我們的卷子。」

「我們懷疑這些信息都是發給死者的，你可以找出房芳的檔案對照一下嗎？」

「這些是教育局的標準答案，全答上就是滿分了。九門考試，省實驗沒人得過九百分。而且，我沒見過房芳有傳呼機。」

戴眼鏡的說，身為班主任，你見不著的多了，房芳死了，你不也才知道有王勇這個人。還是老警察經驗多點，在NIKE發火前更為溫和地說，你放心，我們不是在給你們班的房芳找罪證，她已經死了，我們不至於沒人性到開棺鞭屍，現在問題是王勇，房芳是自殺，按理說跟王勇一點關係都沒有，我不想就那麼放過這個禽獸，我現在從他兩個罪行上取證，一個是瀆職，另一個是同未成年少女發生關係。

「多大算未成年？」

「兩個年紀，兩種量刑。一個是未滿十六歲，房芳今年才十七歲，他們肯定早有了，但這個判不重，雙方自願的話，幾乎不算罪。」

「第二個呢？」

戴眼鏡的接話說：「第二個無論雙方是否自願，統一視為強姦，要是我們能查出來，這輩子他別想出來再害人了。」

「多大？」

「十四歲。」

十四歲！NIKE倒吸一口氣。警察走後他連午飯都不想吃了。打開櫃子他翻出房芳的歷史卷，對照秦隋那道題。五條共性，四條不同，房芳並沒有得滿分，在長城與大運河的對比中，她犯了個常識性的錯誤。他以前反覆強調的，從動機講，它們是兩碼事，絕不是共性。建長城為了禦敵，國家利益；而京杭大運河則完全是為了隋煬帝北上遊玩，雖然後來成就了南北通運。他點上菸，鬆了口氣，從教第一次，他因為學生答錯了一道題而如釋重負。想想他自己笑了，他把垂下來的頭髮抹上去。他判斷得沒錯，房芳這麼好的女孩就應該有一顆純潔的心和真實的好成績，死後一定上天堂。

他把全班的試卷疊成一捆，想了想把房芳的抽出來。沒必要放進去了，但是擱哪兒呢？給她父親寄過去？不好吧，傷口上撒鹽。也許可以自己收藏，就從她開始，做一個天堂試卷館，可還會有多少個孩子死於非命呢？

疊卷子時有幾個詞讓他很奇怪，他打開答案看看，沒錯，答案主語用詞統一為「秦始皇嬴政」、「隋煬帝楊廣」。那意味著你寫「秦始皇」可以，寫「嬴政」也不扣分，九十分鐘的考試沒人把「秦始皇嬴政」都寫上，房芳這麼寫了，跟答案一樣的主語，她看著這些寫的。抄下這些的時候，她還記得老師說過長城和大運河是最容易犯的錯誤，然後故意寫錯。那麼聰明的孩子，怎麼會是這樣呢？

NIKE抱起雙臂，盯著天花板，不停地搖頭。他得接受這個，他是錯的，這世界又衝擊他一回。他看看錶，午休快結束了。下午是付強和張天慧的歡送會，調整下情緒，還要祝他們兩個一路順風。他掐指算算，房芳，付強，張天慧，還有隨時可能被帶走的張闊，快一班只剩五十六個了，快點考試吧，早點洗牌，迎接下一撥兒尖子生。

11

在快一班天才很多，伸手一抓遍地都是。然而不世出的神童寥寥無幾，NIKE的經驗是平均每三屆碰著一個。這些人都有些很明顯的共同點，單看總分他們從來都沒考進過前二十名，但又不會掉出這個班，始終在三四十名之間晃悠。可是拿出單科成績，你會發現他們總有一些科目驚人的高分，來帶動那些短腿學科。NIKE感覺，如果擅長科目的試題再難一點，難到把愛因斯坦、霍金請來都要皺眉頭，那麼整個省實驗就是神童一個人的天下了。

這屆的神童就是張天慧，NIKE做了他一年多的班主任，兩人幾乎沒說過話。主要是他性格有缺陷，他一直活在自己的世界裡，聽不進去任何他不感興趣的談話。碰到不得不去辦的瑣事，需要和人打交道，他就會焦慮地搖晃著身體，反覆用各種語言跟你強調他的要求。比如在校餐廳吃飯，他便對著下單服務員緊張地搖晃，宮保雞丁，他說，Kung Pao Chicken。然後他又用其他語言跟你講一遍。算上母語中文，他會八種語言，英語、德語、法語、俄語，包括沒人在說的DOS語言。

他擅長的科目是解碼，高考沒有摩斯密碼這種試題，不過連帶著英語、數學、化學、生物的高分，已經足以讓他留在快一班。張天慧最大的愛好是鑽研和學習，雙眼加起來能有兩千多度。即使那時候早已有超薄鏡片的技術，他依然帶著啤酒瓶底那麼厚的大框眼鏡。他其次的愛好是散步，他喜歡低頭踢著石子在操場上走兩圈。課間午休他不去，人太多。通常上課的時候，老師回身在黑板上寫字，他抓著軍用綠水壺走到講台旁的飲水機接水。純淨水桶一時咕咚咕咚地換水，老師手握粉筆，無語地看著他做完這一系列的準備——擰好瓶蓋，斜跨在肩上，走出教室。快一班都是妖魔鬼怪，大多數老師早已見怪不怪。

有時NIKE在窗前看他散步，奇怪他的校服褲子為什麼總是這麼短，永遠都露著赤裸的腳踝和張嘴的皮鞋。雖然張天慧知道襪子的十幾種叫法，但他就不穿這玩意兒。所有的皮鞋到他腳上一星期就被踢開。後來NIKE明白了，褲子正好，是張天慧雙手插褲兜，提著褲腿走路呢。那個精氣神兒啊，他怎麼活得這麼帶勁？

神童裡數學好的有，生物好的有，就算計算機好的NIKE也能理解。可是符號密碼學好的，以後幹什麼呢？麻省理工讓NIKE長了見識，他們準備培養張天慧，並輸送給美國宇航局，去為可能存在的外星人做翻譯。真好，美國人接收了我們所有的怪胎。

歡送會需要有個簡短告別演說，換張天慧就實在不簡短，他提著褲子露出小腿和皮鞋站講台上，每說一句都跟同聲傳譯似的重複七八遍。下面有同學煩了，嚷嚷說，這造型來段太空舞吧。NIKE看過去，是許佳明起的哄。再得瑟兩天吧，看你這狀態，這個月洗牌，能進快二你都得燒香拜佛了。

倒是付強一上台來了段太空舞，他是體育生，以前一直在八班，自從半年前他百米跑進十秒五，破了省紀錄，學校就有意包裝他。不時有名校來長春看付強訓練，打聽付強的文化課。為此劉校長翻出付強高一的四次考試，在每一科目後面加了個零。沒錯，他每一門都是個位數，加一位都過不了一百。碰著一百五的試卷，甚至要加兩個零，英語hello他能拼成ha lou，數學的cos他一直叫成cs反恐。

多加七百分後，他以七百六十八的高分，排在二十六名考進快一班。在學校出過成績考核後，他被北大提前招走，以備戰下半年的大運會。跳過舞後付強說了段挺真誠的話，他怎麼進來的大家心裡都有數，但快一班沒有一個人因此瞧不起他。嘲笑倒是有，他笑著說，笑我是應該的，我明白，你們是為了有趣，不是想侮辱我。最後他學張天慧來段雙語告別，讀著紙條上的漢字：「加斯特杜伊特。」

更多的嘲笑加掌聲，付強也捂著肚子樂不可支。NIKE不解了半天才知道，Just do it！他想想還是裝糊塗比較好，也跟著傻笑。這樣大家更開心了，掌聲送別兩位同學。

一時間許佳明熱淚盈眶。他又脆弱了，他內心又一次呼喚著，把我也帶走吧。可他不敢像房芳那樣對這個世界告別，也沒有張天慧的超能力，一百米他能跑二十秒就不錯了。他們都被帶走了，他還得留在這裡。他不想在長春再待下去了，他快挺不住了。他得跟NIKE談談，等這完事了，馬上就去。既然沒人帶他走，他就自己走。

12

僵持的時候起風了，許佳明躲過NIKE眼神，去關歷史組的窗戶。他從十二樓往下看，初中部的工地已經收工，一大堆工人穿過搖晃的樹林鑽進工棚。他最後呼吸一口雨前的口氣，插上窗，站回NIKE的對面。

「你跟你父母說了嗎？」NIKE接著問他。

「沒有。」

「跟爸媽都沒說，你來跟我商量？」

「他們不管，」許佳明說，「我也不是找你商量，我就是不知道該怎麼申請。」

NIKE嘆口氣，呶呶嘴，似乎在想怎麼跟他說。他抹下頭髮，衝站著的許佳明揚揚頭：「你找個椅子，坐下說。」他看著這孩子背身去拿椅子，拿著腔調說：「原則上我們不鼓勵非應屆生參加高考。但你剛才也說了，這是你的權利。你現在才高二，學了兩年，你得跟那些高三的，甚至複讀學了四年五年的擠獨木橋，你能考哪兒？」

許佳明放好椅子，但沒坐下，抓著椅背說：「師範類，軍工類，隨便哪個外地學校，四平師院都行。」

「省實驗從來不培養四平師院的學生，何況是快一班。」

「我沒想進省實驗，來快一班也不是為了上好大學。」

「那你為什麼？看你高一的成績，二百多名，如果不是點燈熬油的，你考不進來。你為什麼進來，不就是為了出人頭地嗎？」

「不是。」

「你坐下！你坐下說！」NIKE覺得這椅子他要是再不坐，就抄起來砸他了。

「我不用坐，我就要一張高考的申請表。」

NIKE盯著他，拽根菸咬在嘴裡，翻開名冊，找他的名字，自言自語道：「學號二十四，應屆生第二十四名應該報哪兒？」他把本子一闔，說：「可以，你報吧，這名次必須報清華。」

「我不報清華，我今年考不上。」

「考不上明年再考！」NIKE吼起來。

許佳明搓搓手，往外看看，雨沒下，是不是該去把窗戶打開呢？他邁出一步，NIKE抓住他的手。許佳明慢慢掙出來，說：「明年我也不報清華，我就報師範、軍工的，我沒錢交學費。」

「行吧，你先回去，準備一下期中考，具體報哪兒，明年咱再商量。」

「你別繞我。我今年就報，夏天一過就走。」

NIKE站起來，打算趕走他，他夾著教案裝作要去上課的樣子，說：「叫你家長明天來一趟吧，咱們三方一起商量。」

「我家長沒必要來，你們溝通不了。」

「哦，我想起來了，你爸是聾啞人，家長會他來過。」

「他不是我爸，他是我姑父。」

「那你爸呢？」

「不知道，沒了。」

「那你媽呢？」

「瘋了，在精神病院。」

「那你姑姑呢？」

許佳明過了下腦子，挺難解釋的，他說：「也在精神病院。」

NIKE把教案放下，坐下來皺眉看他，問：「那你現在住誰家？」

「姑父，新姑姑。他們上個月結的婚。」

「你和他們沒有血緣關係？」

「沒有。」

NIKE嗓子乾得厲害，他把窗戶推開，深吸兩口。雖然這孩子語氣乾巴巴的，但他忽然有點動情，多大的委屈，多大的苦啊。他聲音有點哽咽，捏下鼻子，背對著他問：「許佳明，你在這世上還有親人嗎？」

13

許佳明說不上來，只是種感覺，就好像看一本書，讀完七十九頁，你不知道接下來的故事是什麼，但起碼你知道去哪兒找這些情節，腦袋往右一扭，八十頁在等著你呢。可生活不是這樣，上個月發生了好多大事，房芳之死，姑父大婚，他的祕密新家，準備高考。他一邊活著一邊想弄清楚，後來怎麼了。結果生活彷彿被按了暫停鍵似的，這些到四月份全沒了下文，許佳明都不知道下一頁從哪看。

能讓許佳明起勁一點的是，啞巴樓的招呼方式又換了。最早是比劃一下「你好」，這個太傳統了，估計是聾啞教科書裡的。後來他們不比劃了，碰著許佳明這樣的正常人，就阿巴阿巴地喊一通，要是碰著同類，聽不著他們的招呼，就過去扒拉一下，接著一臉笑意地望著他。許佳明覺得相比安靜手勢，這種又喊又摸的招呼方式立體多了，只是這個阿巴阿巴的嗓門之大，離老遠人家就知道，一幫啞巴在接頭呢。

最近他們又改了，不亂喊了，但也有聲音，他們拍巴掌。許佳明低頭回家，耳邊忽然就咣的一聲，震個半聾。抬頭一看是樓上的叔叔出來遛彎，跟他問好呢。再往後他回家都戴上隨身聽來防震。他還挺喜歡這玩意兒，上週還淘了幾盤打口帶換著聽。付強臨走時送他的，因為他和別人一樣，都改聽CD了。

新姑姑林莎沒CD，也沒隨身聽，全樓的啞巴鄰居又對這個風情小媳婦異常熱情，每次回家都是提著高跟鞋跑著進門，再把一陣陣的巴掌聲關到門外。她衝他姑父發脾氣說，我嫁給你已經夠憋屈了，你不能讓我嫁給整個啞巴樓！他姑父沒反應，還是雙臂撐桌上盯著電話，見鬼了，今天居然沒人找我？

不行，住進啞巴樓就得按規矩來。他姑姑找支水筆在題板寫，要麼你跟我搬出去，要麼我一人搬出去。然後拿到他姑父面前晃兩下。他姑父眨眨眼睛，把字擦掉，寫下不能走的理由，有點貴的房租，離單位遠，最重要的是，作為聾啞人，搬進正常的社區，他就完了，一個朋友也沒有了。他姑姑搖搖頭，擦掉字，繼續書寫搬走的決心。

啞巴樓吵架都這麼安靜。他們做所有的事情，聲音都很大，唯有人類的惡行，辱罵和攻擊是如此無聲無息。吵到激烈時，他們也跟別人一樣帶搶話的，一塊題板肯定不夠，得一人一塊分著寫。有一次許佳明看見林莎的題板有無數的感嘆號擦拭不掉，琢磨這語氣得多強烈。再湊合幾年吧，最終你會跟我一樣，被時間磨得一塌糊塗，早晚你一聲都不想吭，你的日子一潭死水，見著我你都得打手語。

期中考在五一前，本來他以為這次不行了，滾回他的十七班。發榜一看五十八名，勉強過線。想想一身冷汗，要是房芳、付強、張天慧都還在快一班，那他就不在了。哦，他能留在快一班都是託北大、麻省和天堂的福。

還是有不少走的，那些想在「五一」七天裡好好複習的人全栽了。有幾個還哭哭啼啼的，跟淘汰選手告別舞台似的，試圖跟所有的同學擁抱一下。好多許佳明也叫不上名字，都是抱一下，拍拍後背說，我相信你會回來的。心裡卻祝福著，滾犢子吧，都滾，回頭我也滾出去。說是同學，同也不同，學也不學，無非是擠獨木橋的時候萍水相逢，用不著這麼戀戀不捨、一衣帶水的。

隔天又進來挺多新生，都跟剛過鬼門關似的長吁口氣，如釋重負。有些面熟，可能以前來過。快一班一年重組四次，NIKE都懶得讓新來的自我介紹了。按名次找好位置就開始吧，比海南的三季稻米還快，沒兩個月又是一茬人。

試後第一節是總結試卷，叫做試後一百分。試前許佳明也不低，歷史考了九十多分，一拿到試卷，他就明白錯的幾分是怎麼回事了，那就一百分吧。他把熱水袋掏出來放桌上，臉貼上去，軟綿綿地睡了一覺，也沒睡著，就聽見NIKE在那兒鏗鏘有力地講《尼布楚條約》。他想像一下大公雞地圖，不平等條約把黑龍江包得跟粽子似的。這題他會，做夢他都能答對。

醒來後還是歷史課，桌上有個粉筆頭，他揉揉眼睛，一定是NIKE扔過來的。NIKE的好習慣，他環保節約，從來不掰粉筆打同學，看誰睡覺他都忍著，也不去叫醒，以免影響他講課節奏。非得等到手中的粉筆寫成粉筆頭了才擲過去，又準又狠，嘴裡還講著一八四〇鴉片戰爭，一點不耽誤。許佳明雖然不算好學生，但給臉還是要的。他伸個懶腰，把試卷翻面。後面有道綜述題他察覺不對了，關於甲午海戰的，他記得這題他不會，矇的幾百字，但滿分十一分他得了八分。他貼近點兒，起初是「2」分，有人在上面加了個斜槓改成「8」。他又拿名次表找一下，就因為這六分，他比降級區的第六十一名高兩分。

他雙手托住臉，慚愧了一會兒。然後他抬頭對NIKE咬著嘴唇點點頭。NIKE也笑了，嘴裡還在講題。他知道這孩子明白了，不用再找他談話了，具體分寸他自己把握吧。

報答NIKE的方式就是上點兒心，就當是今年高考，他得倒計時了。放假前他跟NIKE要了高三的複習資料，「五一」七天他哪也沒去，醒來直奔60號信箱，拿上他的菸和火機去學校自習室。他以前放假也不在家待著，家對他來說，就是個睡覺和要餐費的地方，況且現在家裡還多了個會說話的林莎。

自習室沒人，剛考完試誰都沒心思拿課本，這也是NIKE當初反對五一前期中考的理由。七天他都是從早九點一直幹到晚六點，中飯都不吃，攢到晚上吃兩份酸辣粉。坐在飯館他倍加思念房芳，他跟老闆說一碗正常，一碗不放辣椒不放醋的酸辣燙。他吃了一口真不怎麼樣，放到旁邊，又掰雙新筷子，說：「我還沒請過你吃飯呢。」

想想他覺得不對了，這碗他動過一口怎麼請？他翻翻口袋，還有五塊，三塊吃粉，兩塊買菸。他讓老闆再來一碗，還是不放辣椒不放醋。老闆依然嘟囔幾句，他見過沒醋沒辣的，但沒見過一氣兒吃三碗的。他不知道許佳明請人吃飯呢。

新的一碗端上來，許佳明推到對面，身子坐直。跟以往一樣，他希望有點儀式感，彷彿房芳真坐在對面，微笑著等他講話。他手臂劃著桌子伸過去，似乎摸到了房芳的手，馬上縮回來。許佳明說，第一次請你吃飯就吃這個，挺過意不去的，我要是把菸戒了，就能省出點錢，請你吃好的了。其實多兩塊錢也好不到哪去，畢竟你是住過花園酒店出來的姑娘，看不起我這樣的窮孩子。你別多心，我沒別的意思，真沒有，他比我有錢，比我成熟，他還比我自由，他可以為自己做決定。我不能，我難過的不是因為他，不是因為你，我為我自己傷心，我為我自己在你活著的時候沒講出來，就這麼憋下去傷心。我喜歡你，喜歡太久了，已經變成了愛。我早該說的，我怕被錯過，更怕被拒絕，我太懦弱了。你沒了，這些話就一直壓在我心裡邊，壓得我好難受。它得永遠壓著我，你聽不到了，你讓我再去跟誰講啊？

飯館老闆在看著他，許佳明低頭吃兩口粉，喝口湯說，有機會你應該嚐嚐真正的酸辣粉，你那個就是粉條湯。算了，你不吃，我也不好意思狼吞虎嚥。他放下筷子，找出最後一支菸，點上說，我過去很花心，喜歡哪個女孩說變就變，雖然都是暗戀，但也是花心，一個月換一個，三班的，五班的，八班的，初中每個班漂亮的我都喜歡過。直到我遇見你，我跟定你了，十年八年都行，早晚我有辦法讓你做我老婆，陪我把這輩子過完。我前十七年過得特別苦，你想像不到的苦，我覺得幸福就是排隊抽籤，也該輪到我了。你跟了我，就等著過少奶奶日子吧。我一直想這些，這麼長時間沒動搖過，我每天都要閉眼想著你的臉，想五分鐘就能睡著，每天都是。一年多我沒變過心。誰能像我對你這麼好啊，暗戀都能專一好幾年？我第一次見你，就在這兒，你那時還在三班。我打聽你，跟蹤你，沒事還抱著地球儀在你身邊晃。你第一次考試是十六名，估計你都記不住了，兩千多人你考十六名。我是二百多名，你進了快一班，我還在我的十七班。真的，你知道我為你做多少嗎？成績好壞我無所謂，我的目的是長大，時間在哪個班都是一樣長。但我要跟你做同學，我要認識你。這麼說不對，我早認識你了，我是為了讓你認識我。前六十名，我死也考不進去，一年多，四百來天，我一天就睡仨小時，每天兩點半睡，五點半就起來背單詞，每次撐不住的時候，我就閉上眼睛，想一分鐘，想一分鐘你的臉，想一分鐘我要是再多睡兩小時，你就離我越來越遠了。我是靠這些挺過來的。你知道嗎，房芳，我許佳明從來沒為誰這樣過，以後也不可能為誰這麼拼命。如果你沒死，活到七老八十將近一百，你回頭看看，真的，你回頭看看，這輩子也就是我，能為你這麼幹。等我終於進來了，你卻走了。房芳，真不帶你這樣對我的，你徹底傷了我的心。

他還想說，可是眼淚快掉下來了。他繃住臉，抓起書包，留下三碗粉跑出飯館。他感覺自己就快把房芳戒掉了。

14

雖然他一直是一個人，孤狼一般獨自前行，可只有在祕密之家他才真正感覺到，這是他自己的時間，他在過自己的生活。每天回家前他都去坐一會兒，打開60號信箱，掏出信件在門口抽幾支菸。沒有寫信給他許佳明的，依然是超市的傳單，英語計算機培訓，以及重振雄風的廣告。雷力又收到一封信，能看出來都是同一個發件人，「力」的那個撇延綿悠長。許佳明到現在還沒開過封，一直保管著。他覺得占人家信箱已經挺知足了，再查人隱私就過分了。他想過把信還回去，告訴收件人雷力不住這兒了，可是所有信封都沒寫寄信地址，郵戳隱約打著鐵北郵局，把信還那兒沒有用。

還有幾封寫著房芳收，他給天堂寫信，寄出去，幾天後他又收到了寫給天堂的信，那麼他算天堂保管員嗎？想想這些，他一下子就開心了，菸頭的紅光在夜空中一閃一閃的。

假期的最後一天他想不去自習了，放縱一下。一大早他先去立交橋。附近的瓦匠、力工都在橋下面等活兒打牌。花五毛錢他要壺大碗茶，然後就盤腿坐在人縫裡看他們玩兒。不時有人接活兒退出，看熱鬧的人再頂進來。將近中午不剩下幾個人了，木匠問他要不要湊個手。許佳明搖搖頭，又聳聳肩，最後直截了當地告訴他，我沒錢。之後他就不自在了，他想這幫人肯定煩他，一個沒錢又愛看熱鬧的小屁孩。

他起身把茶缸退回去，騎車去了湖西路的錄像廳。那邊漲價了，三塊漲到五塊，他猶豫了一下，琢磨接下來去哪兒。老闆是個快七十的小腳老太太，等了一會兒擺手說，四塊得了。裡面漆黑一片，大屏幕上成龍像壁虎一般趴在車頂。老太太拿手電筒給他找個座，坐好一抬頭，嘿，成龍已經鑽車裡把那司機幹掉了。

他很久沒來了，初中的時候他常來，買張通票，一待就是一天。與其他的錄像廳不同，他們不按門口黑板上的片名放映。跟彩蛋似的老太太時不時就插一部三級片進來。其實錄像廳都一樣，老太太選片的標準很簡單，看名字是否香豔。那年代基本都是港譯版本那種曖昧的四字片名，很有欺騙性。有一次放《低俗小說》，大家都想看低俗的鏡頭，將近三個小時光看見一黑一白兩個殺手在那兒貧。後面來許佳明發現，原來好多文藝片早在錄像廳就看過了，《索多瑪一二〇天》、《感官世界》、《枕邊禁書》和《巴黎野玫瑰》。

這個下午似乎選對了，開場就是兩個日本人床上戲，這足以讓旁邊的男人亢奮幾分鐘。之後鏡頭一拉，服裝進來給女優披上睡衣，原來他們在拍戲。後面始終在講這個戲中戲的故事，男女主演戲裡做愛，戲外戀愛。後來兩人在海邊散步，男主演問出了內心的困惑，我從事這行是為了給我媽看病，你一個女孩子家，為什麼幹這個呢？女優看了看頭頂的藍天白雲說，二戰失敗，受到核打擊，日本男人萎靡不振，她做這個是讓日本青年重振雄風。啊，許佳明感嘆了一下，這跟60號信箱裡的壯陽藥是一個療效，而且到了精神高度。旁邊那個人又亢奮了，連帶他椅子也跟著震。許佳明鄙夷地看眼他，文藝片你打什麼手槍？

他去後面找個人少的位置，拉下三個椅子睡一會兒。醒來時正在放哈里森．福特的《亡命天涯》，他看過這個，挺棒的，但重看就沒意思了。他又躺下試著入睡，有什麼不對勁，槍炮之中夾雜著很輕的女人呻吟。他蹲下來四周看看，前排座位下面有四隻腿在抖動。有女人進來了，有性進來了。

又是一次對抗，高尚與齷齪，這次他還是輸給了齷齪。他不打算吃晚飯了，餓著吧，他得懲罰一下自己。傍晚時分他推車回家，這樣被撞死的概率小一點兒。他怕沒有一絲羞恥地死在街上；他怕驗屍官把他放在台上，脫下他的褲子的一刻會看見，白色流淌一片；他怕他將與房芳一樣，祕密公之於眾，一生對於「許佳明」這三個字尊嚴的所有努力，頃刻之間化為烏有。以前他只是難過，這一次他真是感到了憂傷，這種憂傷被精液所渲染後越發蒼白。他跨上座位，瘋狂蹬下去。要是此生都被高尚與齷齪周而復始地折磨，要是純淨與欲望將永無休止地爭鬥下去，讓我現在就解脱掉它們，把我撞死吧。

夜裡他想著房芳的樣子才得以平靜下來。他那麼愛她，彷彿靈魂出離身體。他特意去衛生間照照鏡子，看到那個愛著房芳的許佳明，就覺得這個孩子還是乾淨的，還有希望，還有機會成長為一個好人。

五月八號開學，嶄新的開始，許佳明還惦記著那個小說和生活的想法，生命的故事也不會暫停不動的。進學校停好自行車，他看見張闊跟兩個警察從樓裡出來。取保候審什麼時候早自習就提人了？他隱約感覺張闊拖不到明年高考，今年可能都趕不上。

張闊自己有台加長林肯，出事之後改警車代步，天天就在校門口停著，弄得省實驗跟婚慶公司似的，還有輛充門面。打開車門他跟許佳明結巴了幾句，他說有人找你，昨天在走廊等一天了。許佳明沒明白，昨天不是放假嗎，誰找我，找我幹嘛？張闊勾著食指說，明哥，這也可以？今天九號，昨天就上課了。他轉身上了警車，從車窗裡說：「你真好，我現在跟我爸當年似的，出去吃飯都不行，只有三個地方能去，派出所，學校，派出所到學校的路上。」

許佳明目送警車出門，快走兩步進電梯。他想跟NIKE解釋一下，跟說說「五一」七天他都是怎麼過的，天天真學習來著。對了，是八天。他昨天放鬆來著，就玩那麼一天。許佳明也知道，這話換他自己都不信。而且NIKE不是強調過嗎，起碼有一張請假條啊。

算了，不找他了，等他找我吧。還有，誰能找許佳明呢，還等了一天？從電梯出來他看見走廊那頭NIKE正跟一個矮小的男人站著聊天。他們站在快一班門口，許佳明繞不過去，只能走慢點。NIKE見著喊他過去，那個男人跟著回過頭端詳他。許佳明瞇眼辨識半天，是房芳的父親房傳武，他怎麼戴眼鏡了？為什麼找他呀，按理說他都不知道有許佳明這號人物。

許佳明抓住暖氣管，蹭著鞋底更慢地滑步。跟過去一樣，他一切像電影似的過了一遍。啊啊啊！他一下興奮起來了，他知道第七十九頁接哪段了。有人按了播放鍵，故事跟著開場走。那封情書，房芳沒收到，房傳武讀完了。

15

NIKE跟房傳武說沒事，帶他出去聊兩節課不至於耽誤學業，況且這孩子本來也是，NIKE瞪了許佳明一眼，連上講，說不來就不來！房傳武說他不急，他一會兒還有點事，午休再說。其實他哪也不去，就是想請許佳明吃飯。他在游泳館等了頭兩節課，忽然覺得請吃飯是不是有點太社會了，一會兒改說一起吃個飯好了。如果這樣說，他還得準備點什麼。後兩節他出去轉轉，挑支皇冠鋼筆。房芳喜歡用這種筆，上次他去文具賣場批了一盒十二支，家裡肯定還有剩的，不知道放哪兒了。一晃兩個月了，他還是捨不得清理房間。

第四節課他坐到路邊樹下，看著街上的汽車。他很久沒踩油門了。處理完喪事他眼睛就開始花了，而且不穩定，一陣兒一陣兒的，眼鏡都不好配。他今年四十五歲，提前步入老花眼的隊伍。他想提前十年退休，算退養。退休太早了點，領導給他設計一個更合理的方案，他頭兩個月可以帶薪休工齡假，後面再休息算停薪留職，隨時可以回來。

從這個月開始他不再領工資，他也知道他回不去了。他為孩子攢了一些錢，控制點花可以對付到五十五歲領退休金。女兒一死就像天往下壓了幾千米，所有問題讓他透不過氣。房芳的奶奶一病不起，房芳的爺爺催他倆抓住最後一絲機會再要一個。不可能了，年齡大了，再說他們倆已經完了，如果不是住房緊張產權不清，他倆上個月就離婚了。他已經在房芳的小床睡了六十三天。

中午訂在省實驗的不息餐廳。劉校長強調基礎設施時忘了說明，他們還有全國最好的八個餐廳，分別是，自強，不息，厚德，載物，勤奮，嚴謹，求實，創新。省實驗沒校訓，這是清華北大加一塊的。昨天等許佳明的時候他打聽了一圈，百年校訓在這裡重新詮釋，自強是海鮮自助餐廳，載物是涮火鍋，嚴謹是狗不理包子，求實是他們提供三分熟的牛肉自己烤，他最後走進創新餐廳，菜單上都是他沒聽說的私家自創菜。全問一遍還是不息最靠譜，其實就是乾鍋居，在酒精爐的助燃下薪火相傳，生生不息。

房傳武讓他點菜，許佳明說隨便。可他看著房芳父親對服務員下單，還是忍不住要了個乾鍋豆腐。他最愛吃他姥爺的煎豆腐，乾鍋應該是一個道理。闔上菜單他問許佳明喝酒嗎，說完就後悔了。這可是高中，哪來的酒？

房傳武看看周圍環境，還真有不少學生在碰杯，他摸著高腳杯說：「喝嗎？來點紅酒？」

許佳明搖搖頭，笑著說：「我還沒喝過酒，是不是很幼稚？主要是我們家沒人喝，也沒人找我喝。」

「不喝酒挺好的。」他轉身叫服務員把酒杯撤掉。

「盛可樂吧。」

「好，」他對服務員說，「可樂，大瓶可樂。」

「百事，他們說比可口甜一點兒，其實我也喝不出來。」

服務員走後，他坐正看看許佳明，說：「我昨天就來過了，他們說你有事沒來。」

「我沒事，我記錯日子了。我以為昨天放假，我估計你都不會信。」

「我信，能進快一班，說明你還是很努力的。」

「我才考上來沒多久，房芳一直在快一。」

「她那是假的，」他還是沒忍住，掏出菸點上，他以前沒抽過，四十五歲才開始學抽菸。「他們查出來了，中考都是抄的答案。她初中畢業還不到十五，就和那個人在一起。我這段時間老是想，還有多少祕密我不知道。」考試答案的事學校傳過，但沒這麼多。他扭頭看著別處，兩個服務員端著乾鍋往這邊來，估計他們的菜好了。「我先給你道個歉，你給房芳的信我拆開看了。」

「沒事，你拆的是她的信，不是我的信。」

「對呀，」房傳武笑了，將鋼筆放桌上，說：「我以前不拆她的信，這次是例外。我想看到跟她有關的一切。我是來跟你說謝謝的，你把她寫得那麼好。在警察告訴我一系列的祕密，我都開始懷疑我自己親生閨女的時候，你這封信跟我說，房芳有多好。謝謝你，我最近只要想她，就打開看看，你讓我覺得生了這個女兒，我做父親的很自豪。」

「你留著吧，我寫了十來頁，起碼還有人看。」

服務員在他倆之間架上酒精爐，用火機點燃。房傳武把鋼筆推過去，說：「這是個小禮物，那封信我留下了。」

許佳明沒接，但也沒推辭，看眼牌子，房芳就用這個。他也會留下，但捨不得用。

「房芳提過你，她說班上新來的許佳明給錢老師起了個特傳神的外號，叫NIKE，我這兩次見著他，還真是越來越NIKE了。」

「他還問我，自己怎麼就叫上NIKE了？」

兩個人笑起來。許佳明知道他不幸福，但此刻能樂上一會兒也不錯。他撕開餐具包裝，夾塊豆腐，不如他姥爺做得好吃。有些好時光再也回不來了。

「我見過你，但沒對上是一個人。我在班車點接房芳的時候，經常能看見你騎車回家。你家也在桃花苑，對吧？」

「我知道你和房芳住桃花苑，我家不住那兒。」

「櫻花苑？」

「我家也不在櫻花苑。」

「杏花苑？附近就剩個杏花苑了。」

「也不在那兒，我住在啞巴樓。」許佳明靠過來，夾著乾鍋裡的豆腐演示。「這是省實驗，中心點，往東十五公里是你家，桃花苑。啞巴樓是省實驗往西十公里，離你家二十五公里。」

「那你那個時候是住在？因為我確實常常看見你。」

「給我支菸唄。」

房傳武剛學抽菸，抽最好的菸，拽一支給許佳明點上。

他深吸一口，放下筷子，說：「我一直住啞巴樓，我姥爺死後我就住那兒。你老看見我是因為，我是追著四號班車跑。每天打鈴我就衝出去，跨上車子就開始跑。我跑不過班車，但是我不用等紅燈，一個信號燈我就能追上班車幾十米。有兩次我差點被撞死。我為的是能在房芳下車的時候，跟她打個招呼。那時候我還不在快一班，房芳一下班車就看見有個穿省實驗校服的在她前面，就驚嘆怎麼有人能騎車跑贏了班車。你要是沒來，我就陪她走一段到你家樓下，我跟她說我家住前樓。我沒想打擾你，你要是接她來了，我都離得遠遠的，看你們到樓下。然後我附近晃一會兒，再騎兩個多小時回啞巴樓。我姑父一直不知道省實驗五點就放學了，因為我每天都是七點多才到家，洗個澡喘口氣就開始看書，一直到後半夜兩點，每天都是。我要進快一班，跟她做同學。」

房傳武把菸夾指間，握緊雙手扭頭看窗外。他就要哭了，還是那個辦法，將眼睛睜大，好讓淚水融到眼眶裡，不要掉下來。

「你回去看看，除了你家樓前那個，桃花苑所有的井蓋，我都用紅磚寫過，我喜歡你，房芳。你家一樓過道牆上那些正字都是我畫的，我來一次畫一筆。聽上去挺傻的，是吧？」

「多好的孩子，再抽一支吧。」他起身給許佳明點火，「我下午整理她的遺物，有什麼是想要的，你跟我說，我帶給你。」

「我不知道她扔沒扔，A4紙打的情書，都是匿名的，其實都是我在網吧寫的，一共是五封。我怕她認出我的字。」

「我找找看。然後我明天帶來？」

「不用，寄給我就行。」許佳明低頭把地址寫餐巾紙上，遞給他。

房傳武辨識一下他的字，問：「這就是啞巴樓？」

「不是，我收信的地方。」

「謝謝你。」房傳武把餐巾紙放錢包裡。

不息的乾鍋，現在還是熱的。他們安靜地吃了幾分鐘，誰也不說話。有人在餐廳唱起生日歌，戴皇冠的女同學抿著嘴望大家。省實驗的氛圍真好，最後除了他們倆，餐廳不相關的學生都拍手祝福起來。

「我還是在想，我是不是一個失敗的父親？我太關心她考多少分，上哪個大學，從小盼望這些，給她壓力太大了，是我把她逼到那個男人那兒的。有一個後悔的地方，三月八號她跟我電話裡說，她要跟點點講明白，保證最後一次陪她，最後一次。那個語氣，如果我多想一想，我能感覺出來，那是要分手的語氣。」

「這怪不了你，也不只是成績和考大學的壓力。沒這些，她總還得找個成年人依靠。」

「她有依靠，」房傳武瞪著他，「我們是她父母。」

「你一個月給她多少零花錢？」

「房芳一般不跟我要錢，只要張嘴，我都不問幹什麼，我就拿一百給她。平均一個月五六百吧。」

「五六百根本不夠。」

「她還只是個學生。」

「但她是省實驗的學生。」許佳明指著生日蛋糕那桌說，「想在省實驗活得有尊嚴，五六百塊？買半張臉皮都不夠。房芳跟我一樣都不是自費進來的，你們沒出學費，沒掏建校費，沒懷揣十萬塊託人行賄找關係，所以你們不知道那些進來的同學都是什麼家境。你看看這邊的氛圍，那個女生過一次生日就要五六百。省實驗有八個餐廳，但只有一個食堂。你看看這邊是什麼消費，花二十塊錢看幾塊豆腐起煙冒泡。學校老説反對學生在餐廳奢侈消費，但是你看看，現在餐廳擠得跟食堂似的，食堂冷清得像餐廳。這還只是省實驗，長春有四大校，附中，省實驗，十一高，市實驗。吉林市有一中，四平有實驗高中，全國的重點高中都成了貴族高中。」

「她該把這些話跟我們說的，我可以多賣點力氣，多賺一點，多給她一點。」

「她不能說，她怕你覺得她是個愛慕虛榮的女孩。我以前以為，是因為我沒父母，沒處傾訴，所以有很多不可告人的祕密，高尚與齷齪，聖潔與欲望，這些祕密我都壓在心裡。現在我明白了，我不是特例，所有要長大的孩子都一樣壓抑。每個少年都有朵祕密之花。」

「每個少年都有朵祕密之花？」房傳武跟著嘟噥一遍。

「對，祕密之花。我跟你承認吧，我也被這些祕密折磨，我想成為一個高尚正直坦蕩蕩的人，我想聖潔地去愛別人，然而孤獨絕望的時候我又老被那種獸性、那種欲望擺布。我會幻想裸體，幻想性，刺激自己手淫，之後我就更加絕望，就像殺了人一樣沮喪、虛無。我不知道女生有沒有性困惑，從我第一次遺精開始，已經折磨我三年了。可是你看看社會對我們做什麼了，除了給我們灌輸虛假崇高的價值觀，就是充滿熱情地稱呼我們為祖國的花朵。花朵，多尷尬的階段，經過一季的盛開，風吹雨淋，最多十分之一挺到結果，剩下的大多數呢，秋天一到，就全都枯萎掉了。」

許佳明不想講了，也沒了胃口，收起皇冠鋼筆走出餐廳。要是他兜裡有錢，他真想把帳結了，像個大人那樣走向這個世界。

16

他姑父姑姑吵得越來越頻繁，似乎也越來越凶，至少許佳明這邊聽起來，他們下筆的沙沙聲越來越重了。有一次林莎終於受不了了，把題板往桌角一摔兩半，隔著門喊許佳明，大叫著，我受夠跟你一起當啞巴了！許佳明想說我也受夠了，你倆吵架，憑什麼找我翻譯？他看眼掛曆，還有四十天就高考，他能比快一班的同學還早兩個禮拜離開學校。

這次爭論焦點不只是離開啞巴樓，升級了，林莎想到外面開家聾啞按摩店。看來他姑父早知道這個新媳婦是什麼來頭，比劃著說狗改不了吃屎，沒兩天你就得把聾啞兩字兒去掉，回你老本行。許佳明有點為難，他故意不提老本行，翻譯得含蓄點。林莎倒不在乎，大聲說那我也是老闆娘，不幹別的，只負責收錢，賺錢也是咱們家花！他姑父比劃，我不是老闆，所以你可別當老闆娘，你就當你的老闆！你早計畫好了，你跟我一塊過就為了開個按摩店！

這個許佳明相信，雖然他倆沒蜜月，但是時間上看還是蜜月期，這時候開店應該是早考慮好的。他們又吵了半天。林莎堅持開店，反覆強調既然嫁給你，跟你就是一心的，錢都是給這個家。不落你名，我就自己開，我這個歲數，找不著好工作，你讓我去掃大街看廁所怎麼著！她使勁吼。許佳明真想提醒她，我姑父聽不著，你這麼大聲不是嚇唬我嗎？翻譯過去，他姑父不比劃了，背過身去看電話，今天又沒人找他。他拿起話筒，看上面還亮燈，電話沒壞。他轉回來比劃著，就用我名吧，但得讓我看店，生意好起來我就不去手套廠上班了，還有，人手再短缺，也用不著你上陣！

許佳明不理解開個店跟落誰名兒有什麼關係。晚上躺床上他想通了，他姑父是聾啞人，啞巴樓的都是殘聯會員。城管、派出所、安檢局、衛生防疫站、消防局，這些平時不省油的衙門，都不願意跟殘聯的人惹是非，就連收保護費的小混混也都下跳棋似的，快走兩步去踹下一家的門。哦，那一定是計畫好的，林莎找個一石二鳥的好老公，羡慕死那些好姐妹。

他一時睡不著，又想了好多事，他想九月份他就可以進大學了，那時候他就長大了。什麼專業無所謂，重要是夾著書本走在林蔭小道的那個畫面。當然不能是四平師院，那是氣話，軍校他也不考慮，他要的就是自由。首選是北師大，次一點兒就是華東師大，在上海，離長春夠遠。實在不成就華中、華南師大，不花錢的師範類都行。他總會出去的。

隔壁傳來吱吱聲，床頭打架床尾合。許佳明扒門縫看眼，對面透出粉紅光線，把這燈裝進他們按摩店正合適。許佳明躺下聽了一會兒，沒吃過豬肉，但跑的豬他見多了。聽床腿聲就能猜出來他們什麼姿勢。但是林莎一點聲音都沒有，不應該啊，即使錄像廳公共場合那女的多少還呻吟一陣兒。哦，他姑父是聾子，聽不見，沒必要叫床。原來女人的呻吟都是給男人聽的。

後來床腿不搖了，他姑父出來上廁所，就從他門口走過。許佳明趕緊鑽被子裡裝睡。他姑父推門進來點燈看看。東北五月不暖和，前兩天還下場雨夾雪。他把被子往裡窩一窩，弄得許佳明有點癢，順勢翻身背過去。他聽見林莎在臥室裡抱怨，就那麼兩下子能耐，還老想要，也不自己照照鏡子是什麼德行。

他姑姑在臥室數落個沒完。這讓許佳明忽然一絲難過，他覺得他姑父也挺苦的，一個殘疾人賺那麼兩個錢，雖然沒給許佳明買過什麼好吃的好穿的，但起碼沒讓他餓著，沒把他送進孤兒院。可他姑父聽不見這些話，寂靜月光下他還在研究，剛才窩了老半天，怎麼一翻身又露出來了？後來他有辦法了，打開櫃子又抱了一床被子，齊齊整整蓋在他身上。

17

按摩店開張那天許佳明參加了高三的二次模擬，就在NIKE的辦公桌上寫了一天。他還是不適應這種綜合題的形式，他會直拳、勾拳、擺拳，但人家考的是組合拳，幾門考試都是迷迷糊糊的。NIKE把歷史那部分抽出來，帶上卷子去了一樓高三組，把每一科批上分。七百五十分的題，總分加起來還不到五百。許佳明和NIKE都無話可說。

抽過兩支菸，他抹下頭髮，打電話到樓下問高三第六十名考多少分。「六百一十五，」NIKE掛掉電話說，「這成績可以上同濟、交大。」

許佳明沒應聲，他也沒想到自己考這麼差。

「再忍一年吧，你還有上升空間。」NIKE揉揉鼻子，又點上一支菸，說，「不然你去我家住一年，或是我借你五千宿舍費，你住學校。」

許佳明跟傻了似的，搖著頭自言自語：「我不想再等了，我今年就要長大。」

「什麼？」

「不行。」

許佳明抬起頭，盯了一會兒牆上的掛鐘，看著NIKE說：「我報四平師院。」

「正好我媽在那兒，我報四平師院。」

「你要想好，這是一輩子的事兒，而且你不是沒機會。」菸都在嘴上了，可他還是找點什麼幹，讓自己停頓一下。他起身去接水，把陳茶倒掉，裝上新茶說：「讀這種野雞大學，你還不如直接去南方蓋樓。」

「我早想好了，我不能再等了，不然我就跟房芳一樣了。」

這句話把NIKE刺痛了，他端著水杯背身走到飲水機前，看著熱水流進杯子。他也想過，學生自殺，他做班主任的有沒有責任。跟許佳明這種流動生不一樣，房芳從一開始就是快一班的學生。不管是不是作弊，有快一那天就有房芳，這麼一個孩子死在他眼皮底下，他不能不問問自己，怎麼當的老師。秦始皇，嬴政，秦始皇嬴政，六七次考試那麼明顯的線索，他一直都沒看出來。

那天他沒回家，先下樓找高三組要了張報考卡。晚飯後他把許佳明的檔案攤開，打算把許佳明入學以來六次期末評語及平時記錄重寫一遍。字數不多，但這回他不想寫「百尺竿頭更上一步」這種套話，他想寫最真誠的最好的評價，彷彿是對許佳明這個鮮活生命的讚美。時間都耗在咬著筆帽構思上。寫到後半夜他有點恍惚了，他感覺許佳明是自己未曾謀面的兒子，他要再用心點再負責點。沒有菸了，他把空菸盒攥成團，出去看看有沒有還開門的小超市。他得好好想想，站在父親的立場上好好想想。

18

四平師院的代碼是655069，「許佳明」這三個字也有代碼。整個晚自習他都在塗卡，他的心從沒這麼敞亮過，他已經開始憧憬未來的日子，學費全免，每月有三百的補助，他還可以通過他母親的關係在精神病院做護理兼職。邏輯不對，他媽是裡面的病人，也是瘋子，醫院怎麼會賣她面子，給她兒子一份工作？沒關係，他相信水到渠成，他前半輩子嚐夠了人間疾苦，按概率算，該輪到他欣賞人家有多苦了。

偶爾放學他會去按摩店看看，把車停在街對面他姑父看不到的地方，坐到樹後。不時有人出入，全都是中年男人。他姑父把他們一個個送出門，有好幾個還拍老闆肩膀。誇聾子豎個拇指就行了，想說什麼呢，年輕貌美，物美價廉？讚賞都在對聯裡呢，雖是毫末技藝，卻為頂上功夫，橫批是聾啞按摩院。我雖然小，但我們家是開妓院的，酷！許佳明騎上車，一溜煙奔向他的祕密之家。

又來一封雷力的信，繼續收起來。房傳武的禮物到了，數數裡面是五封信，八張紙，小四號字打印的。原來房芳都留著。他把信重開一遍，這一次他沒哭，他很幸福，他最近很強大。從書包裡他掏出五個信封，都寫上天堂的地址，貼好郵票扔進郵筒。經過幾天的漂洋過海，它們還會回到60號信箱，這樣不是很好嘛？

還有件事需要講一下，由於他不再感到孤單絕望，所以他把手淫和房芳都戒了。六月十七日的夜裡，他時隔多月再次遺精，而且一睜眼，他就把那個邪惡獸性的春夢給忘掉了。黑夜裡他不住地微笑，他看見自己正逐漸成長為一名高尚聖潔坦蕩蕩的成年人。

所有的罪惡都將向正義屈服，張闊已經兩天沒上課了，估計取保候審變成了羈押待審。二十二日下午，許佳明從窗戶看見校門口的加長林肯被拖走，連上拖車的長度，就像一列小火車在街上行進。一時間目瞪口呆，隱約中他看見張闊在黑車窗裡對他擠眉弄眼。幻覺，一定是幻覺。許佳明拉上窗簾，把幻覺擋在外面。

天氣越來越熱了，報紙上都在推測今年高考會不會碰上三十年難遇的高溫，明年改在六月已經勢在必行。許佳明想去歷史組，問他的考號考區下來沒有。他同桌然然求他問問NIKE，能不能為她也舉辦一場歡送會，她出錢請全班吃飯。「我也要走了，」她說，「不跟你們糾纏了。」

許佳明不喜歡她，覺得她嗲里嗲氣的。是啊，除了房芳，哪個女生他都不喜歡。

NIKE在忙，有個剛考進快一的同學拿著歷史書傻哩吧唧地問個不停。等不耐煩了許佳明過去說，我有事，你下節課再來。新來的豎起食指說，最後一個問題了。許佳明過去把窗戶打開，探著身子往外看。省實驗的初中部就要封頂了，過幾年這裡又要多幾千名初中孩子，什麼時候把小學生也招進來，比比誰家有錢，省實驗就圓滿了。

NIKE在叫他。許佳明拖把椅子，雙手抱膝坐在他對面。「我正要找你呢。」NIKE說著在桌上翻出一個牛皮紙袋交給他。

准考證終於下來了，許佳明儀式感般地倒數幾秒，把信封打開，掏出裡面的東西，僵在那裡。

「出了點問題，你的報考卡被退出來了。」

「不可能。」他看眼信封，上面還印著招生辦的章。

「你聽我慢慢說，每年高考還有十五天左右，快一班就結束，所有學生會解散回到原來的班級。就是為了避免你這種意外發生。你高二的檔案在我這兒，但是你之前的檔案，包括會考的成績，都在十七班。我們銜接出了點問題，他們沒看到你的會考及格證。」

許佳明站起來說：「招生辦在哪兒？我現在給他們送過去。」

「來不及了，他們退回來就說明，報考結束了。」

他低著頭回想了一會兒，說：「我原來那個班主任，彩虹是故意的。她討厭我，她討厭從我身上榨不著一分錢，有一個月她硬是停我課，讓我寫檢討。這次她又這麼對我。」

他抓著頭髮往外走，他也不知道該怎麼辦，以暴制暴嗎，省實驗可不會為一個五十八名的學生打官司。NIKE看著他走出去。他重重一抹，把頭髮收到頭頂，對門口說：「是我幹的！你用不著找她，是我幹的。」

消失了的許佳明又出現在門口，扶著門框盯著他。

「我見不得你考四平師院。那不是好地方，我就是那兒畢業的。我在四平師院是學生會主席，靠這個才調進省實驗，然後熬三十年也才今天這副德行。其他的人更完蛋，能當上小學老師就不錯了。你比我聰明，你這輩子至少要比我有出息。許佳明，你不能去那兒。」他把信封扔過去，掉在地上，說，「裡面有五千塊錢，從今天開始你就住校，不用回家。再熬一年，一年就行。」

許佳明把錢踢回去，搖著頭，說：「我肯定不讀了，我不會讓你得逞的。」

「跟我得逞不得逞沒關係，這是你的事。」

「那你就不該管我！」

彷彿吼聲迴蕩在山谷，他們就互相僵著，NIKE敲了下桌子，似乎把震盪按停，說：「不讀了，你去哪兒？」

「不知道，跟你沒關係。」

「行，那我問點跟我有關係的，」NIKE盯著他幾秒，「我為什麼叫NIKE？」

「不知道，你問別人吧。」

「是你給我起的外號！我早知道，是你給我起的！」

「所以你恨我。」

「我不恨你，我就想知道我為什麼叫NIKE，為什麼不叫阿迪，為什麼不叫彪馬、匡威？」

「你問別人吧，他們都知道。」

「我就問你！」NIKE站起來喊道，「別人的話我不聽！你沒來快一班時，我學生都叫我老錢，叫了三十年，叫了十屆畢業生！你一來我就成了NIKE？話從你嘴裡出來的，我就要從你嘴裡摳回來！」

許佳明被嚇著了，但他不能怕，不能懦弱，回瞪著他，說：「我不會告訴你的，你剛剛把我傷了，別指望讓我說什麼，我永遠都不會告訴你的，NIKE！」

19

英語課練聽力，許佳明呆視著黑板，聽見的都是鳥語花香。既然放話說不讀了，總不能在這兒賴著，但是去哪兒呢，真去南方蓋樓嗎？之後他冒出個怪念頭，他在想怎樣才能變瘋，這樣我就能送到精神病院了，去跟我媽一塊兒住。真的能瘋嗎？NIKE是教歷史的，他要是像公孫臏測孫子那樣，給我吃大便，我可怎麼辦？

然然在旁邊捅咕他，問他提了沒有，歡送會的事，像付強和張天慧那樣隆重的歡送會，我連表演節目都想好了，不過現在先保密，你要是求我，我可以透露一點給你。許佳明扭頭看看她，你變瘋倒是比我容易多了，現在就是半瘋。

「你不問問我離開省實驗去什麼地方嗎，我現在就不是中國人了，我爸在溫哥華投資買綠卡了，我們全家移居加拿大。」

移居加拿大？許佳明知道去哪兒碰運氣了。他把書包裝好，將桌洞掏空。背起來時想到再也用不著這些了。他又把書一本本放回桌洞，他就要這個書包。英語老師注意到他了，伸腦袋看後排怎麼回事。許佳明衝她擺擺手，意思是我沒事了，認真聽了。

他還真仔細聽了一會兒，錄音帶裡一個男低音用英語講海洋環保的故事。什麼口音啊？他現在覺得只有加拿大帶點法國味兒的才是真正的英語。他等不了了，他要像張天慧一樣，走到講台飲水機前，把瓶子灌滿，從正門走出去！

他找家網吧，輸入那網址。廣告還在首頁上——移居加拿大，月入兩萬元。以前幾萬來著，好像漲了？但這不重要，他點進去又讀一遍，裡面沒變，條件還是十六歲以下。最後一段他上次沒注意，有意者請聯繫骷髏精靈。許佳明複製他的QQ號，申請加好友。那邊一時沒回覆，是不是有時差。他點上一支菸，搜一下這組號碼，骷髏精靈還在不少網站打過這廣告，這些網站都能看到舒淇和葉子楣。

快中午的時候那邊認證了，上來貼了一大條廣告信息，又是加拿大人口負增長，他們急需補充新希望什麼的。許佳明打個招呼，他説他想去。骷髏問他幾歲、性別。他説他十五，男的。骷髏要他給下身分證號和名字，他查證一下。許佳明把十八位號碼寫下來，在出生年份上加兩年，這樣他就小了兩歲。骷髏過幾分鐘震了一下窗口，問他到底幾歲，到底叫什麼。他重給一次號碼，名字還是許佳明，他承認自己十七了。不行，你太大了。但我長得小。你多高？許佳明故意少説三釐米，一米七五。五英尺九英寸！加拿大一些成年男性都沒你高，你裝什麼新希望？

之後骷髏就不理他了，許佳明自顧自地打字，他知道自己失敗了，哪兒也去不了，這輩子都得留在這裡，留在啞巴樓。他敲累了就打開舒淇的身體滿屏看。他真希望網友告訴網管，網管告訴警察，警察把他帶走。可這是網吧，不是教堂，不一會兒他後面站滿了男生，催他快點下一張。

真沒勁，回你們座位自己找去！他關掉圖片，把他們趕走。窗口顯示骷髏又跟他説話了，他對啞巴樓有興趣，問他那是什麼樣的樓，你是啞巴嗎？不是，我正常。那你們怎麼交流呢？打手語。你會手語？許佳明樂了，這會給他補發一張通行證嗎，這年代掌握一門技能真好。

骷髏精靈要許佳明兩張證件照，彩色、黑白各一張，發到他郵箱。七月六號會有一批孩子從深圳出境，晚上十點在羅湖區的錦江酒店集合。許佳明一再回覆「收到收到」。然後他向後靠椅背上，看著行程，六日晚上從羅湖口岸過香港，七日遊玩一圈，八日一早便乘機去加拿大。苦了十幾年，幸運女神終於開始眷顧他了，七月六號，比高考還早一天。

20

許佳明轉著地球儀，從這上面量長春到深圳都得一拃多長。他去車站問過了，火車將近四十個小時，站著過去四百多塊，躺著去再翻一倍。錢不多，但得弄到手。簡單點的辦法是，買把刀，去省實驗找個過生日要訂餐的學生借五百塊。肯定不行，省實驗的人對暴力有自己的換算方式，你就是掏出槍，他也得問問你，把我崩了，多少錢夠賠啊？如果NIKE那五千他沒踢回去，撿個零頭就好了。不行，他傷你夠狠的了，你再拿人家的手短。他覺得作為男人，即使雞雞短，也不能手短。

他難得和家人一起吃晚飯，有不想說的，有不會說的，三個人都很安靜。林莎把電視調成靜音，讓他姑父一個人看。許佳明看了兩分鐘也沒明白，這些男男女女的在講什麼。他衝他姑父比劃兩下，我姑媽那低保存摺呢。他姑父扭頭問他幹嘛。你都再婚了，跟我姑媽一點關係都沒有了，我是許家人，應該是我保管。他姑父搖搖頭，繼續看電視，裡面正精彩大結局呢。許佳明又比劃半天，他姑父瞅都不瞅。手語和語言的最大區別，語言是我說我的，想不想聽都得灌進你耳朵。這麼一比，手語太霸道了，眼睛一閉，你愛怎麼嘮叨就怎麼嘮叨。

林莎捏饅頭問他怎麼了，有什麼事嗎？沒事，許佳明說，同時咬牙切齒地把屋子巡視一遍，等著吧，明天我就把這兒翻個底朝天。

聾啞按摩院早上十點多就開門，他姑父現在也不去手套廠了，跟房傳武一樣，停薪留職。這樣也好，這碗飯風險大，哪天碗被砸了，還能夠回去領工資。許佳明從沒進去看過。他想像那些午休過去按摩的人，進裡面一看，一幫聾啞姑娘，行啊，跟盲人一回事。以為是正規按摩，小睡一覺下午還要工作。恍惚中聾啞女孩啊咦哦地搓啊捏啊，手指貼著肚皮往下滑，忽然來那麼一句——做嗎？

靠！詐屍吧你！

許佳明用不著去學校了，現在省實驗只有一件事讓他想知道後續，NIKE有沒有給然然開歡送會？應該沒有，付強、張天慧還是打包套著開的。再說以後快一班提前告別的會越來越多，不新鮮了。省實驗都是如此，移居巴黎東京紐約的，北京上海也不少。那時候北京不是有戶口才能買房子，是買房子就送戶口。

十一點前他坐在六十五棟前抽菸看熱鬧。白天他才注意到，有不少人從地底下鑽出來。他統計了一個小時，下面出來的人比樓上的還多。他鎖上車，下去看看。不是一般的地下室，裡面老鼠洞一樣阡陌交錯，過道兩側住戶聯排，每戶人家十平米左右，家家在過道晾著內褲和床單。許佳明跟通關遊戲似的，一會兒低頭一會兒側身地走到另一個出口。有個石板立在樓梯口，跟大廟似的，也是雙語，中文寫著防空洞，日文寫著防空壕，時間是一九四三。許佳明想了想，那時候還是偽滿時期，一片太平盛世，誰敢炸長春啊？

這些都是NIKE說的，其實他最反動了，不配留在省實驗。他說一九四五年八月十五日本人投降的時候長春城裡三十萬人，空前繁榮，沒幾年被人民的大救星解放的時候，城裡面喘氣的就剩一千五百人。為什麼，為什麼？為什麼！他在講台連問三句為什麼，就是不講出來，他也怕被警察帶走。

出來後他發現不在六十五棟了，挺遠的一棟樓，但還是可以看見那三棟步步高。他看看錶，差不多可以回去了。其實他沒錶，電子錶都沒有，他只是覺得男人擼袖子看手腕比較有範兒。他後來沒車沒房，賺的錢一半都用來買錶了。

他姑父在房門上下裝了兩道鎖，真是越窮越怕偷。進了門他還原反鎖，直奔他倆臥室。床底下，褥子裡，電視機後面，抽屜夾層，他把書櫃的書都過一遍。存摺沒找到，倒是見著一些奇怪的東西，他揀起一張黑白照片看看，挺好看一姑娘，不是他媽，也不是林莎。看來成年人也有他的祕密之花。他把這些歸位，他是來找錢的，不是來揭疤的。

那就是在木箱裡了，一個比棺材還大的箱子，上面扣著碩大的一把鎖，打頭一次結婚就擺在這兒。許佳明這麼多年也沒見他打開過。許佳明看著明鎖，弄斷這個不容易。他去廚房工具箱翻根鋸條，用抹布纏出一個把手，他可以把周圍的木板全鋸開。

兩個多小時才完工，這麼費力，當工錢結帳都不止五百。開箱之前他又要儀式感了，這次是恐懼，裡面萬一跟梅超風似的一箱子頭骨怎麼辦？他閉眼一抬，滿鼻子樟腦味兒，那就沒事。都是幾十年老家當，軍大衣，厚棉襖，那種論斤秤的被子，快到底了也沒見著存摺。有個花布包裹很神秘，打開後他見著了他姥爺，他媽畫在盤子上的姥爺。盤子他收好，一樣樣放回去，找塊布蓋上箱子。這時門響了。

進來的還哼著小曲，應該是林莎。不一會兒浴室的放水聲，她洗澡去了。許佳明躲在衣櫃的衣服後面，找機會慢慢蹭出來。剛推開一條縫的時候，林莎喊道，哎呀，嚇死我了你！許佳明頭又縮回去，關上門。不對，聲音在浴室裡，林莎沒看見他。進來的是別人。

你把鞋脱了，別讓跟你屁股擦腳印。那男的呵呵一笑，説留著能怎麼著，他還能殺了我啊。微光中許佳明尋思過來了。林莎外面有男人。

他得再忍一會兒，不知道他們是打快槍還是敘舊，聽起來那男的趕時間，澡都不洗，直接進臥室。你別上床，林莎跟進來，去孩子那屋，不然這床我撿頭髮都撿不起。一樣的頭髮，撿什麼撿？你怎麼一點自知之明沒有呢，人家是黑頭髮，你是白頭髮，打眼一瞅跟狗掉毛似的。我就在這兒了！那男的賴著不動，那屋我都幹得沒感覺了。

許佳明在衣櫃裡氣得牙咯咯響，怪不得睡覺時候總覺得有味兒，澡都不洗就上我床。他輕輕往裡移一小步，這樣舒服多了，可以半坐著。可床上的男女更舒服，沒聽過這麼叫的，高音假音還帶拐彎的沒把許佳明震死在衣櫃裡。你行不行啊？啞巴做一聲不吭，跟正常人往死裡叫。

他擼袖子看手腕，不知道，起碼做了二十分鐘，後來林莎嗓子都啞了，兩人才消停一會兒。我怎麼樣，那男的大喘氣說，跟你老公比，我怎麼樣？你還好意思問？你也不想想，我老公比你小二十歲。兩人暫時沒說話，床偶爾響兩聲，估計林莎跪上面撿白頭髮呢。

火機啪的一響，那男人點支菸，說：「店以後就是他的了？」

「對呀，你起來！屁股底下全是頭髮。」

「之前咱倆可不是這麼說的。」

「那是之前，現在我嫁人了，他是我老公。」

他噗噗笑兩聲，說：「攤上這麼個啞巴，你還真當寶貝了。」

「那不是你的主意嗎？你怕我賴上你，你讓嫁給他的。」

「我不是說賺錢咱倆花嘛。」

「誰跟你一起花，你娶我了嗎你？」

「我說了等等，娶你是早晚的事。」

「錢金翔，你要不要點臉？」林莎聲音高起來，「我等你十年了，你孫子都抱上了，也沒說娶我！你看看你這歲數這身體，還能活幾年？你讓我跟你陪葬啊。我嫁給他了，這就是我家，我男人！以後我家的事你少管，別怪我到你老婆那兒鬧去，讓你兒媳婦看看，你這做老公公的丟不丟人？」

「咱倆這麼多年感情了，你這才結婚倆月，誰遠誰近還看不出來嗎？」

林莎沒説話，許佳明聽見她在哭。許佳明胸口一陣痛，不知道怎麼回事，他想到了房芳，她和王勇有幾年的感情呢？

「你説這麼多年，不是感情，你一直把我當雞，還是免費的。他倆月就把我當老婆。以後你別來了。」

聲音越來越近，忽然一陣風，衣櫃門開了。他在衣服後面挺直了屏住呼吸。林莎一絲不掛站在他對面，手扒拉掛著的一排衣服，側身對床上的錢金翔説：「你快穿衣服吧，一會兒你請我吃個飯，就算是……」她一下子卡住了，右手摸著許佳明的臉，轉回頭看著他，左手捂住乳房。

錢金翔笑問她怎麼了，耗子還是小偷啊。林莎把衣服一拉，遮住許佳明，關上衣櫃門就聲嘶力竭地喊：「滾！趕快給我滾出去，我再也不想見著你！滾！」

許佳明推門出來，想看看他背影，一頭的銀髮。他早該想到的，沒有娘家人參加婚禮，那個老頭根本就不是她父親。

21

那天晚飯開新劇了，他姑父嚼著油餅盯著字幕，一眼不落地想進入劇情。你要多少錢？林莎說完就轉身跟著一起看電視。像是幻覺，許佳明四周看看，這個要手語譯過去嗎？林莎按了靜音，于勒一點不耽誤。她轉回來望著許佳明，說：「我問你，你是他兒子嗎？」

「不是。」

「他怎麼說的？」

「那許玲玲是你親媽嗎？」

林莎看看他，似乎他剛剛看明白，對著電視頻頻點頭。林莎說：「他說不是。」

「他沒騙你，許玲玲是我姑媽。」

「那他為什麼還養著你？」

「因為他人比你好。」

林莎放下筷子，拍她老公的肩膀，讓他別看了，多吃兩口。他揚揚手，又堅持兩分鐘，廣告時間轉回到飯桌上，撕一塊油餅，比劃幾下。

「他什麼意思？」林莎問。

「他問，誰把這箱子打開的？」

「我打開的，我看看裡面有沒有他前妻的衣服，我都扔了。去，翻譯給他。」

許佳明猶疑一下，跟他姑父比劃一會兒，說：「他說他都沒鑰匙了，裡面啥也沒有。」

「好像我真在乎似的。」林莎搖搖頭，繼續問佳明，「你去深圳要多少錢？」

「硬座四百多。」

「臥鋪呢？」

「八百多。」

「我給你三千，你坐飛機去。」

「我用不著那麼多。」

「我就給你這麼多。你姑父人那麼好，我不能被比下去。你哪天走？」

「六號，這週六。」

「商量件事，」她也撕一塊油餅嚼了半天，說，「別再回來了，行嗎？還有，這邊你不用擔心，他是我男人，我不會坑他的。」

22

啞語裡面長短再見有兩個表示，短再見算see you later，長再見有點像中文的永別，但不至於讓人有長眠不醒的惡意聯想。六號早上他背著書包，面對啞巴樓的巴掌問候，他都打出了長再見。然後他想想不能太囂張，要是他們反應過來，把姑父叫醒就完了。下了樓，他趕緊騎車跑掉了。

買完打折機票他還剩一千多，有錢的感覺真好。有件事他可以去試試。他騎車到立交橋下，瓦匠木匠早就來了。他旁觀幾把牌，還是沒上手。腦子裡有個聲音告訴他，賭博是齷齪那一邊的。他看看別人的錶，下午五點飛機，還有八個小時。找個修車的，他將自行車賣了三十塊錢。然後他去長途客運站買張票，上了去四平的車。

四平很小，比長春還破，跟溫哥華、蒙特利爾根本沒得比，幾番轉折竟然得到最好的結果。他想起那天在文殊菩薩面前許的願，考得好點遠點，考到外星球才好呢。雖然加拿大還在這個星球上，但他相信那邊的地心引力一定小於九點八，使勁一跳就能摸到天邊的彩虹，張開雙臂就可以自由飛翔。有時間還要去廟裡燒香還願。

走出車站他揚手攔輛出租，他說去精神病院。司機問他走哪條路。他說遠點沒關係，挑風景最好的那一條。有錢的感覺真是爽透了。

送他媽那年來過一回，忘得差不多了，現在一看，裡面這麼大。走進主樓他讓前台查查病人許玲玲在哪個區。她們也不是電腦登記，拿出本子按拼音索引，找了半天說在護理區。

得抓緊時間，一會兒還回長春機場。穿過兩面高牆他到了大門口，登記後他走進去沒幾步，就看見他母親對著一棵蒼松，一邊壓腿一邊念念有詞。這麼多年她都沒怎麼老，這讓許佳明好受一點兒。許佳明拎著書包過去，他媽看不到他，還是在跟死人交流。十年過去已經不是一對一地只對她父親傾訴。看得出來她在跟幾個人激烈爭吵。許佳明在樹旁聽了一會兒，眼睛都濕了。在他母親心中，他也死了。

許佳明抹抹眼角，打開書包，拿出畫著他姥爺的盤子架樹上，這讓許玲玲愣了一下，指著盤子說，我現在沒時間搭理你，我得和許佳明談談，他是怎麼想的？她又轉頭對吊在樹上的文具盒說，你怎麼想的，許佳明，我不是你姑姑，這麼多年，你叫過我一聲媽嗎？是不是你姥爺逼的，是不是你姥爺逼的？他逼我不認你這個兒子，逼你不認我這個媽！

許佳明憋了半天，終於沒忍住，哇地一聲大哭起來。

他在園子裡拉住一小護士，說想見下院長。小護士把眼睛瞪得溜圓，心想你當我們是私立的野雞醫院吶，幾萬人的大醫院，我都沒見過院長，你哪見去？不過她還是很禮貌地告訴許佳明，院長出國考察了，去佛羅倫薩了。那是她最想去的地方。

「那帶我見管事的，行嗎？」

他被帶到醫生辦公室，裡面坐著的醫生自稱姓徐，他戴眼鏡，五十歲上下，跟NIKE一樣都是禿頂。不同的是，NIKE左側頭髮很長，不時往中間抹，而他是不多的頭髮往後背著梳。許佳明說許玲玲是他母親，他過來看看她。他走過去，從窗口指樓下還在爭吵的母親問：「她一直這樣嗎，絮絮叨叨的？」

「但已經好多了，」醫生說，「最近幾年都沒有暴力傾向。」

「她一直沒有暴力傾向！以前她就這麼溫和，這十年你們都幹什麼了？」

「我們是護理院，不是治療區。」

也是，政府補助他姑父那點錢買不起藥，也就是託管和食宿的費用。他找張卡片寫下郵箱，說自己一會兒要走了，要過境香港去加拿大。這麼說會給他母親掙點面子嗎？他說，這是郵箱，需要錢的時候給他發郵件，他會從加拿大打錢過來。「對我媽好點兒，」他搓著手，想再囑咐點什麼，「別電擊，永遠，永遠，也別給我媽上電擊。」

23

八千米上空往下看，一片被白雲籠罩的虛無沮喪。許佳明默默說著再見，他對啞巴樓說再見，對省實驗說再見，對長春說再見，最後他都要對中國說再見了。他閉上眼睛，又像電影一樣把過去的十七年在腦中過了一遍。始終在高尚與齷齪之間搖擺，這個國度給他的永遠都是絕望與孤獨。十幾個小時後他就會降落一個更美好的地方，全新的環境，在那裡他可能更容易實現最初那個簡單夢想，成為一個高尚正直坦蕩蕩的成年人，成為那裡的新希望。

找到錦江酒店還不到九點，大廳有個牌子寫著加拿大新移民，1506房間。推進來一看裡面擠滿了孩子，都比他小。許佳明先查一遍，十三個，好像這功夫又進來兩個。有幾個家長都跟著過來了，跟嫁閨女似的戀戀不捨。許佳明想，哪天他要是有孩子了，可不能就這麼送出去，再說了，他那時是加拿大人了，能往哪送呢，也就是美國了。

剛好十點來了一個抱著箱子的胖子，這麼準時，許佳明懷疑他就在隔壁開的房。從他的普通話辨別不出他是香港人還是廣東人。他先自我介紹，叫骷髏精靈。接著大家一聲驚嘆。主要他的體型跟骷髏一毛錢關係都沒有。他說請各位家長理解一下，先迴避，他要開始點名了。

骷髏喊的每個孩子許佳明都看一眼，男孩居多，都是十二三歲的樣子。除了家長送過來的，來的都是什麼人呢，也像他一樣沒人管嗎？有幾個孩子喊完「到」，就接著聊紅警，聊CS。哦，都是網癮少年，吸引他們的不是發達國家，不是月入兩萬，是怎麼玩都沒人管。這些新希望啊。

最後一個叫許佳明，他是最大的一個，骷髏特發的通行證。他舉個手，也不好意思喊「到」。骷髏對他點點頭，打手語問他幾點到的。許佳明知道是測他呢，直接手語問他，為什麼你的跟我們有點不一樣。後來許佳明了解了，手語跟語言類似，千差萬別，起碼語法和時態就不能統一。

骷髏從箱子掏出十幾套校服，讓孩子們換上。這時許佳明才知道，為什麼會手語很吃香，校服上都印著一串繁體字，香港九龍聾啞學校。這辦法好，廣東話都不用學。骷髏跟許佳明說，沒你的號碼，你做我助手，你是學長兼助教。許佳明點點頭，在箱子底下捧出兩捆護照和學生證。他翻開自己的護照，許佳明，十八歲，地址是鉢蘭街65號。真像，雖然他也沒見過香港護照什麼樣，但是真像。

叫骷髏精靈是因為，他一直信奉夜裡過境要比白天穩妥多了。他對所有孩子的要求是別說話，出什麼大事都不許出聲，不到一分鐘就過去了。孩子們真就不說了，重重點頭。骷髏說點頭也不行，你們聽不見聲音，低著頭往前過就好了。

有輛中巴停在酒店門口，到羅湖口岸已經快午夜，香港護照算過境還是離境？這個時間大廳裡還是擠滿了人。許佳明看見每二十米左右就有一個投幣電話。他對骷髏比劃著，他想最後再打一個電話。骷髏說遠點打，別一會兒讓人認出你來。

他穿過兩個小廳，去服務台換幾個硬幣。他想跟他姑父告個別，想想大半夜的，電話彩燈在屋子裡一陣亂閃挺嚇人的。應該跟NIKE說聲再見，他也不是惡意，四平師院是不怎麼樣，這不也因禍得福去了加拿大嗎？NIKE在黑板上留過三個號碼，歷史組的，家裡的，再就是傳呼機的，說快一班誰有問題，隨時聯繫他。張天慧的天賦他沒有，記幾個數字還是小意思。傳呼機留言吧。他撥到尋呼台：「跟錢先生說，再見。」

接線小姐問他怎麼稱呼，誰在留言。

「算了，你這樣說。」他換隻手拿電話，「叫你NIKE是因為頭髮，你那綹頭髮一抹上去，就是NIKE的鉤子。」

有點複雜，接線女孩想了幾秒鐘，問他是哪個耐，哪個克，還有，先生您能不能再說一遍？

「算了，什麼都別打了，一個字也不留。」他掛掉電話，迅速跑回去。

骷髏打頭，許佳明在隊伍最後面。骷髏又強調一遍，誰也不能說話，你們也聽不見，那些叔叔阿姨會說請抬下頭，那你們也聽不見，低著頭走你們的。他們這回沒點頭，那就對了。

骷髏走前面，對工作人員講幾句廣東話，然後把一打護照放上去。比想像的還要順利，他們都沒找個會啞語的測一下。每個低頭的孩子走過，他們對比一下護照相片，蓋個章，同時下一個。骷髏比劃著，讓許佳明他們快點。他在沒話找話，他只是想有個手語互動，顯得更真實。也許一會兒從香港出境，才能真正用到他。

輪到許佳明了，跟其他人比，他最沒問題，他熟悉聾啞人的一切，他知道聾啞人看人家說話的時候是什麼表情，什麼反應。他「啊咦哦」地喊兩聲，意思這些護照由他收好。工作人員對他笑笑，舉起印章，啪啪啪地一聲蓋在上面。許佳明把護照接過來放進書包裡。一切都結束了，前面有條黃線，邁過去就是自由天空，他長大的世界。這時槍響了。

每年都有那麼一兩次鳴槍事件，這些事後就能成為工作人員互相打聽的談資，什麼人強行越境，包裡都裝著什麼東西，口岸特警鳴槍後迅速將他們制伏。只要在口岸工作幾年便不至於大驚小怪，而這次不同的是，37號離境口正在處理一批回港的聾啞學生，年齡在十歲至十八歲不等，他們無法發聲，聽力全無，他們全都在槍響的第一時間扭頭去看。

24

第二天就有父母來深圳把孩子接走了，剩下的和許佳明關在一起。不像監獄，也不像拘留所，可能是移民局專門關押的地方。那些聾啞學校的孩子全能聽見，也全會說話了，他們哭著告訴警察家住哪兒，家裡電話是多少，快讓我爸來接我啊。只有許佳明還一語不發，他每天醒來就吃，吃完再睡，一天能睡十八個小時。有天他睜開眼，發現裡面就剩他一個人了。

有個警察找他談話，問他是不是從犯，認識李偉雄嗎，就是骷髏精靈，你們什麼關係，你拿了多少錢？許佳明瞪大著眼睛不說話，跟他姑父似的，啊咦哦地試圖從語言的籠子裡跑出來。警察讓他多待幾天再想想，反正牢裡又不差一個少年的伙食。

許佳明沒包庇骷髏的意思，萍水相逢，死不死誰兒子？他在考慮自己，他覺得他就像脫軌的列車，離開了省實驗，錯過了四平師院，也別了溫哥華，不知道自己將往何處去。想也沒用，他想起包裡還有雷力的信，雖然他許諾不看人隱私，但現在他已經在牢裡了。我都犯法了，還怕道德譴責嗎？

他都拆開，每封信都有落款日期，從今年二月份開始，一共有七封。他把信紙展開，排好順序訂成一小本。第一頁第一句話是，我和你爸爸半生不熟，他死那年我們下過幾次棋。鏗鏘有力，一句話就把幾個點抖出來，我和你爸爸是怎麼回事，什麼叫半生不熟，你爸爸怎麼又死了，我們為什麼能一起下棋？許佳明被驚到了，他找個最舒服的姿勢把這些當小說讀。

慢慢許佳明知道，雷力的爸爸叫雷奇，是迎春路分局刑偵隊長。這些許佳明沒聽說過，不過他對裡面講的一個案子有點印象，兩年前有個小名毛毛的女孩被姦殺在樓前的高草叢裡。之所以還記得，是因為他們擔心再出事，把社區裡的樹和草全砍了。遠遠一看，跟NIKE的頭髮一樣稀稀拉拉的。第一封信主要講毛毛的案子，明顯寫信人急著發出去，剛要揭底就結束了。

第二封信又不講案子了，問他們家現在怎麼樣，他媽改嫁了沒有，有沒有跟那個高叔叔結婚。雷奇生前希望她有個好歸宿，兩個孩子有個好依靠。貌似雷力還有個姐姐。可是這雷奇怎麼跟他姥爺一樣，老惦記著歸宿啊，依靠啊什麼的。

第三封信把毛毛的案子又講回來了，一步步像推理小說的節奏，講到雷奇知道真正的罪犯沒法抓，動不了，就去街上拉了個瘋子頂包。許佳明抬頭深吸兩口氣，可以這樣嗎，刑偵大隊長也知法犯法嗎？

第四封又是問家常，問他姐姐怎麼樣了，分到哪個醫院了。許佳明把信封都找來，哪兒都沒回信地址，就算那家人家沒搬走，能收著這些信，也得知道回信給誰啊。煩死了。

第五封信聊到雷奇的死。許佳明記著鄰居的回憶，說雷奇是被火車軋死的，原來是臥軌自殺。這位雷奇的朋友分析他自殺前的很多想法和估計。不說就下過幾次棋，半生不熟的朋友嗎，怎麼什麼都知道。之前上吊未遂，服藥未遂都知道。啊，許佳明停住了，房芳以前有過自殺未遂嗎？

似乎第六封沒什麼講的了，他寫雷奇如果活著，會有多想你，多想你姐姐，多想你媽媽，他好幾次想回來看看你們。真厲害，陰陽兩界的雷奇你都了解。

最後一封更奇怪，人稱都混亂了，上來就說我有多麼思念你們，我每天都是怎麼過的。這一封最晦澀，但是也最動情、最感人。許佳明一氣兒讀了好幾遍，身處冰冷世界，情是許佳明最需要的東西。

幾天裡沒警察再找他，他就拿讀這些信消磨時間。他覺著他離雷奇越來越近，好像這個心碎的父親就在他身邊，反倒是他對寫信的人毫無印象，叫什麼他都講不出來。有天吃牢飯時他忽然猜到什麼，他把信掏出來一一核對，沒有回信地址，沒有寄信人姓名，如此了解他們家人，更重要的是開篇第一句，說了下過幾次棋後，就再沒講過他和雷奇是怎麼認識的，什麼時候、在哪兒下棋。我，是消失的。

他翻出菸，在褥子下面找到火柴，把一支菸足足抽完。沒錯，他確定了，「我」就是雷奇，這些信就是雷奇寫的，雷奇沒有死，火車臥軌的不是雷奇，他不敢露面，他是個凶手，他把人殺掉，換上衣服，補封遺書放死者口袋裡，扔到鐵軌上，讓火車軋個稀巴爛，從此逃之夭夭。

他越想越肯定，這是雷奇忍不下去了，寫封信到家裡探探道。要是再回到長春，回到六十五棟，他得把這些放回60號信箱。沒準哪天雷力回來查看一下呢，把這些留給雷奇的兒子，讓他去尋找真相好了。

許佳明算了算，今天是七月二十一號，他進來十五天了。警察應該再找他談談了。他又沒真犯法，沒什麼事的話，他就不在這兒蹭吃蹭喝麻煩人家了。他可以先不走，在深圳轉轉，沒準找片工地蓋房子。NIKE不是說，考四平師院還不如去深圳蓋房子嗎？

午飯的時候他遞個條出去，要求見見管事的。警察到下午兩三點才過來，許佳明給他看早寫好的紙條，上面說我到現在都不知道你以前都跟我說什麼了，我們能不能這樣溝通？他把紙筆遞過去。

警察接過來直接扔一邊，說：「你要是不想說話，聽著就好了。你不可能是啞巴，雖然走的那些孩子都以為你是聾啞人，但你不可能是啞巴。他們不會要一個啞巴的。把啞巴弄過去一分錢都賣不出去。移民加拿大，加拿大新希望？笑話！你們所有的孩子過去，就是賣給地下變童組織，提供給那些對未成年人有興趣的性變態，給那些外國人當玩物！」

25

他姑父告訴許佳明，好多年前你姥爺臨死的時候，我就去派出所贖過一次他，這麼多年了，一樣的事在你身上又發生了，就是沒想到這次這麼遠，跑深圳來接你。說完他就看車窗外，已經坐了十個小時的火車，天都快亮了。還要二十多個小時，他姑父問他要不要補張臥鋪，去睡一會兒。許佳明擺手表示不用，拘留所裡他都睡夠了。他勸姑父去睡。他姑父看看錶，想著再堅持兩站，就能少花二十塊錢了。

你怎麼來的？許佳明問他。

接電話就來了，坐飛機來的。

一想到家裡的閃燈電話，他姑父還老在盯著，許佳明就想樂，拿起話筒，啊咦哦，掛掉就開始翻是誰打來的。這次又是怎麼回事呢？對了，家裡多了個林莎。唉，佳明當初答應她不再回去的。

許佳明接著剛才的話題，問爺爺犯什麼事了，被警察抓走。當時正在蓋花園酒店，你爺爺打著收廢品的幌子，一車車往外偷鐵運銅。許佳明沒想到，他姥爺那麼慈祥和藹一老頭，還有連偷帶拿的本事呢。

偷了多少？

多少不好說，但前後偷兩年，他後來帶我去地窖一看，好傢伙，他把花園酒店都偷過來了。那花園酒店後來不也蓋了三十多層嗎？我爺爺死在那的樓道裡，也算不欠他們的了。

他倆你一下我一下比劃一夜，後排有個女孩問媽媽，啞巴遺傳嗎？許佳明回頭看看。她媽媽連說，別瞎說，人家能聽見。許佳明對小姑娘笑笑，說：「不遺傳。」

小姑娘下巴都要掉下來了：「呀，你怎麼說話了？」

他姑父說，跟你們班主任談過了，是文字交流的。

當然是寫字，NIKE的手語只限於手掌向下壓兩拍，意思是我出去抽支菸，好好想想我留下的問題，都給老實點。

他姑父咯咯笑了兩聲，比劃著，他要給我五千塊，讓你住校，我沒要，你要是想住學校，我去給你弄錢。許佳明表示不用，我住家裡吧。那我和你姑姑以後住店裡，這樣會不會好一點兒。不用，三個人都回家住吧。

我不知道你有這麼大委屈，他姑父眼睛濕了，又比劃一遍，我真不知道你有這麼大委屈，你也不告訴我，你有這麼大委屈。

許佳明也要跟著脆弱了，拍拍姑父肩膀。他姑父拽布袋，掏出許玲玲的低保存摺。許佳明搖頭不接。我前幾天查這裡有三萬二，我跟你們班主任說了，咱不讀師範學院，咱有錢，咱就拿這個做學費，咱別的不讀，我就希望你考清華，我就盼望咱家能出個清華大學的。

許佳明想想，把書包裡剩下的一千塊錢找出來，這個還給姑姑，高考以前，我哪也不去了。

他姑父讓他留著，你有計畫地花錢就行。再問你一個，你叫你們班主任NIKE，是不是因為他穿NIKE啊？

不是，他天天穿阿迪。

沒有啊，我見他的時候，他從上到下，一身NIKE啊。

許佳明哈哈大笑起來，NIKE也屈服於這個世界了。他姑父沒理解，就靠椅背上瞇一會兒，許佳明出來讓他姑父多點空間，去廁所那兒抽支菸。剛點上他就掐了，他姑父不抽菸，都那樣了，他還在這兒浪什麼呀？

回來看見姑父已經在兩個座位上半躺著睡了。後面有幾個人在看牌，正投許佳明所好。不知道哪的玩法，看到中午才摸透規則。這時他姑父在身後拍拍他，讓他去臥鋪睡吧。許佳明搖頭。

那就回去坐一會兒，我睡好了。

許佳明回到座位上。他姑父拿著毛巾去洗漱，好半天端了兩個盒飯回來。他們見我是殘疾人，打折賣我的，十塊一盒。許佳明想告訴他人家推車喊的就是十塊十塊，想想沒說。他也想問那個跟林莎一樣的問題，一直尋思著說不說，直到他姑父看著他，催他趁熱吃，他手語問，你當初為什麼養我，為什麼沒把我送出去？

我答應你姥爺的，他比劃，就是從派出所出來那晚上，我們走了幾個小時，還趕上下雨。他就走我前面一直說到家，他知道我聽不著，他平時都不搭理我，那天他就是想把這一輩子的話都說完，肯定在說你，不放心你，我點頭了，他就笑了，之後他就放心死了。

你說錯了，是我爺爺，不是我姥爺。

我聽不著，但我能看著，你媽是生過孩子的女人，我能看出來，太明顯了。我去查了，你媽當年懷的是龍鳳胎。頭一個是女兒，死胎，男孩還活著，不是你還能是誰？這些結了婚我才知道，我那時挺恨你全家的，藏著掖著有什麼意思啊？但我答應你姥爺了，而且你媽那狀態，我戳破也沒用。先帶著吧，慢慢你越來越大，越來越有出息。有時候你睡著了，我就去你房間看著你。我就想，我要是有你這麼個兒子該有多好，這麼聰明、懂事，哪怕我是你後爸，我做夢都能笑出來。

許佳明看著他，手語喊爸他都有點難為情，慢慢來吧，再説他還沒準備改口費呢。許佳明問他，你既然查我媽了，有沒有查誰生的我，我爸是誰？

你爸姓吳。

吳？我爸姓吳？他還活著嗎？

許佳明知道，如果他姑父猶豫，説明還活著，死了就沒必要瞞了。可是他不想説，許佳明也覺得還是別打聽好一點。好在哪兒，他也講不清楚，但是剛剛有點溫暖的感覺，他不想再變了。就這麼往下走還有一年，高考結束就可以長大了。

過了四平火車停了下來，廣播説長春大雨，調度緊張，請乘客坐在位子上不要著急。四十個小時，還要加上多出來六個小時，上午十點多才進站。許佳明説他等會兒回家，他要去個地方，把自己的東西拿回來，把別人的東西還回去。

26

那天是幾十年難遇的暴雨，很多人到現在還會聊起錦程大街當時的慘狀。創業、錦程和東風，這三條平行的大街以V字型的刨面將汽車廠東西貫穿。其中錦程地勢最低，處在V字的底部。暴雨的當夜，南北兩側的雨水全都流向錦程大街。本來沒關係，只要不出門，哪怕一樓都沒有問題。但是人們忘記了那裡有一個一九四三年的防空洞，人們忘記了上百戶沒房子的人們還在裡面非法居住。天亮以後人們看到洪水從這個入口進去，在地下肆虐一圈，捲走過道裡的短褲、床單和熟睡的人們，又從另一個入口噴出來。其實更可怕，洪水來的一刻，從兩個入口同時泄進去。

十四個人溺水而亡，許佳明慢慢走過去，整條大街都是蒼涼與哭泣。作為其中一個入口，六十五棟擺滿了花圈。下面的人們都像他瘋媽媽一樣，一邊往外排水，一邊對剛剛死去的親人念念有詞。許佳明抓著雷奇的信，越是走近越是屏住呼吸，他怕打擾死去的魂靈。走到郵箱前他一時沒看著60號信箱。主要是那把鎖不在了，有人已經把鎖撬開，帶走了寄給天堂的信。

天堂保管員伸手摸摸，過去了二十天，裡面早就被掏空了，所有的祕密隨著這場暴雨一併消散。好一段時間他出現了幻覺，看見房芳身著白裙，插著翅膀，藉著大雨從雲彩上飛下來，在深夜裡打開郵箱，把這一切收走。她告訴許佳明，只要還能不時地被高尚與齷齪、聖潔與欲望折磨，堅持不作惡，你就會長成一個高尚正直坦蕩蕩的男人，擁有聖潔的愛，總有一天那朵祕密之花會在你心底鮮豔盛開，那時綻放的光芒，足以將你的少年辛酸徹底掩埋。

他可以把房芳戒掉，忘記她，一個人走下去。抬頭望天，他似乎看見插著翅膀的房芳正踩著步步高的台階向天堂遠去。他站著不動，彷彿為往事默哀。

第四章　手語者

1

我二十二歲那年過得並不好，我可能一生過得都不好。這一年我快要挺不下去了，十二月底我給我繼父于勤寫信，解釋前段時間沒回信因為我在忙，用不著內疚，一封接一封地寫信給我，我已經原諒你了。五月份和你分開，回到清華我就開始掛科。我沮喪很長時間，我還不知道今後做什麼，有人十五歲就清楚人生理想，有人如我如你，渾噩至死都不去想想到這世界是幹嘛來的。你知道我後來怎麼釋然的嗎？我這樣跟你說，我對上什麼大學無所謂，可你不是，你把你繼子上清華當做是你這一輩子的高光時刻。如果我被清華勸退，最受傷的是你，不是我。我好多了，很高興。

我原諒你了，我依然恨你。

我不會用你的錢，我嫌你髒，錢髒。在暑假我找了一份兼職，朋友說我聲音不錯，是那種讓人信服的中低音，還有絲青春張力。當然你聽不到，到死那天你都不會理解，聲音到底是一個什麼質感的東西。他推薦我錄製廣告。工作內容是照稿說「某某品牌是您三生三世的畢生選擇」。我開玩笑的，人家沒那麼多病句。公司那邊需要普通話過級，我辦了個假證書。東北人口音很難改，不過我是在啞巴樓長大的，口音不重。有幾個習慣我必須改，講話時總忍不住打手勢，顯得張牙舞爪，再就是說話時我不看眼睛，老盯著人家嘴，想你那點讀唇的技巧。這些都是跟你這個聾子學的。一起生活那麼久，不管多少年，不管你活著還是死了，你已烙在我人生的每個陰暗角落裡。你放心吧。

我戀愛了，女孩叫譚欣，在美院讀大二。那感覺真好，我每時每刻地都想著她。你若問她哪兒好，我愛她什麼，一時還真說不上來，我覺得她就是天使。也許你是對的，我就是急著找一個親人，那又怎樣？我曾以為在這七十億陌生人的世界裡，你是我唯一的家人。我媽不算，精神病人都活在另一個維度。而你不是，你只是聾啞，你該成為我父親的，可我看錯了。你的所作所為比陌生人還陌生。我恨你，就算我原諒你，你也只是陌生人。

我時常用數字回憶我們倆，我第一次見到她，我第一次和她約會，我第一次對她表白，我第一次和她過夜，我第一次和她吵架，我第一次對她說「我愛你」，我第一次和她計畫未來。我能感覺出我倆每一天都在向對方靠攏，越來越近，直到我們成為夫妻，成為親人，或者，直到我們分手。

是的，我失戀了，到今天都無法平復，這讓我更加恨你。如果不是你棄我而去，我不會那麼慌張地愛一個人，更不會就這麼讓某個女孩瞬間把我的心掏空。我不知道人生往下怎麼走，我怕我挺不過這一年。

寫了這麼多，我猶豫半天要不要撕掉，繼續無視你的來信。好吧，留下這封信，寄給你。當我什麼都沒說，當我原諒你了。我很好，過得非常好。我會好起來的，那麼長那麼苦我都撐過來了，長大了。我要告訴自己，前面有萬丈四射的光芒在等著我許佳明。就像我外公去世前對我說的，等你長大了，一切都好了。

還有，不用寫回信，我不想看。要是你還脆弱，還想跟我說說話，用不著把你的地址寫在信封上。你那地址不光彩，我不想跟每個同學解釋，這是我繼父的來信，我們親如父子，哪怕他在鐵北監獄等死刑，哪怕他今年殺了兩個人。

2

我第一次見到譚欣是在北京的一家餐廳，我們一共是四個人。我朋友見女網友，可能是怕尷尬，他倆說好各帶一個添頭陪聊。那邊是譚欣，這邊帶了我。那天氣氛並不好，我朋友和她朋友是初次見面，看得出來，他倆都覺得對方見光死，和照片差距太大，尤其是那女孩的照片，不是藝術照的問題，畫的照片吧？我看看我朋友，唉，你早該想到的，人家學的就是繪畫。

我們先兩兩介紹，我朋友指著我說這是清華的許佳明，單身，什麼都懂點，屬於萬能青年旅店式的人物。最後一句算他的哏，真有個樂隊叫萬能青年旅店。可譚欣不在意，低頭刷手機，被她朋友拉一下勉強說聲你好，然後那麼好看的眼睛又落在手機上。我是個記仇的人，睚眥必報，再說也不能就這麼被她無視了。等到她被介紹自己叫譚欣時，我及時接一句：「談心？那你外號叫聊天嗎？」

喲，眼睛瞪圓了更好看。她對我搖搖頭，一臉失望表情跟演出來的一樣，說：「你猜對了三分之一，我的外號是六個字，不想和你聊天。」

雖然冷冰冰，可是這句話接得真漂亮，我一瞬間被她迷上了。後來她確實沒理我，他們仨聊起清華和美院附近都有哪些好吃的這麼蛋疼的話題。每次我剛一介入，就跟拉警報似的，她立即低頭看手機。算了，我專心吃東西。

買單後倆姑娘感謝我朋友的豐盛晚餐，好像譚欣吃多了，揉著肚子說：「這一頓得吃掉多少卡路里啊？」

這個我剛好了解，再不說話，她就徹底記不住我了：「知道卡路里是什麼嗎？」

「熱量，」她皺眉看著我，「熱量單位？」

「廢話！我是問，一卡有多熱？」

「一卡就是一卡啊，這個沒法描述，就像我問你一度有多熱，你能回答嗎？」

「一度是水的冰點到沸點溫差的一百等分，前提是在一個標準大氣壓下。」

她瞇著眼睛想了想，說：「這我也知道啊，冰是零度，開水是一百度。」

「你剛才可不是這麼說的，你說，一卡就是一卡啊，一度就是一度啊。」

「好吧，那一卡呢？」

「將一克水提升一攝氏度所需要的熱量，也是在一個標準大氣壓下。」

服務員過來找零，問開發票嗎。我朋友怕我們吵起來，藉機解圍問我，是開你公司的，還是開我公司的。這又是個玩笑，她們倆沒笑，以為我們真是老闆。這就不好了，玩笑沒開好，再誤以為我們內心虛榮跑火車。但我朋友不放棄，重複追問我一遍，開你公司還是開我公司的。我和譚欣還在對視，衝他一揚手說，好吧，開你公司的。他對服務員打個響指，吩咐道：「無碼影視責任有限公司。」

她倆還不笑。服務員認真問他，哪個無哪個碼。我朋友揮揮手說，走吧走吧，不開了。幾個人起身，只有譚欣不動，她想跟我最後一辯，指著我結巴兩秒，估計連我名字都不知道。

「那個誰，知道這些有意義嗎？那就是個單位，我們只要了解，人每天應該攝入多少卡，超出的部分會變成脂肪，就可以了呀。」

「許佳明，我叫許佳明。」我拇指點著胸前說：「那麼請教聊天小姐，人每天應該攝入多少卡？」

「呃？」她還是不知道，咬著嘴唇想怎麼反擊我。「這個不一定，一定的是，你肯定要比一般人多。」

「兩千卡左右，男人多一點，女人少一點，浮動不應超過百分之十五。你剛才吃了差不多一千卡，作為晚飯是多了點。」

她朋友問我是不是學這個專業，卡路里營養學什麼的。我朋友說，早講過他是萬能青年旅店，不用搜索的百度百科。他打趣說別爭了，又沒獎品，招呼大家帶好東西下樓。譚欣跟在後面一句話不說，在電梯裡都能聽見她咬牙切齒的咯吱聲。

外面下起小雨，淅淅瀝瀝的，但還是有一半人沒打傘。我朋友不打算送她倆回校，似乎他已經計畫著回去就把那女孩的照片全刪掉。等出租車時我們握手告別，心裡都清楚，男男女女四個人，無非是萍水相逢，說聲再見就是再不見了。輪到譚欣與我道別時，她氣鼓鼓地說：「你贏了，再見。」

眼睛真漂亮，一時我一句話都說不出來，忍不住想俯身親一口。這時車來了，我朋友讓她們先上。我跑兩步替她打開後車門，鼓足勇氣問她要電話。

「為什麼？」她問，好像我要電話很意外似的。

「因為，」我想好理由告訴她，「如果沒有你號碼，回頭你消失在北京兩千萬人裡，我就再也找不到你了。」

貌似我說動她了，她讓她朋友先上車，抓著車門考慮了幾秒，對我說：「北京有兩千萬人嗎，這麼多？」

3

我最後一次見到我繼母林莎是二月初九，于勒的五十歲生日。每年這時候我不回去，今年比較特別，知天命的大日子。我提前發短信給他，說我已經請好學校的假，早上火車，中午就能到家。幾分鐘後他回覆我，NO！他不想我太奔波，過生日也就是一頓飯的事，用不著這麼大費周章。我說平時你又不過，五十歲自然要操辦一下。下條短信他回了三個NO。這是我們之間的約定，回三遍表示這事兒他定了，沒商量餘地。我說好吧，你叫些朋友來，多吃點好的。他回覆，OK。

我繼父打不了電話，手機只用短信一個功能。確切地說是收短信，他不會拼音打字。似乎有意抗拒，怎麼教都不會，因此我還氣過他固執。我後來明白了，這些字的發音他沒聽過，所有漢字對他來說就是無聲的符號。手機鍵盤從A到Z，找不到「不」這個字，但是N和O在那裡，點出來發送就好了。

我那天還是回去了，我送他一部支持手寫漢字的手機做禮物。看見他那麼高興，我一陣一陣地想哭。他打手語說讓我帶點錢回北京，買了手機，生活費就不夠了。我表示不用，我準備下半年找份兼職，本來大四就是要實習的。他搖搖頭，對我比劃不要實習，準備考研，爭取去美國讀碩士讀博士。我說你養我快二十年了，該我養你了。他說他有錢，每天擺地攤能賺好幾十塊，用不著小兔崽子你來救濟我。他越說越急，我乾脆打斷他，我說你那不是擺地攤，你那跟殘疾人要飯沒兩樣！他扭過頭，不看我說話，把手機裝盒裡推還給我，把自己關在廚房煮飯炒菜。

我可能傷了他，我不願意看見一個被我叫「爸」的人無論春夏秋冬，常年跪在馬路上，左邊寫著「救救聾啞人」，右邊賣著十元一件的小工藝品。幾年前我繼父賺過錢，不乾淨，但是過上了好日子。後來被人舉報，半年裡賺的連同一點家底都被罰光。我繼父懷揣菜刀滿長春也沒找到舉報者。于勒會永遠記著那張臉，那個人對我繼父講，聾啞按摩院的服務太不到位了，不退錢我這就去舉報你；他對派出所講，聾啞按摩院太骯髒了，整個城市被他們搞得烏煙瘴氣。

他在廚房生了兩個小時悶氣，給我做了一桌子好菜，這些都是我無法承受的淚點。我手摸著下巴說，我叫你一聲爸，肯定得給你養老，我不想你太苦。我不想這邊讀著清華，那邊有人背後戳我脊梁骨。他舉著酒杯，讓我別說了，乾一個。

我們那天喝到很晚，爺倆兒喝了兩斤白酒。我繼父喝的多一點，話也多了起來。這點和正常人一樣，酒後都喜歡傾訴。我後來也喝多了，看不清他跟我講什麼，反倒是大聲問他，林莎怎麼沒回來，你五十歲的生日你老婆跑哪去了！他聽不到，使勁拍我肩膀，要我仔細看反覆打的幾句話，怎麼活在你，但你一定要替我把這輩子我做不到的事情，全給它幹成了！

是的，手語是能打出驚嘆號的。

我吐過一次才上床，睡到半夜林莎回來了，她在啞巴樓待了五年，早就習慣做什麼都很大聲。我聽見她在客廳跺了幾次腳才褪下高跟鞋。她開我房間門看了一眼，之後回到他們的臥室。我繼續小睡，後來徹底被他們吵醒。他們又在鬧矛盾，隔著兩道門都能聽見林莎破了嗓子地衝他喊話。我坐起來聽明白大致的狀況。林莎兩點回家，酒精的原因于勒想和她發生關係。夫妻生活天經地義，況且還是他生日。可是後來發生了點狀況，陽痿加上滿嘴的酒氣，于勒還怪她毫無熱情。身下的林莎徹底爆發了。

我繼父說不出話，就不停地拍牆敲桌子。有時候我還挺佩服他這一點的，百口莫辯，對方又喋喋不休，換我都可能家暴了。我想過去勸勸，推開門我笑了，他們屋裡黑著燈呢。兩個人吵架，一個看不著，一個聽不著，他們只是自我發洩。

後來消停了，我卻睡不著，閉一會兒眼睛天色大亮，有兩個晨練的啞巴在樓下練聲。我看眼房間四周，明白怎麼回事。林莎輕敲房門問我睡了沒。她帶著妝進來說她出去住幾天，走之前得看我一眼，說會兒話。我說這次是我不對，回家沒提前打招呼，把你擠那個房間去了。

「這是你臥室啊。」她笑道，「你回家有什麼不對的。」

「昨晚喝多了沒注意，剛看出來，你們已經分房睡了。給你弄個措手不及。」我掏出菸，問她抽嗎。她擺手不要。我自己點上問：「你們沒有解決辦法了嗎？就這麼一直分著？」

「有啊，離婚就行，我不是忘恩負義的女人。但他不離。」

「必須要離嗎？沒有別的辦法了？」

她不想跟我聊這個，端詳著我感嘆：「你現在真出息。有時候想想都可樂，我和你爸都沒孩子，倒是把別人的孩子養到清華去了。不怕你笑話，我外面都跟別人得瑟說，我兒子在清華。」

「應該的，你要是想讓我叫媽，我現在就喊。」

「你可別催我老。」她笑了，「來，給我也來一支！」

點上菸後我倆一時沒說話，煙霧逐漸飄散，我繼父在大屋醒來，站在她身後，打手語問我，她說什麼了，別聽她瞎掰。林莎回頭白他一眼，跟我說：「別管他，咱聊咱們的。」

我繼父繼續打手勢，反覆打她外面有人，給他戴綠帽子。林莎反而話多了起來，眉飛色舞地找各種話題。我知道那不是給我說的，就是做給她男人看。于勒直勾勾地瞅著她的嘴，看了半天，不明白她講什麼。他也不走，轉半圈屏住呼吸盯著她後腦。我應該猜到的，那眼神不是什麼好兆頭，那些都是計畫的一部分。

我背靠著窗戶抽菸，晨光中我看見她也老了。林莎比于勒小一輪，比我大十六歲。不得不承認，在我青春期的那幾年她一直是我甩不掉的性幻想。林莎十八歲就出來做小姐，三十歲那年有個啞巴時常光顧她，三年之後嫁給了這個男人進了啞巴樓。在她三十八歲零七十天的夜裡，那個啞巴將她和情夫殺死在床上。她的後腦被一錘鑿開，等警察發現時，腦漿都流乾了。當值的李警官為我著想，只給我看了現場照片，於是我連屍體都沒看著便進了火葬場。那天成了我最後一次見到林莎。

4

我第一次約譚欣還是拜我朋友所賜，我求他把那兩個姑娘約出來。這讓他為難，他跟我強調他要忘記那個噩夢，畫出來的女人。我借用他的手機偷發了短信，叫她務必把譚欣帶過來。那邊受寵若驚，以為我朋友在這兩星期裡對她念念不忘，費勁口舌才把譚欣拖過來。

吃飯的時候穿幫了，誰也沒給誰發短信，全是許佳明搞的鬼。我朋友憤怒，那女孩沮喪，譚欣是一臉無奈。我道歉說都怪我，我也是為了我們四個再聚一次，我請客好了。沒人理我，買單是理所當然的。

他們三個各種無聊，我朋友一口不吃，托著下巴往窗外；那女孩都吃完了，還拿著菜單翻來翻去；譚欣把土豆泥和沙拉醬混在一起，將桌上能用的調料一股腦倒進去，攪啊攪的。我誇獎譚欣，說你今天穿得真好看。

「嗯？」那女孩放下菜單，展展衣擺說，「是嗎？我昨天剛買的。」

「不是你，是譚欣。不過你穿得也還好。」

「哦，謝謝你。」譚欣把叉子放下，上身傾過來，笑瞇瞇地對我說：「許佳明，從現在開始，你一句話也別說，直到結束好不好？」

「你確實穿得很漂亮。」

「一句話都別說，」她對我搖搖手指，又眨眨眼，「你行的，看好你喲。」

但不能就這麼錯過去，兩個星期後，夏日傍晚，美院的宿舍樓下。兩個小時有上千名女生出出進進，我還認真比較了一下，最好的那幾個也沒譚欣好看。差不多十點半，我打算先回去明天再來的時候，譚欣和幾個女孩出來了。她們每人端著一個塑料盆，穿著夾指拖鞋從我身邊走過。我故意咳兩聲，除了她所有女孩回頭，發現我不是熟人，繼續前行。我追兩步叫住她。她隱形眼鏡摘了，都快貼上了才認出我，「咦？咦？咦？」地說不出話來。我說剛在附近辦完事，路過你們學校，就過來看看。

「辦什麼事啊，這麼晚才完事？」

「都是小事，拯救世界和平一類的。」

「順利嗎？」

「呃？不是很順利，明天重啟和談。」

「行了吧。」她讓同學先走，她等下追過去。「你不是說我消失到北京兩千萬人裡，就找不到了嗎？」

「但是美院只有三千六百名學生，這個好找一點兒。」

「有那麼多嗎？」彷彿真想一個個查出來似的，她想了半天。那幾個同學在浴池門口喊她，催她快點。她對我說：「我要去洗澡了，你要去嗎？」然後她覺得這笑話不錯，比我世界和平那個好玩多了，自己笑半天。

「你要是請我，我就去。」

「你倒是有便宜就占。你早點回去吧，明天的世界和平還得靠你呢。」

「你多長時間洗一次澡？」

「你幹嘛？」她退後一步，審視我。

「我在這兒等三個晚上了，這是頭一回見你出來洗澡。」

「胡說，我們還有一個門，好嘛？」很快她抓住重點了，「你等三個晚上幹嘛？」

「找你啊。」

「你別弄得跟追高利貸似的，你找我什麼事兒啊？」

「我就是想告訴你，」我回頭看看，好像有人在後面叫我似的，背對著她快速說出來：「我喜歡你。」

「什麼？你轉過來說！」她把我身子扳回來。

「喜歡。」

「什麼玩意兒？誰喜歡誰啊？」

「我喜歡你，我講完了。」

她睞眼看看我，確定我這次沒開玩笑，點點頭說：「哦，我知道了，你走吧。」

「沒了？」

「你要什麼呀，我給你打車錢啊？」她問。

「我不要什麼，但你發我張好人卡也行啊，許佳明，你人不錯，又聰明又英俊，可我譚欣真心覺得配不上你。你這麼說也能讓我舒服點啊。」

她笑了，過了幾秒說：「許佳明，你知道我討厭你吧？被一個討厭的人說喜歡，我也不好受。我得消化好幾年。」

「那我喜歡一個討厭我的人，不是更難受？三生三世都消化不完。」

「有那麼久嗎？你先回去試試，下輩子還難受，就來找我。」

「你總給我留個電話吧，也不算我白來。這你怕什麼呀？我又強姦不了你號碼。」

她又哈哈笑幾聲，「這樣，我說一遍，看你能不能記住，記不住就說明，咱倆真心沒緣分。」

十一個數字她一秒鐘就說完了。我回味了半天，確實沒記住。她往浴區看看，那幾個女孩早進去了。她說她再不去，浴區就關門了。

「但是，我等三天了。」

她面衝我倒著走，一時心軟了，許諾我：「明天再說行嗎，許佳明？我跟你保證，明天一天，我吃飯、上課、洗澡，都從這個門走。」

5

我繼父知道外面那個人叫錢金翔，我繼父還知道林莎二十年前就想嫁給他，哪怕他有家室，只做小老婆也心甘情願。但是人家沒娶她，林莎嫁進了啞巴樓，這兩個人還牽牽扯扯藕斷絲連。有那麼幾年錢金翔消失了，和老婆孩子搬去外地。我繼父以為這事就算過去了，他們兩口子帶上許佳明，以後從此好好賺錢過日子。我相信林莎也是這麼想的，我相信她還是把于勒當自己男人的。

只是錢金翔又回來了，正月剛過他又出現在長春，以前銀白的頭髮基本掉光，但人還是這個人，那雙深情的眼睛還是令林莎無法抗拒。他說他老婆冬天車禍去世了，他一下子老了十幾歲。打擊過後，他只剩下一個心願，娶林莎為妻。這是最好的時間，唯一的機會。以前不行，他有家室，以後也沒戲，他老了，活不了太多年了。

我不清楚他們怎麼過來的，什麼樣的愛情，能讓林莎打少女時代就苦守著這個有婦之夫，即使她做了妓女，即使她有了丈夫，她還是可以為這個男人隨時隨地地融化。一個月後林莎攤牌的時候，她對我繼父寫道：「老錢六十五了，快死的人了，這輩子總要做一次他的女人。」

誰都不是一開始就動殺機的。過完五十歲生日，我繼父同意放手，讓林莎跟他走。林莎在題板上寫，一日夫妻百日恩，老錢有些積蓄，已經同意給他留二十萬。我繼父先寫不要，猶豫下擦掉水筆字，寫下了最差勁的一句話，給許佳明出國留學吧。

兩人連寫帶比劃，都哭得一塌糊塗，夜裡他把自己的老婆送出門，對她打手語說，十年二十年後，這個人沒了，我要是不死，就在啞巴樓等著你。五年的時光，林莎已經會一些簡單的手語，她握緊拳頭，拇指伸出來彎了兩下，又指了指于勒，含著眼淚重複打這個手勢，嘴裡喊著謝謝你，謝謝你。我繼父揮揮手，走吧，走吧。真是的，他想要的可不是這句話。

林莎和錢金翔打算去南方生活。出發以前她要再回家一趟，把衣物打包帶走。上一次已經徹底分別，他不想再為她哭第二回。他請他最好的哥們郝叔叔報了大連的五日團，他算準日子了，老虎灘歸來，家裡就剩他一個人了。

郝叔叔跟我繼父剛好互補，他只是啞巴，能聽懂導遊的介紹安排。他堅持要自己掏團費，不讓我繼父請他。他清楚我們家的狀況，清楚這次的任務是要陪好于勒，幫他挺過來。在火車上他們就喝多了，于勒憋著火講，他倆就在他眼皮底下，給他帶了五年的綠帽子，五年的綠帽子！還好只是手語，這麼大的怒氣也沒有把臥鋪的乘客吵醒。

大連是東北第一旅遊城市，被譽為北方明珠，能玩的景點數不勝數。頭一天是金石灘，他倆在賓館喝了一天酒；第二天是森林動物園，他倆在賓館喝了一天酒。于勒跟他保證，明天老虎灘肯定出門，不能白來。然後他又說起了林莎，連喝兩天他有些恍惚，他說我應該離婚的，我本來有機會的，我應該離婚的。

兩種表達的又一區別，說話嘴瓢的不多，但手語著急了經常漏字。郝叔叔確定他原話是「我不應該離婚的」。他閉上眼睛，這幾天他被折磨得夠嗆，不想再看于勒打車軲轆話了。小睡一會兒他被一陣晚風吹醒了，那是最愜意的時刻，躺在夕陽下的海景房，任憑海風把自己酒醒後的汗水嗞嗞吹乾。只是那不是海風，是窗戶和樓道形成的過堂風，有人把門打開了，有人回到了長春。

林莎和錢金翔兩人是次日上午的機票，坐火車肯定來不及。大連到長春又沒有飛機，于勒舉塊「到長春1500」的牌子站在路邊，二十分鐘後他改成「到長春2000」，一個尾號3330的出租車司機讓他上了車。三天後警察奔赴大連找到這個人，他死也沒想到，這個出手闊綽的啞巴是著急去長春殺人。

我相信他並不是想殺人，我相信他只是要爭取最後一絲希望。我在拘留所見他時，他依然對林莎無法釋懷。他跟我講，他早該聽林莎的，去離婚。隔著玻璃窗我打手語說，我當時問過林莎，我說你們的問題能解決嗎，她說能解決，離婚就行，她說過她不是狼心狗肺忘恩負義的女人。我繼父看完我的話，氣都喘不上來了。我有些繞暈了，如果你不同意離婚，她怎麼可以跟錢金翔就那麼跑了？

他啞語說，我倆離不了，因為我和林莎沒結過婚，當年就辦了酒席而已。

那她說離婚是什麼意思，跟誰離？

他把椅子往前搬，彷彿怕我看不清他說什麼似的。他啞語說，許佳明，我從來就沒跟你母親離過婚，所以我根本就沒娶林莎。

我被嚇到了，我媽住進精神病院已經二十年了，我以為他倆早完了。我問他為什麼不離。他一個勁地搖頭。我說，你知道林莎過去是幹什麼的，她想好好的，不當小姐了，這輩子的理想其實很簡單，就是嫁一個男人，跟他好好過日子，錢金翔那麼多年沒娶她，她跟你五年你還不娶她，你這樣會讓她感覺，她是你白睡五年的雞。我眼睛有點酸，我跟他說林莎挺好的，對得起咱們爺倆兒，你不該這樣，你不該讓她命苦一輩子。

他直點頭，我看見淚水一滴滴地往地上掉。

為什麼不離婚，為什麼不跟我媽先離了？他看著我手語答不上來。我拍拍玻璃窗，讓他看著我，喊出來！你只是聾子，還不是啞巴！你給喊出來，你欠林莎的！你為什麼不離婚！

我繼父天生失聰，雖然理論上可以說話，可他無法明白那些音是怎麼發出來的，語言的節奏有多奇妙。他嘴唇拱一個圈，他知道人家說「我」的時候，嘴唇都是這樣的，鼓了半天胸腔出的「吾」，像是被逼急的野獸。我在他面前打手語，喊出來，你個啞巴！他吼了幾遍「吾」，又連說幾聲「不」，第三個音他知道嘴型，說了半天都聽不出是什麼字。我反覆打，喊出來，你個啞巴！他努力對幾次口型，失敗後他乾嚎著亂叫起來。

我右側兩個探監的家屬和犯人扭過頭看著他。關在鐵北監獄的都是重犯，早晚拉出去槍斃的那種。可能和家人在十五分鐘的探視時間裡強顏歡笑，報喜不報憂。而我的父親的情緒讓他們一下子繃不住了。一個中年犯人側過身來對著我繼父淚流滿面，他們清楚，這個啞巴也要死了。

看守員過來架他雙臂。他掙脱幾下打著手語告訴我，我不跟你媽離婚是因為，離了婚，你就不是我兒子了。

他被看守員拉走，我看著他背影「哇」地一聲就哭了出來。他聽不見，我砸著玻璃窗衝他喊：「你個傻逼！這麼大的事，你不找我商量拿主意，好像就你最明白！你他媽殺了人家兩個人，毀了林莎她一生！你個老傻逼！」

6

我和譚欣第一次吵架是在798，好像是每年一屆某種世界級的畫展移師北京，讓中國人見識一下二十一世紀的藝術家都在幹什麼。因為譚欣想去，我才想去。我不喜歡那種展覽，798裡的藝術品無非是點子和創意，而這本應該是最廉價的。他們處心積慮想標新立異，吸引評論家文化解讀，讓藏家掏錢買走，我彷彿看見798的藝術家躲在畫布後面偷笑。

上千幅畫掛在展廳，旁邊標注上百位畫家的生平及成就。我想譚欣且得逛上幾個小時。我出去抽菸，回來看見她還在，又出去抽菸，再回來她不高興了，嘟著嘴問我，不是答應戒菸了嗎。我跟她說我真戒了，只不過我剛才領悟到，上帝把一天二十四小時劃分成一千個單位，有些單位就是給抽菸準備的，比如現在，陪你來沒事幹，就是老天賜給我的抽菸時間，不抽菸我會逆天的！

「我跟你說，你最神奇的一點就是，你總能把錯誤詭辯得理所當然。」她笑瞇瞇地說，「又不是讓你陪我逛街，這是畫展，文藝一點會死嘛？」

我站在身後聽她講解波普、超現實、野獸、塗鴉，然後她如期中小考一般，指著一組問我怎麼看。那是三幅油畫，命名為《崇高一組》，頭一幅是紅白藍三種顏色無序地鋪滿畫布；第二幅更誇張，畫一幅美國星條旗；第三幅呢，誰他媽把第三幅畫偷走了？那就是一張白畫布，右下角是署名和落款。

「你讓我說什麼？」我問。

「談談你覺得哪裡好？」

「我不覺得好，它不該擺在這兒，應該放在朝陽區環衛局。」

「什麼意思？」

「垃圾就應該扔到垃圾站嘛。」

「你不用這麼說吧？你可以看看這個人藝術家的生平。」

左邊有畫家簡介，一幅自畫像，一臉的褶子，估計年紀不小了。下面是他的介紹，Lee Choi,

1952——。真夠裝逼的，百十個單詞介紹他一生。中國人，十幾歲到美國學藝術。年輕時窮困潦倒，什麼苦都吃過，難得的是堅持，二〇〇〇年以後，年紀大了，人品也攢足了，他已經成為世界級的頂尖大師。

「你想說什麼呢？我無知者無畏，是嗎？」

「我不想打擊你，許佳明。術業有專攻，如果你不懂，就承認你不懂，沒什麼的，但你沒必要說人家垃圾。每一幅作品都有它的立意和想法，就算與你無關，你也應該對他的思想心存敬畏。」

「頭一幅，紅白藍三色，自由民主博愛；第二幅，美國是人類的希望；第三幅，一片空白才是崇高的本質，空無？禪宗的境界？不過如此，他把這些陳詞濫調翻譯成畫，再沽名釣譽地等著評論家翻譯回去，但還是改變不了它陳詞濫調的本質。這能叫大師嗎？」

「他是我偶像。」

「那你得抓緊時間換一個。」

她咬著嘴唇，鼻子一抽一抽的，我覺得她都要哭出來了。好像多大事似的，她轉身往外走。我跟在她後面，穿過三條小路，一個池塘，翻過一座假山，經過７９８大門的時候，我說我錯了。她沒回頭，看著街上的車說你沒錯，是她無理取鬧。於是我又管不住我的嘴，我說：「其實，我是真覺得我沒有錯。」

這時她停下來，轉身問我：「許佳明，你有偶像嗎？」

我過了一遍這二十二年，告訴她：「沒有。」

「知道為什麼嗎？因為你骨子裡是一個非常挑剔、非常刻薄的人。」

「那又怎樣呢？」

「這樣，你永遠不會對這個世界有敬畏之心。」

好像喉嚨被她扎了一針，她說的對，我隱約感覺到這次不可以詭辯。就是不敬任何事，我覺得自己活得跟行屍走肉一般，沒理想，沒方向。但是，又能怎樣呢？我想岔話題，哄她開心：

「可能長這麼大我只覺得，全世界只有你才是完美的。我說真的，沒有油嘴滑舌。」

「有一天你也會挑我的缺點，不一定是缺點，僅僅我和你不一樣的地方，也會被你說成可恥的缺點。因為你太聰明了，你真是萬能青年旅店，什麼都懂，什麼都能一擊致命。我會被你洗腦，認為過去的我就是一坨屎，你的生活才是最高尚的人生，我得努力去追趕才配和你在一起。你太可怕了。」

「我不會那樣的，儘量不會。」

「那個畫家，我的偶像，我十三歲看見他的作品，就此有了夢想。學繪畫，考美院，堅持這麼多年，這時候你來了，你用你的聰明三言兩語就摧毀了我的偶像，但事實上，你在摧毀我一直堅持的東西，我的夢想，我的信仰。我沒氣你，我氣的是我自己，我氣自己剛才差那麼一點點就被你洗腦了，那一瞬間我都考慮過，如果放棄畫畫，我譚欣還能做什麼？」

「我知道我有多可悲，我一直以為這世界沒有什麼是值得我許佳明窮盡一生去追求的。我二十二歲了，我不屑A，不屑B，我都不知道自己這輩子要怎麼過。但是，什麼藝術、理工，我一眼就能看出這行業的軟弱、致命缺陷。我沒法敬畏啊。」

她左右看看，跟我要支菸抽，頭一口便嗆得把眼淚都咳出來了。她食指揉揉眼睛說：「我們先冷靜一段時間，怎麼樣？」

我害怕了，雙腿抖得站不穩。

「我不是說分手，那太俗了。我相信咱們倆肯定比那些人的戀愛高一個層次，我只是需要一點時間讓自己強大起來，等我明確堅定，不會善變，才敢跟你在一起。」

「那是多久，一分鐘夠嗎？」我抬手看錶，「五十九，五十八，五十七，五十六，要多久，你告訴我，我什麼也不幹地等你。」

「別著急。這一個月沒白過，起碼你讓我知道，全北京兩千萬人，」她摸摸我頭髮，保證道，「只有你和我是天生一對。」

7

屍檢報告表明，林莎和錢金翔死於十四日凌晨一點前後。我繼父在錢金翔的箱子裡翻出一張存摺，不小的數目，他動了心。由於存摺一定要在開戶點取款，五個小時後我繼父搭上去了松原的客車。

在松原的銀行職員李文娟是個三十多歲的單身女人，她後來對李警官交代，十四日上午九點半她在窗口裡面等下一位客人，有人從外面遞進一張紙條，上面寫著「全取出來」。她開始還以為碰上了劫匪，準備彎腰取抽屜裡的傢伙。後半句她忍住沒說，她早就把電棍和小刀藏在櫃子裡，銀行枯燥的三年裡她一直幻想能碰上一次搶銀行，由她見義勇為制伏歹徒。她覺得那才是改變她命運的唯一可能。

這時外面的客人又從窗口推進來一張存摺，衝她點點頭。那就不是了，搶匪都是要現金，不可能強迫劃帳。她有些失望，打開存摺，戶名上顯示這人叫錢金翔。在電腦輸入帳號後問他準備怎麼辦。客人沒理他。她敲窗戶，又問了一遍。那個人明白是在叫他，眨眨眼睛指著「全取出來」那四個字。哦，這是個聾啞人。

這也挺新鮮，雖然沒搶銀行那麼刺激，不過晚飯也能跟閨蜜聊一聊。她們四個姐妹，她覺得自己的工作是最乏味的。她習慣性說句「身分證」，想一想把這三個字寫紙上給他。電腦顯示共有一百二十萬的存款。她那時還倒吸了一口氣，真是人不可貌相，聾啞人還這麼有錢。她看看存摺本顏色，對比下開戶日期，按照慣例她要給一個口頭提醒。今天不行，長長的一句話她得寫紙上：「定期存摺，現在提出來會損失利息。」

于勒重重點頭，又指了兩下「全取出來」。存摺取款沒有最高限額，也無需預約。李文娟把錢金翔的身分信息一一敲進去，之後她又核對一次身分證。不對了，她連忙指指他，又指指身分證上的照片，不停地搖手。那個人明白了，從口袋掏出第二張身分證，這次照片是他，原來叫于勒。李文娟輸入代取款人身分，心想換平常這種情況，可以邊打字邊問，錢金翔是你什麼人啊，這麼一大筆錢可不是小數目啊。那邊都會笑著回答朋友、家人或是領導什麼的，反正沒有回答仇人的。把錢推出窗口她猶豫要不要寫下這些話問問，有什麼用呢，難道他還真會說，錢金翔是我剛殺死的人嗎？

雖然一輩子沒希望賺到那麼多錢，但她還是清楚一百萬是三十五公斤，一百二十萬，她轉著眼珠換算，八十四斤。她目送于勒把錢背出銀行。然後一上午她都被這個念頭纏繞，總覺得怪怪的，可能就因為他是啞巴吧。但是換個角度想，一百多萬讓人代領就很常見嗎，找啞巴領就更絕無僅有了。再說呢，就差兩個月五年到期，什麼急事至於破了定期取出來啊。而且，還是從長春跑過來！

她真是沒事幹了，整個午休她都盯著于勒身分信息琢磨這件事。她在垃圾桶把攢成團的紙條翻出來展開，就那四個字，全取出來。什麼線索也沒有。她翻背面看看，一張撕掉一半的機票，沒什麼有用的信息，能看到的就是「14th, Apr」和「Lin Sha」。後一個是人名，不是Yu Le，也不是Qian Jinxiang；頭一個是日期，四月十四日，不至於巧到是去年今日，那一定是今天。

午休時間大把，她得好好順一順，一個啞巴，身分證上是長春人，跑松原來替一個松原人取錢，一百二十萬，破了五年的定期，不怕損失幾十萬利息，還作廢一張機票，Lin Sha今天沒走成。不可能，這麼多反常，不會全湊到一個事上。她把身分信息打印出來，帶上紙條，她得去找經理談談，要是經理這次還覺得她妄想狂神經質的話，那她就把警察叫過來，懷疑那麼多次，她肯定可以對一次的！

8

「什麼時候我再惹你生氣，然後你依然不理我，讓我們再冷靜一段時間，這樣我們就有第二次做愛的機會了。」

「許佳明，你別蹬鼻子上臉啊！」

譚欣翻過來騎到我身上，輕吻我的眼皮，讓我閉上眼睛。我感覺到舌尖從我鼻子上劃過，繼而舌頭在我嘴唇上打了圈。我睜開眼睛，看著她說：「這一個月一直都在想你，我怕再也見不到你，我怕忘記你。我把你每個表情都記下來了，想到一個記一個，現在已經有二百三十七個表情了。」

「有那麼多嗎？讓我查查，高興、悲傷、興奮、生氣，你能想出二百多個形容詞？」

「不是那種，是譚欣寒磣我的表情，譚欣看清華怪胎的表情，譚欣被我逗笑的表情，譚欣吃著草莓冰淇淋卻眼饞我香芋冰淇淋的表情。」

她哈哈大笑。

「我再記一個，譚欣被我第二個笑話逗笑的表情。」

她笑得更厲害了。

「第三個。」

她憋住不笑，抿著嘴搖著腦袋看我。

「好，第四個笑話不笑的表情。」

她使勁親了一下我說：「不是一個月，是三十二天，我數著過的。」

「你怎麼讓我有種無以為報的感動？」我赤身裸體下床，打開窗戶，秋風撲面而來。我頭探出去對著夜色喊：「許佳明，你不再是過去的許佳明！從現在開始，你是和女神譚欣上過床的滿血復活的許佳明！」

譚欣在被子裡笑瞇瞇地看著我：「比第一次還爽嘛？」

「沒有，差不多吧。」

這是個新表情，她咬住一半的下嘴唇，瞪了我一路。我躺她身邊時，估計她想到反擊之術了，抱歉道：「怪我了，環境沒找好，賓館太普通了，一點不刺激，怎麼能跟麥當勞比呢？」

「什麼麥當勞？」

「第一次的地方啊，我十七歲，有回在麥當勞就跟我男朋友好了。」

「怎麼好？」

「就是給他了。」

我盤腿坐起來，問她：「你們在麥當勞做愛，表演嗎？」

「衛生間，又不是餐桌上。」

「廁所？」

「我們那時候中學生，哪有錢開房啊，趁沒人就去麥當勞唄。」她坐起來說，「誰不是從年幼無知過來的，我們同學都這樣，每個少女在初戀都沒學會拒絕，到最後就是遷就小混混男友的過分要求。」

「還每個少女？我看就你吧。」我指著她說，「我們中學的時候，也有你這樣的姑娘，找個退學的阿飛做男朋友，天天騎摩托車後座上兜風，還自以為挺美的。我最討厭這樣的女孩了。」

「你討厭是因為，她們沒跟你這種只會學習、努力考清華的人好吧？你生氣啦？你先說的，跟我還沒你第一次爽，結果你還先生氣了。」

「沒事，就是有點堵得慌。剛還女神呢，一下子變這樣了？」

她拍拍我肩膀，「來來來，你講你第一次，讓我也堵一堵。」

「我沒什麼好講的，我們小地方，全長春就一肯德基，沒麥當勞。我現在明白了，怪不得長春不讓麥當勞進來。我這輩子要是再吃一次麥當勞，我就不姓許！」
「你醋性夠大的。這樣吧，我問你什麼，你答什麼。第一次那姑娘好看嗎？」
我看著她，我覺得我可以說實話：「好看，非常好看。」
「比我還好看嗎？」
「比你好看！」
「忘不了是嗎？」
我點點頭，說：「永遠忘不了她。」
「賤人，你們倆都是賤人！」她控制一下，「第一次什麼時候啊？你們兩個小賤人在哪做的呀？」
我有點走神，任她又問了幾遍。我其實不是很想說這個，她所謂麥當勞的故事也沒怎麼傷到我，多少有一點，小小地惋惜。可是又能怎麼樣？就像她說的，這不就是成長的代價嗎？
「說吧，」她咬著下嘴唇問，「你第一次在哪啊，她家還是你家啊，等爸爸媽媽去上班，你倆逃課滾床單，是不是？」
「你真要聽嗎？你不想知道的。」
「我是不想聽，剛才不是讓你生氣了嗎？說吧。」
「我十幾歲時喜歡的一個女孩，叫房芳，一天偷看她三百遍的那種。屬於暗戀，後來終於鼓足勇氣給她寫了封情書，寄到她家裡。」

「然後成啦？」

「沒有，她死了，永遠都不知道，我有多喜歡她。」

「那第一次就不是她嘍。」

「暗戀！她沒收著我的信，死了好幾天，信才寄到她家，她爸爸打開看了。這也挺好，女兒剛沒他肯定特別難受，這時候看到我的信，看到我寫他女兒有多好，還算是個慰藉，我這分勇氣也算沒白瞎。」我停下來，打量她身體。她有點害羞，把乳房護住。「你知道嗎，譚欣，遇見你那天我就想到她了，我想我得主動點，我不能再像錯過房芳那樣，錯過你這個好女孩。」

她勾住我脖子，親了我一口，說：「我錯了，你別怪了。現在就是我前面有一百個小賤人，我也不氣你了。」

我回味那個吻，說：「你問我第一次在哪兒，我不是很想說，尤其是你說了之後，我第一次弱爆了。」

「說吧，我的才弱爆了，還被你鄙視。」

我指指床單，翻身背過去，對著月光說：「這兒，就在剛剛，我和某個小賤人在這兒做了第一次。」

「真的假的？」

「真的，弱爆了，是不是？」

「真好。」她從背後抱住我，臉貼在我後背，低聲說：「那個小賤人知道錯了，她跟你道歉來了。」

我拉過她的手放在心口，藉著心跳的力量，我告訴她：「我愛你。」她捏捏我的手，沒說話。然後我一直在等。我也不知道我在等什麼，腦子裡一片空白。如此深愛她的感覺太美了。凌晨一點還有落葉靜靜飄下，北京的秋天是全世界最好的季節。譚欣在我身後均勻呼吸，緩緩入睡。我從床頭櫃摸到菸，一聲不響地抽完今天最後一支。我轉回身看著她，感覺全身都化了。譚欣沒有睡，她一直在望著我，她說：「許佳明，你真好看，我覺得你哪都好看。」

我一時軟得話都說不出來了。

「我還沒回答你那三個字呢，你說我愛你的聲音也好聽。可是我現在不能說，我哪天要是說了我愛你，我一定會一生一世永遠愛著你，到那天，我的命都是你的了。」

9

十四日下午三點半于勒剛把鑰匙插進鎖孔，就知道有人來到了家裡。鑰匙還留在門上他便轉身往樓下跑，兩個從二樓上衝上來的警察把他摁在樓道裡。

警察沒有在他身上找到上午取出來的一百二十萬，從松原的銀行到長春啞巴樓，于勒還去了哪裡？我和律師都和他談過，有一次于勒問我，那樣能否減刑。律師很實在，直接告訴他：「不會，你手裡是兩條人命，槍斃你三回都夠了。」

但是有人急用這筆錢，錢金翔還有個將近四十歲的兒子叫錢文，上個月他剛剛刑滿釋放，連面都沒見到就接到了父親的死訊。訴訟期我與他有過一面之緣，從頭到尾他都不關心誰殺的他父親，他父親死前是否痛苦，唯獨那一百多萬是心中的痛。五月初，警察剛剛解除警戒，離開啞巴樓，他便領了四個兄弟闖進我家裡，將我按在椅子上，把房間翻個底朝天。我清楚記得他當時用那麼絕望的聲音喊：「掘地三尺也要把錢給我找出來！」

李警官可不在意錢，他最近在認罪態度上和我繼父的律師扯皮。有了新的證據，十四日的凌晨，于勒曾用手機打過110。當天值班的警員證實，的確接過一起沉默不語的電話。律師想打這樣的牌，他辯護嫌疑人于勒在第一時間有自首情節，礙於是啞巴，無法陳述清楚，屬於認罪態度良好。他跟我商量，如果于勒能把那一百二十萬交出來，罪不至死。

最後一次見到我繼父的時候，我把這些寫下來給他看。我打手語講，我還不想你死，還想讓你看見我出人頭地的那一天，錢在哪，先爭取死緩，活下來，我跟你保證，我會努力賺錢活動，絕不會讓你老死在監獄裡。

他雙手抱腰，盯了我一陣兒回覆，留著錢，給你媽送終吧。

你不用管我，我媽你也不用管。跟我說，你自首過，打過110，但你講不出話，第二日取錢是財迷心竅，現在如數奉還給他們。你就這樣說，跟我說，你就這樣說。求求你了。

他咬著嘴唇，看著別處想一想，打啞語說，我那天是打電話了，但我是報警，我沒有自首，人不是我殺的，所以我報警。錢我會給你，等他們槍斃我之後，到時候你拿這筆錢去最好的國家、最好的大學，肯定能出人頭地。我不等你了，我死後也能看見你好的那一天。因為我兒子替我活著呢。

我拼命搖頭，差點把眼淚甩出來。這是最自私最噁心的愛。我拍著玻璃窗問他，誰他媽是你兒子，于勒，你給我說清楚！誰他媽是你兒子！

那是我最後一次見到于勒。他摸著玻璃，呼吸急促地望著我。我傷了他的心，他卻以死毀我的一生。我看著他眼淚一滴滴掉下來，這讓我渾身發冷。我左手握一圈，伸出右手最長的手指，當著他的面，一寸寸地捅到左手攏成的圓圈裡。

10

我最後一次見到譚欣是十一月底的陰天午後，所有人都覺得今天會下第一場雪把北京拽入冬天。要是早知道我和譚欣會在那天分手，我肯定會穿一套好看點的衣服，起碼把鬍子刮乾淨，或者修剪個漂亮的髮型，讓她不至於那麼輕易地放棄我，沒有一絲留戀。

我自己也講不清楚，那天為什麼要去美院。譚欣不在宿舍，她同學告訴我，譚欣的電話打不通，那一定是在圖書館禮堂聽講座。最早介紹我們認識的那個被畫出來的朋友說，你一定不想去的，那邊有你許佳明不想看到的東西。她在說譚欣壞話，我沒順茬問她是什麼，憋回去一定讓她特別難受。她指著圖書館的方向，看樣子就要自己說出來了。我急著堵住她：「我朋友還在聯繫你嗎？他昨天還說，你照片非常好看。」

我也害怕，哪個男生跟她上演自習門一類的事情，畢竟麥當勞的衛生間她又不是沒幹過。許佳明，這樣懷疑你女朋友，你真是太齷齪了。進入講堂我長吁一口氣，百十個學生分散其中，譚欣在後排左右無人。看她第一眼的時候給我嚇壞了，我知道她朋友說的，我不想看到的是什麼，她滿含淚水地望著正前方的黑板，上面被教授寫下四個大字——崇高與美。藝術對她有種宗教般的力量，她的朋友們一定覺得譚欣是怪胎。我悄悄坐到她旁邊說：「別哭了，女神。」

她轉過身望著我，慌忙擦去臉上淚痕，緩和了幾秒鐘，說：「你怎麼來了？」

「一節課而已，怎麼被你聽得傳道受洗似的？」

「這不是上課，他可是崔立。這是他出國前的一次講座了。他剛才指著自己頭髮說，照他這個年紀，沒準這次就是絕唱了，當他說要我們珍惜時，我就忍不住哭了。」

「哎，君生我未生，我生君已老。恨不生同時，日日與君好。詩是這麼說的吧？」

「好幾段呢，有一段是這樣的。」

「還好，咱倆算是生同時，你可以日日與我好。日日？這個詞很淫蕩嘛？我喜歡。」

「我以前想過這種問題，就像崔立，如果我真的與他生同時，我不會愛上他。好比你許佳明，可能在你五十五歲六十歲的年紀，迎來你的高光時刻，成為活著的大師，那時你還會吸引二十多歲的姑娘。」

「那你可以先陪我活到五六十，表現好的話，我不拋棄你。」

她看著我，一絲小感動，說：「既然來了，你聽一下吧。」

我把腳從前排放下來，認真聽一會兒，美與崇高，這是康德的理論，簡單點說崇高就是數目之多體積之大，美則從質、量、關係和模態四個契機分析判斷。我側身看眼譚欣，我覺得她又要淚奔了，藝術哲學而已，幹嘛弄得跟邪教傳播似的。我打斷她的眼淚：「也就是兩個詞，我們照著辭海的意思來就好了，為什麼要給它們這麼多附加值？」我把手機搜索給她看，「崇高，解釋為高尚的同義詞，就算是見義勇為吧。」

「那美呢？」

「等下，」我點開手機，記住搜索結果，對她說，「美，就是你。」

她笑了，說：「你真甜，明明很無知，但是你真甜。」

「我有個建議，咱別在這兒聽兩個小時哭兩個小時了，我們找個偏僻點兒的肯德基，我先去把衛生間打掃一遍，弄得香噴噴的，等你大駕光臨。」

「香噴噴的？說得我都有食欲了。」

「我是想，既然你跟別人在麥當勞，那肯德基你得留給我。」

她用那種眼神看我，是怪我孩子氣嗎？她說：「你要是嫉妒的話，我可以懷了你的孩子再走。」

「走？走哪去？」

她手向前一揚，道：「跟他去美國。」

「這個老頭？你這玩笑不好笑。」

「許佳明，你說你多愛我，但是你真的了解我嗎？」

「你別鬧，讓我想想，你哪句是真的，哪句是假的？」我雙臂抱腰正視前方，老頭講著康德乏味的一生，有時目光轉到我們這裡做稍許停留，停頓個一兩秒繼續講課。「沒錯，你倆確實有一腿。」

「準確點說，我和你有一腿。我和他兩年了，一直很穩定。」她說，「你還是不了解我，有人是為幸福活著，追求愛情，追求物質；但有人是能夠為夢想活著的，哪怕一生不幸，不快樂，她也不會猶豫，就算偶爾停下來，她還是能一直朝夢想那個方向走。」

「我是你偶爾停下來的那個？」

她點點頭。

「他呢，他是你夢想？」

「對，我因為他才有的夢想。所以打我懂事的年紀，我就明白，我一定要嫁給這位活著的大師，我可能不愛他，但是我痴迷他的一言一行，他的每一句話都能讓我學到很多，離夢想更近一點。你能理解我嗎？」

「能理解，所謂站在巨人的肩膀上，媽逼的你這麼站？」我聲音有點大，前後三排的人扭頭看過來。我低下頭搓著手，問：「他叫什麼名字？崔立，那天畫展那個是Lee Choi？崇高三組，崇高與美，我早該想到你那天為什麼那麼激動。譚欣，你是不是真他媽以為你嫁給了崇高？」

「你能不能不罵人？」

掏出火機點支菸，我想好了，一旦崔立要趕我出去，我就把這事端出去，誰也別想好。幾個同學回頭看我，一臉鄙夷。崔立朝這邊望望，當做沒看見，繼續講課。沒錯，譚欣說的是真的。「他知道咱倆的事兒？」

「知道，他要我跟你好，一直往下走，山盟海誓？百年好合？天長地久？總之他不想帶著我，一個早已不行的老男人帶上我這樣比他小四十歲的女孩，他感到羞恥。我只用一句話戳到了他的痛處，我說你會害怕孤獨終老，其實你希望，你能死在我懷裡。你還是不能理解是嗎，許佳明？」

「你爸媽怎麼說？」

「他們不知道，我去美國留學，做助理，就這樣。」

「我不能理解，我就是不明白我怎麼這麼背，愛上你這麼奇怪的女孩？」

「我清楚自己要什麼，幸福是那些不知道自己這輩子要幹什麼的庸人們才會去追求的體驗。」

「有點繞，你再說一遍？」

「你慢慢想吧，我知道你會好的，會特別好的。」

我有點懵，說話都結巴了，我說：「那你當初為什麼要跟那個誰去認識我？」

「她勸我去的，她反對我跟崔立走，她勸我多認識一些你這樣的男孩。我認識了你，你是獨一無二的。」

我站起來，把菸扔地上碾碎。譚欣拉我衣擺問我要幹什麼。我搖搖頭，我也不知道。我有多希望崔立能接我這個茬，那位站起來的男同學請坐下來。這樣我會大聲地罵一句，我操你媽，但是，祝你們幸福，啊，幸福是庸人追求的體驗，祝你們崇高。

沒人理我，我要一步步走出去，從窗口望去，外面已經下雪，最美的季節過去了。我已經看見自己由這扇門走出去，穿過美院大院，向西進入這條西土城大街，我知道兩側將有一路的春夏秋冬在我身邊飄零，伴我回家，送走我年少青春最重要的一年。我二十二歲那年過得並不好，我可能一生過得都不好。

11

新年前我把同學一個個送到火車站，看樣子我要獨自在北京過年。剛開始總要適應，以後慢慢就習慣了。沒有家可以讓我回，我每天躺在上鋪看信寫信，我把我繼父半年多的信一一做了回覆，挑一封最冷的寄給他。我常常在想，下一次我再收到他的信，就把這些都寄回去，在他死前告訴他，我還愛著他。然而他沒有再來過一封信，我絕不能主動聯繫他。

小年那天難得出門，我想上街買點年貨，一個人也要把年過得有滋有味。許佳明，即使這個世界不要你了，你也要面帶微笑勇敢地走下去。只是剛走出門我就後悔了，北京冬天不同於乾冷的東北，一陣陣南下的冷風從前胸吹進來，在我的身體裡兜兩個圈，再嗞嗞地從後背透出來。回來的路上吹得眼淚都掉出來了，後來乾脆迎著風痛哭起來。

我把福字倒著貼，對聯貼在門兩側。讀著毛筆字還在想，開學也不揭下去，喜慶祥和地貼在宿舍門口，繼續做我們的清華怪胎。寢室暖氣很足，我下樓抱些啤酒涼菜。支起圓桌擺了四個位子，一一倒滿啤酒。我的，我外公的，我媽媽的，還有我繼父的。我第一次見到于勒，就是十九年前的這一天，他來給我過生日，主要是看看我媽有沒有媒婆說的那麼好看。那是我外公安排相親的最後一個男人。于勒相信了他的故事，他兒子戰死在老山，留下了獨苗許佳明，與他父女相依為命。我姥爺說多了自己都相信了，讓我喊他爺爺，喊我媽姑姑。找個新姑父把我媽帶走。

沒人願意帶她走，腦子有問題，我又總在最關鍵時刻喊她媽媽。唯有于勒有這個運氣，他清楚聾子是沒資格挑媳婦兒的，他聽不到我喊出來的媽媽有多大聲。

姑姑，媽媽，這麼基本的口型，聽不見難道看不見嗎？我敬你一杯，感謝你沒戳穿我們家，給我外公留下最後一絲尊嚴；媽媽，等你病好一些，認得我了，兒子給你盡孝；姥爺，我端著酒說不出話，我覺得他和我的命一樣苦，他一生最幸福的事情就是把下一代安排好，讓他們別餓死。每回敬酒我一次喝兩杯，我的，我要敬的親人的。喝亂了，我就模擬他們互相敬。我外公舉杯對于勒說，對不住了，娶回家才發現還多了個拖油瓶的，要不是我老了，快死了，我會把許佳明養大的。兩人乾杯，我把兩杯喝掉。

後來我喝多了，對著牆壁大吼大叫。我說你們是我親人，我人生的救命草，拉扯我兩把又一個個都死了瘋了，我就是一孩子，你們對得起我許佳明嗎？我得忍住，得找點好事告訴他們，加副碗筷我對他們介紹，這是譚欣，唯一一個想給我生孩子的女人，你們放心地走吧，不用擔心我。說完我就狠抽自己倆嘴巴。酒後下手重，但知覺更麻木。我捂著臉跪給所有人，我太賤了，讓你們失望了。

十點左右一通未知號碼打進來，接通之後對方不說話。我把手機放桌上，陪他一起等夠通話時間。鐵北監獄一次可以打十分鐘電話，九分五十秒我抓緊告訴他，爸，你在那邊吃點好的，沒幾天活頭了，你放心走吧，不用再惦記我。那邊用手指敲著話筒，差不多兩三秒敲一下，到第三下後掛斷電話。這是我們之間的密碼，我繼父想念我的時候會給我打電話，雖然聽不到，但是他可以看著通話時間知道我還在。他要求只有他敲三下後，我才可以掛掉。他沒有強迫我，他只是強調如果我提前掛掉，他會馬上趕到北京，看看我出了什麼事。

那天夜裡還有一通未知號碼，這次不是我繼父，但我知道是誰。譚欣從美國打來的，問我還好嗎？我說你太把自己當回事了吧，你甩掉我，你認定我生不如死。

「離開你以後，是我生不如死。」她說，「我想你。」

我說不出話，等她講，可是她也不說，我只好換話題：「我喝了好多酒，還替你喝了三杯。就在剛才，我想明白了，我也可以有夢想，我也可以當畫家，就當那種非常牛逼滿頭白髮的畫家。」

「你喝多了。」

「我沒喝多。聽起來是笑話，一個二十多歲啥也不是的年輕人，傻逼呵呵說要當畫家。我跟你說，我真能做成，我肯定可以。」

她嘆口氣，問我跟誰一起喝了這麼多。我說我一人喝的。她說幹嘛一個人喝酒，這樣會上癮的，酒鬼都是一個人喝。然後她又抱怨幾句，知道我煩了，聲音放低說：「我怕你廢掉，你是多好的人啊。」

「我一個人喝是因為，」我把菸點上，左右看看，「今天是我生日。」

她沉默一會兒，這是該說「不好意思，我誤會你了」的時刻，但她沒說，她也不說生日快樂。過了好一陣兒，她說：「真好，你二十三歲了。」

「我剛許願說，我想讚美全世界，唯獨辱罵你一個人。我恨你。」

她又不說話，我覺得她在電話那頭哭了，哽咽了幾聲講：「我懷孕了。」

「懷孕這事你告訴我？」

「對，我告訴你，是你的。我要生下來給他做兒子。我就是要讓你知道，我譚欣沒什麼好欠你許佳明的。」

手一抖電話掉了，撿起來手機沒壞，她也沒有掛。我問：「他怎麼說？他沒罵你賤人？」

「我想跟他養個孩子，他生不出來。我想有一個孩子，叫他爸爸，叫我媽媽。他不怪我，他把這個看成是我對他的犧牲。你是我倆計畫裡的一部分。」

「我操你媽！」

「你別罵我，我一開始對你印象不好，是你找到我的，如果你沒在美院宿舍等三天，這一切就沒發生。」

「對不起，我犯賤。」

「許佳明，我真的很想你。」

「譚欣，」我擔心她掛了，把手機攥得死死的，「你知道我爸叫什麼嗎？」

「你想讓我起你爸的名字？」

「我爸叫吳佳明，不姓許，親爹。我沒見過他，至少是我沒見過活的他。就今年見過一回，躺在汽車廠的職工醫院，一動不動，植物人。我們這三代，就跟宿命似的，我不是許家的人，我兒子也不是他們崔家的人。」

「那就叫他崔佳明吧。」

我含著眼淚笑起來，說：「跟美國人似的，佳明成了我們的姓。」她沒回答，我摸著鬍茬想了想，我記起我繼父當時怎麼跟林莎講的，我轉述給她：「真有什麼意外，你就回來。」忽然一下子沒兜住，壓著嗓子就哭了，我調整幾秒，堅持說完：「我會一直在北京等你。」

握著手機我做了幾個情節恍惚的夢，翻來覆去的全是孩子。夜裡醒來我去衛生間吐過一回，脫下衣服繼續睡。快天亮的時候手機又一次把我吵醒。我看看天色，看看屏幕，是李警官的電話。他說在外地出差，昨晚打我電話一直占線，他有個同學在鐵北監獄做獄警，他們昨晚連夜下來的通知，所以著急找到我。說了半天他加一句：「你在聽嗎？」

我揉揉眼睛，打開窗戶把冷風放進來，讓自己精神一下，跟他說：「我在聽，你說吧。」他還是停了停。儀式感，我想到，他這是有大事告訴我。我重複道：「你說吧，什麼事我都挺得住。」

他又清清嗓子，講：「回來過年吧，就這幾天了。」

12

李警官的同學叫付銳，一個中年矮胖子。他開警車來機場接我。我路上感謝他辛苦了。他揮揮手，說這點小事不足掛齒，他這陣兒又不忙，再說老李早打招呼給他了。然後他就聊起和李警官二十多年的同學交情，兩人早在警校就分好工了，以後一個抓犯人，一個關犯人。他說那真是好年代，大家都是愛這行才當警察的，不像現在，年輕人打從進警校，就算計著哪個警種的活兒少，油水多。往右拐彎時他側身看我問：「你跟老李是什麼關係？」

「就是他抓的我繼父，這算警察和犯人家屬的關係？」

「不是，他在外地還特意跟我打招呼，所以我好奇你們是什麼交情？」

「說出來你都不信，我們幾乎沒什麼交情。我在讀清華，他一有機會就讓我跟他兒子見個面、通個電話，聊聊人生理想、奮鬥目標什麼的。他兒子沒興趣，就是演給他爸看，弄得我也挺不安的。」

他哈哈大笑，點著頭說：「是他，是他。」接著他講起他兒子曾有過離家出走，老李主動申請，三天三夜把長春的黑網吧全掃蕩一遍，硬是把他兒子給找出來了，正常仨月幹完的活兒，他七十二小時一家都沒漏，後來他們就一直拿這個開他玩笑。「小子太操心，還是生閨女好，」他感慨道，「但是費錢，窮養兒富養女。現在女孩子，你要是不供她讀芭蕾班、鋼琴班，以後大了別的女孩一比，都得怨我這當爹的沒出息。」

說說他就自己回味起來了。我估計他肯定覺得自己女兒天下第一好看，雖然他只是個矮胖子。

「你讀清華什麼專業呢？」

「水利工程。」

「那是學什麼的？出來幹什麼？」

我解釋半天，他沒明白，問題是還不放棄，追根究柢地問我畢業具體幹什麼。逼急了我說：「我們系成績最好的學長，現在是國家主席。」

「明白啦，明白啦。」他笑著說：「你呢？你不會也要做國家主席吧？」

「我想當畫家。」我頭一次跟外人這麼說，感覺真好。

「我也喜歡藝術，我其實一直在創作藝術，攢好幾個相冊了。」他怕我不信，看看我，繼續說，「殺人犯被判死刑，但不一定立即執行，你知道吧？」

「我今年知道的，有一個覆核的程序。」

「對，你不知道什麼時候覆核下來，有的不到一個月，有的三五年了還沒下來，在裡面待得都有改判死緩無期的希望了。我的一部分工作就是，走到牢前告訴你，覆核下來了。然後我等幾秒，人生最後一個懸念，可能是，沒通過，暫緩；可能是通過了，死刑！他們就眼巴巴地望著我。有些是，通過了，死刑！我第一時間把他的表情抓拍下來。什麼反應都有，哭的，笑的，鬧的，還有暈倒的。不過他們有一個表情是一樣的，絕望。」

「有點殘忍。」

「你說哪個？通知，還是拍下來？」

「都有點，你把相機掛脖子上，準備好了再告訴他們嗎？」

「他們殺人的時候更殘忍。」

我拿出菸，問他吸嗎。他說戒了，閨女不讓他抽。車窗開一道縫，他讓我隨便抽。我長吸一口，好多了，聲音平靜些問：「昨天夜裡你這麼告訴我繼父的時候，你拍下來了嗎？」

「他是例外，聽不著嘛，只能看紙條，頭一直低著，等抬頭的時候，情緒都過去了。這樣就不算藝術了吧。」

我把菸夾手上開始咬指甲。我問：「哪天執行？」

「正月初八，上班第一天。」

「但過年你們也要上班的吧？」

「當然，輪休，七八天的假期，我就休兩天，大年三十我都得在這兒。」他搖搖頭，「不過你可以常來，我就是不在，也幫你跟值班的說好。」

「謝謝，我能做的就是多看他幾次。我跟李警官說了，我連辦後事的錢都沒有。我挺沒出息的。」

「你還只是學生嘛。」

「我本來想賣房子的，啞巴樓沒人買。死氣沉沉的，我都不願意住那兒。」我苦笑兩聲，「那屍體怎麼處理？」

他陷入沉思，沒理會我的話。

我試著又問一遍：「你們會火葬嗎？」

他轉身來說出困惑：「我還在想合不合適？」

「什麼事？」

「今天早上，老李說你繼父的事，說沒幾天的了，得照顧一下，讓他健健康康地走。按理說，這時候犯人是關單間，我也就沒調換。因為你繼父是聾啞人嘛，得有個人給他傳話，真關了單間，一聲不吭的，死了我都不知道。」

「謝謝你。」

「有你這聲謝謝，我就知道這事沒錯。你剛才說什麼？」

「我問後事怎麼處理。」

他輕踩剎車，看看我，說：「于勒已經簽了遺體捐贈。」

「就是心臟、眼角膜什麼的，再幫助別人獲得新生？」

「不是，那是器官捐贈。遺體捐贈是泡在福爾馬林裡，捐給大學做解剖實驗。」

想著，幫醫科學生握著小刀，在我繼父身上劃來劃去，我忽然一陣噁心。停車靠在路邊乾嘔了一陣，我讓付銳先走。我說反正不遠了，我走走呼吸下新鮮空氣。他說也好，先讓我繼父準備準備。

加上昨夜的宿醉，胃燒得難受。吃了半個烤地瓜感覺好多了。我揀小路踩著雪，花了半小時後走到監獄。付銳在大廳等我有一會兒了，他搓著手，讓我先暖和暖和。我看眼掛鐘，快三點了，問可以見他嗎。

「可以。」他站著不動，有點為難道，「我剛知道，他不想見你。」

「不見我？」

「我們寫紙上給他了，他就回兩個字——不見。我們問他什麼時候見，他回——永遠不見。」

「不要，不要。」我倒抽一口氣，一下子不知道該怎麼辦。「可我是從北京特意回來的呀。我不能給他收屍，還不能見他一面嗎？」

你要看看那紙條嗎？」

付銳繼續搓手，說那就暖和一會兒，送我回去。我連連擺手，連說兩遍麻煩你了，深鞠一躬走出大門。付銳從後面追上來，他說有個東西轉交給我。我打開看看，一張信紙，于勒在上面寫了二十來個人名、地址和錢數。底下是他一段字，他說平生一共欠了兩萬多塊錢，雖然沒資格讓我父債子償，還是拜託我，以後有了錢，能還給這二十多個朋友。

「你會替他還嗎？」付銳問我。

我把信紙收好，點頭道：「會，現在還不起，以後肯定還。」

13

三十那天我被李警官拽到他家過年，見我情緒不高還一再安慰我，說于勒可能就是害怕告別，讓我傷心，所以沒見我。車軲轆話說兩遍，發現邏輯上沒那麼合理，他就岔話題，讓他兒子多跟我聊聊。他兒子愛搭不理地問幾句清華好嗎、漂亮嗎，繼續看他的漫畫。李警官讓他兒子把那張不及格的卷子拿出來，讓佳明哥給你講講。這時他老婆不願意了，說行了吧你，大過年的還讓孩子學習，出去放炮吧。

他兒子不願動，我下樓走走。開始人不多，稀稀拉拉的，快十二點時一下子熱鬧起來。不知道是迎接新年還是慶祝過去的一年，一時間炮仗和汽車警報混在一起震響除夕，整個夜空一閃一閃的。我仰頭對著煙花發呆，感覺眼睛濕濕的。

李警官沒披外套就下來了，他抓住我肩膀說兩句話，聲音太吵聽不清，我雙手作揖，大聲喊恭喜發財。他搖搖頭，把我拉進他車裡，聲音一下子關到了外面。車燈點亮我終於看清他的臉，彷彿剛剛大哭一場。他問我有菸嗎。我摸遍衣兜說沒帶下來。然後他就跟缺氧似的大口呼吸，帶著哭腔說：「付銳死了。」

我一下想不通，大年三十的，都在家過年，怎麼就會死了呢？

「他今天在鐵北監獄值班，」他掏出手機盯著看，「有三個人越獄，殺了他。」

「什麼人跑了？」

「我在等名單。」

我想起來了，付銳抱怨過，他說過年沒休息，大年三十還上班。不知道為什麼，我沒見過他女兒，可是腦子裡一下子就閃現好多他女兒的畫面，學芭蕾，不讓爸爸抽菸，漂亮的小姑娘。

手機響一聲，他短信來了，他核實一遍名單，問我：「你繼父叫什麼？」

「于勒。」

「有他，」他拍兩下車窗，「帶頭的是他。」

14

我二十二歲那年過得並不好，但我不會一生過得都不好。大學畢業的最後十天我重讀譚欣的郵件。她前後寫了十七封郵件發我郵箱，與其說寫給我，更像是她自己的懷孕日記。上面的郵件是最新發來的，我不會像我繼父來信那樣亂著順序看。她說果真是男孩，生下來八斤六兩，能吃能喝，一天餵八次都不嫌撐。附件裡有嬰兒照片，她問像不像我。我以前聽別人父母問這種話，總覺得很可笑。小孩出生都一個長相，皺皺巴巴到一起沒張開的樣子，像父母更像是猴子。但我那天對著電腦都笑出眼淚來了，我說像，真像！

我寫郵件跟她解釋，前段時間沒回是我確實忙，我已經原諒你了。二月份回到清華我就沒怎麼出門。每天讀書寫字，我想把落下的學分全補回來。我知道以後絕不會做這行，可我總得替某些人完成他們的夢想，尤其是從清華畢業。比如我繼父于勒，他一輩子吃苦受窮，被殘疾折磨，可我考上那天他覺得這一切都是值得的。明白我意思嗎，他一生不幸，可他認為這是在為我的人生攢人品。經常在深夜裡，我想到這一點，想到他的臉，想到雙手亂劃地告訴我，他有多高興，我脆弱地想哭。

你過去說我不敬偶像，沒有夢想，心中無所畏懼，這讓我沮喪了很久。套用我曾寫給我繼父的一句話，有人如你，十五歲就清楚自己這輩子幹什麼；有人如我，渾噩至死都不去想想自己到這世界是幹嘛來的。不過我現在知道了，我要畫畫，最早是源於你，源於崔立的一股氣。說出來你都不信，我愛上繪畫這一行業了。

之前我沒有說，有些地方你和我繼母很像。愛情這一點，我和我繼父都掉到同一個坑裡。不同的是，我繼父殺了我繼母，而我，我原諒你了，我依然恨你，我還是原諒了你。

我沒跟你講我家庭，一下子上來這麼多奇葩事件，我無父無母、繼父殺繼母什麼的。看懂多少是多少吧，我也不打算跟你多講了，我以後也不想跟任何人提起了，哪怕是我未來的老婆，我也要隻字不提。人和人都有不高興的時候，我不想老婆、朋友某一天生我氣會指責，怪不得，許佳明的成長環境就烏煙瘴氣的，他們家就沒什麼好人！

我們家人挺好的，即使我繼父一共殺了九個人，我還是覺得他算個好人。他殺林莎是因為，那深沉的、害怕失去的愛，至於其他人，皆因他回不了頭。有一個人我挺惋惜的，鐵北監獄的付銳，他死得那麼慘，我繼父剁了他的手，剜下他雙眼，將他雙腳綁在監獄大門旁，活活把血流乾。這還不是最重要的，我時常想到他女兒。他跟我說過，窮養兒富養女。他沒了，他女兒以後不知會怎樣。

付銳有一個相冊，把這麼多年每個死刑犯人的表情都拍下來。他覺得這是藝術品，他想等退休那天攢齊了，統一命名為《絕望》。聽起來應該很有衝擊力，絕望是他們表情的共同點。他沒拍到我繼父，我繼父是聾子，低頭看通知，再抬頭時情緒都過去了。如果他拍到了，洗出來放在相冊裡，也許就可以看出不對勁。他會發現我繼父臉上沒有絕望，反而多了一絲堅毅。是的，我繼父本不該有室友的，這也是得於付銳的同情和他的聾啞殘疾。在死亡面前，他完全換了一個人，他慫恿兩個獄友協助他出逃，其中一個獄友還聯繫了朋友開車在外面接應。等這四個人出了城，他們沒有各奔東西，沒有結伴而逃。你能想到嗎？我繼父于勒把那三個人全都殺了。從此消失人間，不漏一點行蹤。

有一個細節讓我很羞愧，差不多快一年了吧，每次想起都不敢原諒自己。我繼父是除夕夜越獄的，煙花綻放時李警官告訴我，有三個囚犯跑了，在等上峰核實名單。我當時真心有點希望跑的是于勒。直到他確認于勒是主謀，下落不明。我被自己的行為嚇壞了，我沒有譴責，沒有怨恨，反倒是雙手插在羽絨服的兜裡握拳慶祝。要不是顧忌李警官最好的哥們遇害，我當時真想打開車門跑出去，雪地狂奔，直到沒有力氣。

說說我這一年吧，寫完畢業論文後，我抓緊時間賺一點小錢，連錄了一個月的廣告。我著急替于勒把錢還上，我還的不是他的債，是我欠我繼父的撫養費。大多數債主我都認識，看我長大的聾啞叔叔阿姨們，他們都老了，從手套廠退了休，陸續離開了啞巴樓。長輩們剛見到我時態度並不好，恨不得立即把我關到門外，我是于勒的繼子，他們感覺真是知人知面不知心。然而在得知我是受託還錢後，他們一下子轉變了，確切地說是沒變，于勒還是他們心中的那個老好人。于勒當初窮得還不起，就衝這一點他們仍然願意把錢借給他。你看，多好，僅僅用錢就找回了他最後的那一點尊嚴。

最後一戶人家姓懷，家住在南湖大路。我對這個人沒印象，見到主人時我才明白這是我繼父的玩笑。不是懷，是郝，好，壞。于勒的生死之交郝叔叔。他只是啞巴，可以聽，卻不能說。我對他說明來意，他忙打手語，這筆小錢怎麼還能要？我說，郝叔叔，要是我第一個找您，按照您和我繼父的交情，興許我就省下這筆錢了。可您是最後一個，我前面明白太多道理，這筆錢您一定要收，我也就圓滿了。他閃著淚光收下了，他也想念我繼父。

晚上他在書房裡告訴我，于勤那天夜裡兩點鐘用我送他的手寫手機發信息給他，家裡出事了，讓他趕快從大連回來。早上八點多，郝叔叔進到我家看見地上躺著兩個人。他沒打算問什麼，也沒打算轉身走，他想的是，哪怕連累進監獄，也得幫兄弟最後一把。他問于勤準備把屍體埋哪，他回去取車。于勤讓他別管屍體，他要先去松原取錢。一百二十萬，他需要這筆錢，萬一自己出什麼意外，他得給佳明留下當遺產。所以，那天是我跟他去的銀行，他打著手語說，八九十斤的錢就裝在我車裡。郝叔叔拿出一個餅乾盒，我換成黃金了，我老婆都不知道。你很好，替你爸把錢都還了，非常孝順的孩子，你收下吧。

五味雜陳，說不上什麼心情。于勤把他寫在名單的最後一個，就是要試探我配不配做他兒子。譚欣，你可能都不信，我是推辭過的。但是他不要，他說一是于勤信任他，拿命換來的錢，他不能昧良心；二是這事沒人知道，如果他忽然有了錢，人多嘴雜的，難免查到他頭上，牢獄之災。我問他，知道我繼父在哪嗎？他搖搖頭，他不知道，通緝了快一年，沒準已經被擊斃了。我噙著唾沫，說不下去了。真是的，那麼髒的錢，卻閃著那麼聖潔之光。

以後有機會，把這故事講給崔佳明聽，只是不用告訴他，我是他爸爸。我愛他，我可能更愛你，沒辦法忘記你。不要再給我寫信了。我要朝前大步走，我不想時不時停下來，回頭望著你。

PS：你還欠一次肯德基，這輩子你就這麼一直欠著我吧。

15

譚欣沒有給我來信，我反而一心犯賤地期待她能寫封郵件給我。然後我會怎麼樣呢？我會在讀一百遍以後回信痛罵她，讓你別再纏著我，你還要寫，你太賤了！

我總要往前走，就算回頭她已不在原地。春夏秋冬，我戀愛幾次又分手幾次。形單影隻的時候我常在想，這是不對的，每次見過漂亮的姑娘，總要先站在譚欣的角度審視一番，她會嫉妒這個女孩的長相氣質嗎？如果會，我就會一見鍾情，加倍暗示自己，我有多愛這個女孩，我甚至希望馬上就和她舉辦結婚，邀請譚欣來看看。總是在失敗，也許我並不想成功，和哪個萍水相逢的女孩一勞永逸，度過餘生。

我記得第二年秋天和某個女孩又一次分手之後，我坐在小區長椅上餵鴨子，任憑她一次又一次換著手機打我電話。最後一次是她用座機打過來。０１０的區號，我接起來，我想應該跟她講明白。我說，這次戀愛沒什麼，都不能算你人生的插曲，它就是今年秋天的一段小變奏，僅此而已，不要再反覆地折磨自己，自問是不是錯過的什麼男人，之前怎麼計畫，你就繼續怎麼走。對方一下子慌了，說不出話。那我陪她等，我看錶數秒，快到一分鐘的時候，話筒那邊敲了三下後掛掉電話。

我懵了，事情不會這麼來的。我打給剛分手的女友，問她是否打過我電話。她說她在公司忙，沒時間多說，然後她問我：「你覺得我會聯繫你嗎？」

沒有，沒有，我不是找你。座機撥回去，那邊說是小西天的一家報亭。趕到那裡老闆準備關窗收工。我問他今天什麼人用了你的公用電話。他說那怎麼想得起來，接著問要今天的報紙嗎。我四周望望，街兩側的飯館前坐滿吃燒烤喝啤酒的人。穿過馬路，我過去一桌桌地找，一個拄拐乞丐拉著我的衣擺跟我要錢。我揮揮手，沒錢，走開。他搖搖白盆裡的硬幣，端在我面前。低頭一看我心都化了，于勒，你就是這樣一路要飯走過來的嗎？

16

多好的想法，乞丐是逃亡的最隱密身分。剛進家門下雨了，雨點啪啪地打在落地窗前。我讓他先洗澡，我去廚房弄了點吃的。等他從淋浴間出來，我打手語問他來北京多久了。他回我幾天前到的，他繞著外城走了半圈，從西邊進入北京。我問他從哪來。他想了想，也許是地名有生僻字不好打，蹲下在那堆髒衣服裡掏了半天。這時我才注意到這些都是鹿皮或狼皮一類的獸皮。他拽出舊地圖展開指給我，森林地貌，地名字跡早已模糊。我地理成績很好，知道是大興安嶺。他牆邊翻開掛曆，算著日子，轉身跟我說，我走了一個夏天。

好多問題，我都不知道從哪問起了。我說我一直想不通，你一個啞巴，那幾個同夥憑什麼被你利用，越獄後又被你殺掉？于勒撓撓頭，彷彿遙遠的記憶需要慢慢回想。我示意他先吃東西，進臥室找幾件適合他的衣服。我有個朋友會做證件文憑，我打給他，想要一張假身分證。電話剛接通我後悔了，不能讓任何人知道。又不好馬上掛，我陪他閒聊幾句，他問我有事嗎。我說沒有，看看你最近過得怎麼樣。我們在朋友的飯局裡認識，屬於從不單線聯繫的那種交情。他一頭霧水，硬著頭皮說兩句，後來還真傾訴起他的煩惱，講他丈母娘以伺候月子為名，賴他家不走，又橫挑鼻子豎挑眼的。人和人就是這麼奇怪，那個月底他主動約我吃飯，真成了我朋友。

我繼父躺沙發上睡著了，我給他蓋上被子，把空碗收掉，檢查門鎖後上床睡覺。半夜醒來我聽見衛生間傳出細碎的聲音，推開門一看我被嚇一跳，我繼父正對鏡子剪他長了快兩年的長頭髮。我說鬍子別全刮了，你不能把自己收拾得跟過去一樣。他從鏡子看著我，放下剪刀，打手語說：他們也想活，我跟他們寫，我死了就輪到你們了。誰？我問。小武和老姜，跟我一起出來的，我拿計畫打動了他們。

鐵北監獄號稱全東北最現代化最安全的監獄，他們有四道關卡，刷卡，指紋，瞳孔確認，及武警把守。打從監獄落建使用，付鋭他們最引以為傲的是，十三年裡來沒人能活著闖過這四道關，成功越獄。

事前的準備是裁紙刀，小武的朋友塞在鞋底帶進牢房。他朋友到時候會把車停在監獄西側的路口接應。于勒告訴他們，有一個姓付的獄警比較照顧他，要從他這下手。年三十是付鋭的值班時間，晚上十點半于勒忽然倒地，開始抽搐。巡邏的付銳像以往一樣大聲問他是什麼病，是否需要醫生。等他看見躺地的是于勒，要他寫紙上說明症狀。半分鐘後，付銳伸手接字條時，于勒將他的手臂拽進來，用裁紙刀抵著他的手腕。老姜命令他把牢房門打開。開門的一刹那，他們把付銳拽進來，卸下腰帶上的對講機，于勒換上他的警服，找出門卡。其他班房開始騷動，兩個同夥被這喧嘩搞得直冒冷汗。聽不到的人最冷靜，于勒指著樓道緩慢搖動的監視器，要他們注意節奏。監視器剛剛轉過去的時候，三個人拖著付銳跑出去，用門卡刷開了第一道關卡。

二三道關卡沒有攝像頭，付銳索性趴在地上，死拽著欄杆不鬆手。于勒掏出裁紙刀去割他的手腕，如果付銳人過不去，拿他的手指也可以通過第二道關卡。他讓小武繼續割，老姜按住他，他去拉付銳的左手拇指。于勒早研究明白，那扇門只認幾個獄警的拇指，可他不清楚是哪隻手的拇指。要是有斧頭或是菜刀也許能好點，一刀剁下去少些痛苦，裁紙刀拉了十多下才見到軟骨。付銳滿眼淚水，卻不願求饒，想保住命就絕對不能鬆手。他哭著說，沒用的，你們白折騰，就算你們過了第二關，第三關必須掃描我的瞳孔才能過去。于勒食指中指岔開，指著他眼睛，那就把你的眼珠挖出來！付銳搖著頭，淚水汗水混一起在臉上淌，說殺了我也沒用，它不認死人的瞳孔。話沒說完一聲慘叫，小武把他的右手拽了下來。

原來，左右手拇指併在一起才會打開門。第三道關卡需要鷹眼掃描雙眼五秒左右，門才會打開。付銳死不睜眼。于勒翻開他的眼皮，鷹眼不認眼白。他閉著眼睛說，現在收手還不至於死罪，你們出不去，直到他們衝進來逮捕你們。兩個能聽能説的犯人讓他閉嘴，他不能停，他知道他們開始煩躁了，他快說動他們了，也許可以活下來。忽然眼前一絲涼意，那個聽不到的人，將小刀插進去挖出了他的眼珠。

付銳沒騙他們，鷹眼通過眼球時一點反應都沒有。他們用布條封住他的嘴，雙腳綁在鐵欄上。于勒指指對講機，示意啟動備用方案。老姜按住通話，說出從聲音到語氣練了上千次的那句話：「小王，過來頂一下，我去上個廁所。」

這有風險，不管學得有多像，畢竟是兩個人。他們守在門兩側聽著腳步。于勒聽不到，他盯著小武的手勢，只要他手臂一抬，說明過來的不是一個人，是一個軍隊。那就照之前的最終方案，三個割喉自盡，不受折磨。最終是小王自己，他哼著歌，剛打開門，三個人跳起來撲倒了他。

料理小王後，三個人直奔第四關卡，于勒一人跑在前面，剩下兩人在後面追趕。而武警在月色裡看到出事了，兩名越獄的犯人追逐著渾身是血的獄警。武警衝遠處鳴槍示警，喊來值班室的同伴，讓他快去抓捕。他自己迎上前扶起獄警，問他傷得重不重。這時喉嚨一涼，一把刀插進喉管，噴了于勒一臉的血。

于勒拾起槍，瞄準另一名武警的背影，打了一梭子的子彈。遠處傳來新年的鐘聲，鞭炮聲又一次達到高潮，周圍慶祝的人們都覺得，今年的爆竹特別響。

我打斷他，問他後來為什麼還把那三個人給殺了？他說是因為害怕，雖然不知道他們說什麼，但能感覺到，他們想殺了他，拋屍南城，造成假象後往北跑。

他們犯了個錯誤，他打手語道，他們說話就夠了，卻透出怕我知道的表情。

你怎麼一下子殺三個人？

槍在我手裡。

不是，不是，我搖著頭，有一個細節，你穿著警服衝在前面裝獄警，不該你穿的，你沒法邊跑邊喊，後面有逃犯，快來救我。但是你偏要衝在前面，因為你要拿到槍。你提前計畫好了，讓他們開到南城，殺掉他們仨，然後你出了城步行往北走。

他沒反應，我是對的。我重複那個問題，你為什麼要殺他們？

因為他們是死罪，他們都是殺人犯。

你也是死罪。

我不是，我不該死。

我抓抓頭髮問他，為什麼要來北京找我？

他說他想我了，他像個野人一樣在大興安嶺待了一年多，他快活不下去了，尤其是冬天，那不是人待的。他跟我描述冬日最普通的一天，他帶著槍在山裡轉了一上午，什麼也沒看著，連個小兔子都沒有。這時他才意識到，他可能是這片森林裡唯一沒有冬眠的動物。在春天他一直想該去哪，他展開地圖給我看，他不會膩在北京，那會連累許佳明。這裡，他指著新疆的崑崙山說，這裡肯定有少數民族部落，那就不會有什麼警察，不需要身分證戶口本他也可以住下來。而且他想明白了，語言不通的地方，他作為聾啞人，其實更容易活下來。

你打算哪天走？

越快越好。

我寫個地址給他，60號信箱，我少年時藏菸藏錢的地方。你到那給我寄封信，信封除了收信地址什麼都別寫，不用寫我名字，把你的地址寫信裡。裡面也別講什麼，寫點沒用的話。比如，女兒，媽媽在這裡很快樂，我就明白了。

他點點頭，收下地址。

但我不會去看你，真的不會，你殺太多人了，讓我知道你還活著就行了。錢我收著了，我都還給你。你坐不了飛機、火車，也不能去銀行取錢。但你不可以一路要飯要過去，那樣你肯定死路上。我站起來抽支菸，對著陽台想想，轉回身打手語，我一會兒給你畫出一條路線，小路、山路，你別走國道高速。你騎摩托去，一旦看見前面有警察，轉向往山裡開，扔下摩托就跑。別在乎摩托車，有機會再買一個，我今天把黃金賣了，一百多萬，你換八十台摩托都夠了。

天快亮了，我關上燈，依稀能看見他打不要的手勢。後來我聽出他哭，日出的微光照在他臉上，我記起那時也是天亮，他在林莎身後怒視她的表情。時過境遷，該死的死，該逃的逃，一切都結束了。我背著陽台，一片逆光，不管他能否看見。我右手摸了兩次下巴，那是「爸爸」。

17

大概兩年後，可能是好奇心使然，我特意回長春查看60號信箱，他果真給我來了一封信，信裡面他畫了張地圖，沿著崑崙山往西，帕米爾高原上，柯爾克孜族群的山腳下。一看那就是郵差和警察都去不了的地方。他在下面寫了兩個字——很好。一瞬間我彷彿看見了我繼父躺在牛背上，頭頂著藍天白雲，一群自由自在吃草的綿羊。

那就好，我點著頭。再往裡掏還有封信，撕開信封一張銀行卡掉了出來。拿到ATM試了下我父親常用的密碼，我們家八位數電話，去掉頭一位和最後一位，中間那六個數字。密碼是對的，點擊餘額查詢，裡面還有八十萬元。我去櫃台要人工查下戶主，櫃員額頭一皺，磕磕巴巴念出一串十多個字的名字。

「維族人吧？」她問。

「柯爾克孜族。」

坐火車回北京時我想通了，這是他某個新朋友幫他在銀行辦的。他寄給我，讓我每天正常取兩萬，四十天可以取完，存進我的帳戶裡。頃刻之間我渾身發麻，隨著慢慢長大，很多事早就欲哭無淚了。他還是希望我去留學，我最終沒能滿足他。

譚欣回國了，那是這幾年的大事，更大的事情是她和崔立要結婚了。她電話問我來嗎。我說我以為你們早結婚了。她說沒有，崔立一直不願意娶一個比他小四十多歲的女孩。我說，你不是女孩了，你也快三十了，你孩子都五歲了吧？

「那不也是你的孩子嗎？」她咯咯笑著。

「那你為什麼還要嫁他？」

「再不嫁他就來不及了，我總要做一回他的女人。」

我們都沉默，那些深沉而痛苦的愛，折磨了我們整個青春。

「你來嗎，許佳明？」

「他願意我去嗎？」

「願意，」她說，「這幾年他一直內疚，他說他欠你良多。」

婚禮在海南舉行，寓義天涯海角。君生我未生，我生君已老。我離君天涯，君隔我海角。

我帶上當時的女友提前幾天飛往三亞。陽光，海灘，椰樹林，可是沒多久她發現一切都不那麼美好了，我們不是來度假，不是來尋找愛的甜蜜，我只是來參加我前女友的婚禮。她把酒店所有的鏡子砸碎，怒不可遏地飛往麗江，尋找能真正愛她一生的男人，或是只搞她一夜的男人。反正，他們強過你許佳明。

那天晚上，我一個人坐在電影院忽然想起來了，林莎說過同樣的話，錢金翔就要死了，再不嫁他就來不及了。我得找點什麼東西替代這一對苦命鴛鴦，把他們放在天涯海角。

電影院我認識了一剛失戀的姑娘，我們隨便聊幾句，過幾夜，我邀請她沒什麼事的話，可以跟我一起去婚禮。我說，你還沒吃過不用隨禮的婚宴吧。我等她答應，我不想一個人去，我不想讓譚欣覺得，甩掉我以後我孤苦伶仃，行屍走肉。她聽完眨了眨眼睛，問我會搶婚嗎。

我說不會，絕不會。

「那沒意思，」她笑瞇瞇地說，「如果搶婚我還有興趣看看熱鬧。」

搶，還是不搶呢？我挺喜歡這姑娘的。

真到了婚禮我才明白，之前的很多傷感都是臆想出來的。大家都那麼高興的氛圍裡，即使新郎不是我，即使新娘是譚欣，也沒讓我難過到哪去。四處尋找我看見了我兒子崔佳明，一時間感覺靈魂上了天，一直盯著他，直到他媽媽過來擋住我視線，我才回到人間。

「你還好嗎？」譚欣問我。

「這問題，沒有回答不好的吧？」

「這叫？強制肯定回答？以後就這麼命名。你還好嗎？」

「好，非常好。」

她哈哈大笑，說：「我感覺你也挺好的，你女朋友很漂亮。」

「誰？」我回頭看一眼，「我連她名字都沒記住。」

多虧她收住這話題，不然我真可能剎不住車地講，離開你以後，我眠花宿柳夜夜笙歌什麼的，好證明許佳明不是沒人要的男人。在她面前我多虛弱。

「我看見你的努力了，」她說，「你畫得很棒，他特別喜歡。他說，你絕對……你想聽他對你的看法嗎？」

「說吧，我入行以後，已經懂得他的才華和價值了，我明白他一生都為藝術奉獻了多少。」

「他說，你僅僅是少了點東西，一點點，只要把那個找到，你一定會成為這一代的大師。」

「我也這麼想，我抓不到，我不知道是什麼。」

「你現在好謙卑啊，這不是萬能青年旅店吧？」

「就像你說的，我知道多了，敬畏也多了。」

她喝著杯中酒，看著我說：「你幾乎沒怎麼老，這幾年我一直跟他在一起，總覺得自己年輕呢。跟你一比我老了。哦，男人三十歲和女人三十歲是不一樣的。」

「但你更漂亮了。別忘了，你還欠我一次肯德基。」

她笑笑，怪我還記得，她都不記得那個摩托車阿飛叫什麼名字了。「我現在生命裡就你們兩個男人，以後也是。」然後她想想，問，「我看你郵件，嚇了一大跳，你繼父那邊怎麼樣了，還活著嗎？」

「我不想說這個，不能說。」

「那就是還活著，多好。婚禮結束了你先別走，他想和你聊聊。」

我回到那女孩身邊，她酒喝多了，抱著我要給我講笑話，也是婚禮，三個單身窮屌絲比誰隨禮大氣。頭一個說，我隨兩千！第二個說，我隨一萬！第三個臉紅了，結結巴巴講，我沒隨錢，但是，新娘肚子裡的孩子是我隨的。說完她眨著眼說：「明白了嗎？」

「沒明白，你先讓我笑一會兒。」

她勾住我脖子，酒氣很重，從她嘴裡出來卻有種迷惑的氣息。她貼著我耳朵說：「我不管，許佳明，你也要給我生一個。」

我看著她眼睛，這麼聰明的女孩，我快愛上她了。

日落之前在海灘走走，崔立身體不好，走兩步就喘不上氣。然後我倆坐在海沙上，他點支菸，扔給我一支，連抽兩口問我恨他嗎。我搖搖頭，我說，恨也不恨你，這不是你的錯。

「存在，」他聲音從煙霧裡冒出來，「我存在，我活著，可能就是個錯。」

我看著他，現在說這些幹嘛，今天說這些幹嘛！太晚了吧？我岔過話題，問他對我的作品怎麼看。他沒說話，菸不離嘴地望著潮落。我搓搓手，拿出防風火機把自己的菸也點上，給自己解圍說：「我的畫本來不值一提，就不難為您了。」

「無我，」他說，「你所有的作品裡，總有那麼一絲怨氣。它會使你悲傷也不那麼純粹，快樂也不那麼純粹。」

「所以您建議我？」

「假想一個人生，假想一個人，你就是那個人，你在替他畫。每一幅畫，你都是替某個人畫。」

我點點頭。有那麼一刻我懂譚欣了，我懂她曾說過的崇高與幸福，我懂她說幸福是大多庸人追求的體驗，崇高則是可遇而不可求的奇觀。太陽斜照在海平面，一片金光映上來，彷彿生命提前步入了天堂。

「我就要死了，活不了多久。」他站起來，海風持續吹，從褲子上拍打下來的海沙，連同他的話語一起像落日的方向飄去。「照顧好他們母子倆，譚欣已經迷路了。」

18

我再見到李警官是差不多一年以後，他已經升到了迎春路派出所的副所長。我回長春辦戶籍，辦新身分證。我跟他說我要結婚了，一個我尋找二十九年的姑娘，終於把她找到了。這個比喻讓他眼前一亮，似乎真看見我未來的幸福生活。他拍著桌子說一定要把她帶過來看看。我說不用了吧，你兒子怎麼樣了。他說在讀四平師院，現在孩子真是不打不成才，就得打。我樂了，這個不能告訴他，我高中那陣兒，老師就喜歡拿四平師院嚇唬我們。老師說，不好好學習，以後就等著考四平師院吧！

他看看手裡的文件，叫祕書進來交代幾句，起身說必須得請我吃飯，讓我老婆也參加。我說她沒來，我沒帶她回長春，你也清楚，我不想讓她知道我家的狀況。

「啊，你看我，見你一高興都忘了。」他拍著腦門說，「跟她說，沒事了，你繼父不是殺人犯。」

「什麼意思？」

「凶手前兩年抓著了，你猜是誰，那個老頭的兒子。他跟他爸一直不好，之前坐十年牢，剛出獄聽說他爸把錢都捲走了，那還了得？來長春殺了他們倆，回松原坐等遺產。哪知于勒把錢都取光了，哈哈！」

我沒陪他笑，感覺渾身發抖。我嚥了口唾沫說：「那你們還判他死刑？你們說他是殺人犯！」

他坐回來，收住笑容，雙手插兜地看著我，說：「我最好的兄弟付銳死在他手裡，還有三個同夥，鐵北監獄還有三個。他媽的殺了七個人，我抓錯他了嗎？」

「不是，那是于勒不想死，他要活下來。他根本沒犯法，他就不伏法！」

真沒出息，我眼淚一下子就湧出來了。我快步離開派出所，回到啞巴樓，趴在床上痛哭一場。天黑以後我反覆責罵自己，于勒是對的，事發當晚他打的那個110是報警，不是自首，他唯一做錯的事就是把錢取出來，供我留學。也許這也是對的，也許林莎跟他說過，錢金翔的兒子有多操蛋，也許錢金翔都願意他拿走這筆錢。

傍晚我去了郝叔叔家，關上書房門我問他，于勒當時跟他說什麼了，具體什麼樣的。一樣的過程他又講了一遍。然後他問我怎麼了。我說，于勒沒殺人，他回家撞到的就是兩個死人。郝叔叔只是啞巴，可是此時他就像個聾子，一動不動。我貼在他耳邊輕聲說：「你知道我爸在哪？我得去告訴他。」

那一夜再次失眠，躺在被窩裡我看著我繼父畫的地圖，藍天，白雲，雪山，草地，牛羊。我把手機地圖點開查看路線，可以先飛北京，轉烏魯木齊，再轉喀什，租車開進崑崙山。兩指將地圖放大，我可以找得到。

手機閃屏一個電話切進來，是譚欣的號碼。凌晨三點鐘她問我睡了嗎。我說沒有，碰著點事睡不著。她說他出差了，就是不帶她去。然後她就東扯西聊，說佳明現在可皮了，都管不了，問我小時候是怎麼管教的。我說我是繼父養大，隨時可能不要我，不敢不懂事。你命真苦，她嘆息道，想想都心疼你。沒有怨氣，崔立對我說的我聽進去了，不要有怨氣。

一下子她就哭起來，不停地哭，哭不動了的時候，勉強吐出幾個字：「他死了。」

19

他們住瓊海的一座漁村，當地黎族人划著漁船把他的身體送到大海深處。我去晚了，這些都沒能趕上，只看到她成了徹底的寡婦。頭一天我們沒說話，上午我陪她坐在院子的樹下看她編織貝殼。午睡過後我和崔佳明踢了一下午沙灘足球。他快六歲了，我一直在他身上尋找我的童年印記。完全不是我，他會時不時閃現我現在都沒有的儒雅和嬌縱。於是整晚我都想著一個怪念頭，這孩子長大會不會成為Gay。

第二天上午漁民帶我們三人出海轉轉。在下午我繼續看她編織貝殼，還是那樣默默地，一句話不說就可以度過好時光。後來我忍不住說了，我說你太像我繼母了，你會和她一樣，嫁給啞巴也可以自得其樂。她抬頭咬著嘴唇，問我：「繼母，繼父，說說你吧，就當這是你生命最後一天，說說你的一生。」

我從遺腹子講起，講起我媽，講起差點就和她結婚了的父親，講起我外公，我繼父，最後是繼母，還有那個錢金翔。然後我把最新的消息告訴她，我說于勤沒殺人，他本來就是守法公民。

「那三個他殺的同夥呢？」

「于勤說過，他們本來就是死刑犯，該死。估計他就是這麼想的，他沒殺人，他要活著；那些人殺人了，雖然跟他跑出來了，那就由他來執行，他來當法官的劊子手。」

她看看遠處海浪，試圖感受于勤經歷的一切，回頭說：「你繼父是個好人，他是有原則的人。」

「我準備這幾天去新疆找他，可是我能告訴他什麼呢？告訴他委屈你了？你男人以前說，他欠我良多。我也想跟于勤說，爸，我欠你良多。」

佳明午睡後要拉我去踢球。我說叔叔累了，歇會兒再跟你去。佳明皺眉說我在撒謊，我並不累，只是想和他媽媽聊天。

「佳明！」譚欣喝斥他，「怎麼跟叔叔說話呢？」

他皺眉堅持：「他是在撒謊！」

「有沒有禮貌？」媽媽推孩子一下，他順勢倒地不起來。「起來跟叔叔道歉！」

佳明坐著不動，瞪著我，緊閉著嘴往下嚥唾沫。弄得我眼眶都濕了，我說：「他真的是我兒子。」

「當然，你有懷疑嗎？」她皺著眉，佳明這點和她太像了。「你不知道他有多堅強，他爸爸沒了，他知道一問起我就難受，之後他就忍住，多想都不問。」

「我小時候委屈的時候，也是這樣，不哭，瞪著眼睛嚥唾沫，就好像那是不小心流出來的眼淚。」

譚欣抱起佳明直親他，把臉埋在孩子腦後放肆流淚。我有點難受，對佳明勾勾手指，抱上足球先去了海灘。

晚上我跟譚欣說，孩子我來養吧。我現在有點收入了，雖然比不上崔立留給你的，供他讀書沒問題。「不要，」她彎腰生火，頭也不抬地說，「你都是要結婚的人了。」然後繼續氣兒不順地忙活廚房，忽然轉身問：「你怎麼能娶那樣的一個女人呢？」

「哪樣的？」

「反正她就是不配你，她是典型的物質美女，這種女孩夜店一抓一大把，有錢就跟你走。」

「我不知道，但是我真愛她。我想娶她，她也想嫁我。」

「你之前也說過你愛我，又能怎麼樣？」

「沒怎麼樣，我那時是愛你，也想娶你，但是你嫁別人了。」說著說著我來氣了，「你甚至從來，從來沒說過你愛我，你記得嗎？你就想讓我死等你一輩子是不是？」

「當時我不是跟你解釋過，如果我哪天說了，整個人都是你的了？」

「譚欣，別講這個。你是到我這兒取種來了，我他媽就是種豬！你毀了我快十年，你還想怎麼樣！」我指著她，「什麼整個人是我的？別逗了，你是崔立的！我沒告訴過你，但是是真的，這麼多年，這個畫面老在折磨我，一個七十歲的老頭趴在你身上，喘氣都費勁地操你。」

「你太噁心了。」

「誰噁心？不是這樣嗎？你譚欣本該是我許佳明的私有品！」

「我不是你的，也不是他的，我對你也沒說過那三個字，我也從沒對他說過，我愛你。」

晚飯也沒吃飽，三人都不說話。譚欣端一鐔當地米酒，鐺地往桌上一放，就是不說話。我打開喝了點，給她也倒一杯。有點微醺，我早早睡覺了。睡到一半我聽見她進了我房間，一陣芬香撲鼻。她左手捏住我鼻子，右手把吃的塞進我嘴裡，低聲問我：「像上校雞塊，還是像雞米花？」我坐起來，沒等吃完嘴裡的，又被她塞進來一塊。

「多吃點，我做了一個全家桶呢。」

「別拿這忽悠我，你這叫海南雞飯。」

「我自己做的，這邊買不著。你不是想讓我還你一次肯德基嗎？」

我快嚼兩口把吃的嚥下去，我們都明白她說的是什麼。我抱住她，容她在懷裡哭一會兒，親了她的額頭，說：「你知道我等了你多少年，譚欣，早一點說，哪怕一年前，你這一句都能把我整個人化了。可是，可是真討厭，愛有時間差。我剛剛和你錯過去了。」

我倆合衣而睡，大概是黎明，上來一陣寒意她渾身發抖。我從後面抱住她，握住她胸前的手，直到她不抖為止。恍惚中睡著了，恍惚中又醒來了，恍惚中我聽見她對我說：「我愛你，許佳明。」

我抱緊一點，不願她難過，伸手在床前撿起雞塊放在她嘴前，問：「告訴我，一卡是多少？」

她笑起來，一口咬下去，大聲說：「一卡就是一卡啊，一度就是一度啊！」

20

情況跟我想的不太一樣，中國已經沒有純粹的原始部落。我坐在崑崙山下，兩米多深的冰河從我腳下流動。一群綿羊在河對岸緩慢走過。這一切都是美的，崇高的，直到有孩子發現這有一個漢人，尖叫著朝遠處的氈包報信，全部都亂了套。一時間十幾個騎馬的年輕人將我圍住，手指比劃數字向我兜售他們採集的紅寶石及瑪瑙。我對他們解釋，我只是來找人，誰能告訴我漢人啞巴住在哪，寶石有多少我買多少。他們聽不懂，攤開雙手求我看瑪瑙。我推開他們硬擠出去，往外一看哭笑不得，那些騎不了馬的老人們也端著寶石趕過來了。是啊，早該想到的，他們也使用人民幣。

喊「不要」也沒用，我抱頭蹲下來，大家一起耗吧，我等你們回家吃飯。有個騎馬的年輕人用生硬漢語對我表示，他可以載我出去，去他家，慢慢挑寶石。我笑出來，看來只能這樣了，去他家挑寶石。蹬上了馬背後，他衝族人喊了幾句，手拉韁繩衝了出去。遠處更年邁的人還在來的路上，你們，你們，你們，你們！都不好好放羊的嘛？

我讓他慢點騎，問他認不認識一個漢人啞巴，他聽不懂啞巴這個詞。我手指著嘴，阿巴阿巴演示給他。他點點頭，明白了，指著遠處正端寶石四處找商機的老人。我瞇眼瞧了半天，真是的，于勒也賣起這個了。

六年以後，他完全成了克族人，一個柯爾克孜啞巴。我繼父跟我講，這些人一個老闆，寶石是內地仿造好拉進來。每家發一些，大家按月結算，專門賣給過路的內地人。我咬著指甲笑起來，一時他也跟著樂，弄得上唇的鬍鬚一層白色哈氣，跟他們的鬍子一模一樣。

午飯我繼父請客在氈包吃烤全羊，他叫來了幾個要好的朋友。那個十來字名字的中年人也來了。幾年下來，他看得懂我繼父的所有手勢，再翻譯給其他人。克族人飲酒不多，肚子一飽，杯中酒沒喝完就紛紛告辭。曲不終人散的感受，一瞬間就剩我們倆了。

午睡後我繼父要帶我去個好地方，附近一處背風的山腰，剛好可以看見白沙山的雪頂。我繼父抽起菸袋，告訴我沒事他就坐在這裡，真美。我點點頭，我說前幾年一直喜歡一個女人，她給我講什麼美，她說美是主觀感受，比如老虎是美的，可你要是在森林裡遇見，就一點都不美了。

我繼父笑起來，又續上一袋菸。

她還說，那種崇高的美會讓你感動，因為你在它身上，看到了你想擁有的那分品質。艱澀的哲學理論，貌似進了他的心。于勒連抽兩口，看著白沙山的雪，可能山頂的那一片聖潔正是他努力在追求的。兩袋菸抽掉，我繼父打手語問我，誰殺了林莎？

你怎麼知道？我剛一直在猶豫什麼時候跟你說。

你恨我，不會來看我的。如果哪天你來了，意味著凶手抓到了。

我沒否認，我知道我傷透了他的心。我接他手裡的菸袋，裝上菸絲給自己點上。白沙山全由河底的白沙沖積而成，微風吹過便見到大片湧動。山頂的積雪四季常在，有時化掉，有時又下一場雪，常年都那麼多。我在背包掏出畫板，我說我得畫下來，那麼純粹的美。

他很意外我成了畫家，側過頭看我落下每一筆。後來他站到我身後找好角度，讓手影落在畫板上：我想你，這麼多年我每個下午都坐在這想你，我天天都問自己，他們能不能抓到凶手，我能不能活著看到我兒子，看見他原諒我的一天。

我放下筆，轉過來看著他，右手摸兩次下巴講，放心在這裡養老吧，我還會再來。我要結婚了，我姓許，將來我讓孩子姓于。

他忍住不哭，迎風眨眨眼睛打手語：我早就想好了，真能等到那一天，我就跟你一起回長春，抓進去的時候我沒犯法，我不服他們槍斃我，出來的時候我犯了重罪，他們應該槍斃我。我要去自首。

我嚥著唾沫，眼睛睜得大大的，儘量往遠看。帕米爾高原的雲特別低，我看見天邊的一朵白雲飄著飄著就被山尖勾住了，掙扎不開便圍著山頂下起小雨。冬日的積雪被雨水打濕，裹著山體的白沙，又拽著碎掉了的雲朵，白色流淌一片，朝著山腳奔下去。遠遠望去，彷彿心底永遠追求的那一抹白。

21

我繼父提議開車回去，來的時候匆忙慌張，想再走一次塔克拉瑪干大沙漠。我們兩輛摩托，白天行路，晚上露營，出發第六天進入沙漠地帶。兩條垂直公路將塔克拉瑪干縱橫貫穿。每三公里便有一個供水站，用來澆灌兩側護路的紅柳。傍晚時分我們準備停靠在一家供水站露營。一個姓李養路人從裡面出來跟我們招呼。他和老婆在這兒工作快十年了。他希望再幹十幾年，死在這裡。

每個供水站都住著一家人，沙漠裡還有一百多對他這樣的夫妻。工作並不累，僅僅是照時間表開關水泵灌溉紅柳。但是枯燥，有時候你會感覺生命就像這根水管，一滴滴把它流完也就到頭了。他建議我們明天往西經過十字路口時改往南，從庫爾勒穿出去。

「那是你父親？話很少啊。」

我回頭看一眼，于勒正對著帳篷研究怎樣開一個天窗。我問老李想家嗎。

「我老婆就在這兒，我倆在一起就是家。」

我一陣心痛，我想念譚欣。我不愛她了，但依然想念她，我想念過去愛著她的感覺。

老李提醒我們晚上別進沙漠，夜裡有沙蛇，毒性超過眼鏡蛇，咬一口就斃命。我被這話嚇著了，天一黑就和我繼父並排躺在帳篷裡不出來。于勒指指上面得意地笑，他真做成一個蚊帳天窗，一睜眼就能看見星空。不同於城市，沙漠的夜晚全要靠星光點亮。我們看不見對方手語，我豎起大拇指刮下他脖子。他笑了，仰躺著看星星。不一會兒他翻身面對我睡著了。也許是好幾年裡最好的時光，不委屈，不慌張，也不必度日如年地悲傷。

我胡思亂想，睡不著覺。夜晚風上來了，我身後的沙丘在悄悄移動，流淌的白沙如海浪一般嘶嘶作響。我閉上眼睛心裡反覆說，快入睡，我會做美夢。後來真的一連串的美夢，不斷擊碎現實的冰冷。好像我夢裡都怕自己醒來，害怕離別，害怕死亡。不過中途還是醒過來了，一睜眼我就笑了，帶天窗的帳篷。真好，一輪明月低懸在頭頂，正在照亮我的人生。

第五章　我私人的林寶兒

1

醒來的時候她想，也許是生命中最美好的一天。正午的海風把窗簾吹得鼓起來，下面的流蘇吊墜一次次劃在她的背上。她翻過身迎過去，彷彿剛認識這個世界一般睜開眼睛，看不見，但可以聽到陽台外的夏日海灘。她聽見拍打岸邊的浪花，聽見沙灘足球的叫好，還有救生員揚聲器的喊話，也許還有戀人絮語，她聽不到，但一定有，那些甜得發膩的山盟海誓。有誰會一個人飛到三亞來，連看幾場電影，再糾結兩天如果跳海自盡，是穿比基尼還是連體泳衣，最後當什麼都沒發生，等到週一再飛回去工作呢？不會的，沒等你游過海上的那排浮球，瞭望塔上的救生員就用揚聲器把你嚷嚷回來了。

她想再睡一會兒，哪怕五分鐘，就能在這些聲音和流蘇中重新醒一回。試著數綿羊，可她腦子裡始終有片風和日麗的海灘甩不掉，每多數一隻她就拉過來，一時間海灘上擠滿了羊群，腳陷在沙灘中拔不開步子，低頭找半天連草根都沒有，各個一臉茫然，怎麼活下去呢？牠們對著她求救，咩咩咩地要回草原去。她臉埋在枕頭裡笑了一會兒，然後徹底睡不著了，從床上蹦起來，套上吊帶衫，穿好鞋子，光腿踩著一地的碎玻璃走到陽台上。

陽光明媚，勝過一切的詩。她沒空關心這些，手機開機進來一百多萬條來電提醒。她找根牙籤劈開，把sim卡拽出來，糾結了十幾秒，將手機從五樓扔下去。她怕自己後悔，趕緊從左往右看，找到椰子最多的那棵樹，手指點著數，一二三四五六，雖然颳了一夜颱風，它們一個都沒少。總有一天，離開三亞之前，她要爬到那上面，狠狠地抱一個下來。要是太高太危險的話，她想，就讓許佳明替她爬上去。

許佳明在客廳做飯，叮叮噹噹地像辦一個小型演出。一時間她心裡暖洋洋的，全身被陽光籠罩。她想去幫忙，後來還是忍住了。好容易的機會，就讓他伺候到底吧。她躺回床上，一定要想辦法入睡，哪怕五分鐘也好，在那麼多美好中再醒一次，浪花聲，窗簾的吊墜，六個頑強的椰子，重要的是，還多了一個許佳明的早安吻。

多好，她閉眼笑了出來。這一次她做減法，把綿羊帶回草原。她騎隻黑山羊，牧師一般趕著羊群先去南山寺拜佛，然後蹚過萬泉河，翻過五指山。不對，牧師不是放羊的，管他呢，反正她和羊群在海南玩個遍，一直走到瓊州海峽，茫茫大海無邊無際。她攤開手咬著指甲對牠們為難地說，我們回不去了呀。

醒來之後她還是心有餘悸，咬著筷子猶豫要不要跟許佳明講述這個回籠覺的夢，好像有件更重要的事情忘記說了，她拿筷尖敲打盤子說：「怎麼會這麼好吃！」她知道讚美從來就不怕誇張，又提高兩個分貝，「好吃得我都要爆粗口了，太他媽好吃了！」

可能是把許佳明嚇著了，他抓著頭髮結巴起來。她換一樣嚐嚐，問他這又是什麼菜。

「我也忘了，反正有蝦仁有蛋。」

「許佳明，你連沒名字的火星餐都會做！」

「輕點，耳朵。」

她眨眼睛，站過去俯身親下他耳朵，輕聲說：「你怎麼做的？」

「你真不用這麼客氣。」

她坐回他對面，抬眼望著他，伸出舌頭繞嘴唇轉了一圈。她知道這招好用，許佳明拒絕不了。她說：「你講吧，你怎麼做它，我就怎麼做你。」

照本宣科一般，許佳明說雞蛋四個，牛肉半斤，蝦仁二百克。她讓他把這環節跳過去。他說上午十點買回來，跟酒店租了一套餐具，之後在客廳做了兩個小時。做好之後他想，好吧，給餐飲部打個電話，也許會少些麻煩，等會兒服裝生端上來，劃卡付帳，菜就做好了。

「這些都是酒店的？」她手背擦掉嘴唇上的口水，「你說你在廚房做了兩小時，怎麼做？Sit down？」

「我真做好了，我怕你第一口沒嚥下去，就得跟我談分手。」

「我去試試。」

她端著碗往外走，許佳明拉住她，央求她別去。

「我嚐過了，我自己都想跟我自己分手。」

她親下他的臉，坐回去。不是他做的，但確實好吃。許佳明問她下午什麼安排。她說不知道，可能繼續到陽台看椰子什麼時候掉下來。然後她問他什麼時候能回來。許佳明說早去早回，其實真想帶上她一起去。說完又搖頭，萬一出點什麼事呢？他不想談了，大口吃飯。她看著他，一陣陣地衝動想告訴他，作為一個男生，你有多好看。想想還是沒說，他會像氣球一樣飛上天，到時候誰都抓不住。

一點半她送他下樓，出租車來的時候她莫名其妙地告訴他，今天是兒童節。許佳明愣了一下，讓司機先別走，隔著車門問她什麼意思。她說沒什麼，就是想找個理由慶祝一下。許佳明點點頭說，明白了，他一定會在兒童泳池關閉前回來。她笑了，讓他快出發吧，小心中暑。

經過大堂她帶一個冰淇淋上了樓。她想再睡一會兒，不過這兩天睡太多了。沒什麼事情做，椰子六兄弟一時半會兒又掉不下來。她喝口漱口水，用酒店的小瓶浴液將浴缸刷乾淨，用浴巾蓋住裂紋，接滿水躺了進去。多大的手勁，拿什麼砸的呀？真是的，一團糟，她得好好梳理一下，可是又能怎麼樣，人生就要因此變好嗎，她會有勇氣選擇嗎？

門鈴在響，她披上浴袍開門。許佳明站外面，她真想一下子抱住他。冷靜一點，慢慢來，比如她可以問：「你忘東西了？」

「沒有，走之前跟你打聽一個事，你別生氣。」

「打聽．個我會生氣的事？」

他不往下說，等她保證絕不生氣。

「你說吧，我能生你多大氣？」

「也是，」許佳明長吸一口氣，凝視她說，「你怎麼長這麼漂亮，我都不敢問出口。」

「你問啊！」

「好，」他手扶門框，撐住身體問，「你叫什麼名字？」

「你說什麼？」她緊一緊浴袍，堵在門口，要是漱口水還在，真想噴他臉上。

「其實我可以猜的，我怕猜不準。」他開始慌張了，「我可以裝知道，以後一直喊你honey，或是親。但是你電話我沒有，你名字我也不知道，就知道一個房號３８０６，萬一我回來你走了，我就再也找不著你了。」

「那就別找我了。」她拉下他抓著門框的手說，「許佳明，你現在一定爽死了，昨晚搞我半宿還不用記那姑娘叫什麼。」

「你聽我說，不是我忘了，是你沒說過。」

「許佳明，哎？我好賤啊，我居然知道你叫許佳明。」

「昨晚我先說的，我說我叫許佳明，然後你問我是哪個許哪個佳哪個明，就忘這茬了。」

「然後呢？」

「然後你確實沒說，我也忘問了。」

她朝牆壁看看，開關上寫著請勿打擾，差不多行了吧。她半鞠一躬對他說：「我錯了，對不起，再見。」

沒等許佳明回答，她重重地摔上門。

2

要麼今晚就回北京，要麼就把手機摔碎，一天一百萬個電話追進來讓她忍無可忍。看個電影也不得消停，她以為進影廳沒信號了，結果電話又打過來。食指雙擊power鍵，放到包裡，又來，再雙擊，再來。她得順順氣，公共場合可別發脾氣，拇指滑開，她問他有完沒完。那邊說，是她答應一個小時回電話的。

「那你就再等一個小時。」

那邊沉默，似乎在點菸，呼著氣說：「你在哪？」

「我在你家！趕快回家找找？」

「你在三亞。」

她有點意外，但不能服軟，等他先說。有個年輕人，拿著爆米花、可樂和一本小說指著她旁邊的空座要進去。跑這兒看書來，盲文的吧。她皺眉說，那麼多空座，你非往牆角鑽？我票在這兒，他說。她不願意起身，沒心情，讓他邁過去。他猶豫一下，決定面衝她跨，一時間他胯下都快跟她臉貼上了。

「你有病吧？」她說。

「那我屁股對著你就合適了？」

「行了行了，快過去吧。」

那邊電話問她什麼情況。她說有個傻逼笨手笨腳。年輕人剛坐下又要站起來問她誰是傻逼，卻聽見她說：「沒你傻逼。」

「你在哪？」

「我在三亞，你不是查了嗎？你查我的電話？」

「不是，你現在在哪？」

「電影院。你拿什麼查的？」

「這你別管了，你跟誰看電影呢？」

「跟你媽！」

完了，她還是發脾氣了，早晚有天她要殺了他。她掛掉電話，琢磨那邊是怎麼查著她的？沒錯，就是電話，她聽過這說法，號碼歸屬地是一回事，所在地又是一回事。全場黑燈，幾個廣告過後，那隻又醜又假的黃龍竄出來，智障似的纏兩個圈，電影開場了。喜劇片，爆米花情節，前排的小孩還老用海南話問個不停。旁邊那男的不到十分鐘就把爆米花吃光了，她開始擔心他會把盒子上的奶油舔一遍。

不對，事情嚴重了，她把電話打回去：「你查我信用卡了？」

「放心，我沒改密碼。」

「你敢動我殺了你！」

除了爆米花男，周圍觀眾都有點不滿，孩子媽媽回頭提醒她小點聲。她揚揚手，看你的電影吧。

「你刷的銀泰酒店。」那邊說，「是你今晚回來，還是我飛過去，陪你散散心？」

「你個大傻逼！」

更多人回頭瞪她，前排小朋友山谷回音似的學話，你個大傻逼，媽媽，呵呵。他媽媽一著急把他掐哭了，回身請她出去。

「你沒用，你叫警察來。」她繼續跟那邊講，但沒什麼回旋餘地了，他來，或者她回去。她想罵退他，可是他還你媽跟長老似的絮叨沒完。「我操你媽操你媽操你媽操你媽！你爽了吧？來吧！」

已經有人退場，可她不走，她得在這兒等警察。小孩子哭哭啼啼地被他媽媽拽走了。沒一會兒她也哭了，對著屏幕淚流滿面，她拿起可樂，藉著微光挑到綠吸管吸兩口。爆米花男拍拍她肩膀。

「你別碰我！」

太涼了，早知道不加冰了。售貨員怎麼說的？你要涼的還是常溫的？不對，那是啤酒。加冰還是不加冰？加什麼冰啊？機器打出來，本身不就是涼的嘛？那男的又拍拍她。

「把你爪子拿走！」

「不是，我真渴了，」他把爆米花盒子折兩折，攥在手裡，「你的可樂在你那邊，這是我的。」

她瞪大眼睛望著他，嘴依然沒離開吸管。可樂早沒了，就剩些碎冰塊，被她吸得在杯子裡亂跳，發出滋滋滋的聲響。

3

「我叫許佳明。」

「哪個許？」

「我們還是說哪個佳吧。」

「你說哪個明也行。」

「明天我們睡到幾點的明。」

她冷笑一聲，點支菸說：「你還挺好玩的。」

「那你玩嗎？」

「臉皮也夠厚的。」

「好奇的話，你可以親一下。」

這就不對了，她吸一口菸，手指伸到嘴邊咬著殘缺的紅指甲油說：「你能不這麼講話嗎？」

「好，」他沒說話，抬手揪起一綹頭髮，擰了幾個圈。「我調到中央一台。」

她把菸掐掉，將面前刀叉擺正後說：「許佳明，雖然我剛才在電影院講了不少粗口，雖然你能聽出來我在失戀中，垂死期，但不代表我是你在夜店和陌陌上認識的，隨便一勾搭就跟你走的那種女孩。」

「夜店和陌陌能同時認識一個女孩？緣分吧？」

「正常一點，許佳明，讓我把這頓飯請完，好聚好散，明白？」

「明白。」

「真的明白？」

「我努力明白。」

他抓抓頭髮，把那一綹壓下去。牛排終於端了上來。她沒胃口，推過去讓他多吃點。自己喝可樂看演出。酒店在沙灘上搭了個台子，紅色橫幅寫著海灘牛排節。這不是她的酒店，也不是許佳明住的地方，三亞所有酒店都喜歡發明節日，燒烤節、火鍋節、海鮮節，天天不重樣。四個馬來姐妹勾肩搭背地在台上唱著完全聽不懂的中文歌，曲子熟，但想不起來是誰的。苦想一會兒她決定放棄，轉身看許佳明把一整塊牛排切成二人麻將，一摞摞碼好。

「你也不必一句話都不說的。」她說。

像是自摸和牌，他切好最後一塊，抬頭說：「一大塊上來沒食欲，小塊你就能多少吃點了。」

「哈，你倒是調整策略了。」

「什麼？」

「打體貼牌，別跟我裝糊塗，你心裡有數。」她翻開餐桌上的書，「《漫長的告別》，講什麼的？」

「我也沒看完，書也很漫長。」

「看電影你帶什麼書啊？」

「你口紅帶了嗎？看電影你帶什麼口紅啊？」

還挺機靈，她不想跟他貧，別一會兒舊病復發又開始亂調情。有一陣兒他們互不搭理，許佳明似乎也不餓，切完牛排沒什麼樂子了，演出不好看，跟她說話禁忌又多，乾脆看起書來。她像審視奇葩一般看著閱讀中的許佳明，說：「你隨便說點什麼吧，這麼悶著像是拼桌的。」

許佳明有點為難：「要不我把你打電話漏過的劇情講一遍？」

「不用，你不問問我今天是什麼狀況嗎？」

「你要是求我，我可以勉強聽，」他記住頁碼，闔上書。「我就知道天下沒有白吃的牛排。」

「哎喲，委屈你了。」她擺擺手說：「我就是挺奇怪的，你怎麼一點不八卦。換別人十個有九個就跟我打聽了。」

「總要有人做那一個不打聽的。」

「你別跟我在這兒裝特別。」

「不是，你和你男友的事情，我就算問清楚了，肯定也是勸分不勸和，你對你錯，我都會故意說成你男人不是個東西，然後再話裡話外暗示你，應該找個我這樣的人戀愛，或是跟我睡一夜報復他。這樣不好，不道德，以後我會瞧不起我自己。」

「忘吃藥了吧，還睡一夜？」她邊搖頭邊笑，「你可以替我分析一下。」

「我分析不了。」

「為什麼？」

「為什麼！你猜！」許佳明雙臂撐桌上靠近看她，「因為我有私心，因為你長得漂亮，是個男人都想跟你發生點什麼。」

她皺眉說：「真的假的？」

「我還是給你講劇情吧，聊這個幹嘛？」

「任何男人嗎？」

「任何男人，七歲到七十歲，我就是才滿月見著你，也會惦記著能不能把你封存二十年，等我長大了再打開。」

她歪著頭看他，不是一直那種不著調的表情，是真話。主持上來讓觀眾再一次用掌聲感謝馬尼拉組合帶來的〈流星雨〉。F4？馬尼拉？她前年還去過菲律賓。主持人要了幾次掌聲，等他意識到全場就他一人在鼓掌時，馬上停下來，手持話筒說再過幾天就是直射節了，到時候他們會搞一系列的活動演出，恭請諸位光臨。

她問許佳明：「什麼叫直射？」

「你不讓我講這些的。」

「我不讓你講什麼了，我問你什麼叫直射？」

「直射字面理解，就是中出。」玩笑又開過了，他改口道，「我的理解是，太陽往北回歸線走，垂直照到三亞的日子。」

「然後那個日子中出？」

「不是，直射。一年只有兩天，沒影子，太陽離我們最近。你小學幾年級被勸退的？」

「我在產房就被勸退了，你管得著嗎？」她白他一眼，「三亞是哪兩天？」

「不知道，這個得算，可以下個APP定位經緯度。」

「你們小學地理課本沒標三亞嗎？」她瞇著眼，儘量露出鄙視的眼神，「我以為你什麼都知道呢。」

「認真的說，可能三亞不是大城市，不標注。」

「那北京是哪兩天直射？」

許佳明盯了她幾秒，確定她沒開玩笑。「北京只直射過一回，白堊紀的時候，很快恐龍就絕種了。」

「你在笑話我？」她翻眼皮想想，「北京是溫帶，所以太陽過不來，對吧？那你就直接說我錯了，幹嘛扯到恐龍上？」

「我真以為恐龍絕種是太陽跑偏了。」

「你還是在笑話我。」她用叉子指他，「我們比點別的，你要贏了我跟你走。」

「好，我要是輸了，我跟你走，我認了！」

「認真點，我們比看誰十五秒內能哭出來。」

「這算什麼比賽，哭喪？」

「你先來，」她說，「開始！」

許佳明花了十五秒端詳她的臉。

「時間到，到我了，你給我查著。」

數到第七秒她眼淚出來了，十秒以後痛哭流涕的，弄得許佳明都要哭了。她抽出紙巾擦擦眼睛，又點起一支菸。

「我贏了。」

「假的啊？」許佳明也點一支，穩定下情緒，「你學表演的？北電中戲上戲？」

「我中戲學四年。」

「中戲四年就教你怎麼哭？」

「對，還教我們怎麼對付你這種男人。我說真的呢，校門口全是你這樣的小男生，以為自己特帥，以為自己特逗，以為自己靠嘴皮子就能把姑娘說濕。」

「濕是什麼意思？」

「你希望的那個意思。」

許佳明被頂住了，吃幾塊小牛肉，把菸滅掉反問：「不然呢，在你面前做一千個俯臥撐，或是請你上蘭博基尼副駕？」

「很好啊，你抬頭讓我看看。」她盯了他一會兒，「反正你沒戲，開飛機來你都沒戲。」

「沒好話就算了，壞話真用不著你來告訴我，真的。」

他喊買單。服務員說，點餐的時候就買過了。那我就再點幾樣！服務員愣了一下，去拿菜單。她環抱雙臂似笑非笑地看著他。許佳明接過菜單扔給她，隨便點，我不想占你便宜。翻看時她考慮要不要道個歉，不至於。

「有熊貓肉嗎？」她問。

服務員又愣住了，搞不懂這對男女什麼情況。

「那就不點了。」她還回菜單，對許佳明說，「說說你吧，幹嘛一個人來三亞？」

「你怎麼知道我是一個人來的？」

「要是兩人，你不至於膩著我，不至於跑電影院看書。」她向後靠靠，做出審訊的樣子，「你一人來多久了？」

「來是兩個人，回去就我一個，也沒準。」

「你朋友呢？」

「不知道，可能在某個男人懷裡，或是某個男人在她裡面。」他看眼手機，「這個時間剛剛好。」

「你想太多了，女朋友？」

「應該算分了，她說的原話，她說許佳明你等著，我今晚就飛麗江，隨便找個男人都比你強一百倍。」

「是嗎？」她笑瞇瞇地問，「你身體不好？」

「你猜呢？」

「看氣色有點虛，然後你挽留了嗎？」

「然後我上網查麗江，查旅遊攻略，猶豫要不要下一班追過去，後來彈出一個網頁讓我改主意了。」

「什麼網頁？」

「麗江是全國艾滋感染比例最高的城市。」

她倒抽一口氣，問：「不會吧，那不是找豔遇的地方嗎？」

「就因為這個。你在後怕是嗎？」

「我沒去過，倒是好多朋友去過，回去可以嚇嚇她們。」她緩一緩問，「再然後呢？」

「還有再然後？再然後我截圖給她，發信息說，你說的對，確實隨便哪個男人都比我強一百倍，祝你成功。估計飛機剛一落地，她就收著了。」

「你真發了嗎？有點惡毒吧？」

「沒發！我至於嗎？」

她笑了半天，喝點可樂壓下去，問許佳明：「你們跑這兒來分手？」

「本來是旅行，後來她發現不是，我只是順手把她帶出來。她覺得自己被侮辱了，把酒店所有能砸的東西全砸了，電視都扔進浴缸裡，到現在我房間還是沒玻璃的落地窗，白天晚上都一陣陣熱風。我把床挪到空調下面，可空調就貼著落地窗，冷風熱風對流，吹得我床頂直冒白煙。也挺好，聽著海聲睡，聽著海聲醒，五倍深度睡眠。」

「那你到底是幹嘛來了？」

「前女友結婚。」

「哈，真是殺不盡的前女友。別難過，分手了，你還能多參加一次前女友婚禮。」

「你在安慰我？」許佳明撓撓頭，「這種隨禮收不回來的。以後我結婚沒法跟老婆商量，加桌前女友，收禮過日子。」

「一桌夠嗎？」她想想那畫面，一幫三姑六婆七嘴八舌。她自己把自己逗樂了，吃點東西說：「然後你一個人去的？好淒慘，還是前女友結婚，好像你苦哈哈地等她很多年。」

「還沒辦呢，我來早了，真準備和她玩幾天再去的。酒店砸爛了，我又不敢換房，賠錢沒問題，我怕他們趕我走，再把我拉進酒店黑名單，以後所有酒店都禁止許佳明入住。我只能挺著，房間又二十四小時全天候供暖。每天起來就找有冷氣的地方，電影院正合適，先在茶座看書，睏了就進影廳睡會兒，那電影我看三遍了。你真不用我跟你講劇情？」

「真不用，有酒店黑名單這回事嗎？」

「我想的，我覺得每個行業不管怎麼競爭，總要互通有無，減少損失，他們會列一個名單，終生禁止這些人在行業內消費。比如淘寶黑名單，交易一次差評一次；餐飲黑名單，吃飯吧唧嘴影響其他客人食欲；或者還有快遞黑名單。」

「我就吧唧嘴。」她吃塊牛排給他做示範，「收快遞怎麼進黑名單？」

「不知道，在門口放捕鼠夾？」

她笑得把可樂噴出去，緩一陣問：「你還生氣嗎？」

「生什麼氣，她都去麗江那麼危險的地方了。」

「我是問，你生我氣嗎，剛才冒犯你了。其實正常之後，你挺好的。」

「謝謝，我不生氣，稍微有點難過，一會兒就好了。」

「還難過，你玻璃心吧？」

「這麼說吧，偶爾，一年最多幾次，在地鐵，在商場，在街上，碰到漂亮女孩，有時候會不知不覺地掉頭跟著走幾十米。」

「尾隨犯罪？」

「我說真的呢，反正沒什麼事，難得一見的漂亮，看一眼少一眼。經常都是跟到人家上了車，進了寫字樓，或是見著男朋友了，把我剩下的時候，就是現在這種難過心情。」

「你在誇我，我是你一年才碰上幾次的那類女孩？」

「那是她們，你是幾年才碰上一次。」

「雖然是假的，但我真想相信你啊。」她笑瞇瞇的，叉塊牛肉，「來，我餵你一塊。」

他擺擺手，說不用，望著她說：「我沒騙你，你清楚自己長什麼樣子，在這個世界是什麼排名。如果美貌是個金字塔，你就在塔尖。我為什麼會難過呢？就是你剛才說的那句話，其實每次這種時候我都跟自己說一遍的，許佳明，你這輩子都別指望跟這種大妞愛過，甜蜜過，這不是你的命，你沒戲，有錢沒錢你都沒戲。」

天哪，他是美容美髮美言學校畢業的嗎，怎麼可以把話講成一場公主夢？她聽著都有淚感了：「許佳明，你嘴真甜。」

「你說的對，靠嘴皮子沒用，但難過是真的。」

說什麼好呢，安慰他，鼓勵他？她扭頭去看演出，一個女人帶上七八隻狗做表演，立正，稍息，跳圈，台上擺著1到9九個牌子，主持人讓觀眾互動，揀兩個數字做加法，比如2和3，貴賓犬鬧鬧能把5叼出來。試了幾次全部靈驗，有個起高調的少年挑了5和7，鬧鬧把每個數字都聞聞，什麼也不叼地回來了。這回掌聲雷動，就主持人不鼓掌，他忙著跟剛才互動的俄羅斯妹子秀英語呢。

有人拍她一下，她回過頭，不是許佳明，一個女孩給她看塑封的牌子，上面寫著「請救助聾啞兒童，手工貝殼項鍊，二十元一串。」下面是聾啞學生證複印件。她掏錢包。許佳明招呼女孩過他那邊。

「你是你，我是我。」

她趕緊低頭拽出一張五十的，再抬頭的時候嚇了一跳，許佳明居然在跟女孩飆手語！不用嘴皮子的世界，完全看不懂。他們比劃了差不多兩分鐘，發生了更為詭異的一幕，女孩挑串項鍊放桌上，深鞠一躬，錢也不要就跑了。

「你會手語？」

「我是萬能青年酒店。」

「你們聊什麼了？」

「你看呢？」

「我看就是你剛收了個女弟子。」她咬指甲想想說，「你跟個神父似的教育她，雖然身體有缺陷，但更要自強不息什麼的。她很受用，鞠個躬送你項鍊做禮物。」

「我轉送給你吧。」

她將頭微低向前傾，等著許佳明給她戴上。

「很好看。」坐下來時他說，「沒那麼複雜，我問你今年多大了，還讀書嗎？她回答請救助聾啞兒童。我問你是三亞本地人嗎，爸爸媽媽呢？她回答請救助聾啞兒童。我問你會不會手語啊？她回答請救助聾啞兒童。我問你丫有完沒完，啞巴中的啞巴吧？她回答請救助聾啞兒童。然後你都看到了，莫名其妙給我項鍊，鞠個躬跑了。」

「估計她都想張嘴罵你，你丫才是啞巴，你全家都是啞巴！」她樂了半天，斷著氣說，「送項鍊是怕你向酒店告發，這個小姑娘是騙子。」

「沒必要，就算不是啞巴，也是窮人家的孩子。」

「我喜歡你這麼聊天。」

「什麼？」

「你為什麼會手語？」

「我家有個聾啞親戚，很固執，二十多年不肯為我改變，沒跟我說過一句話，我只好為他改變，學了手語。」

「我真喜歡你這麼聊天。」

「你說兩遍了，什麼呀？」

「你的說話風格，明明你親戚說不了話，你偏說他不肯為你改變，還有那個小姑娘，換一般人就直接說她是騙子了，你卻能把過程講得又長又好玩，還說她是啞巴中的啞巴。我喜歡你這點。」

真誇他的時候反倒不好意思了，都點上菸了，還左顧右盼裝著找火機。

「許佳明，我發現我真挺喜歡你的。」

「我聽見了，火機呢？」

他還沒懂。她先給他點上菸，說：「求你件事，我之前住大東海的銀泰，我不想回去了。這是我房卡，明天幫我把行李取出來吧。」

「那你今晚住哪？」

「非要我講那麼明白嗎？」她忽然結巴了，上下牙打架，「我想試試在海浪聲中醒來是什麼感覺，行嗎？」

這回他懂了，卻拘謹起來，搖著頭看房卡上的數字3806，連抽好幾口說：「不行。」

她想抽許佳明一巴掌，再抽自己兩巴掌。她拿起叉子冷肉，以更冷的聲音說道：「飯我也請完了，不欠你的了，你可以走了。」

「你等我一下，一秒鐘。」他站起來往外走，一會兒又跑回來，「別走，可能得十分鐘。」

她看著他背影淡出海灘，從酒店園林穿出去。她又點一支菸。時間不早了，主持人宣布演出結束，請各位慢用。這時女馴狗師跑上來，哭著說鬧鬧不見了。她的心被揪起來，多好的狗啊。之前考鬧鬧5加7的少年又起哄，問問你們酒店的廚師吧。狗主人哭得更厲害了。有個光膀子的東北客人拿著刀叉警告他閉嘴，再瞎逼逼削你！少年不服軟，我又沒說燉了吃，就說問問廚師。你找揍是不是？東北男人要上，被朋友拉開了。場面有些混亂。狗主人求大家別打，一起喊鬧鬧，也許狗就能聽見。她跟著人群一起喊，聲嘶力竭，眼淚都喊出來了，嗓子快啞了的時候，她笑出聲來。遠處一個黑影嗚咽著地這邊跑。啊，她捂住嘴，差點又哭出聲來。

許佳明跑回來，沒留意她剛哭過，兩口氣喘勻後把一沓錢放桌子上說：「剛取的，兩萬塊。」

「你什麼意思？」

「不是，不是那個意思。」他把房卡找出來，還給她，「在電影院我多少聽明白點，那邊在追蹤你信用卡，所以你不想回去，開別的酒店還是會留下消費記錄，你得找個地方過夜。我不想趁你之危搞你一回，那樣太猥瑣了。這兩萬我借你，你在三亞還能待上一陣。先聲明啊，我不是有錢人，等你周轉開了得還我。」

她拿起錢，拇指劃過一遍，取款機也真是的，也不給紮一下。她想著未來某天大額取款，一萬一捆地從機器裡往下掉，多方便。也不行。

「一次取兩萬是上限了吧？」

「別，多了我也沒有。」

她說聲謝謝，把錢放包裡，問許佳明：「許佳明，你是不是傻？你又不認識我，我可能還你錢嗎？」

「你能還，起碼你記得一個叫許佳明的，不屑於跟你搞一回兩回，他想跟你長線發展，想跟你要麼愛到死，要麼愛到不愛為止。」

「愛到不愛為止。」她跟著重複一遍，搖頭道，「沒這個機會，你會人財兩空的。」

他痛苦幾秒，說：「我想好了，你拿走吧，錢就是個數字，就是時間，兩萬塊我苦三個月也就省下來了。能跟你吃頓飯，解你一時之急，苦幾個月是我應該的。」

瘋了，他一定是瘋了，她抽張餐巾紙抹抹眼睛。是因為她瘋的，她又笑了，把錢還給他，打開錢包，拽出一張數一張。

「工行的，建行的，農行的，中行的，光大的。只有中信這張是信用卡，哪張都比你這兩萬多，隨時可以取。我只是覺得你好，有些地方真亮，好像有光照著你，想跟你搭伴兒走走。沒想到你這麼囉嗦。」

許佳明不知所措，又叼支菸開始找火機，埋著頭說：「一分鐘前你還在明信片裡，那種在地鐵交錯扶梯擦肩而過，就念念不忘的女孩。」

「把菸放下，起來吻我。」

她閉上眼睛。許佳明站起身，隔著一桌子棄胡的麻將牛排，烏龜速度向她嘴唇靠近。幾秒鐘的距離他想走一輩子那麼長。剛碰到嘴唇，她睜眼喊：「假的，全都是假的！」

許佳明彎腰六十度愣在原地，不知道哪裡崩盤了。

「肯定是做戲！」回想一遍，她指著許佳明說，「你說，鬧鬧那麼聰明的狗，微積分相對論牠都會算，怎麼可能走丟呢？馴狗師哭哭啼啼地演苦情戲，再弄個皆大歡喜，好騙我眼淚。賤人！」

4

她還不能走，得等許佳明把行李拿回來。然後呢，像他EX（前女友）一樣去麗江嗎？在三亞她已經把麗江的事情給做了啊。這一切都糟透了，海風，熱浪，碎玻璃，還有那些討厭的窗簾吊墜，一下一下的，就像一個好色道長用拂塵對她反覆調戲。她氣得從床上站起來，把窗簾扯掉。完了，陽光照得她要崩潰，現在是直射節呀。

拎著傘她出去走走。經過大堂她掛房帳要一個椰子，插上兩個吸管。椰子就應該加冰，還要加糖，不然像茶一樣寡淡。她害怕下海，時常有個恐怖畫面，從海裡出來，陽光之下還沒走到浴區，全身便已沾滿白色晶體。她在海灘看那些幸福的人們，觀察是不是真的有人變成了鹽。不會的，他們都那麼高興，泡在海裡不出來，自己被滷了都不知道。溫水煮青蛙。

她爬上沙坡往回走，一片熱帶園林。酒店一區二區之間有個游泳池，人不多，大家都爭著搶著去當滷蛋了。確切說只有五個人，夫妻、孩子，及一對老人。躺在遮陽傘下她捧著椰子聽他們說話，確定老人是岳父岳母，孩子是後娘養的。沒多久老人累了，五個人走成四排回去。泳池就她一個人了。她喜歡游泳，以前崑崙飯店辦了好幾年的卡，一週去個兩三回，每次一千米。她私教說這相當於陸地跑八公里，而且瘦身更均勻。她從不上跑步機，她好幾個朋友都把小腿跑得可口可樂瓶子似的，大腿粗得跟大百事一樣。

可這回她沒帶泳衣，下不去。好吧，一夜情，要不是在酒店，連洗澡刷牙都是問題。把椰子放肚皮上，冰冰涼涼，在躺椅上她睡了一覺。醒來時她用口紅把椰子畫成嘴角上揚的笑臉，兩根吸管拽出來，就像個天線寶寶。有些事情她不知道，剛剛想明白了。她不再生氣，至少不氣許佳明，但心裡總有那麼一點生自己的氣。你什麼時候變成這樣的女孩了？算了，熱帶城市萍水相逢，過一天就享受一天，回頭把這段記憶刪除就好了，〈廣島之戀〉不也是每回必點的歌曲嗎，呀，還有〈北京一夜〉。再說了，張洪量就一定知道莫文蔚演的是誰嗎？

她不打算告訴許佳明她叫什麼名字，沒這個必要，沒名沒姓沒感情，才算是真正度假。在傍晚許佳明把幾大件行李拖進來。他也沒道歉，她也沒提走，兩個人老夫老妻一般早早地上了床，小心謹慎地做愛。之後他們平躺在床上，都有點餓了，卻誰也不願意先說話。他怕說錯話，她怕慣壞他。窗外的十九流樂隊還在沙灘演出，他倆不約而同地朝窗口翻過去。

還好，他先說話了：「〈死了都要愛〉，我聽出來了。」

她靠得近一些，但不至於抱住他，手搭在他後背問他餓不餓，她想再請他吃一頓，以感謝他的留宿之恩。許佳明渾身打哆嗦，他怕她今晚就走。他翻過來看著她說：「我想過辦法的，我拿你的房卡問酒店，誰在跟我一起住。前台看了電腦備註，說客人要求保密，讓我來問你。」

她抿著嘴問：「然後呢？」

「然後我說退房總可以吧，他們說得是你本人親自去，或是打電話報你身分證號。」

「然後呢？」

「然後我還是不知道你叫什麼。你叫然後小姐？」

「你猜對了。你叫許佳明？」

「哪個明？」

「死不瞑目的瞑。」

「我賭你不會寫那個瞑。」

「不是冥間的冥嗎？」

「差不多，能看懂。」他手臂撐起頭，靠在她肩膀前，「你箱子實在太多了，你把下半輩子行李都帶來了吧？」

「是，我連嬰兒車、奶瓶都帶了，嬰兒車給我兒子用，奶瓶給我孫子用。你管我帶多少行李呢？」

「你拿我電話退房吧。」

「不著急，我要讓他天天在北京查，發現我天天住在那裡，等他飛過來撲個空再說。」

「浪費小一萬就為個惡作劇？」

「不是惡作劇，是讓他心涼，放過我。」

話裡有話，但誰能聽明白她什麼暗示？許佳明伸出手指在她兩個乳暈畫圈，說：「說真的，我今天刷卡進門的那一刻，還挺怕見著他的。我想他昨晚就從北京過來了，敲不開門，開了隔壁的房間翻陽台進來，發現你確實不在，看一宿電視，天亮了才睡著，等看見我，一下子就明白怎麼回事了。」

「要是見著他，躲不過去，你第一句話說什麼？」

「我把刀架他脖子上，我說你是要那誰，還是要命？」

「誰？」她笑起來，「你認真回答，說點我信的。」

許佳明耳朵貼在她胸上，彷彿在從她心跳找答案：「我會說，大哥，樓下有個館子不錯，咱邊喝邊聊？」

「起來！」她揪住他耳朵，用被子蓋住胸，「以後再碰我，罰錢！一個胸兩萬，倆胸三萬讓你摸一下。」

「給你送故宮展覽得了。」他手又摸進被子，「我說真的呢，真碰著他，就拽他去喝酒，找機會就溜，連單都不買。因為你在我這兒呢，慫點兒怎麼了？」

他們聊如果下樓吃什麼，後來聊到餐廳都打烊了，他們都懶得下床，翻來覆去地又做了一次。快天亮時兩人相擁而睡，實際上誰也沒睡著，都怕驚醒對方而一動不動。後來她想起一件事，輕聲喊了一下他：「許佳明？」

「唔？」

「要是你以後真遇見他，一定要服軟，千萬別跟他來硬的，好嗎？」

「放心，我只跟你來硬的。」

「說人話！」

「不會的，他只認識你，回頭咱整個容，我拉著你走他對面，他都認不出來。我使勁顯擺。」

許佳明抬起頭，借月光審視她的臉，「但是你這麼漂亮，我捨不得整啊。」

5

許佳明說，他幾年前看過一本小說，從書名到文字都是胡扯，但有句比喻他一直記得。他清清嗓子背給她，我們就像兩個到了冬天還不肯冬眠的小動物，每天窩在旅館裡吃飯、睡覺和做愛，盼著春天別來得那麼快，把我們分開。她問他哪好，一本書好幾十萬字，你就記著做愛那點事。許佳明無語，說不明白，強調吃飯睡覺他也記著呢。其實是嘴硬，她也喜歡這句話，把他倆關門裡，把世界關門外，什麼都不想，天天跟他在一起，直到世界末日。

週末是他前女友的婚禮，在三亞附近的一個漁村。許佳明求她一起參加，並發誓說這輩子也就參加這麼一個前女友婚禮。她看著他笑了，想起以前看過的一條微博，一個男人一生只能愛兩次，初戀一次結婚一次。許佳明承認是初戀。

「你會搶婚嗎？」她問。

「不會，絕不會。」

「那沒意思，如果搶婚我還有興趣看看熱鬧。」

到晚上許佳明又求她，說自己這麼多年都有個心結，希望在她婚禮那天，帶個比她漂亮一百倍的女孩去得瑟。

「你的樣子足夠了。」他說。

「真的假的？」想從許佳明嘴裡聽句實話真難。她問：「如果沒遇見我呢，去麗江把摔玻璃女孩找回來嗎，還是去電影院再勾搭一個？」

「請個伴遊，」他說，「一天三五千，跟她保證絕不碰她，裝我女朋友就行。」

「什麼是伴遊？」

「小姐，高級點兒的那種。」

她，居，然，沒，生，氣。但她知道怎麼辦了，出行那天特意穿得很情趣，夜總會公主的那種裝扮。她威脅許佳明，沒衣服換，愛去不去。她想好了，到了婚禮上見著一個說一個，只要有朋友跟他敘舊，她就像僵屍一樣蹦到他身邊說，我是許佳明的女朋友，正牌女友，不是花三五千雇來的。可不是嗎，她這一身爆乳裝都不止三五千。

地方夠偏的，某個黎族自治縣，下了長途車還要雇兩個摩托開進村。她以為前女友不怎麼樣，那種每天在漁網裡挑蝦米的海南小黑妞。到了現場才發現，原來人家是從美國回來的，特意到這兒來享受生活。請來的都是富人名流，學者教授，兩位新人似乎把世界中心從紐約搬到這兒來了。新郎歲數不小了，一頭銀髮；新娘跟她同齡，也許比她大兩歲，不是說許佳明初戀嗎？他們還有個三四歲的兒子，手捧鮮花拉著婚紗裙擺，一見著糖果就把這些全扔下，跑了。

「他們為什麼才結婚？」她問。

「因為我，過去年年給我打電話，我說沒時間，參加不了。他們說可以等，一直等到今年我不忙。」

她胳肢他，讓他認真點。

「我也不知道！他們倆的事兒，沒準是非法移民，美國不給登記，或是那男的被伊拉克抓做人質，好多年才放出來，誰知道？」

有兩人端著酒杯過來跟許佳明打招呼，她藉故躲到角落裡去。她後悔了，不該穿爆乳裝出來，她倒無所謂，沒人記得她的臉，但老友們會記得許佳明，他們會記得他多年以前參加前女友的婚禮，還特意請個高級妓女作陪。潛意識裡她就要成為許佳明的一部分了。

她得換套衣服，漁村裡沒得買。她在附近轉轉，跟漁夫老婆借了件海藍色襯衫把乳溝蓋住。回到角落裡，誓詞已經說完了，許佳明東張西望地沒找到她，便跟其他朋友聊天敘舊。她慢慢看懂他竟然是個畫家，還送了幅畫給他們做賀禮；她看懂許佳明對那個叫譚欣的新娘餘情未了，新娘一過來，他那種不著調的表情一下子就不見了，氣都喘不上來地看著她，那麼恭順，你丫怎麼不給她跪下來舔腳啊？她又看懂一些細節，一時間把桌上的半瓶紅酒全喝了。

醉酒好多了，她搖搖晃晃地過去摟住許佳明，口吐酒氣說要給他講個笑話。她說有三個屌絲，純屌絲，屌絲到能在這種場合比誰隨的錢多，頭一個說我隨一千，第二個冷笑一聲，說我隨兩千，這樣頭一個就罰一杯。說完她把自己杯裡的酒一飲而盡。

「第三個呢，」許佳明抱住她，怕她摔下去。「隨了五千？」

「第三個就是你，你說，我沒隨錢，但新娘肚子裡的孩子是我隨的。」她指著他，滿眼淚水，難道是許佳明的錯嗎，有理由怪他嗎？她掙脱一陣，出不來，後來乾脆摟住他哭著説：「我不管，你也要給我隨一個。」

跟示威似的，人家的洞房花燭夜，她叫得比誰都響。

宿醉過後起得很早，有生以來第一次聽到了公雞打鳴。許佳明還夾著她大腿呼呼大睡，他沒怎麼喝啊，是虛脱了吧。她想找譚欣聊聊，打聽一下他們的愛情。日出時分她陪著她沿著海灘走了三里地，卻一直沒問出口。兩個女人都不說話，任憑海浪沖過腳面，細沙留在腳趾間。後來下雨了，譚欣用手擋住頭髮對她喊：「你知道嗎？許佳明有你真好。」

你知道嗎？原來他前女友口頭禪是這句話。許佳明愛說什麼呢？不知道，或是，他常用的兩個詞。她呢？她是然後小姐。

譚欣什麼都沒講，倒是許佳明那天講了一番話。那時他們從文昌坐長途車回來，前半段他一直望窗外，彷彿在告別。要是車裡允許抽菸的話，他能抽上一條菸。進入山路他握住她右手，問她是否還記得之前說過的，失戀以後他一直憋口氣，總想帶個漂亮姑娘證明給譚欣看。

「你知道嗎？不知道。或是……然後呢？」

他看看她，沒明白點在哪，繼續說：「我以前天天想著這天，想她結婚的日子我得帶什麼樣的姑娘，好證明沒跟她在一起，我反而更幸福。可昨天發現我沒有這個心氣了，或是時間太久了，或是認識了你，我愛了她好幾年，一瞬間就不再愛她了。」

他又轉回去，好像是在躲她，看窗外的椰樹雨林，陽光穿過樹葉映在臉上，弄得他眼睛晶瑩剔透的。要是車裡沒人，警察不管，她真想扒下他褲子，騎到他懷裡好好做一次愛。她鬆開他的手，反過來握住他，頭靠在他肩膀對他耳邊輕聲說：「我愛你。」

真討厭，雖然他繞了那麼一大圈，可最後還是她先說出的這三個字。他勾引她，太壞了。

6

她問許佳明，既然參加完婚禮了，打算什麼時候走。不知道，他說，你走的那天我再走。她也不知道該哪天回去，也許等到下次直射的日子，就像主持人說的，把直射節過完了再說。那是哪天呢？她不想告訴他，要讓他覺得自己隨時可以走，他才會珍惜每一天。但這麼住下去絕對不行。房間全稱叫超級無敵豪華海景套房，沒開玩笑，十個字的名字，一天兩千多，真住上一個月夠首付的了。她提出以後的房費她來出，要不就退房賠錢，被拉黑名單，大不了去市區找個旅館，起碼還有玻璃。這些他都不同意，他說他想想辦法，問題不大。

可是除了錢，有什麼辦法能想呢？她陪他買報紙，陪他去打印社做名片，陪他用相機把酒店的一區二區都拍下來，連B1層的歌廳小姐都不放過。那天回來許佳明徹底受不了了，走在大堂喊：「服務員！把你們經理給我叫出來！」

經理剛進門嚇了一大跳，一地的碎玻璃，忽大忽小的海風，還有來自西太平洋的熱浪。他在房間走一圈，還真到衛生間看看有沒有人出人命。出來後他問怎麼回事。

「你問我怎麼回事，看不出來嗎？」

「被盜了？」經理詢問他什麼時候走的，什麼時候回來的，拿著對講機他讓下屬把監控錄像調出來，他說稍等一下，他去去就回。

房間就剩他們倆了，她問能好用嗎。許佳明點支菸，去陽台看看，回來說：「別問我，我也很緊張。」

找出iPad她玩會兒塔防遊戲。經理回來說，看過錄像，沒有問題，除了你們倆，誰都沒進來過。

「陽台有監視器嗎？」許佳明問。

「沒有，那是您的私人空間，我們不可能裝攝像頭。」

「從陽台進來的，左右房間都能跳進來。」

「不可能，一米多遠的距離，會摔死的。」經理明白這個人在抬槓，他要反擊了。「清潔工說，門口永遠都亮著請勿打擾燈，快十天沒打掃房間了。」

「您仔細看看，這是沒打掃的原因嗎？」

「我們不清楚這十天，您在房間裡都做了什麼？也許，我是說也許，您在我們酒店有非法行為。」

「沒讓你們進來，是我在防著你們。結果還是給你們闖進來了。」

經理看看他，看看對講機，準備隨時叫保安進來。

「我來這裡做採訪，寫篇三亞旅遊業的特稿，這是我名片。」

經理接過名片問：「人民日報？」

「你們要找的是這些吧。」許佳明把這兩天拍的照片給他，「好說好商量我可以給你們，這樣弄就不對了。」

不知道是否認盜竊，還是B1層小姐穿得太少，經理搖著頭把照片看完，問能否拿回去跟領導請示一下。

「拿去吧，我有備份。」

經理剛出門，她就開始裝行李，拉著許佳明跟她走：「快走吧，我們會被槍斃的！」

「名片上是新華社電話。」

「好，他打電話到《人民日報》，喂，你們有個叫許佳明的記者嗎？那邊回答沒有啊，這裡是《人民日報》，我們只刊登訃告，不負責尋人啟事。你就等著槍斃吧，到時候酒店給你一槍，新華社還得補你兩槍。」

「他不會提我名字的，他得問原野。」他也送她一張名片，上面寫著——原野（許佳明）。「我翻一晚上報紙，就他像個筆名，而且他沒微博。我試過了，人民日報的前台什麼樣呢？經理打電話過去，您好，你們有一位叫原野的記者嗎？無可奉告。那他現在是在北京還是三亞？無可奉告。那他座機是多少，幫我轉一下好嗎？無可奉告。可是原野搞了我老婆！無可奉告。」許佳明把她半張著的嘴闔上，「所以他只能翻報紙，一看還真有這個人，這就信一半了。再打手機，響的是我電話。充其量上微博@原野，我微博ＩＤ早改好了，隨時跟他們轉發互動。」許佳明把她快要掉了的下巴闔起來。「你正常一點，九一一剛發生的時候，我就你現在這表情。」

「許佳明，你太可怕了，你準備什麼時候把我賣了？」

經理跟他們約談一次，反覆強調房間被盜絕不是酒店所為，他老闆建議他別走法律程序，也不要媒體曝光。他問：「你們有什麼經濟損失嗎？」

「新聞線索就是我最大的財富。」

她噗哧樂出來：「還有我。」

「新聞的事我們再商量，前段時間照顧不周還請原野老師見諒。」他掏出房卡說，「這是我們酒店最好的房間，從明天開始我們配備司機，為您的採訪負責接送，希望您能報導出酒店最正面的新聞。」

「不好麻煩司機，我們有些是要保密的。您看，要不是出了誤會，我不會公開我的真名。」

「那就給您配車吧，您也別光工作累著自己，三亞有很多好玩的地方，像是蜈支洲島、大小洞天、天涯海角，油錢門票錢我們來出。」經理還是擔心他不上路，補充道：「原野老師，我們希望正面報導，因為這個社會太需要正面的力量了。」

換房入住要重新登記，她低聲跟許佳明說：「說麗江女孩的，別說我。」

「她名字沒你好聽。」

「你知道我叫什麼呀？說她的。」

經理對他們笑笑，他大概知道他倆什麼關係了。還行，這記者應該好配合。

「茹丫。」許佳明對經理說，「之前登記過，茹毛飲血的茹。」

「臭腳丫子的臭，不是，丫。」她早就笑得前仰後合了。「一定要記住我的臉，經理，他都賣好幾個姑娘了。」

7

這回真是最好的時光，吃喝玩樂，有錢都花不出去。偶爾他會上網查查資料，真把自己假想成記者。六月中旬酒店老闆宴請許佳明，說了很多客套話，酒卻連一杯都沒喝掉。他問許佳明對海南的感受如何。他起身先敬一杯，說一會兒要是有不當的觀點還請見諒。放下酒杯許佳明說這些天跑了不少地方，發現海南失去了很多原汁原味的東西，就拿改名為例，全世界沒有哪個城市，哪怕是改朝換代，能像如今的三亞瘋狂改名，比如田獨，很有味道的名字，非要改成吉陽這種一聽就是城鄉結合部的地方；羊欄改成鳳凰，但是中國已經有鳳凰了啊；藤橋，現在叫海棠灣，您想想藤橋這個名字有多美，一座拱橋藤蔓連接。改名其實要三思的，底蘊文化一下子沒了，還勞民傷財，戶口身分證要換，連道路街名都要重做，現在公交車站牌跟我原野許佳明似的，在括號標注原名。聽說瓊海要改博鰲，說瓊字不吉利，那海南簡稱不也是瓊嗎？照這麼說，三亞也該改名字，亞亞亞，多土啊，改個時尚大氣的，超級無敵豪華海景市。

老闆自己是本地人，大陸海島兩地跑，一時間被他說得感同身受，讚嘆《人民日報》的記者就是不一樣。更為驚訝的是她，銜著牙籤看他發表這一通演說，有一陣兒她都懷疑許佳明真是記者，演什麼像什麼，他才是中戲學表演的吧。她越來越喜歡許佳明了。

兩年前剛畢業那會兒，她拍過一組廣告，一個雜牌子飲料，不知道用什麼勾兌的，裡面漂著老闆都說不上來的東西，憋了半天就說是維生素C。她最討厭拿維C說事的飲料了，好喝、解渴、健康，就這麼簡單，喝杯泡騰片，一百萬倍的維C都有了。照老闆的創意，她穿身粉色運動裝，把毛巾掛在脖子上做段瑜伽，起身打開瓶蓋喝一口，然後閉眼裝作很享受，再對著鏡頭擠眉弄眼地說出品牌Slogan：「每天愛你一點。」

後來電視台沒播，他們處理成平面廣告，把她喝飲料的照片貼在七八線城市的銷售點，或者是懸掛在高速公路上，夾雜在豬飼料和化肥除蟲劑的廣告之間。那句廣告詞也只是寫在她胸前，但她還是喜歡，念念不忘，尤其是遇見了許佳明，她那麼想跟他說：「每天愛你一點。」

她愛他一切，愛他走路的樣子，拉手時總要故意穿過障礙物，手分開後再牽住她；愛他的說話方式，說什麼話總先停頓三秒找句好玩的話接住她；愛他一定要把想到的浪漫點子認認真真去完成；甚至無意見到他摳鼻子的她都喜歡。嗯，每天愛你一點。

他們哪也捨不得去，每天膩在房間睡覺、做愛與叫餐。開始她還堅持，她說我們不能老這樣，戀人都是親吻、訴說與擁抱，哪有你想的那麼淫蕩？後來他們綜合了一下，每天醒來就做這六件事——打電話叫餐，快速洗漱等酒店端進來；然後是訴說，也就是邊吃邊聊，或是來杯咖啡，她喜歡焦糖瑪奇朵；情不自禁時她會主動親他，最後還不忘把他嘴唇上的焦糖瑪奇朵舔掉；大多數親吻過後會做愛，今天衣服還沒穿，又滾回到床上；最後他們互相抱著，講些膩得齁嗓子的甜言蜜語；直到陸續入睡，直到次日醒來。他們早就不過每天二十四小時的日子了。

她一直以為自己寡淡，所謂男女之事說不上好，說不上壞，那只是女朋友應該盡的義務。但是真神奇，都二十好幾的人了，許佳明把她最隱密的欲望一下子就給打開了。三亞天氣多變，動不動便是一陣微型颱風，接著就是狂風暴雨。如今再看到下雨，她會比許佳明還興奮地衝出去，俯在陽台假裝看雨景，嘴上喊著，看，海鷗！看，壁虎！看，我！心裡卻想，許佳明，你他媽什麼時候從那張操蛋床上滾下來，從後面掀開裙子抱住我？我現在腰都等瘦了！上個禮拜三的淩晨，他倆還在沙灘上被酒店巡邏員拿著手電筒勸回來了呢。那男的怎麼比咱倆還難為情啊？

很快問題來了，親吻過後她問許佳明，你那個茄丫是哪個茄來著？茄毛飲血的茄，怎麼了？他看著她，貌似明白了。

「我們得暫停了，我開始用衛生巾了。」

她故意的，使勁抱著他，使勁親他，激發出他身體的戰鬥潛力，然後說洗洗睡吧。好容易許佳明掙脫開，說要給她講個童話，安徒生〈海的女兒〉。他說很久很久以前，美麗小國的美麗海邊，年輕人與美人魚相愛結婚，周圍各種人想盡辦法拆散他倆，他們說，你作為一個只用下半身思考的男人，怎麼可以找一個沒有下半身的女人？怎！麼！可！以！年輕人表示自己對她是真愛，因為這一分聖潔的愛，他可以捨棄很多別的快感。

「愛一個人，你不能又要開花，又要結果。」

「我喜歡這句話。」她說，「講完了？你這算什麼故事？」

「結尾是幾十年他要死了，留給世人一張紙條，流傳到現在。」許佳明翻身望著她，兩個人都清楚，這是深情表白的好機會。「紙條上的話是，其實用嘴更爽。」

「我頭一回聽到有人能把安徒生講得這麼噁心的。」

這個星期他們只好出來到處跑，他們去南山寺燒了香，去萬泉河玩了漂流，之後在蜈支洲潛水時，趁教練不在，硬生生把他弄勃起了。最後一天他話不多，他說今天要祭奠一對苦命鴛鴦，幾年前他們本來打算私奔，來天涯海角過下半輩子，機票都買好了，卻死在了頭天晚上。他沒他們的隨身物件，只好把名字寫紙上，下到淺海壓在石頭下。她問許佳明，他們是什麼人，怎麼死的？

「被人用斧頭砍死的。」他說。

「死的人是誰？」

「我繼母，和我繼母的情人。」

她倒抽一口氣，後面的話她不敢問了，低著頭跟他離開海灘。一路上陽光萬丈，他們把車頂敞篷打開，海風從東邊吹過來，撞到西側的山脈又捲回到汽車裡。

「不是我爸幹的。」許佳明減速說。

「嗯？」

「凶手，我猜你一直在顧慮這個事，不是我爸，我爸就知道睡覺，沒空理他們。」

她笑了，也不知道真假，攏攏頭髮說：「那是誰？抓著了嗎？」

「就是我說的那個啞巴親戚，都判了，但我懷疑不是他。」

「你媽媽還在嗎？」

「在，就是話多，跟棵樹都能嘮倆月，估計我爸就是受不了她，才是天天睡覺的。」

「我想見你媽媽。」

他幾乎要停下來了，側身看著她說：「我想見你爸爸。」

「我媽媽想見你媽媽。」

我爸爸想見你爸爸。我爸爸想見你媽媽。我媽媽想見你爸爸。就像兩個較勁孩子，他們說個不停，後來把自己都說懵了。換個話題聊，如果水果和青菜配對，誰和誰會在一起。比如香蕉也許會喜歡黃瓜，你懂的，好基友；南瓜減肥失敗後，只能跟圓圓滾滾的西瓜在一起了；西紅柿既是水果又是青菜，還是靠自己吧。

「許佳明？」她打斷他，「你見不到我爸爸的，他還在坐牢。」

「你爸爸因為什麼坐牢的？」

「犯罪。」

「我當然知道，我是問什麼罪？」

「我說犯罪，是因為我不想講。」

他停車靠邊，點上一支菸，摸著她臉說：「我真的想見你爸爸，我會跟他自我介紹，我說我叫許佳明，是要娶你女兒的男人，我一輩子都對她好，我會賺錢養她，天天講笑話哄她開心，每週爭取都會想件不同尋常的事情，跟她去完成。我要和你女兒過個傳奇的一生。」

她咬著指甲，把菸從許佳明嘴上拿下來吸兩口，跟個陌生人一般審視他。天哪，她真的會嫁給這個不著調、沒一句真話、抽菸還濕菸屁股的男人嗎？

8

不，絕對不可以。她害怕了，許佳明越來越頻繁地用到以後這個詞，比如聊到節食減肥的時候，他說我們以後一三五吃肉，二四六吃素，禮拜天吃對方；在星期五，兩人將一份全家桶幹掉後，他拍著肚皮說，以後我們要多捧肯德基的場，儘量不去麥當勞；最誇張的是六月二十二日禮拜天，太陽落到北回歸線的日子，他倆把水果沙拉倒在對方身體上，不用筷子不用手，像兩隻小狗把對方吃掉。被吃的人總會很無聊，許佳明拿出手機刷微博，對張圖片上說，以後咱家也弄個投影儀。

「誰？」她問。

「我們把電影院買回家，」他把圖片放大給她看，「媽媽再也不用擔心我的電影啦。」

「我和你，在家裡買個投影儀？」她停下來，嘴角還掛著芒果汁。「許佳明，一個月了，我有沒有跟你打聽過你從哪來的，過幾天你回哪？」

「你知道我回北京。」

「我不知道，我也不問，我不想聊這個，永遠別跟我說以後，好嗎？全國一百多萬個城市，你愛去哪就去哪，別跟我說你回北京。」

「六百六十一個。」

「什麼？」

「中國的城市數。」

她愣了一下，不想又被他岔過去，直截了當告訴他：「去那六百六十個城市，隨便挑一個，就算回北京咱們也不認識。」

他起身找浴巾擦身上的白色沙拉。全身的糖汁，怎麼擦都是黏糊糊的，後來乾脆把浴巾摔地上，說：「非得挑這時候？我赤身裸體，渾身沾著屎一樣的東西，你跟我講分開？你真牛逼！」

他去洗澡，把火全發洩在酒店的熱水和香皂上，留她在客廳車軲轆一般反覆糾結。後來她一咬牙，打開電腦訂機票，QQ和郵件提醒不停閃動，她急忙闔上電腦，重新糾結自己是對還是錯。不能跟他在一起，不然會害了他。那可是北京，兩千萬雙眼睛在盯著他們倆，怎麼可能容忍兩個這樣沒心沒肺的人生活在那裡。那麼多的麻煩處理不掉，不能把錯事再做一遍。

天快黑了許佳明才從浴室裡走出來，站在夕陽下端詳她。她問他還生氣嗎？他岔話題，他說那生什麼氣，下次吃東西利索點，黏糊糊地洗起來可費勁了。

「我訂機票了，明天走。」

他木樁子似的站著不言語，一時還以為他死了。她試著安慰他，她說我們總有分開的日子，我們不一樣的圈子，不一樣的朋友，本來就不該有交集，在一起一個月已經很滿足了。後來她提到了小動物的比喻：「春天來了，我不能假裝還冬眠，假裝還愛你。」

「滾！」他抿著嘴看天花板，好讓眼淚別掉下來，「你到最後名字也沒告訴我，你算好了這一天，你知道我會死皮賴臉地纏著你。」

「其實你比我合適，比我忘得快。一段時間『許佳明』這三個字都是我的緊箍咒。」

「該！」

說完這句他就在房間裡轉磨磨，也不知道要幹什麼，好像要找點什麼東西摔，剛才在浴室不是已經摔過肥皂了嗎？有一陣她感覺之前的房間不是茹丫砸的，許佳明完全幹得出來，他有可能在撒謊。她喊住他，說一起那麼久，還沒喝過酒呢。他停住看她，彷彿醒來似的笑著說他戒酒了，他上次喝醉的時候躺在馬路上摘隱形眼鏡，明明早丟了，他還是摳呀摳，把眼珠子都摳出來了。

「我左眼是假的，不信你看看？」

是假的，他說的是假話，僅僅是因為好玩，想逗她笑，儘量挽留她。她後退一步，跟他講明白：「許佳明，真的分了，你可以使勁罵我了。」

「我罵你媽逼！」

她笑笑：「罵得好，繼續！」

許佳明左右看看，躲閃她，眨著眼睛讓淚珠均勻點，不至於掉下來。他低聲說：「我是清華畢業的。」

「這跟我們分開有什麼關係？」

「我的意思是我之前不著調，以為一人吃飽全家不餓，我可以去找份好工作，賺大錢來養你，給你買LV，愛馬仕，蘭博基尼。我會變好的，我也可以天天去健身房，和那些肌肉gay男們混在一起。你再給我一次機會，我能成為比現在好一百倍的許佳明。你現在就告訴我，許佳明，你有戲，行嗎？」

「別說了。」

他坐下來，靠在牆角抓抓頭髮，點著頭說：「不好意思，我剛才傻逼了，都不是我了，你忘了吧。」

他打開外面的燈，去陽台上看書。這讓她反而更不安，她真的不知道該怎麼辦？一定要分，可又那麼捨不得。半小時後她過去搶他的書，讓他說說話，隨便說點什麼，她還沒走呢，還得賴著他一夜呢。

他把書拿回來，說：「我現在很虛弱，想的說的，都挺傻逼的。別讓我說了。」

「你別那麼想，我不是甩你。」

「謝謝，就五十頁了，你讓我看完吧。」

她回房間躺床上看他背影，一隻壁虎在牆壁上趴活兒似的一會兒抓一隻蚊子，吃多少才叫飽啊？趴活兒？許佳明已經把她的思維邏輯改變了。要是許佳明會怎麼說呢？一定特好玩，可能會拿壁虎尾巴說事，比如剛吃飽，尾巴被人叼走，又餓了。唉，不好玩。

將近夜裡許佳明回來了，無視她一直在望著自己。洗漱上床從後面抱住她。她說講劇情吧，講我們認識那天電影院在放什麼，什麼也不說，我太難受了。他抱得更緊些，想了想說是一法國片，海濱城市，好像是馬賽吧，一個男孩先到一步，等他女友來這兒跟他會合。女朋友左等右等不出現，那年頭沒電話，沒法發個微信問候一下，麼西麼西，阿尼阿斯哦什麼的。他每天無所事事，醒來就去海邊游泳衝浪，踢沙灘足球。後來認識了當地一女孩，感覺好，聊得來，直到女友姍姍來遲，他才明白這一切都是老天安排的，老天安排他來到這個小鎮，老天安排他在這裡等女友，老天安排他女友出點事過不來，原來就是為了讓他遇見，並且愛上當地的這個女孩。

她聽得直咬指甲。

許佳明說：「你在咬我的指甲。」

「我明天回北京，指甲咬禿了不好看。這是你現編的，對嗎？那天放的是國產片。」

「真的有，剛來三亞那幾天，我一個人在酒店天天看這個片子，有時候看著看著就放聲大哭。你想像得出來嗎？我哭得其實比你多，尤其是一個人的時候。其實電影不煽情，也不悲傷，但我就是哭了。」

「為什麼呢？」

「不知道，可能是他們人生太美好了吧。我記得有一次看電視，忘了是神幾上天，舉國歡慶，有個小朋友對著鏡頭說，我長大也要當宇航員。我當時想，我小時候也是這樣啊，以為自己長大會無限光明，有個特別幸福的一生。這個孩子要再過二十年才明白，這個世界其實特別冷。想到這些，我哇的一聲就哭了。你能體會嗎？」

「能體會，我有時候夜裡就特別想哭，故意找個悲傷電影邊看邊哭。」她抓起他的手捂在胸前。「然後呢？」

「然後我想，老天安排我來參加譚欣的婚禮，老天安排茹丫跟我分手，老天安排我困在三亞，也許就是讓我遇見一個我生命裡的那個人。然後我遇見你了。」

他還在爭取，把那些最甜美的話像釘子一樣敲到她的腦海裡，希望她再回頭看看，改變主意。她用他的手抹抹眼睛說：「然後他們倆一定沒能在一起，度假和生活是兩碼事，馬賽是馬賽，巴黎是巴黎。」

「三亞是三亞，北京是北京，對嗎？」

她點點頭，感覺出他在揉她乳房。她扭著腰，臀部蹭著他。兩個人摸黑做了最後一次，頭一回她騎在身上兩人同時高潮。之後他睡著了，不然就是裝睡不理她。她在他身上使勁看著他，想把愛他的每一部分都牢牢記住。每天愛你一點，居然攢這麼多了。

趁他睡著她收拾行李，想拿走點什麼做念想。名片太假了，原野跟她一毛錢關係都沒有；做為畫家，他連支畫筆都沒帶；要是電影票根留著就好了，哪怕就是沾滿奶油的爆米花盒子也行啊。她決定把陽台那本書帶走，她讀書慢，這樣可以用一個月的時間，做一遍許佳明曾經做過的事情。封面還蓋著章，首都圖書館，管他呢，三倍五倍讓他賠去吧。看到書名她笑了，早該離開的，一夜情之後天亮以前就該自動消失，一直磨蹭到現在，真是一場《漫長的告別》。

9

陽光該照到許佳明了。

他有個畫國畫的朋友叫李小天，他們其實不熟，從沒熱乎起來，可總有些說不清道不明的東西，讓他們時不時見一面。回到北京的第五天，李小天乘坐高鐵從上海來看他。下午時分兩個人坐在星巴克。許佳明把三亞的故事一段一段地講給他。他說到最後又傻逼了一回。那天早上他還不死心，故作冷漠說你一個人走吧，我出去散散心。為了真一點，他沒收拾行李，打車就奔三亞的鳳凰機場，買張最早的票。沒名字沒電話，他可以在首都機場的行李處等到她。等到夜裡十二點都不敢去吃飯喝水，傻逼一樣地看眼落地信息，看眼人，看眼落地信息，看眼人。後來他就想，要不要回去拿行李。他算帳消磨時間，往返的機票錢三千多，住還得花錢，行李加起來值多少錢。

「我空手回來的。」許佳明說，「我這身衣服穿一禮拜了。」

李小天掏出菸，在嘴裡叼了半天，看到外面的位子空出來了，提議出去抽菸。他讓服務生收拾一下，把遮陽傘擺正，實際上是稍偏一點，太陽已經從西邊冒出來了。妥當之後，他點上菸，美美地吸了兩口說：「沒準她騙你的，她根本就不回北京，她才生活在那六百六十個城市裡。」

「不知道，或是又去看場電影，偷人家的可樂喝，然後陪睡一個月補償。」

「冊那！」

李小天哪人不清楚，但不是北方人，絕不會像許佳明這樣張嘴牛逼閉嘴傻逼，標準普通話國罵。可能是在上海待久了，他聽過最狠的句子也只是「吾冊那娘」，但如果你不是上海人，講什麼方言呢？阿西！八嘎！

其實更傻逼的事情許佳明沒說。去三亞之前，他們想一人拿十五萬開個畫廊，代理自己的畫，再不用給那些書畫經紀人裝孫子。可是這筆錢沒了，隨李小天怎麼問吧，反正就是在三亞花光了。李小大怪他一開始就不該住那麼好的酒店。

「我去參加前女友的婚禮，不吃饅頭也得爭口氣。」

「好像你能把新娘帶回來似的。房費不是免掉了嗎，錢花哪去了？」李小天知道他不會說出來，只是自問自答。「你真花了？不是改主意不想跟我合夥了？」

「真花了。」

「你給她買東西了？」

「對啊，我該給她買點東西的。你別問了。」

李小天盯著他，明白了：「沒有《人民日報》這碼事，對不對？你去前台賠錢付帳，求經理跟你演場戲。」

「人家酒店家大業大的，不至於被我唬住，不可能騙他們。」

「你真可以，」李小天嘆道，「我要是捨得掏十五萬，我早就擺闊了。你圖什麼呀？」

「我怕她走，要是免費的，她還能多住幾天。」

「一直住到你透支？」

「這不是很好嗎，電影裡才有的情節，她能一直記著我。」

「許佳明，你告訴我，哪部電影有這情節？花錢不留好的，我回去就看。」

「不知道，《佐羅》？」

「雷鋒吧，還佐羅？」李小天笑起來，「佐羅就一匹瘦馬，一根比牙籤還細的劍，都是從窗戶進，從窗戶出，他搞一百個姑娘，也沒開過酒店。」

許佳明可不是這麼想的，花錢的事兒他不後悔，就像以前跟她說的，錢就是個數字，只代表時間，或者花時間把這筆錢省下來，或者花時間把這筆錢賺回來。能跟她在一起一個月，花掉餘生他都願意。只是這十五萬怎麼辦，沒進帳喝西北風都省不出一毛錢。許佳明保證，不能讓你白跑一趟，我有辦法，要不你把房子賣了，借我十五萬，咱倆還是合夥，賺著錢還你。李小天一副難以置信的樣子，說我是不是再找人演場戲，把這十五萬默默地放你包裡啊。一個玩笑拋磚引玉，許佳明就不著調了，掏出兩塊錢說，你一會兒幫我買張彩票，晚上跟我說中了五百萬，我一高興，就打賞你四百八十五萬，給我留十五萬就行。

「真中五百萬，我最多請你喝杯咖啡。」

李小天問他加點什麼。焦糖瑪奇朵，那是她愛喝的咖啡，她他媽叫什麼名字！他四處看看，儘量不去想她。可張望的時候，他才意識到他竟然還在找她，希望她正坐在某個遮陽傘下拿著iPad玩塔防遊戲。一個月而已，習慣都改變了。以前在街上、商場裡、地鐵中，他都是給一路遇見的漂亮女孩打分排名，而這五天他的每次東張西望，只是為了看清楚，那個漂亮女孩是不是她。

夕陽西下，太陽就要落到零度角以外。真是，三亞是三亞，北京是北京。太陽都不一樣，回到這裡你要考慮最基本的生存問題。李小天端著咖啡回來，坐他對面等他一個答覆。他說我們不一樣，畫畫其實很慘的，我們又要產出又要銷售，就是希望闔眼之前能夠出人頭地，用不著再對誰卑躬屈膝。許佳明表示，你放心，十幾萬而已，賣血賣腎也能搞到手。

「你還有錢生活嗎？」

「還有幾萬。」

「十五萬我拿不了，借你點房租錢沒問題。」

許佳明說不用，用的時候再張嘴。他說我們現在就做一個策畫，挨家掃街也要拉到投資，北京掃不出貨，就去上海掃，到時候不要說這十來萬，你也不要出錢了，湊個整，五十萬的投資。

第二杯咖啡他們開始說正事，許佳明掏出紙筆打草稿，一條條講出來請他修正。

策畫寫完後，李小天多嘴問了一句：「你確定你對她是愛，不是迷戀？」

「迷戀是什麼意思？」

「你迷戀她身體，迷戀她的長相，文藝點說，她是尤物，你放不下她一切的一切，尤其是性。」

「我迷戀她，但二者有區別嗎？愛又是什麼？」

「有區別，愛是非她不可，尤物就有很多了，只是她是唯一搭理你的那個尤物。」

「你還是把我說的很loser。」

「不是嗎？」

「是，我是loser，她是尤物。」

許佳明皺眉，自我懷疑，這不是她常有的表情嗎？她是尤物，全世界只此一枚，還是散落在各處，等待出人頭地的許佳明把她們帶回家？雖然會唾棄自己，可是這樣想好多了，他有了向上的力量。兩個月他跑遍北京所有的寫字樓，唯獨不去詢問與繪畫藝術沾邊的公司。到了九月份終於有老闆在看過兩人的畫作後同意投資，只是他更喜歡許佳明的作品，希望踢掉李小天。

這是誇獎，榮譽之光。他跟李小天通了幾次電話，都沒敢提這件事。後來在一次噩夢驚醒後，他趕緊給老闆祕書寫封郵件。信件很長，很客氣，大致意思是兩個人捆綁一起，不可以缺誰。討論幾天他們同意了，祕書打電話告訴他，下週二能否有時間和張總一起吃個飯，敲定細節把合同訂下來。當然有，下週二正合適，越早越合適。許佳明推算著日期，九月二十二日，太陽重新回到赤道，自此以後一路向南，一個輪回過去了。

他沒告訴李小天。他知道真到簽合同那一天，李小天會踩著風火輪從上海飛過來。地點約在北京飯店，他特意去趟王府飯店地下買套打折西裝。進門以後張總叫服務員可以下單了，他讓祕書先去忙，把車留下來。北京人，他說他叫張至東，做煤炭生意，北京山西兩地跑。煤老闆，許佳明想，看樣子四十多歲。他差點問出哪個張哪個至哪個東。真是的，人人都會自我介紹，唯獨你。

菜還沒上來，他們就已經聊得很好了。張總表示投資畫廊不為賺錢，他喜歡藝術，純為了玩。一分錢都不用回收，他說，只要這五十萬夠用，別讓我年年再往裡砸就知足了。他談了很多對藝術對繪畫的理解，在許佳明聽來，陳詞濫調。太多這樣的人，不懂裝懂，其實觀點都對，仔細一想又都是廢話，彷彿人生感悟一般講出來。比如藝術來源於生活，但我覺得要高於生活；比如一幅畫價值不僅僅是畫法，也要有深刻的思想，當思想和能力有機結合在一起時，一部好作品也就出來了。

許佳明把這類人總結為次文盲，他們識字，會算數，有點賺錢的本事，除此以外不比文盲好到哪去，還多了兩個惡習，自以為是和好為人師。跟這種金主又不能抬槓開玩笑，他會把你所有的幽默感當成人身攻擊。許佳明盯著空桌子內心呼喊，快點上菜吧，北京飯店的伙食總能堵住他的嘴了。這時他說：「五十萬夠嗎？」

「夠，夠的。」

「我聽說，有的一幅畫就能拍賣幾百萬，五十萬是街邊開服裝店。」他心算一下，「一百吧，再加二十萬公關費，我跟你講，人脈關係都是請客吃飯買來的。許佳明，一場富貴擺你面前，你加把勁，準沒錯。」

一場富貴，雖然是次文盲，但終究是個賞識他的有錢人。他忍不了了，跑到衛生間給李小天打電話，上來就說一百二十萬，少奮鬥五年。李小天一頭霧水，讓他講清楚。

「我在廁所呢，北京飯店的廁所。等我好消息吧。」

手機關機，他痛痛快快地撒了一泡尿。要是她在就好了，他要插在她身體的最深處，大喊一句，我許佳明也能有今天！或是，某一個尤物？算了，回頭再上道德法庭。

回到包廂張總也在打電話，甜蜜蜜的，說喜歡就拿下，刷卡而已，咱買東西還猶豫過嗎？我現在談合同呢，實在是走不開，要不你來北京飯店吧，譚家菜，沒事，一個小兄弟，不是外人，你們年輕人認識一下也無妨。一定是尤物，許佳明想，她們散落在全宇宙，等著有錢了的許佳明呢。

「我女朋友，」掛掉電話他把餐位擺正，他們都一樣，吃飯要有儀式感。「一起吃飯你不介意吧？」

許佳明搖頭，說：「不介意。我一會兒喊她嫂子？」

「還沒結婚呢，喊她名字就行。你結婚了沒？」

「我窮光蛋，誰嫁給我啊？」

「有錢就好了，跟挑衣服似的，滿大街的姑娘等你挑。」

「是嗎，好。」

「我老婆叫林寶兒。」

「聽名字就是個漂亮姑娘。」

張總不說話，盯著他看。許佳明有點不自在，心想這是在觀察我，考驗我。可是考驗我什麼呢，要不然我也講點陳詞濫調的人生夢想？張總嘆口氣，打開菸扔過來一支。許佳明起身給他點上。點著之後張總問：「你睡過林寶兒幾次？」

「誰，不是嫂子嗎？」

許佳明剛坐下來，張總站了起來，拍著桌子吼：「你他媽在三亞睡了她一個月，跟我在這兒裝糊塗？你個大傻逼！」

頭皮一陣發麻，許佳明幾乎要斷氣了。他張了幾次嘴，卻只問出一句話：「她叫林寶兒？」

10

許佳明想起來，她曾特意讓他做個保證。那時候他在海風吹拂下都要睡著了，她忽然來這麼一句，彷彿深思熟慮以防未然地問他，許佳明，你要答應我，以後真遇見他，千萬別來硬的。昏沉之中他怎麼接話來著，他全忘記了。他只記得之後睡意全無，責怪自己不該比她先睡著，轉回身抱住她，月光映在海面上，映在窗簾上，映在她逐漸熟睡的臉上。好像就是那天，他開玩笑說，真遇見了會拉著他喝頓酒，單都不買就趁機溜走，因為她人在他許佳明那兒呢。可那是遺落在南中國海的夢，她是對面那個男人的，張至東的私有品，剛才還不是打電話說，刷卡而已，咱買東西猶豫過嗎？哦，林寶兒。

許佳明左右看看，要是他掏出一把刀，一把槍，或是衝進一屋子人，該怎麼應對。譚家菜是中餐廳，桌上沒有刀叉。他拽根牙籤，想想自己都笑了，有個屁用啊，真當自己是佐羅嘛？他把牙籤銜嘴裡咬起來，他還不能走，他想見見林寶兒。

他決定先打破沉默：「根本就沒有投資，對嗎？」

「你說呢？」

「你什麼時候找到我的？」

「七月份就查著了。」

「現在是九月，你才找我？」

「我想消消氣再找你。」

所以沒危險，換個角度想，誰會約到北京飯店，到天安門隔壁來殺人呢？

「我跟了你兩個多月。」

許佳明一身冷汗，把牙籤換一頭咬，說：「就當是我一天過五次馬路，你有三百次機會，闖個紅燈就能把我撞死。」

「我想過，司機我都找好了，我就是想看看，你有沒有去找她。」

「林寶兒？」許佳明自言自語，把牙籤吐出來，換支菸點上。兩個男人面對面坐著。菜還沒有上，他早計畫好的，也許他訂的五點半，等林寶兒來了再上菜；也許他都不打算先告訴他，等林寶兒撞進來，大家自己想明白，剛剛是沒忍住而已。他到底要幹什麼？

數秒一般難熬，菸沒抽兩口，過濾嘴已被他咬碎了。掐掉菸他學著林寶兒咬指甲。六點半他聽見門外有人穿著高跟鞋踩在地毯上，他該衝出去，他該拉著她的手跑出北京飯店，逃離長安街，飛往那六百六十個城市隱姓埋名。只是她進來了。

「真行，哪堵車你往哪約，你怎麼不……」

她停住不說，像許佳明剛才一樣驚慌不安。張至東要她坐，問還用不用他介紹一下。一張圓桌，她找個中間位置坐下來，把剛買的衣服放一側，猶豫先跟誰講第一句話，點菸後問：「誰找的誰？」

「我，我請他吃飯。」

「你怎麼找到他的？張至東，你是不是答應過我，這輩子永遠不問，我在三亞都經歷了什麼？」

「我答應了，我沒問。」

「傻逼！」她側身問許佳明，「他叫你來，你就來了？」

他看著她，秋天到了，能把衣服穿得更漂亮，不像在三亞就那幾套裙子、浴袍，或是赤身裸體。變成了林寶兒的她是個尤物，他愛她。她只是個尤物，可許佳明真的愛她。一時間他有些激動，眼淚打轉，他吸口氣說：「我也是個傻逼。」

「我叫你來，你不是也來了？」張至東很得意。

「你怎麼找的他？」

「我張至東什麼找不著？」

「我問你怎麼找著的！」

許佳明也想知道，抬頭看著他。

「《漫長的告別》，」他說，「你從來不看書，打從三亞回來沒事就看，這還難找嗎？」

「別當我傻逼，那就是一本書。」

「圖書館的書，」許佳明說，「他拿著書去首圖，隨便編個理由，就知道我叫許佳明，知道我電話。」

「然後呢？」她問，「他跟你打個電話，說你快出來，讓我殺了你？」

「我最近找投資，投太多簡歷了。」

「所以我約他出來，看看有什麼能幫他的。」

她把菸掐掉，盯會兒正前方的牆壁，彷彿又看見了趴活兒的壁虎，遠處是那六個頑強的椰子。彷彿一場大夢，她說：「就你倆聰明，我是傻逼。你倆慢慢吃吧。」

「等著我，」張至東拉住她指尖，恩愛夫妻一般地說，「老婆，我一會兒就回去。」

「等你媽逼！」

許佳明看著她摔門出去。剛過去的五分鐘，他看見了林寶兒，又失去了林寶兒。

「你別走。」他指著許佳明說。

「你不是只想請我吃飯吧？」

「我就是要請你吃飯。」

服務員陸續把菜端上來，每上一份他們都報一次菜名和定價，三百八，五百八，八百八，我操你媽，服務員沒這麼幹的，這也是他安排好的。

「我明白了，」許佳明說，「你在羞辱我。你想證明一頓飯吃我小半年，可你當食堂吃。我替你說了吧，許佳明你這個傻逼，要不是託我張至東的福，你這輩子都別想碰著北京飯店的筷子，你沒這個命。」

「我就是想告訴你，這女人你養不起，你看看我，再照照鏡子，五十萬你都搞不到，你配不上她。」

「謝謝，謝謝。」

絕不動筷子，但也絕不走，就是把菜等餿了，也不能起身投降。他找菸，只剩空菸盒了，拿在手裡一折兩折。他不抽他的菸。

林寶兒回來了，這回無聲無息，跟上趟衛生間似的推門就坐下。

張至東盯著她：「你還真回來了？」

「我幹嘛餓著走啊？」

「你他媽是怕我殺了他，不敢走，你個河南逼！」

「滾，北京太監。」

只有她一個人動筷子，每樣嚐一口後，可就黃燜魚翅吃。不知道真假，張至東的話，林寶兒是不是為他回來的，反正看一眼少一眼。擺闊是嗎，幹嘛給臉不要臉？他把菸盒放下，笑道：「張總，咱喝點酒吧。」

「許佳明，」林寶兒和他說話了，「你喝不了酒。」

「我是戒酒，我能喝。」

「那也不能今天喝！」她轉頭對張至東說，「張至東，你別要酒。」

「好好吃，不用你關心。」張至東說完讓服務員開瓶五糧液絕世風華。

「張總，喝茅台吧。」他說完直接問服務員，「你們這兒最貴的茅台多少錢？」服務員表示十幾萬二十萬的都有，但要先付帳。「來兩瓶，您不介意吧，張總？」

他看著許佳明，咬著牙說：「你喝，我開車。」

「機會難得，我自己喝兩瓶。」

林寶兒吼起來：「你不能喝兩瓶！你別讓他喝。」

「行嗎，張總？」

「行，我開三瓶，喝不完我弄死你。」

「你敢！」林寶兒叫道，「許佳明，你會喝死的。」

「五十年純原漿，三瓶。」張至東將卡遞給服務員。

許佳明後來想起的事情不多了。他記得頭一瓶喝得很快，農夫山泉似的一飲而盡，第二瓶他滿桌子找花生下酒，喝到第三瓶他視線模糊，偶爾能聽到咚咚地撂杯子的聲音。不是一個人喝，林寶兒想替他分擔點兒。張至東警告她在一邊看著，別碰杯子。他聽見他們兩個在對罵，他希望他們能罵得再狠點，盼著張至東動手打她一巴掌，他等著和他拼命。許佳明從沒見過這麼擰巴的情侶。操，情侶，他閉著眼睛又乾掉一杯。

他再醒來的時候在車裡，他們還在前排吵。張至東讓她打車回家，他來管後排那傻逼。林寶兒不幹，說送到醫院，她保證今晚把屁股擦乾淨，以後這事就徹底過去了，她肯定翻篇。

「你就告訴我，他怎麼搞的你？」

「跟你爸一個姿勢。」

「騷逼。」

「京巴。」

他左右看看，看不出是什麼車，肯定不便宜。他還得再做點什麼，他雙臂撐著坐下起來，把手指伸進嗓子裡，彎腰吐了出來。

「下車吐去！」

張至東停車，把他從後車門拽下來，狠踹幾腳；許佳明揮舞半天沒能碰著他一下；林寶兒瘋了一般連哭帶喊把他拉回車上去。三隻瘋狗。

人生最不堪的時刻，許佳明躺著路邊，閉上眼睛，額頭一陣冰涼，估計是出血了。居然一點都不疼，真該死在這兒。怎能還有臉活下去？臉上一絲暖意，林寶兒在摸他。

「你幹嘛喝這麼多酒？」

「你管不著。」

「一會兒我打車送你去醫院，等你出院了，換個房子，最好離開北京。以後別找我，也別打聽我。」

「你真的管不著我。」他睜眼看看她，「你叫林寶兒，好像我才認識你的那種感覺。」

她皺眉咬指甲，不想談這些，繼續說：「記著，一定要換房子，把號碼也換了。你不了解他，你會死的。」

「林寶兒這名字真好。我現在就想死，抱著我。」

他又閉上眼睛。張至東摁喇叭讓她上車，等天亮掃馬路的就給這傻逼掃走了。林寶兒讓他要麼回去，要麼閉嘴。他搖上車窗聽音樂。她翻翻許佳明眼瞼，說：「許佳明，能聽見我說話嗎？你隱形眼鏡已經摘了，可別再摳眼珠子了。」

「逗你玩的，我根本不近視。」他清醒些，望著她說，「我就喜歡看你笑。」

林寶兒笑了，滿臉淚水亂淌，親下他額頭說：「我愛你。」

「大點聲。」

「我愛你，許佳明。」

許佳明徹底醒了，他聽過這句話，以前在海南的長途車上她曾經講過，他一輩子忘不了。有好多次他想跟她解釋，要是我愛你，接上的一句我也愛你，肯定不是那麼回事。他那時都不知道該說什麼，只是抱她更緊一些。他真想告訴她，我的心都化了。他站起來，搖搖晃晃，把她拉到車前，拍著車頂說：「林寶兒，你再大聲說一遍！」

張至東搖開車窗，打著火等她說完上車。

「你把那句話大點聲，給他說一次！」

林寶兒把兩個人都看一遍，低聲說：「他喝多了。」

哦，加長林肯。他早該想到的，有必要還看著倆男人做抉擇嗎？他瞅瞅林肯的車標，那顆閃閃發光啟明星，還不知道選誰嗎？他衝張至東鞠個躬，說聲對不起，轉身邊走邊哭。不能出聲，車還沒開走，能聽到，真羞恥。片言隻語傳進來，還是捨不得，停下腳步卻不敢回頭。他聽見林寶兒對張至東吼叫：「張至東，我就是愛他，愛上他了，你看怎麼辦吧。」

許佳明嚥了口唾沫，調整方位仰頭望東方，一瞬間他彷彿看見那些言語正從車前的啟明星向上升，一路劃過夜空，照亮真正的啟明星。

11

她說要他等，等把她把事情處理好，她會像蒼蠅一樣撲過來，成天黏著他，直到把他吃光光。繞了一圈許佳明才想明白點在哪，她在拐著彎罵他是大便。他問她什麼時候能處理好。她說最快明天，但是最慢要一年。

「你等我一年。」

她食指伸出一，豎在嘴唇上，眼瞅著就要哭出來了。許佳明說他可以等，還要鍛鍊身體，備戰下賽季。破涕為笑，她抽兩下鼻子說：「你不是一直問我演過什麼戲嗎，其實我這輩子只演過兩部戲，一個有台詞的，一個沒台詞，你想知道哪個？」

「有台詞的。」

「就一句台詞，」林寶兒說，「走，咱找村長評理去，他要是不答應，就把他家雞吃了！」

「這你還不紅？那沒台詞的呢？」

「《十面埋伏》的歌姬之一，其實就是妓女啦，導演連句官人好久不來想死我了的台詞都不給我。」她停了停，「我沒跟任何人講過這些。」

「換我也不講。」說完他就後悔了，嘴真賤，這時候開什麼玩笑？「起碼你跟張藝謀合作過。」

「是副導演，我連張藝謀的面都沒見過。」她咬著指甲說，「許佳明，我是不是挺失敗的？」

「不是，還好，我比你失敗。」

「我哪好啊，你到底喜歡我什麼呀？算了，講這個幹嘛？你都不會接了。」她又伸出一，「你要等我，最多一年，不許找西瓜，更不能找黃瓜，老老實實當你的西紅柿。」

什麼玩意兒？十二月冬天他走天橋的時候想起來了，以前他們倆玩過的，水果蔬菜配對遊戲，黃瓜香蕉是好基友，南瓜西瓜是《瘦身男女》前傳，唯獨西紅柿，又是水果又是蔬菜，有了欲望只靠五姑娘。她在要求他嚴於律己呢。

他不是什麼好鳥，要是性愛算犯罪，他可能在無期和死刑之間。但他想過一年聖潔的日子，無性無愛，滿心的思念，對林寶兒對自己都好。有天夜裡他就快夢遺的時候及時醒來了。遺精是每個少年的噩夢，在夢裡你無法控制自己，運氣好的話能遇見一個金髮碧眼的日本女優，但通常這樣的夜晚，你都是對著一棵大樹，一根熱乎乎的香腸，甚至是老乾媽瓶子的頭像，就把子孫後代給遺棄了。劫後餘生，他擦擦汗，找出《十面埋伏》高清片源。一幀幀地看都沒認出林寶兒演的是哪個歌姬，就看見頭牌章子怡目光呆滯地獨自領舞。擼你妹啊。

聽林寶兒的話，他換了房子。每次出門都左顧右盼，看看有沒有哪個盯梢的裝作看一份中間摳了洞的報紙。他不是惜命的人，換過去碰上張至東這種煤老闆，他早就提著菜刀去拼個你死我活。現在不行了，他是林寶兒的了，他的命將是林寶兒的私有品，可不是他說了算的。於是他把過馬路都戒了，找不到天橋就往前一直走，盡頭是路口就往右拐，大不了走個正方形回去睡覺。

年前在上海他把這事跟李小天說了，他說他知道她叫林寶兒了；他說林寶兒的男人每天開著壓路機在街上閒逛，找機會把他壓到柏油裡；他說他要等她一年，哪怕是天天夢見老乾媽。太多疑點了，李小天都不知道該從哪懷疑，你確定她愛你？你確定分個手她要分一年？你確定這一年不會有變故？

「你沒見過他們倆，」許佳明說，「一般人提分手，發張好人卡說你人很好，只是咱倆不合適，都是我的錯，對方咬咬牙，也就明白了。他倆不是，女的說分手吧，男的說你傻逼吧，又被誰睡了，我弄死他。」

李小天還是不信，他能堅持一年嗎，就算做到了，一年後分不掉呢？

「不確定因素太多了。」他提醒許佳明，「別忘了最初你們僅僅是一夜情。」

許佳明瞪著他，真你媽多管閒事。他自己也是，就不該跟他講這些。本來他是商量重啟畫廊的計畫，現在許佳明不幹了，他得離他遠點，一個極端的悲觀主義者，當一輩子西紅柿吧。所以聊到創業的時候，許佳明說最近手頭緊，精力也不允許，畫廊的事先不參與了，我的畫給你代理，隨便你怎麼賣。李小天皺眉，質疑許佳明怎麼反覆無常，說好的事情忽然變卦。這時許佳明來一句莫名其妙的話：「其實拿一年賭一輩子，值了。」

他時常去首圖，希望能遇見前去還書的林寶兒，第二年也不見她的蹤影。卡上顯示《漫長的告別》還是借閱狀態。不能再等了，二〇〇七年的書五倍賠償。四月碰到的一本好書擊中了他的心，作者叫約翰．歐文，封面上寫著——一個關於愛與性，失去與寬容的故事。《寡居的一年》。

譚欣的丈夫崔立在五月死於糖尿病併發症。故地重遊，他飛去海南陪了他們母子半個月。開始她很堅強，彷彿真的可以面朝大海春暖花開。最後幾天許佳明提出孩子由他來撫養的時候，她哭著求他原諒，她說她錯了，可能她一直是愛著他的，只是她當時太想嫁給崔立，哪怕崔立無法生育，哪怕她要去勾引一個男生借種生子，她也要替崔立養個孩子。最後一夜她終於說了我愛你。拖了那麼久，可惜太晚了。許佳明哽咽地告訴她，去年他連酒店都訂好了，是有心準備搶婚的，可惜愛有時間差，他們徹底錯過去了。

即使他們相擁而眠，即使寡居一年，即使他有六七年的時光都在懷念譚欣的身體，他還是控制住自己，沒和她發生關係。他現在是林寶兒的私有品，他騙她說，他們要結婚了。

「你知道嗎，你對我說謊了。」送他去機場的路上譚欣說，「我當年去美國的時候，你說你會一直在北京等我，但你沒做到。我現在說，我會一直在海南等你，我一定做得到。」

至少我不止是一匹種馬，至少她還能愛我。他在飛機上夢見林寶兒變身成一匹小野馬，他一眼就認出來了，跳上馬背將她制伏，他捨不得配馬鞍，捨不得上韁繩，更捨不得鞭打她，每天就是摟著她脖子在森林裡自由穿梭。墜落懸崖的一刻他醒了，飛機還在雲朵之間穿梭，他想起他媽最喜歡的就是雲，尤其是天氣不好不壞的日子，那些白色一片連著一片，該有多漂亮。他想起一件事，向機窗側過身，隔著褲子拽一下自己的內褲。冊那！你個爛番茄，飛機上你都夢遺？

殺繼母和繼母情夫的真凶抓到了，他還要去新疆一趟，把那個聾啞親戚接回來。他才不會告訴林寶兒，這個啞巴是他什麼人。五月二十日他們騎兩輛摩托從帕米爾高原出發，第九天進入塔克拉瑪干沙漠。他對啞巴親戚打手語，你放心去，我要結婚了，有人照顧我了。跟李小天比，他太樂觀了，夜裡露營聽著沙丘移動時他就想，萬一呢，萬一像他第一天拿行李的路上所擔心的，林寶兒就此消失，再也找不到了，他能怎麼辦呢？難道走進沙漠，任憑幾百條沙蛇在他身上糾結纏繞，把他吞噬掉嗎？這不是拿一年賭一生，這是拿一生賭另一生。

經過塔中那天他們好好吃了頓飯。許佳明打手語跟啞巴親戚解釋，兩條公路將塔克拉瑪干交叉貫穿，政府在十字路口用柏油硬鋪了一個兩公里小鎮做休息中轉，塔中鎮。這時有電話打進來，接到的第一句話他就呆住了。又是兒童節了，我還沒收到你的呢？

「哪怕是尿不濕，也算那麼回事啊。」

許佳明單手對親戚打個手勢，出去對著沙漠說：「絕對是天意，我前幾天手機一直沒電，今天剛充上。」

林寶兒喊道：「你跑誰家鬼混去啦！哪個女孩連充電器都不讓我們家許佳明用啊？我找她去！」

「輕點，耳朵。」許佳明說他在新疆呢，沙漠的正中心，天天牛羊肉。

「那你得帶點什麼回北京，和田玉怎麼樣，二十萬一塊的那種。」

「我還是給你牽隻駱駝吧。」起風沙了，許佳明背過身問：「你自由了？」

「我越獄出來的，會說話嗎你？你知道今天什麼日子嗎？」

「兒童節，你剛才說的，我們相愛一週年。」

「是我們上床一週年，我愛不愛你還不一定呢。」

她停下來，許佳明知道她又在咬指甲，那就由他來講，他說新疆羊肉串還沒北京的好吃呢，他說最好吃的哈密瓜原來不在哈密，在旁邊的一個小縣城，他說這邊居然有人靠進到沙漠深處抓野駱駝為生。

她打斷他：「許佳明？」

「嗯？」

「你快回來，我想你，我天天想你，」她哭出聲來，「我就快想瘋了。」

12

再見到林寶兒時他雙腿一下子就軟了，似乎要抓著褲子才能把步子抬起來。她怎麼可以越長越漂亮？華貿底層，香奈兒的專櫃，她正在導購的指導下對著鏡子試用口紅。他半天才找好角度，讓自己出現在她的鏡子裡。

「我故意的。」她把口紅還給導購，說要和男友商量一下。然後她挽住許佳明說，「我看見你進來的，故意轉身試用，看看你能不能找到我。口紅誰買香奈兒的呀？」

「我說也是，口紅就應該用嬌時的。」

「那是什麼牌子？」

「淘寶彈出來的廣告，湖南衛視我是大美人節目強力推薦，四十八種炫彩任你挑選，九塊九包郵，親，你還等什麼？我都想買一款嬌時口紅送給你了。」

林寶兒凝眉望他：「求求你了，千萬別送。」

「你是不是把我忘了，當然是假的，我畫筆都不止九塊九。」

林寶兒笑瞇瞇的，忍不住親下他的臉，問：「今天都什麼安排？」

「安排？」

「你約出來，不做好計畫的嗎？我們是約會啊，許佳明，追我的時候能不能認真點？」

「哦？我安排了五樣。」

「你就編吧，第一樣呢？」

「逛華貿。」

「最後一樣呢？」

「問第二樣吧，我還能順一下。」

「最後一樣？說不出來我轉身就走，再也別想約我。」

許佳明想想說，「第五樣是明天給你做早餐。」

林寶兒拉著他停下來，這回親他的嘴，回味一下說：「我們去做第四樣。」

第四樣他們重複做了三遍，之後兩個人還不盡興，吧唧吧唧地親個不停，後來林寶兒問他，我親不夠你，怎麼辦呀？許佳明出主意說，親不夠咱就摟著親。這居然也算個主意？半小時過後他們發現，摟著親也親不夠，就捏著鼻子親，這回真心親夠了。

等兩個人把氣喘勻，脫離窒息狀態，她問他第二樣第三樣的安排都是什麼呀。許佳明瞪大眼晴說，你還考我哪？

「也不是，」她說，「我就是想和你約會。你說，男女約會是為了什麼呀？」

「為了把姑娘帶回家。」

「講人話。」

「不知道，我就是想和你一起做所有的事情。」

「那你說，男女做愛是為了什麼呀？」

「不一樣的，以前跟別人做愛可能是欲望、快感、新鮮感那些東西，但是跟你做愛更像是，像是一種表達，好多愛一團一團地窩在心裡面，感覺買花送禮物都不盡興，就只有不停地親熱才會接近那種愛的表達，我說真的呢。」

林寶兒翻過來，壓在他身上，噘著嘴說：「許佳明，你是我的大寶貝，誰要都不借。」

完了，第四樣又要重來，摟著親，掐著鼻子親，做著愛親，使勁愛吧。

13

那段時間也許是兩個人一生中最幸福的時光，彷彿他們都在這世界上找到了另一個自己，終於體會到，原來愛對方比愛自己還要快樂。而且他們那麼相似，臭味相投一拍即合，只要一個人有了古怪念頭，另一個馬上就舉雙手贊同，立刻放肆地去執行，不管多古怪。

比如他們會去飯店裝啞巴，一進門服務員問幾位，他們不回答。於是她只好自說自話，兩位，樓上請。許佳明裝聽不見，拉住林寶兒就在一樓坐下來。他對著服務員啊吧啊吧地點著菜單上的照片。有時候林寶兒不滿意，讓他換個菜，一著急就乾對口型不出聲。許佳明瞇了半天，看出來她想吃青椒肉絲，就又對著服務員啊吧啊吧地敲點菜單。

一頓飯不說話還挺難受的，許佳明不怕，他會手語，看懂看不懂是你林寶兒的事兒，反正我講出來了，爽了。林寶兒開始也張牙舞爪地跟他對著飆，打的什麼話她自己也不知道，更像五倍快播的太極拳。雖然面對面各玩各的，他們竟然很開心。有次林寶兒讓他別搶話，一個一個說，可又打出來的手語又是一個西瓜切兩半這種太極口訣。後來她急了，忽然在許佳明面前像打蚊子一樣虛拍一巴掌，把他嚇一跳。林寶兒咯咯咯地笑個不停，也爽了。

一年前在三亞兩個人聊過黑名單的話題，現在他們還真被拉進了電影院黑名單。起初是許佳明帶頭的，影廳黑場，那條白痴黃龍又出來纏繞兩圈，電影開始了。林寶兒想，許佳明今天怎麼這麼消停，不吃爆米花，又不喝可樂。她向左看一眼，尖叫起來，緩了十幾秒還驚魂未定地問：

「你在敷面膜？」

「我這還有，你要嗎？」

「我要海藻泥的。」

就這樣，有時候白臉，有時候黑臉，有時候黑白雙煞，反正是兩個厲鬼在電影院左顧右盼，嚇唬其他人。偶爾怕被打，就低調一點，頭碰頭地互相嚇唬，直到他們摻雜著面膜白汁和黑泥，又親到一起。

連逛超市他們都找到了新樂子，進去先瞄準某個品味差不多的年輕人，由林寶兒上前搭話，方便麵在哪找，您能帶我過去嗎？許佳明則是趁其不備，把年輕人的購物車推走結帳。帶著拆禮物的期待，兩人拎著袋子小跑回家，而且真的會有意外驚喜。

「呀，高樂高！我十幾年沒喝過了！」

「呀，狗糧！我到現在都沒吃過！」

有一次，就那麼一次，他們吵了架。本來還挺好的，林寶兒心血來潮要給許佳明當人體模特。說著容易，真做起來一個小時畫不完，兩個小時畫不完。小半天過去林寶兒受不了了，跟籠中鳥似的蹭地一下竄出來。

「按你這速度，泰坦尼克號沉了，我都沒衣服穿。」她一絲不掛地跑到許佳明後面，抱住他。「你只畫了兩個胸？」

「不止，還有乳頭和乳暈。」

「別跟我說話，」林寶兒看眼畫紙比例，「你只打算畫兩個胸？」

她真的生氣了，將畫撕碎回到房間。也許是她多想了，錯怪了許佳明，但是這些都是事實，她的胸的確很美，相比於她的其他部位，大多數男人都對它們更感興趣，願意對這對乳房花錢追逐。可許佳明怎麼也成了他們庸俗隊伍裡的一員？他那麼特別，她那麼為他著迷，怎麼可以令她失望？晚上洗澡後她對著鏡子多照了一會兒，要是她的胸沒那麼完美，能小點，能垂點，或是乳暈深一點，許佳明還會迷戀她的胸，那才叫真愛。

夜裡上床後，許佳明照例從後面抱住她，手掌自然地搭在她胸前。她想抓走他的手，讓他滾蛋，可又捨不得，指甲在他手背上輕輕劃著。

「許佳明，要是我哪天沒有胸了，你還愛我嗎？」

「沒有胸？你要把它們藏哪去？」

「我是假設，像是得乳腺癌，切除了。」

「那不還剩一個嗎，夠用。」

「我不可能留一個，這樣重心不穩的，我兩個都切了，你怎麼辦？」

「讓我想想，」他揉著她的胸，彷彿真是揉一下少一下，「我能不能跟大夫商量，把切下來的胸留給我，我用保鮮膜密封好，不脫水，隨身帶著，沒事就摸兩下，還不用看你臉色。」

她騰地一下翻回來，勾住他脖子，笑著說：「你太噁心啦！」

許佳明輕吻一下她嘴唇，說：「林寶兒，我以前沒標準，我覺得怎樣都好，胸大也行，胸小也行，高挑也行，小巧也行。現在不是了，人家要問我，你喜歡什麼樣的，我會認真地說，我喜歡林寶兒那樣的乳房，我喜歡林寶兒那樣的身高，我喜歡林寶兒那樣的腿，我喜歡林寶兒那樣的眼睛。」

「那你還喜歡女孩什麼樣的聲音、頭髮、鼻子？」

天哪，當然都是你這樣的！可是相愛的人不這麼想，許佳明告訴她，我喜歡女孩有你這樣的聲音，喜歡女孩有你這樣的頭髮，喜歡女孩有你這樣的鼻子。讚美永遠聽不夠，更重要的是，對於深愛的那個人，我們永遠也誇不夠。

14

那年秋天去得特別早，一場雨夾雪宣告冬天就要來了。雨連續下五天，他們就在家裡宅五天。還好他們禮拜天偷來的購物車主人是個餅乾控，而且沒養狗。從奧利奧到三加二，從蘇打餅到旺仔小饅頭，吃到禮拜五終於有些崩潰了。許佳明說今天是週末，出去吃吧。

「好！你給我帶一份青椒肉絲。」

餅乾裡含有大量的反式脂肪酸，長期食用容易造成血液黏稠，腦損傷，智力下降，嚴重些的就像林寶兒現在這個樣子，出現老年痴呆的早期症狀。比如她咬著指甲想到了一個增進餅乾食欲的好辦法。

「我們比賽吧，上床躺著吃，看誰把餅乾渣掉下來。」

輸的人怎麼懲罰呢，這也要得益於林寶兒的聰明才智，她先示範一下，雙腿抬起頂著牆躺在床頭。第一口咬下去許佳明就輸了，窩著肚腩雙腿倒掛半小時。林寶兒有練過吧，能把餅乾吃得又乾淨又飽。她拍拍胸口順順氣，跟許佳明並排躺著，雙腿支上去。

「老公，我探監來啦。」

一時間牆上多了兩隻腳。她又有了新玩法，我們腳丫子大戰。一番混戰下來，林寶兒的左腳和許佳明的右腳結盟，打敗了許佳明的左腳，林寶兒的右腳始終保持中立。然後林寶兒靠在他肩膀上，兩個人倒掛著雙腿睡著了。

她是被夢驚醒的，他是被她親醒的。兩個人就互相望著，不說話，也不親吻，都要看到骨頭裡去了。

「許佳明。」

「嗯？」

「遇見你真是太難了，我花了二十五年的時間才找到你，我這輩子都不想再經歷一次了。」

許佳明把頭轉回去，看著牆上的四隻腳，任憑眼淚順著太陽穴淌到床單的餅乾渣上。怎麼辦啊，這麼深這麼濃的愛，現在連親吻與做愛都沒有辦法表達了。

晚點他們還是出去吃飯了，兩人撐傘摟著穿過細雨細雪來到啞巴以後常去的那家飯店。他們還是啊吧啊吧各說各的，許佳明雙拳合併勾勾拇指，再把右手的拳頭向上打開，最後又用食指點在自己胸前。林寶兒皺皺眉，誰明白你在講什麼，手語要按著口訣來，一個西瓜切兩半，你一半我一半，啪！蚊子！爽死了。

但是這次好像真把他嚇著了，等他緩過來的時候眼睛都濕了，把剛才的手勢又打一遍，雙拳勾拇指，再把拳頭打開，最後指指自己。他放下手臂，望著林寶兒，等了十幾秒居然說話了。

喂！你是啞巴啊！林寶兒心裡喊。

「嫁給我吧，林寶兒。」

她捂著嘴，呼出的熱氣在手心裡打轉，又撲到眼睛裡。眼淚真是個奇妙的東西，你悲傷的時候它來，你幸福的時候它也來圍觀。一瞬間她就視線模糊哭了出來。那些服務員早就聚在一側，等著這個女啞巴說我願意。她幾次張嘴卻是哭的聲音。有個天真又單純的服務員比她哭得還厲害，重複馮小剛的台詞說，這就是愛情的力量啊。

15

想結婚和能結婚是兩碼事，房子，車，如果有富餘的話還要一場體面的婚禮，這些都是錢，按照許佳明的說法這叫時間，一輛差不多的車等於一年的節省加拼命，好點的婚禮算兩年，而房子就沒法拿時間來衡量了，三十年，你要用生命換一套婚房。他清楚，當直面這些的時候，所有的不著調不再是玩笑，它們已化身為虛弱的掩飾。不行，他要直面這一切。

禮拜六天氣晴朗，中午十二點起床他倆坐在陽光房，緊張地盯著窗外樹枝的最後一片枯葉。許佳明賭今天的陽光會讓它脫盡最後一點水分，五點前一定會落下來；林寶兒則覺得既然一個秋天過去了，它還在那裡，就說明它不是落葉，明年春天還會格外耀眼地長在密密麻麻的綠葉之間。

「不是落葉？」

「對啊，地理課學過，有些是落葉，秋天一到就掉下來，第二年再長，有些不是，永遠不落下。這個你可騙不了我。」

「我們老師不是這麼教的。」

「那你找你們老師說去，跟我委屈沒用。」

許佳明轉窗外，抱胸看看樹葉，看看陽光，又看看林寶兒，說：「這房子挺好的，是吧？」

「我喜歡，還能天天看葉強。」

「葉強？」

她指著枯葉說：「我剛起的名字，貼切吧？」

「挺好，商量一下唄，以後有孩子，我來起名。」

「那我來起姓。」

「滾。」

葉強今天不打算下來，風和日麗，似乎它還要光合作用向上生長。

「林寶兒，我們就在這兒結婚吧。」

「行，只要別在北太賓館結婚就行。」名字很大，北太賓館是小區地下室旅館，二十元一個床位。然後她反應過來了：「租房結婚？」

「租幾年，我再想辦法買下來。」

「我買吧，我有錢。」見許佳明搖頭她補充道，「再不花出去，等結了婚就成你的了。」這是個禁區，他從來不問她錢從哪來的，沒必要自找麻煩。

「你留著，我來。」

「你是怕我錢髒嗎？」她問，「你知道我爸因為什麼坐牢的嗎，他貪汙了一億兩千萬。」

許佳明瞠目結舌：「我一直以為，只有精子才能用到億這個單位。」

那就更不能用這筆錢，當晚他跟李小天通了個電話，確定他在家。禮拜天一早，沒打招呼就坐高鐵去了上海。這回沒約他喝咖啡，直接去家裡把他敲醒。臨近中午李小天還睡眼惺忪，讓許佳明在客廳坐一會兒，他先洗個澡。這是最好的時機，他聽著流水聲想。他掏出首圖借書卡劃開了衛生間的門。

「冊那！」渾身泡沫，李小天都不知道該護住哪裡。「你想怎麼著？」

「借我點錢，我要結婚。」

「出去！」

「拿了錢我就走。」

「你來上海就是為了借錢？」

「我花了一千塊錢路費，你看著給。」

「兩萬，你出去吧。」

許佳明把門鎖上，拽條浴巾墊著洗漱台坐上面，點支菸說：「我結婚，你借我兩萬？隨禮我都嫌少。」

「我給你買房子吧？」

「不用買，你這房子就夠用，我們就在這兒結，上海也不錯，起碼空氣比北京好。」

「多少？」泡沫還在，算了，不沖了。李小天轉圈找，「你坐著我浴巾呢！」頭髮還沒乾他倆就到了銀行拿了簽號，前面有五位客人。李小天抱怨，二十萬，他從沒借人這麼多錢。他問許佳明：「你沒朋友嗎，跑我這兒借錢？」

「沒有，就你一個疑似朋友。」他解釋五個二十萬也買不起房子，他是想跟房東簽三年長約，一次性付清，中間別搬家。

「然後你再找個做假證的，把房產證先做出來，就像剛買的一樣？」

「還是你了解我，要是過三年還沒攢夠，我再跟你借。別怪我沒提前跟你打招呼，你得努力賺錢了。」

李小天看看他，他清楚許佳明沒開玩笑。儘管人很聰明，但是許佳明腦子裡始終少根弦，他不知道什麼叫自私，一直以為朋友間錢不重要，我急需錢，你有，暫時不用，沒理由不借給我。錢取出來李小天問他要不要去哪坐坐，喝個咖啡。許佳明說他買了兩點鐘的票，還要趕火車。

「回程票都買好了，我要是不在家呢，你不是白跑一趟？」

「在的，你昨晚說最近太累了，要好好睡一覺。」許佳明掏出兩捆塞還給他，「不能白借，十八個就夠，等我緩過來，還你二十。」

「給她買禮物吧，再也別跟我提林寶兒這個人，你都快被愛情廢掉了。」

「放心，你見不著她。」也不客氣一下，他轉身就往外走，「你早被愛情廢掉了。」

還有一小時，他去太平洋轉轉，兩萬塊買不到什麼好鑽戒，不行用紙給她糊一個，再要鑽戒，剁手！長大真麻煩，他愛她，愛到想娶她，於是壓力就來了。

地鐵更快些，人都不多。他抓著欄杆看運行中的廣告。牛奶的，戶外的，孝敬父母的，過了江蘇路有款廣告他沒看出是什麼，一個連林寶兒無名指都比不上的金髮女人對著車廂擠眉弄眼。哦，就是無名指，那款比啟明星還亮的戒指。188888RMB，許佳明是清華男，一眼就知道這是幾位數。但是光是想著林寶兒戴上它的樣子，他就已經喘不上氣了。不管了，他得下車，不行再借，把腎押給李小天。

16

她打算在請帖上這麼寫——您查看的寶貝許佳明不存在，可能已下架或者被林寶兒轉移。她請帖印多了，一萬多份，朋友才十幾個，多出來的她跑到西單當傳單發出去，還豎著無名指補一句，我就是林寶兒，小心眼睛，閃瞎你！唉，早就說過，餅乾吃多了不好。

婚宴定在晚上七點半，錢櫃ＫＴＶ３０５包房。她說她朋友都不喜歡吃飯，食物對她們來說就是噩夢，因為她們都是，林寶兒停住了，彷彿既成事實一般懷疑起許佳明。

「你不能去，她們都是大模，你會被勾搭走的。」

「那你抱個相框去，你說這就是許佳明，我倆今晚結婚。」

這是許佳明要娶她的原因之一，不管多棘手的麻煩，她都能想到好辦法。林寶兒給他換上西裝打扮一番後，告訴許佳明今晚當啞巴。

「一個啞巴去ＫＴＶ？」

「那沒關係，至少她們不會對你有興趣了。」

「你歧視聾啞人。」

「她們一定覺得我林寶兒太酷了。」她點點頭，很滿意。「一句話也不能說，記住了嗎？」

「記住了。」

「閉嘴！」

說是十幾個，最終只來了九個，而且確實漂亮。可她們只是尤物，不是林寶兒。他對每個人點著頭打手語，林寶兒好像看明白了似的替他瞎翻譯。女孩們都愣住了，問她愛這個男孩什麼呀，偏要嫁給他？

「因為他特逗，有意思。」

這誰信哪，林寶兒！你怎麼不說我歌兒唱得好啊？

林寶兒咬著指甲想了想說：「因為他能用啊和吧兩個音唱〈愛情買賣〉，點上！」

她們搖頭，不可能。林寶兒回頭對許佳明比劃，一個西瓜切兩半，你一半我一半，啪！許佳明接過話筒，唯一的難度是，到哪個字該從啊到吧的節奏轉換。唱到一半他聽見女孩說，我們真信了，求求他別唱了。他得裝聽不見，繼續啊吧，這輩子就沒這麼爽過。

「他還會唱〈最炫民族風〉，點上！」

林寶兒又對他打遍口訣。你太能得瑟了，再唱就露餡了。伴奏上來他得重複剛才的〈愛情買賣〉，可是〈最炫民族風〉的感染力實在太強了，有幾句他差點被帶跑調。

之後他們喝酒搖色子，三個五、四個六地比劃，這個啞巴也能玩。許佳明酒量還成，知道自己不至於喝到講醉話。有個台灣妹子跟林寶兒說，她越來越覺得許佳明這個安靜的男人很不錯呢。許佳明打手勢回覆，林寶兒加工一下翻譯給她。

「他說你聲音太嗲了，不是，是妝太濃了，不喜歡你。」

「你也看不懂他手語，對不對？」

「我不需要看懂，他愛我，我也愛他，就夠了。」

換平常林寶兒講句好話，得讓許佳明十倍甜言蜜語還給她。這回輕鬆了，好好享受吧。他拿麥要唱歌，女孩們把他拽住了。手機響了，林寶兒給他看屏幕，來顯是「咱媽」，林寶兒瞎打著手勢說，昨天改的，你老婆稱職吧。許佳明衝她笑，抱著她要親一口。別，咱媽在看著咱倆呢。他點點頭，示意她別著急，這邊他完全能應付。他目送林寶兒拉門出去向右往自助餐廳跑。林寶兒最喜歡一邊打電話，一邊用牙籤扎水果吃。

電話打了一刻鐘，哈密瓜、西瓜和火龍果她都試了一遍。要是林寶兒知道等她再回來的時候，她和許佳明一切都完了，所有的甜蜜都不見了，她就是把手機摔了，也不會走出包廂一步，將許佳明留在姑娘中。

17

電話從洛陽打過來。林寶兒說打你好幾天電話了，怎麼都不接啊。她媽媽解釋，手機拿去修，那邊說修好電話通知她，她等了兩天才反應過來，她留給維修部的號碼就是修的電話，真是年紀大了。林寶兒打斷她。

「媽，我結婚了。」

要不是她媽媽先哭出來，她才不會掉眼淚呢。這麼好的日子，母女倆隔著電話哭個什麼勁啊。林寶兒哭著說，媽，他叫許佳明，人特別好，遇見他以後，我才明白愛一個人是什麼感覺，真的，太好了，頭一次有這種感受，見到他哭我就想哭，見到他笑我就忍不住笑，我願意為他做任何事，替他下地獄我都幹，五分鐘見不著他，我就想得要死，一秒鐘都不想放他走。她擦擦眼睛，吃塊西瓜穩定下情緒，跟媽媽保證，明天領完證，就帶他回洛陽，也讓爸爸看看。

掛掉電話她吃一圈水果，去衛生間對著鏡子補補妝，兩個食指勾起嘴角，你是林寶兒，你笑起來天下第一好看。

包廂裡還在瘋，她問大家，我老公乖不乖啊。台灣妹子說，你一走你老公就一杯酒都不喝啦，就握著手機等你回來。她們讓林寶兒灌他酒。許佳明擺手搖頭。林寶兒端著酒瓶要倒，許佳明右手罩在杯口不鬆開。林寶兒做出砍頭的手勢。

「反了你了，都過來，把他手指給我掰開！」

一幫女孩的手抓過來，忙活許佳明的右手，林寶兒把酒從手指縫中倒進杯子裡。她們喊著，喝了！喝了！

「我不喝！」許佳明起身把酒杯摔碎，左手拉住林寶兒，指著那些嚇傻了的姑娘說，「還有你們，以後誰他媽再敢傳林寶兒瞎話，信不信我整死你們！」

她被許佳明拉出去，下樓梯時林寶兒有幾次差點摔在上面，嘴裡罵罵咧咧地問許佳明是不是吃嗆藥了，想死吧你？出大門許佳明鬆了手，不管不顧地大步往前走。林寶兒揉揉手腕，喊他名字也不回應，就快步追上去。一月的北京，兩個人一前一後踩在雪地上。

「她們說什麼了，你翻什麼臉啊？」

「說你的事兒，還真當我是聾啞人。」

「誰他媽也不知道，都瞎逼逼什麼呀？」

「台灣妹子知道，她說跟法院的朋友打聽明白了，模特林某就是你。」

「許佳明，說什麼你都信，你傻逼吧？」

許佳明轉身停下來，把手機扔給她，說：「我可以搜。」

林寶兒像洩了氣的氣球癱坐在雪地上，滑開手機看完了每一條新聞，裹著羽絨服說：「老公，我冷，打車回去吧。」

「林寶兒，你是不是不想活了？想讓司機也聽見是嘛？全北京就你林寶兒牛逼！你想讓誰死誰他媽就得死！牛逼你也殺了我啊！」

許佳明對林寶兒轉著圈吼。她把頭髮散開，低頭擋住臉，一聲不出地哭起來。一陣冷風吹過後，她把眼淚擦乾道：「你別說了，我們回去吧。」

他蹲下來，從包裡找出林寶兒的菸，自己點一支，深吸一口問：「張至東是怎麼死的？」

18

她說夠了，下單吧，還有，這桌不用留人，你們忙你們的。服務員跟她解釋桌前沒人，店長會罵的。你去忙，聽不懂嗎？然後她問許佳明要什麼小料，她去調。許佳明還在低頭看手機，打從進海底撈他就沒說過話。

「我問你，要什麼料？」

「隨便，」他翻開新的網頁，「這時候我能吃多少？」

男服務生把火鍋端上，讓林寶兒檢查底料是密封好的，並非回收油。火開大點，她說。起身搶過許佳明的手機，扔進火鍋裡。許佳明這才抬起頭，雙臂撐桌上看紅油起泡。

「張至東哪天死的？」

「去年二月，大年初八，上班第一天。」

「快一年了。」

「人不是我殺的。」她說。

「看出來了，巴雅爾是誰？」

「雜誌編輯，攝影師。」

「蒙古族？」

林寶兒點點頭：「好像是，我也不知道。」

「他替你殺的他？」

「他沒替我殺任何人，他自己找的張至東，你要問就好好問，能不能稍微正常一點，許佳明？」

「下菜吧。」涮著手機呢，當然不能吃，他只是把菜夾進去緩緩情緒。「他為什麼殺張至東？」

「他以為我喜歡他，他以為，我們倆不能在一起是因為張至東纏著我。」

「你什麼時候認識巴雅爾的？」

「前年十月，忘了哪天了。」

「前年九月張至東找到我，九月二十二日，我記得特別清楚。你讓我等，最快明天，最慢一年，你說的原話。十月份就有個巴雅爾為你要死要活的，還去殺了張至東。」他盯著她說，「你故意的，你想讓張至東死，拿他借刀殺人。」

「我是故意的，他擋著咱倆了。」

「別把我扯進來！」還得抽一支，他全身都在抖。「能為你去殺人，不是一般的瘋狂，你跟巴雅爾睡了？」

「你說呢，二十一世紀了，親個嘴他信嗎？」

「肯定睡了。我都覺得你活兒好，蒙古人天天騎馬放羊的，肯定被你玩得五迷三道。他射你嘴裡了？」

「許佳明，你嘴能不能乾淨點？」

「張嘴比比，你嘴乾淨，還是我嘴乾淨？」

她瞪著許佳明，破罐破摔，再講些真相報復他：「我們不單睡了，還同居了。他租個房子讓我住，還讓他助理住另一間看著我。每天搞完我，回家還得跟老婆交公糧。」

「林寶兒你閉嘴，我不想聽了。」

算了，吃死得了。他夾兩筷子，淨是辣，沒得吃。他問林寶兒要什麼小料，他去打。她說要跟許佳明一樣就行。

他特意多待一會兒，壓壓火，回來見到林寶兒哭得厲害。他喊服務員要條毛巾，塞給林寶兒手裡，勸她別哭了，他只是有點堵得慌，再怎麼樣也不至於讓張至東死啊，他有點害怕，不知道怕什麼。

「許佳明，我沒有錯，一點錯都沒有，我就是委屈，我說我把事情處理乾淨，讓你等一年，我說話就要算話，但其實就我一個人在扛。我天天想你，想怎麼樣咱們兩個才能徹底在一起，我快想瘋了的時候，我都憋著，不敢給你打個電話，好好哭一通。事情終於辦完了，你過來對我審判，至於嗎你？」

「你要是真想殺了張至東，你找我許佳明。不至於陪那個巴雅爾睡仨月，讓他動手。你跟他睡在咱們相愛之後，這讓我太難受了，我會永遠恨你的。」

「你去殺啊，你死了我還要什麼！我幹這些就是為了你，我他媽伺候人家三個月，兩邊編瞎話，這時候你來說風涼話了？」林寶兒來氣了，把毛巾也扔進紅油裡，托著臉說：「你不知道張至東有多可怕，他一定要死。他每天都威脅我，他說他絕不會傷害我，但只要我跟哪個男人在一起，他一定會殺了他。你信不信，那天晚上如果我沒管你，先回家，他肯定能弄死你。」

「他以前殺過人？」

「沒有，跟他一起之後，我沒跟別人好過，你是第一個。」

「先不說這個，你讀了那本書，《漫長的告別》？」

「回北京我就開始讀，我想你，又見不到你，我只能讀你讀過的書。」

「所以書裡告訴你，讓絆腳石死，是解決問題最好的辦法。」

她不說話，那是默認了。不再顧忌形象，她徒手擦掉鼻涕。

「那是小說啊，林寶兒！」

「我本來也不信，我以為就這樣了，三亞回來翻篇，我跟張至東該怎麼過還怎麼過。可你幹嘛又出現在北京飯店，幹嘛逼我說我愛你？」

「但不該是這樣的結局啊，一個被打死，一個在牢裡，讓我們怎麼心安理得啊？」

「我就沒想讓你知道。」

「但我知道了！」

「許佳明，那是他們，什麼結局我都不在乎，重要的是，我們倆現在在一起呢。」

他有點懵了，林寶兒今晚變得如此可怕，他說起了她的口頭禪：「然後呢？」

「然後我們倆要結婚了，」她站起來吻了許佳明，「許佳明，我要跟你說，你是我林寶兒這輩子愛過的唯一一個男人，你信不信？」

許佳明望著她，又看看漂浮染紅的毛巾，擦擦嘴說：「我不信。」

她不哭了，拿起筷子從毛巾裡夾肉，一口沒嚼就往下嚥。

「換一鍋吧。」他說。

「許佳明，從現在開始，我不想和你說一句話。」

那就吃吧，他把剩下的菜全倒進去，和她較勁吃，跟他媽泔水一樣，兩人比平常吃的還多。

後來許佳明喊買單，就那麼望著林寶兒，也不知道接下來怎麼辦。

「我今天回我家，」林寶兒說，「我們冷靜幾天再說。」
「我不知道你住哪兒。」
「我知道我房子在哪，想好了我會去找你。許佳明，把你那產權證撕了吧，你太可笑了，那房子我早就買下來了。」

19

數九寒冬他在街上逛了一夜，不想回林寶兒的房子，露宿街頭也不至於吃她的軟飯。清晨四點他開了間快捷酒店，天還沒亮他就從夢中驚醒。他得退房回家，林寶兒說，她會來找他。

他連飯都不敢出去吃，怕錯過林寶兒。頭五天他把冰箱吃空了，還沒有見到她。他餓了兩天，第七天卻快去快回買部手機回來。他在牆上回憶林寶兒的電話，十一位數字，倒數第三第四位他記不清了，0到99，他試了一百回，其中二十六個空號，十七個關機，三十五個接起來，八個按掉，十一個無人接聽，三個呼叫轉移。空號不要，接起來的不要，還剩三十九個，明天再試試。

有個號碼卻像唱歌一樣記得那麼清楚，4008823823。兩天吃一桶，十三桶下去了，林寶兒還不出現。他開始懷疑林寶兒來過，在他睡熟的時候，輕輕來輕輕走。他把床推出來，把著門口睡。每次電梯叮的一聲開門，他都會一下子醒過來，豎著耳朵聽腳步聲，就像一隻等待主人回家的狗。

臘月二十三她回來了，每天幾次的預演及假警報令他在林寶兒掏鑰匙的一刻就及時開了門。他倆都不知道怎樣才好，她也沒說進，他也沒說請，兩個人就那麼門裡門外地站到眼淚流出來。後來林寶兒把鑰匙放進皮包，彷彿包裡有隻蟑螂一般，手伸進去掏了半天，最後她決定拿出來，鼓足勇氣說，我們把這三個用了吧，再不用就過期了。

真長知識，安全套也有保質期。用過一個後，他們商量歇一會兒我們就打掃房間，把床推回臥室去。可是剛有些體力，他們又急著用了第二個。許佳明擔心第三個會不高興，連著把它也拆開了。

之後真不行了，床就這麼放門口吧，臥室也別閒著，掛根結實點的繩子，以後從窗戶蹦極出門吧。兩個人把腳踩在牆上仰躺著，林寶兒看著牆上的一百個號碼，明白了。一個月過去了，只剩下六個是許佳明還在堅持撥打，那邊還在堅持按掉的。

「你笨死了，劃掉的第一個就是我的，不相信直覺。」

「你接過我電話？咱們倆說什麼了？」

「我說，喂？你抖抖索索地問，是林寶兒嗎？我說，嘎哈呀？然後你說句不好意思，就掛了。許佳明，你是東北人嗎？」

要不是體力不支，許佳明真想壓過去強姦她。他氣了半天只憋出一句林寶兒的河南話：「我咋不是哩？」

晚上他們出去吃飯，林寶兒心疼他，說你這一個月天天叫肯德基外賣，真是苦了你了，姐今天帶你去肯德基店裡吃熱乎的。許佳明急得跪下來求她，咱起碼換成麥當勞啊。

林寶兒的聰明才智啊，他們去補上一頓的海底撈。火鍋一上來許佳明就拿漏勺舀啊舀啊。林寶兒問他幹嘛。

「我怕誰把毛巾掉裡面。」

林寶兒大笑不止，跑到許佳明一側摟著吃。七分飽之後林寶兒說，我媽每次電話都打聽你，我就拖著，說許佳明這陣兒特別忙，我也不知道該怎麼講，咱倆是黃了還是沒黃啊？我媽說讓我帶你回家過年，我怎麼回覆她？許佳明越聽越不高興，讓她坐對面去，別跟他擠一起。

「你說多少遍了？一遍一遍地我媽我媽，」許佳明眉頭緊皺道，「是咱媽！」

20

他們又膩歪幾天，到除夕早上才開車南下，林寶兒做了一個公平合理的駕車方案，從北京到洛陽你開，從洛陽到我家我開。

「比公平秤還公平，」許佳明開著車斜眼看她，「從你家到樓上我背你。」

「我家住九樓，我們爬樓吧。」

他們一路說一路笑，後來找不著話題，林寶兒就把手伸進他衣服，從肚皮往下摸，讓他專心開車，她來把今年最後一點餘糧收了。許佳明勸她別介，會扣分的。

「這些也寫進新交規裡了？」

之後她手拿出來，有點欲言又止的猶豫不決，開窗縫抽支菸。許佳明以為她掃興了，沒話找話說跑高速其實好開多了，至少有飼料化肥的廣告牌可以看，雖然一時用不著，也算是關注民生，他們穿塔克拉瑪干的時候，什麼都沒有，就是沙漠、沙漠、沙漠，公路又直，天氣又熱，經常是騎在摩托車就睡著了。

「其實沙漠並不熱情。」

林寶兒想告訴他，一會兒過了安陽，也許她的廣告牌還在那裡。她忍了忍，沒說，決定把真相一點點地透露給他：「我家真住九樓。」

「我真背你上去。」

「沒有電梯，」她說，「因為規定超過九樓就要有電梯了，我們家在頂樓。」

「你要說什麼？」

「我要說，我們家沒錢。從現在開始，房子和車都是你買的，我媽不知道我這麼有錢。」

許佳明轉入行車道，先不超車了，他要想想。「你爸呢？」

「第四監獄呢。」

「我知道。你說的，他貪汙的錢比我擼一管還多。」

「上繳了，不然他早死刑了。」

他腳踩油門，行車道就把車給超了。他問：「所以，你說你沒法離開張至東，是因為你在花他的錢。」

「我可以不花的，我最怕的是他去難為我媽，把我詆毀一通，再逼我媽還錢，他幹得出來。」她說，「許佳明，我不想傷害我媽。」

「他是個畜生，你該殺他。」

「我再跟你強調一遍，我沒殺他。我仔細想過，我沒計畫過他死，我只是希望他們兩個見一面，出點什麼事兒，誰死都無所謂。如果張至東沒死，而是坐牢，你就不會那麼怪我了，是吧？」

「那就是巴雅爾死了。我不怪你了，只是心有餘悸，這邊哭著跟巴雅爾說張至東，說他不放過你，那邊跟張至東說巴雅爾的壞話，說他在哪個公司上班，你去和他談談，我想回到你身邊。你不是我看到的那個陽光的林寶兒，你挺可怕的。」

「那也是對他們，我對你沒一點陰影。」

「陰影？」

「就是陰暗面，陽光照不到的地方。你知道我喜歡你什麼嗎，許佳明，我就喜歡你沒有陰暗面，陽光可以把你照得通透。」

「現在不用拿我說事。」

「那些事我沒打算讓你知道，二月出的事，我挺了幾個月，其實天天想你，但我等到平復過來，變成你喜歡的那個我，才來找你的。」

「不是不讓我知道，可新聞都寫著呢！」

許佳明有點失態，知道又過分了。林寶兒低聲辯解一句，他們只是寫林某嘛，而且沒有那次意外，你永遠不會見到這則新聞。見他不回應，就打開袋子吃餅乾。

「你吃嗎？」她問。

他不搖頭不點頭，目視前方問：「你爸什麼時候出的事？」

「我十八歲，剛考進中戲，等著開學的暑假。」

「所以你過慣了千金大小姐的日子，家道沒落，有點不適應，急著找了張至東做靠山。他那年都過四十了吧？」

「我不想說這些了。」

「說吧，口子都打開了。」

「我二十二歲認識他的。」

「那之前四年呢，中戲表演系的美女，不至於喝西北風。」

「我不想說了！」

她喊了最後幾句，低頭吃餅乾。許佳明伸手拿一塊餅乾，林寶兒要給他換奶油多的那一半，自己嚼著沒奶油的一半，還美滋滋地看他開車。

「包養都是有價兒的，是嗎？」

「你有完沒完？」

「我就是好奇。」

「好奇你去包一個！」

他冷笑，又伸手拿一塊，說：「我可沒你那些金主有錢，餅乾都得吃你的。」

「好，張至東之前三個，兩個半，滿意了吧，許佳明？」

「半個是怎麼回事？」

「我不想說了。」

「第一個呢，第二個呢，還有半個，一個蛋？」

「一分錢沒拿到，被他老婆抓在酒店，連抽我十幾個耳光，那男的一聲不吭在那穿衣服。我記得第二天就是我十九歲生日，我躺在醫院哭了一天一夜，又不能給我媽打電話。你還要聽什麼，你問吧！」

她轉頭對著廣告牌咬指甲。後面鳴笛要超車，許佳明往右讓一下，右臂伸過去摸摸她脖子，說：「我也不想你難受，其實我心比你還疼。我就是覺得你是中戲的，你可以當演員賺乾淨的錢啊。」

「走，找村長評理去，他要是不答應，就把他家雞吃了！」

「你說什麼？」

她咬著手指說，「許佳明，我這輩子就這一句台詞，還演一個農村傻老娘們，你讓我怎麼單靠這行活下去！」

「你可以做點別的。」

「我做什麼，一個學了四年表演的人，不當演員她還會做什麼？」她哭出來，「我錯了，許佳明，我過去愛錢，以為這世上什麼都得要錢，認識你之後，我就不在乎了，跟愛一比，錢太沒用了。有錢沒錢我都不在乎，能跟你一起活著就好。你聽進去了嗎，許佳明？」

「聽進去了，我真聽進去了。我也愛你，我今天把話放這兒，我許佳明就是餓死，哪怕是沒錢買棺材，也不花你林寶兒一分錢。」

林寶兒點點頭，起身從後座拽過皮包，把幾千現金和一張張銀行卡掏出來，整理成兩摞，問許佳明：「身上有錢嗎？一會兒你給咱媽兩千塊過年錢。」

她打開車窗，深吸一口氣，把錢和卡從窗外扔出去。許佳明從後視鏡看到一團紅色向後散去，他腳踩油門，超過左面的車。

「許佳明，我什麼都是你的，你嫌棄我什麼，我就丟掉什麼。」她關上車窗說，「以後我就是你私人的林寶兒，行不行？」

「行，你就是我私人的林寶兒。」

後來她靠在許佳明肩上睡著了。過了邯鄲就進入河南境內，許佳明進服務站加油停車，輕輕把她放到自己腿上鬆鬆肩。後排還有些麵包，他搆了幾次沒搆著，算了，不吃了，讓她多睡一會兒吧。到了安陽林寶兒醒了，又賴在他腿上不起來。她說你要注意喲，再開半小時會有彩蛋喲。

「什麼彩蛋？」

「右邊廣告牌。」就像三亞那個正午，她又閉上眼睛，「每天愛你一點。」

到了沁陽他看見了，減慢速度，恨不得想在前面掉頭重走一遍。林寶兒問他看見了嗎，他點點頭哽咽說，看見了，看見了。他真怕她這時候起來，看見他的滿眼淚水。他問她那時候多大。她說二十一。張至東之前，他想，十幾個耳光以後。

他內心的魔鬼又來了，他問：「你那時候跟誰在一起？」

林寶兒沉默許久，騰出胳膊像安全帶一般抱住他。「一個港商，五個月後他死了。」

「怎麼死的，車禍？」

「他太胖了。我早勸他減肥，少吃點。他說我這把年紀了，還能吃幾年啊。」

一隻有錢的豬，汗流浹背地壓在林寶兒身上。「是啊，臨死前再搞你幾十回。」

「許佳明，我們再也別說這些了，好嗎？」

「林寶兒，如果你十八歲，遇見二十歲的我，你會愛我嗎？」

「會，我就是為你準備的。我這輩子最大的錯誤，就是沒能十八歲的時候遇見你，我錯了，許佳明，你別再提了。」

他想抽支菸，又怕開窗吹到她，把菸叼嘴裡過乾癮。

「許佳明，你會娶快二十六歲的我嗎？」

「我一定想娶你的。」他感覺她在身下抱得更緊了。就是這些細節嗎，那些男人也曾如他一般，被迷得神魂顛倒嗎？他咬咬牙，說了生平最狠的一句話：「娶唄，咱倆多般配啊，我來自清華，你來自天上人間。」

她鬆開手臂坐起來，說快洛陽了，我開吧。許佳明知道自己說錯話了，試著哄她。出收費站時他隔著她要繳費。不用，我來。她拎包找了半天，想起錢已經扔了，狠狠地把包摔回去。進了市區許佳明找出本來想送她媽媽的一套茶具，在副駕上自說自話，洛陽親友如相問，一片冰心在玉壺。可是這些無效。她一句話也不接，開著車穿過王城大道，從金谷園進入道南路，最後停在一幢蘇式建築物的廣場前，建築物的頂端寫著洛陽兩個字。

「滾回去。」

21

她不能回家，一個人就這麼回去算怎麼回事。六點剛過就有人劈里啪啦放爆竹，停在路邊她給媽媽打個電話。她說媽，我今年不回來了，我跟許佳明在長春呢，他媽媽也想讓我倆過去，是啊，我是媳婦兒嘛，說第一年得去男方家裡，誰知道，東北的破規矩唄，明年他要是不跟我過來，我就跟他離，你放心吧，吃得可好了，小雞燉蘑菇，豬肉燉粉條，他廚房做飯呢，接不了電話，明年讓許佳明給你做哈。

她得趕快掛了，萬一哭出來就漏了。看看油表她決定回北京，一整天許佳明就幹了加油這麼一件人事兒。開到鶴壁她打不著火了，猛砸幾下喇叭，她趴在方向盤哭了幾分鐘。總有一天要把掉眼淚這習慣給戒掉，她吃餅乾看遠處夜空的煙花，琢磨是不是該給許佳明打個電話，怎麼開場呢？你幹嘛呢，火車上有餃子吃嘛？不行，太幸災樂禍了。像個半生不熟的人那樣拜年？新年快樂，身體健康，萬事如意，恭喜發財，看他怎麼接。萬一他說同喜同喜，就掛了呢？她應該對他哭，雖然剛戒哭五分鐘，可是這一切真的太讓人傷心了，大年除夕夜，一個人高速路上吃餅乾看煙花，汽車拋錨，即使修好了，她連過出去的過路費都沒有。誰說的錢沒用，誰敗家子似的把鈔票往窗外撒？

電話響了，最後一點電量。是河南第四監獄打來的。她爸爸說，剛跟媽媽通過電話，他要女兒多穿點，東北比北京還冷，沒事就別往外跑了，他說才知道女兒結婚了，小夥子怎麼樣啊，多大了，對你好不好啊，別讓他知道我的事，但還要帶給你媽媽看看。真沒出息，她又哭了。

「我想你了，爸，你答應我，一定要活著出來。」

22

他們又一次見面在四月，萬物復甦春暖花開的季節，許佳明追命似的一天一個短信要她收租，房子不能白住。四月五號林寶兒還真有模有樣地帶一份租賃合同和他簽約。簽字交錢之後許佳明講，真是的，好好的房子住著，你進來插一槓子，成我房東了。

「小許啊，這房子你不能帶女人回來啊，以前可是我婚房呢。」

「那怎麼沒結婚呢，房東？」

「我爺們兒臨了被狼狗把命根子給咬了。不行，我得去臥室檢查檢查。」

合同和錢還在桌上，她不管不顧去進了臥室。故地重遊，就算感慨萬千也得端著。她說，小許啊，你要是再把餅乾渣吃床上，我可不租你了啊，問你話呢，聽見了沒有？後面不應聲，她剛一回頭就被許佳明撲倒在床上。

「還讓狼狗咬了，你會不會編啊？」

真不帶這樣的，收租又交糧，而且攢了那麼多餘糧。兩個都小心翼翼地不提往事，連感情也不碰。經歷了那麼多，他們早已明白，愛及愛所傷害的是一灘沼澤，陷進去多少，到最後你都要攔腰斬斷。先犯錯的是林寶兒，那回兩個人在廚房做了一天的菜，他們食量都不大，兩個人只想找點什麼由頭膩在一起。超市買回來的都用光後，許佳明把做好的菜和肉挑出來，重新炒一回。點火回鍋時許佳明沒頭沒尾地忽然來一句，你房租太貴了。

「太貴？」她說，「我愛我家的仲介聽完我的價錢，還以為我要的是英鎊呢。」

「你倒是知道什麼最值錢，」他說，「你過來當我室友吧，A一下就好了。」

哦，點在這兒呢。有那麼一陣兒林寶兒以為好時光要回來了，她放下盤子擦擦手，覺得可以告訴他了。她說她四月五號來的，四月四號除了去打印租賃合同，還去了趟巴厘島SPA館。按摩師向她推薦一個特別適合咱們倆的項目，她口吃了一下說，陰道清洗。當技師拿一個毛筆一般的東西把她裡面的每個角落都刷一遍，當那根塑料管將溫熱的水漲滿她體內的時候，身體就像心一樣，只留下你許佳明的痕跡了。

許佳明把菜刀拿走，將她抱到菜板上，蹲下來撩起她圍裙。真是的，她還沒講全呢，她還沒有告訴他，她打聽了兩個月才找到北京的巴厘島；沒有告訴他，她曾對店長強調要最強度最潔淨的清洗。真是的，她就要變成她幾年前最討厭的那類女人，因為某個男人越走越遠，直到回不去。她靠在瓷磚牆壁閉上眼睛，水龍頭的滴答聲，煤氣火焰的滋滋聲，抽油煙機的轉輪聲。渾身一顫，她輕聲叫了許佳明，又說出了那三個字。儘管耳語那般細小，然而他聽到了，在一片潮濕之中閉嘴不動。她張開眼睛，廚房瀰漫燒焦了的黑煙。

我，愛，你。

完了，他們又掉進愛以及愛所傷害的循環反覆。之後他們熱戀甜蜜了三天，兩個人甚至把婚宴的酒杯塔都搭出來了。然後只一次吵架全部崩塌，碎掉了。

回去的路上林寶兒回憶，他倆誰先說三個字的，頭回見面許佳明就說過，要麼愛到不愛，要麼愛到死。可他確實沒說過這三個字啊，他老是繞著圈地勾引她說。沒錯，就在大巴上，許佳明說怎麼和你在一起之後，忽然不愛譚欣了呢？她才第一次說了我愛你。的確太壞了，林寶兒，他只說他不愛另一個女人了，你幹嘛那麼多情，你犯什麼賤呀？

秋天以前他們又在一起幾次，每次差不多十天。林寶兒覺得自己就像是進錯人家的貓，每次被主人傷害，就跑出去晃幾個月，長時間想念她又開始想念主人，然後許佳明再次將她刺傷。有時她也會回擊，比如許佳明追問，你什麼價啊？她不想聊，說白菜價。白菜多少錢一斤啊？五萬八萬。一個月不少賺啊，可以啊，算金領了吧？

「一夜，」她說，「五萬八萬是一夜的價錢。」

「林寶兒，」他深吸一口菸，看著窗外狂風大作，就要下雨了。「我他媽真小看你了。」

這下算是震住他了，一下午就在陽光房抽菸望葉強，那片都要化身為枝幹的樹葉。她想安慰他，看他難受她會心疼；她不想去安慰他，她要讓他像她一樣被折磨。她還是去了陽光房，安靜地坐在他對面。

「當時在三亞，我還說借你兩萬，少了是吧？」

「你沒小瞧我，你說過，我在你眼裡是無價之寶，是生命。」

「林寶兒，我能不能不愛你呢，」他含著淚水說，「以後跟你在一起跟占便宜似的，就沒那麼痛苦了。」

由於下雨，天提前黑了，兩個人打開窗戶吼著吵。有幾次她打算穿上外套直接走人，再也不見這個混蛋。也許是眼淚，也許是怕她這次一去就真的不回來了，許佳明聲音低了下來，後來低到聽不清，囈語一般哼哼唧唧。她問許佳明說什麼呢，脫下外套走近些聽他講。她能猜到他在說我愛你，他永遠都是這樣，好話讓別人大聲說，自己卻吞吞吐吐，把愛全吃掉。

「你大點聲說，大點聲！」她學著那時的許佳明重複道。

她試著笑出來，她知道，這樣就會好。許佳明捏捏鼻子，從後面抱住她，手指向上摸到他曾那麼迷戀的乳房，觸及肌膚的一瞬間，他哭了出來，他改主意了，在她耳邊輕聲說：「滾。」

彷彿極光晃在眼睛上，她什麼都看不見了。她想通了，這次她要忍住，絕對不離開，抱定留下來。夜裡他們都累了，兩個人胚胎一般蜷縮在床上。林寶兒伸手刮下他的鼻子，說我以前問過你，我問男女為什麼要做愛，你說為了愛，為了表達。我今天再問你一遍，我們為什麼要做愛？許佳明眨眨眼睛，將眼淚瀝出來。

「因為我不想斷掉你，我怕你去找別的女孩，我怕失去你，我想讓你起碼在這方面還留戀我。」她哭著說，「許佳明，我已經變成我林寶兒最瞧不起的那種女孩了。」

雨停了，從窗戶淋進來的水滴答滴答地掉在地板上。天快亮時林寶兒說，今年時常想起一個夢，三亞的第一天等你進門的那個夢，夢裡面她把羊群一隻隻帶過去，她答應帶牠們回家，可走到海邊她說，我們回不去了，怎麼辦呀？

「可我回北京了，牠們還在海邊張望，等著我。我去教堂懺悔，我去廟裡燒香拜佛，我這段時間去了好多地方，我想問，我們兩個還能不能在一起。教會跟我說，牧師就是牧羊人，你和我就是那些迷失的羔羊，他們說上帝能帶我們回家。他們在騙我，就像我當時騙那些羊，沒有牧羊人來帶我們，我們還能靠自己回去嗎，許佳明和林寶兒，你說我們會不會半途死在大海裡？」

23

快一年沒見過面，在秋天許佳明偶爾給她打過幾個電話，淨說些無厘頭的事情。他說他在超市見著一款巧克力很適合她，要不要送過去；他說他在便宜坊點多了，一起過來吃吧。

「本來該點半套烤鴨的，」他說，「服務員說點一套送湯。」

唔，她怎麼還那麼喜歡聽他說話啊。林寶兒握著電話提醒他，我們已經分手了，而且我現在戀愛了，不方便再去搶前男友的烤鴨吃。

許佳明問：「他叫什麼？」

「王強。」

「你新男友叫王強？」

「你別不信，全國一百萬個王強，我總能碰上一個。」

「哦，好，祝福你。」許佳明嘆息一陣，說，「我最近看見女人的身體，如果不是你林寶兒的臉，不是你林寶兒的胸，不是你林寶兒的腿，只要上床，我就想吐。」

「慢慢就好了。」

「不是，我要說，我們倆是一個人，你是地球上的另一個我，我看見別的女人想吐，你也不可能喜歡上別的男人。」

她接不上話，因為許佳明說的對。她手指在話筒敲打數秒，差不多得了，一聲不吭真沒什麼好說。她說求你件事，你再也不要跟我打電話了，別逼我換號碼，咱倆真不至於扯皮一輩子。

「隨便換，你記著，」他說，「你說過的，你是我私人的林寶兒。」

沒說再見她就掛掉了。她怕他再打來，一天關機。

十月份有個男人給她過生日，她二十七歲了，是該大步往前走的年紀。那男的說話時，她腦子裡想的全是許佳明，她責怪許佳明沒給她過過一回生日，她想念許佳明給她過了一百回生日。經常是這樣的，壞天氣的好日子，兩個人無事可做，許佳明突然提議，要不我給你過生日吧？蠟燭點上，一口氣吹滅，她要用啞語許願，一個蛋糕切兩半，你一半我一半。那男的說天平座女孩就是好，優雅又倔強，浪漫又嫻淑。

「泡個姑娘，至於從星座下手嗎？」

她看見許佳明坐在旁邊那桌，一絲冷笑地看他們倆約會。她問：「要是你呢，聊什麼？」

「聊你林寶兒啊，聊我許佳明啊，聊點隨機的東西，誰願意聽他背書啊？」

那男的以為是問他，說自己是雙子座，這個星座都有兩面性，別看他表面上好像有些成績，可是內心其實一直都有自卑心理。林寶兒耐著性子等了半天，三分鐘他才落到點上，雙子座男生和天平座女生是最合適的搭配。

「還女生男生，娘們唧唧的，借他點錢，讓他去做變性手術。」

許佳明說完起身告辭。她讓他別走。那男的說不急，等會兒去洗手間也成。

「祝你有個無趣的一生。」

林寶兒抄起杯子朝許佳明背影甩過去。她知道砸了，許佳明把她三年來的第一個生日搞砸了。她跟那男的解釋，她試試杯子在地毯上能不能摔碎。還行，長城飯店的地毯真好。算了，她拎包起身致歉，我得回去吃藥了。那男的滿臉沮喪目送她出門，笨死了，連一句「我這有進口藥」都不會接。

晚上她給自己補過一次，喝了雙份的酒。她發信息說，你說我可怕，我壞，可全世界我只對你許佳明一個人好；你倒是正直，對全世界都好，可你就對我林寶兒一個人壞。

她也不知道發這短信幹嘛，等了三天也沒見他回。要不打個電話問他，你是不是死了。絕對不能打，她講的我愛你，她講的分手，她就不能再講我想你。你不能所有的話都讓我說，她搬著行李想，我在9，你在1，你總要上前幾格，和我在5格相遇，那些直接來9格找我的男人，我還看不上呢。她把最後一個箱子推進來，許佳明走後，她搬回到那裡。

有個事情糾纏了她整個十一月，她在抽屜裡找到了那枚鑽戒。應該還給他，打個電話問問他在哪，滾過來拿。給我有什麼用，我下次結婚送未婚妻嗎？他一定會這麼說。再說她也捨不得還回去，戴上有多美，您查看的寶貝林寶兒不存在，可能已下架或者被許佳明轉移。閃瞎你眼睛。

十二月家裡來了個陌生男人，彷彿要出發去北極一般，把全北京的衣服都穿在身上。他說他是許佳明的朋友，曾經答應過他，若是來北京，找這個住址，請林寶兒吃個飯，問問她好不好。

「他怎麼知道我搬回來了？」

他們訂在「一茶一坐」，既然請客，那人故意多點幾個菜。肯定會浪費，林寶兒想，一會兒藉上廁所的機會把單買掉。這也是許佳明的習慣，他說，你想買的單一定要背後買，可買可不買的單就可以玩命跟朋友搶了。她又想他了。

「他還好嗎?」

「不好,」他摘下眼鏡擦霧,「但對他來說是好事。我希望他能做出更多的畫,你可能不知道他多有才華。你不知道身為一個畫家,能跟許佳明生在一個時代有多幸運,沒有既生瑜何生亮這種事,我是混圈子的,我是魯肅,我慶幸自己能看見,許佳明是怎麼成大師的。」

「你是李小天?」她說,「他跟我提過你,我感覺他就你一個朋友。」

「他原話是,我是他唯一一個疑似朋友。」

她晚點要拍片,問李小天在北京待到哪天,也許可以再吃一次飯。他不如許佳明,但比一般人好點,好在哪呢,有趣嗎,也許,但不是重點。第二天她想明白了,因為他崇拜許佳明,只要提到他,就是誇獎。也許可以再跟他聊聊許佳明。最後一天他們看部電影,去酒吧喝了點酒。她講了所有關於許佳明的事,她問她該怎麼辦,她想念他,想念他的那些點子,可她真的不能跟他在一起,他們會互相折磨死。

「你應該離開他,下定決心。」他說,「哪怕很倉促地找個男人。」

她笑了,她明白他什麼意思。許佳明在三亞就告訴過她,如果十個有九個都打聽女孩和前男友那點事,他就做那個不打聽的,因為骨子裡就自私,勸分不勸和。她記得他原話——你對你錯,我都會故意說成你男人不是個東西,然後再話裡話外暗示你,應該找個我這樣的人戀愛,或是跟我睡一夜報復他。這樣不好，不道德，以後我會瞧不起我自己。這就是她喜歡許佳明的地方，什麼事兒都看得很透，而且不怕點破，讓她做選擇。她太想念他了，以至於冒出個奇怪的想法，也許會後悔，也許可以擺脱許佳明。她跟他回了酒店。

她以為會索然無味，閉眼數到六十就讓他滾下來，難受的是她居然有了高潮。完事以後她連菸都沒抽，坐起來身穿衣服。她説你去和許佳明講，我和你搞了，讓他別惦記我了。

「你説吧。」他倒是靠床頭抽支菸，「我不否認就是了。」

「你不敢説。」

「我是不敢説，他就我這一個朋友，他就你這一個女人。」

「你給我滾！」

她站起來指著他，意識到自己正在李小天的酒店，倍感羞恥地拿著包出去了。

凌晨兩點半，她站在街上打不著車，掏出手機給許佳明打電話，她説我錯了，不要再找我了，我林寶兒這輩子也沒臉再見你了，我不再是你私人的林寶兒了。你還好嗎，我真的想你。那邊男聲中文女聲英語提示關機，她把手機摔在地上，找塊磚哭著砸屏幕。

「連許佳明都找不著，我要你還有什麼用？」

24

許佳明不在北京，蹲身六百六俱樂部。他在包頭等了兩個月，監獄終於同意巴雅爾接受《人民日報》記者原野的採訪。他以為巴雅爾彪悍強壯到硬生生把張至東打死，可第一眼看去比許佳明還瘦，而且帶著金邊眼鏡。來之前許佳明特意查些資料，用「他賽白努」跟他打招呼。巴雅爾愣了一下，很濃重的京腔勸他別這樣。

「我其實也就會這幾句蒙古話。」巴雅爾說。

許佳明想見他，看看林寶兒的前男友長什麼樣子，僅此而已。真是面對面都不知道問什麼。他把名片遞過去——原野（許佳明）。

「《人民日報》為什麼要採訪我？」

你他媽問我？「不知道，我們主編的意思。」

「那你問吧。」

「你先隨便說點什麼，我等會兒問你。」

巴雅爾也是編輯出身，感覺許佳明不像記者，不過有人陪他聊聊天也還算好。他說今年秋天才從北京天河監獄轉回原籍，那是個關押外地犯人的中轉站，湊夠一火車，就送回戶口所在地繼續服刑。以前他剛到北京的時候，陌生人寒暄，他總問你是哪人，這是北京的特色，湖南人、四川人、山東人，哪人都有。後來他們雜誌的主編建議他別這麼問，全國只有四個城市的人會很驕傲地說，我是北京人，上海人，廣州人，深圳人。這不是好話題，如果是些窮困省分，大家會陷入無謂的尷尬。

「比如我問你哪人，」他講，「你說河南人，我說河南人挺好的，接著大家沉默到尷尬，我真覺得不錯，人家又以為我黑河南人。」

「東北人也一樣，」許佳明說，「算了，我也掉進地域坑了。」

「我說那聊什麼呀？我們主編說，寒暄聊天可以這麼問，你為什麼來北京？」

「這句話好。」

「我這兩年在牢裡就在想，中國就那幾個城市，上海、廣州、深圳，它們都像北京一樣，是所有外地人的夢，打他們從北京站口出來那一刻，回頭看著那兩個大字北京，就在心裡面告訴自己，不混成什麼什麼樣我就不回去，或者我要混到不回去，成為新北京人。十三億北京夢，十三億上海夢，每個人都有不同的原因來北京去上海，好多都已經活不下去了，還是不肯回老家，就因為那句話，你為什麼來北京？」

林寶兒，我不該一直怪你那樣，我早該進入你的世界，問問你，你為什麼來北京？

「然後我出了事，關進天河監獄，中國唯一的外地人監獄，都等著押送回老家。很諷刺，和獄友再寒暄，多了一個問題，你為什麼來北京，可為什麼又離開了北京？」

「他們怎麼說？」

「原因不同，總結下來都相似，他們在北京過得不好，寧可犯罪也沒臉回去。」

「北京夢。」許佳明說，「你呢，你為什麼來北京，又為什麼離開？」

「我去北京是因為想當攝影師，最初的那個夢想。之所以離開，是因為我慢慢發現，攝影師不是我夢想，那只是我的工具，我的槍，其實我骨子裡的夢想是，有豪宅，有跑車，有光鮮的生活，最好還有個令人羨慕的老婆。」

「說說你那個案子吧。」

他想抽支菸，許佳明說他戒了。巴雅爾笑著說了第二遍真諷刺，我在牢裡尚且戒不掉，你在外面卻把菸戒了。然後他講起了張至東的死，跟新聞說的差不多，也許那些新聞就是照他說的寫的。他沒提林寶兒的名字，連模特林某都沒提，只說，那個模特。

「那個模特現在怎麼樣了？」

「不錯吧，」他嘆口氣說，「我還在天河監獄，她最後一次來看我的時候，她說會等著我。」

許佳明笑了，真是林寶兒，那麼壞那麼惡毒的林寶兒，只對許佳明一個人好。他問：「你信嗎？」

「我信她的每一句話。不信又怎麼辦？」

「你愛她哪兒？」

他搖頭說：「不知道，講不清楚。」

「是因為她活兒好嗎？」

巴雅爾坐直些，凝視許佳明問：「您哪位？」

許佳明站起來手指點著他，他想告訴他，你個傻逼，我是林寶兒的老公，你也成了我們的工具，也被我們當槍使了！他一死，你一坐牢，我就娶了她，謝謝啊！可他講不出來，分手一年了，他已經沒有之前的猴王心理，以為全世界自己最牛逼，花果山是他一個人的。

「我跟你一樣，」許佳明坐下來說，「我戒菸是因為想知道，是戒林寶兒難，還是戒菸難。」

「那你戒掉她了嗎？」

「不然我就不來了，我連菸都戒掉了，還是戒不掉林寶兒。」

25

他還要再見一個人，買張票連夜上了火車。次日醒來還沒到站，他拿著毛巾牙膏在洗漱處排隊等待。臥鋪車廂廣播說，歡迎來到十三朝古都洛陽，洛陽又稱牡丹花都，與羅馬並稱為世界兩大古都，自古便有東洛陽西羅馬之說。輪到他洗臉時，車廂放了最後一首歌。打開水龍頭他彎腰低頭，雙手往臉上拍打冰冷的水流。他喜歡這首歌，想不起來該叫什麼名字，他喜歡這旋律，他喜歡這每一句歌詞，喜歡陳奕迅哀莫大於心死的聲音，當他唱到最後四字的時候，許佳明將水龍頭重新打開，把眼淚沖掉。好久不見。

黃頁顯示，林業國是前任河南藥監局局長，或者是安監局，他記不清了。打從落馬在監獄裡待了快十年，七年前從死緩轉為無期，這兩年林寶兒一直在外圍活動，想將無期減為二十年。到那時她父親已經快七十歲了，她怕他死在牢裡面。這次許佳明沒說自己是《人民日報》的原野，他說他是林業國的女婿，叫許佳明。

星期二下午是探監日，他買些允許的東西帶進河南第四監獄。林業國出來後端詳了他足足一分鐘，點頭說，是個好孩子。許佳明問他，林寶兒說過我們倆的事兒嗎？

「說過，過年的時候來了，我問她許佳明呢，她說你去法國開畫展了，她給我看了你照片，給我看了你的畫。我多問幾句，這孩子就繃不住哭了，說爸爸，我都什麼都沒了，我現在就剩你和媽了，你要好好活著。」他頓了一下，搓著手說，「她真是我女兒，跟我一樣，怎麼害怕，怎麼委屈，她都瞞著自己扛，不到崩盤那天，絕對不會說出來。」

「您怪我嗎？」

「不怪你，你倆結婚，她是我心頭肉，你倆不結婚，她也是我心頭肉。我不能指望你這樣的外人，替我對她好。」

「對不起。」

「你能來我就很感謝你了。」他看看四周說，「我還怕你忍不了監獄這個環境呢。」

「我父親是死刑犯，繼父。我沒敢告訴她，」許佳明說，「他殺了六個還是七個，我都數不過來。」

「那你母親一定很痛苦。」

「我算是孤兒，我母親是瘋子，精神病院住二十年了，就是跟棵樹都能聊一下午的那種瘋子。我親生父親是植物人，小時候以為他死了。前兩年去醫院看他，感覺比我還年輕，沒有白頭髮，沒有皺紋。我現在對他的印象就是滴答滴答的輸液聲。我算過，一分鐘四五十滴，兩千多萬滴，他的一年就過去了。」

好像是許佳明被探視，他忍不住全講出來。憋太久了，他沒對林寶兒講過，沒對譚欣講過。不是擔心被瞧不起，她們都不是那種女孩，他是怕哪天愛人吵架她們會譏刺他說，許佳明，我可算是找著根兒了，瘋子的基因，殺人犯的家庭，誰能跟你一起過下去？

時間快到了，許佳明問伯母住在哪裡，他打算看看她。

「別去了，她媽媽什麼都不知道。讓林寶兒自己安排吧。」

臨別時他問許佳明打算怎麼辦。他恍惚看牆壁。他看看許佳明脫落的頭髮，心想好吧，時日不長，走一步算一步吧。

他乘飛機回來，北郊機場起飛之後，將林寶兒的十年慢慢理出來。十八歲考上中戲，全家的大喜，然而暑假還沒過去，爸爸就出事了。他們從別墅區搬進筒子樓。他曾勸女兒別去北京了，現在爸爸連學費都出不起了。可是她要來，她也有她的北京夢。第一個學期她找份兼職，在酒吧彈吉他唱歌，林業國講，下班太晚不能住學校，她在東邊租了個地下室。林寶兒跟爸爸講過，她不怕每天夜裡兩點半在工體北路騎車回家，她怕的是進了家門，還有穿過地下室百米長的走廊。兩側都是門，黑咕隆咚，什麼外地人剛來北京都住在這兒，一到夜裡原形畢露，裡面各種聲音，她真怕哪扇門忽然打開，跳出兩個赤膊紋身叼著菸的男人把她拽進去。

「從大門進去，要經過一百七十八扇門才到她房間，她每夜都是倒數著往回走去。」林業國說，「有回因為些事情我責怪她，我說你靠唱歌不是挺好的嗎，為什麼不做了。她忍不住了，就是我說的那種崩盤，她哭著吼，不是唱歌，你當你女兒是大明星啊，你以為真有人花錢聽你女兒唱歌嗎？」

「那是什麼？」許佳明聲音都顫了。

「夜店女孩，我後來才搞明白是什麼，他們為了有人氣，吸引有錢男人進來消費，一車一車把女孩送到夜店。一天一結錢，散場後要求送回家的三十，自己回去的五十。林寶兒騎車回家，拿五十。店裡給你的要求是，客人跟你打招呼，你必須應；客人請你喝酒，你必須喝；不許跟客人說你是店裡雇來的，你就是和朋友來玩的。」

「幹滿一個月也才一千五。」

「對，幹滿一個月，來了月經都要被灌酒，那是我的女兒啊！」他哭出來，「她那年十八歲，我快五十歲了，我的女兒！我讓我女兒受這麼大委屈。」

許佳明，你別以為我是你在夜店或陌陌認識的，隨便一勾搭就能跟你走的那種女孩。是啊，林寶兒，散場後你還要領五十塊錢，騎著你的鳳凰或永久穿過三里屯，在地下室兩側妓女、皮條客、毒販子、烤肉串的、騎人力車的以及分贓盜賊的一百七十八扇房門前走一遭呢。

飛機降落到首都機場，他擦擦眼睛，跟著人群走到行李處。標準的黑色行李箱，有兩三件都感覺是他的。他等等，讓行李再轉兩圈，最後出來的孤零零的黑箱一定是他的了，那時也只剩他一個人了。

黑箱裝進後備箱，他不能馬上回家，坐進副駕位他跟司機説去腫瘤醫院。他的抗癌藥又要吃沒了。

26

林寶兒再見到他時哭得一塌糊塗。半年不見許佳明消瘦了二十斤，他面色蒼白，眼眶凹進去有兩釐米那麼深。帽子摘下來已然成了光頭。他讓她別哭，沒事的，本來我已經在你的世界消失了，本來我已經失去你了，這樣有多好，我又見到了你。林寶兒哭得更厲害了，她怪許佳明是不是傻，如果命還在，我們可以在一起一輩子，你怎麼就那麼壞，你怎麼就得了癌症？

好像他是故意得了癌症，好像他在報復她。

大夫姓王，年紀不到四十，他對林寶兒說，多陪陪許佳明，時日不多了，儘量不要哭，不要讓患者情緒不穩定。林寶兒問了半天，才明白王大夫的意思。

「等死是吧？不可能！」她拽著王大夫的袖子喊，「我有錢，我有的是錢，多少錢你都給我治！」

白大褂都被扯開了，他讓她冷靜，對她分析，不是錢的事，基本上無藥可醫，花再多的錢也是白搭。

「無藥可醫，你是幹什麼吃的？白搭我也治，人死了，錢還有什麼用？」

王大夫想了想，決定觀察半個月開始治療，他建議他們去旅行，空氣好的景區會對病人有幫助。林寶兒問許佳明想去哪，許佳明想了想說，不知道，我就想去你在的地方，就這兒吧。林寶兒訂了兩張去三亞的機票。她想跟他重來一次，走到哪裡算哪裡。

在候機室許佳明告訴她，那天我回來了，行李都沒拿就飛到首都機場在這兒等你，我這輩子沒給誰送過花，可是那天我跟山炮似的手捧一束花，等著一個我連名字都不知道的女孩。

「花謝了，你還沒出現。」

她怕掉眼淚，把墨鏡戴上。起飛時她死命抱著他。她說許佳明，你真好，有了你，我都不用繫安全帶了。飛行平穩後她望著窗外，她問他記不記得小學的一篇課文〈麥琪的禮物〉。

「我讓你別送我，我怕多看你一眼，我就走不掉了。我打車先去了免稅店，挑好香水化妝品讓他們送到機場。然後我忽然問自己，林寶兒，你為什麼要化妝，你為什麼要把自己捯飭得這麼漂亮？不就是因為，你希望哪天你喜歡的男人也能被你迷住，死心塌地地愛上你嗎？可是這個人出現了，你怎麼能買些化妝品，又走了呢？」她握握他的手，「然後我回去了，住了兩天等你。」

「麥琪的禮物。」

「倒是把經理嚇一跳，看我那表情就像是，你怎麼死而復生了？他跟我說，你人特好，特浪漫，又捨得花錢。」她轉回身親許佳明的臉，眨眨眼說，「我沒出賣他吧？」

「忍住，就差一點了。」

第三天他們去了電影院，特意給他買了兩桶爆米花。大黃龍，纏繞，電影開場，他們又開始敷面膜，嚇唬完別人嚇自己。

「你知道我為什麼那麼愛你嗎？你對我一點都不好，我還是死心塌地地愛著你？」她問。

「因為我是你林寶兒的。」

「那是後來。我愛你的點子，超級愛。」她喝口可樂，這次換綠吸管。「我第二天喝椰子時才反應過來，這是我的可樂，我從來都是插兩個吸管，挑一個喝。你在我右手邊，我可樂在咱倆之間，但你的可樂怎麼就跑到我左邊去了？」

她仔細回想當年那個爆米花男，拿本書端杯可樂，還有爆米花，請她讓一下。她說那麼空座兒你非得牆角鑽。我票在這兒。她讓他邁過去，他面衝著她，胯部都要和她臉貼上了。你有病吧？對，可樂就是那時候放在那兒的。

「你什麼時候留意到我的？」她問，「你第一眼看見我是什麼時候？」

「咖啡座看書的時候，你從電梯剛上來那一刻，我喊聲結帳就跟著你。」

「我以為我右邊不會再有人了呢。萬一我可樂就放我左邊了，你怎麼辦？」

「不知道，但總有辦法的，我下決心了的，一定要認識你，不能把你錯過去。」他說，「我那天最大的錯誤就是，爆米花吃太多了，你又忙著打電話一口不喝。我好幾次渴得不行了，想讓你把可樂給我遞過來。」

她哈哈笑出來，回想那句話，我一定要認識你，不能把你錯過去。

「林寶兒，我真是頭一次主動認識誰。你別認為我成天守在電影院，看誰漂亮跟誰走的男人。真不是，我這輩子就跟你走了。」

「我知道，我知道。」

她摘下面膜，閉上眼睛試著別哭。電影快結束時，她拉著他手說：「許佳明，你要是能傳染就好了，像艾滋病什麼的，你傳染給我，我想跟你一起死，我怕死，可我真的想跟你一起死。」

27

也許可以給他生個孩子。譚欣的兒子姓崔，她林寶兒的孩子，不管男孩女孩，都要實實在在地姓許。那個譚欣，還好許佳明不愛她，賤人，還說什麼我會一直在海南等你。你慢慢等吧，我牽著許佳明的手從你門口路過，都不敲你家門。

忘了在哪本上看著的，應該是雜誌，她又不看書，就一本《漫長的告別》，還是許佳明的。雜誌上說，性分兩種，一種是為了娛樂，一種是為了生育。沒有第三種，沒有為了愛。弄得她好長一段時間都以為，性和愛沒一毛錢關係。可她這次要為了生育，她不敢告訴許佳明，她怕許佳明就算把安全套摘下來，也要把好幾億的寶寶弄外面。她高潮時他還沒來，然後她假呻吟，瞇眼觀察他，差不多時她雙腿夾住許佳明的腰，直到一陣暖流湧進來。

「我是安全期。」

「你從來不信這個。」

「現在開始信了。」

她信的是，最近是她排卵期。趁他不注意，她把臀部悄悄挺起來。一滴也不許給我跑。

她想重溫那裡的牛排，許佳明沒興趣，反問她三分熟的牛肉見七分熟的牛肉，為什麼不打招呼。

「我聽過，忘了。」她說。

「因為還不熟，那的牛肉真的太生性了。」

「生性？」

最後一晚他們還是去了，許佳明讓服務生拿兩隻蠟燭，弄點小情調。林寶兒轉身看節目，想一會兒有個驚喜。還是那個馬尼拉樂隊，還是那幾隻狗，還是那麼二的主持人。

「這地方是挺生性的。」

她轉身嚇一跳，許佳明搭了個酒杯塔，正從塔尖往下倒香檳。

「林寶兒，今天是你生命的第一萬天，我很榮幸在這個時候和你在一起，很高興你能在你一萬天的日子繼續愛著我，我不知道你能愛我多久，我的以後，你累了就停下來，不要老想著我。我會永遠永遠永遠地愛著你。我沒開玩笑，一定是祖宗積德，三千年才修來的你。出去這一年我天天在懺悔，還記得那個下午你說過，你說，許佳明，遇見你真的太不容易了，我花了二十五年才找到你，我不想再重新來一次了。我那麼多次怪你，那麼狠心地傷害你。我怎麼忘了這句話，我怎麼忘了你林寶兒吃了那麼多的苦，才讓我們兩個在一起。」

他說不下去了，大聲哭出來。林寶兒站起來，隔著桌子把他抱在懷裡，和他一起哭。

「三年前就在這兒，我跟你說，要麼愛到不愛，要麼愛到死。對你林寶兒，我沒辦法，我沒有辦法愛到不愛，但起碼，我愛你愛到了死。」

28

他們又搬到一起，做葉強的鄰居。王大夫說，患者癌細胞暫時沒有大範圍擴散，可以保守治療。保守意味著不花錢，林寶兒總有點不放心。王大夫說有些民間的方子也可以試一試，他開了大棗、半枝蓮、鐵樹、白花蛇舌草，四味藥一起煎服。總有些怪怪的，中西醫結合。林寶兒想再拍一次片子，心裡有點底。星期二她陪許佳明在腫瘤醫院待了一上午。許佳明出來說，明天他過來拿片子。

林寶兒有更重要的事忙。星期三一早，她去了婦產醫院。醫生問她多久沒來月經了。她說二十天。

「太短了，」醫生說，「等四十天左右你再過來。」

「我有沒有懷孕，那天不就出結果了嗎，跟月經沒關係吧？」

什麼年代了，做愛二十天了還驗不出來嗎？她手機忘家了，直接去腫瘤醫院王大夫的辦公室。許佳明還沒來，王大夫也不在。在走廊裡等了一上午，護士告訴她，王大夫來了，可以進去了。也姓王，但不是那個王大夫，問她有什麼症狀。她四周看看，一切沒變，問他：「您一直用這個診室嗎？」

「算是吧，我剛剛休假回來。」

她滿樓層找，踩著高跟鞋喊，你給我滾出來！最後在樓道裡看到小王大夫正在打掃衛生。他換了身衣服，沒以前那麼順眼了，胸前的兩個字如此刺眼——保潔。林寶兒揪著他衣領拽上一層樓，掄起包在他頭上砸了十幾下。

「你給講清楚，許佳明給你多少錢？」

晚上風平浪靜，吃過飯許佳明把四味藥喝下去，吃下抗癌藥後說，我還沒給你看片子呢。他在燈下指給林寶兒看。

「這是心，這是肝，合起來是你。這是癌細胞，一般人想有都得不著。」

「許佳明。」

「唔？」

「你是不是傻逼？」

他放下片子，一臉不解。

「問你話呢，你是不是傻逼！」她撿起片子使勁扯，扯不開時就哭著說，「這他媽誰的片子，你拿來唬我？抗癌藥呢，你吃啊，你吃死吧！」

「你好？」許佳明坐下來，半天喘不上氣。「你聰明？我還沒死呢！你為了我，都已經弄死一個了！」

「我犯賤用不著你管！你就回答我，許佳明，你是不是傻逼？」

「我可以死的，我沒打算活下來，我沒打算騙你。我是準備死的，反正沒有你，我也活不下去，我就是想死之前能跟你在一起待幾個月。」

「你還沒告訴我呢，你是不是傻逼？」

「是，我是，你也是，我們就是兩個大傻逼，不知道怎麼著就湊一塊去了！」他找出剩下的兩瓶抗癌藥，倒出來。「你看著，我真的是準備死的。」

沒有一個西瓜切兩半，沒有你一半我一半，只有啪的一聲，林寶兒給他一個嘴巴，藥丸撒了一地。

「你滾吧，我們再也別見面，是死是活我都不想知道你。」她說完低頭，伸腳碾碎一個藥丸。「還有，你別把李小天當朋友了。」

「你見過他了？」他找件外套披上，反應過來。「你跟他睡了？」

「你管不著。」

「你是不是跟他睡了？林寶兒，你個傻逼，這不是逼咱倆完嗎？」

林寶兒捂著臉哭了好半天，抽兩下鼻子說：「快滾吧，這輩子也別想我了。」

29

就算一切都完了，也要把孩子留下來，不然她也會死的。八月份她去做了檢查。她說兩個多月沒來月經了，應該是有了。醫生先去驗血，查下HCG。出門的時候她單子忘桌上了，醫生提醒她別忘了。她愣在門口不動。大夫皺皺眉問，沒人幫你嗎，孩子爸爸呢？

「他爸爸在巴黎開畫展呢，」她抿著嘴說，「他爸爸是畫家。」

差不多一個禮拜她都想給他打電話，問他在哪，問他好不好。她想說，我們都錯了，林寶兒和許佳明是分不開的，我們再也不提原諒這個詞了，自己是不能原諒自己的，我就是你的，我是你私人的林寶兒，現在我肚子裡的寶寶也是你許佳明的了。

有時候關機，有時候不在服務區，有時候打通了又沒人接。最後一次是他回過來了，他說你等著，我在上海，李小天已經在來星巴克的路上了，他今天非得宰了他。她求他別掛，聽她講，我和李小天什麼都沒有過，我都沒見過他，我故意氣你的，你快回來吧。他沉默了半分鐘，一句也不說地掛掉電話。

他電話關機了，她不停地打，不停地打，後來她自己都有些害怕了，開瓶紅酒一口氣喝了半瓶。電話沒打通，家裡的存酒全被她喝光了。

那天夜裡她夢見許佳明，真奇怪，三年了，她第一次夢見許佳明。她夢見他倆在電影院搶座，可屁股只能坐一個，許佳明告訴她，坐熱了就算你的了，快去搶下一個。搶了一百多個座，兩個人give me five，慶祝過後大口喘氣。許佳明說，簡單休息一下，我們還要去下一個電影院。然後她就樂醒了。

天還沒亮，她怕失去他，抓緊入睡去夢裡找他。這次他躲了，地下室裡一百七十八扇門，各種鬼哭狼嚎，她在走廊來回幾十趟，喊他別鬧了，快出來吧。

上午九點多鐘有個電話進來，陌生男人，說話還有些結巴。她昏昏沉沉，電話都沒掛就壓到枕頭底下睡著了。一個小時後電話又進來了。他說是中國平安的，叫修智博，問她有沒有時間，中午一起吃個飯。

「我要是沒時間呢。」

「很重要，你一定要來。」

他們約在星光天地。把菜點好了，他問她叫什麼名字。

「你約我出來，你問我叫什麼名字？」

他有些緊張，岔過話題聊起了許佳明。他說許佳明都購買過中國平安的什麼險種，每種可以賠償的範圍。

「說吧，什麼意思？」

「受保人許佳明，昨晚死在了上海。」

她樂了，往後一靠說：「又來這個？這次可以啊，直接幹死。」

修智博沒明白，推過來授權書讓她再看看。第一頁提到了意外死亡，第二頁提到了疾病死亡，第三頁還有。她害怕了。

「他不是真死了吧？」

「我們來找你就是為這件事，你是許佳明的妻子吧？」

「你們怎麼找到我的？」

「受保人的手機通訊錄有你號碼，我都不知道你叫什麼名字，推算你可能是他的妻子。」

「我不是他妻子，」她聲音發抖，「為什麼找我？你們憑什麼找我？」

「不是嗎？」修智博想想說，「也許是我們工作失誤了，你在他手機裡存的是，啊老婆。」

「什麼叫啊老婆？」

「可能啊是A，第一位，很多人都這麼幹，打開通訊錄就能看見你。」

「那你們找我幹什麼！你們去找B老婆C老婆D老婆。」她捂著嘴卻很大聲地哭起來，她還要再問最後一個問題：「許佳明是自殺嗎？」

30

許佳明沒殺人，連自己都沒敢殺。差不多一年以後她去上海參加朋友的婚禮，意外遇見了李小天。本來很喜慶的日子，兩個人一下子沮喪起來。午宴過後他們步行去了仙霞路的星巴克。李小天說，講不出為什麼，他和許佳明認識好幾年，居然從來沒有一起吃過飯，更沒喝過酒。每回都是咖啡，頂多喝兩杯，又不會醉。

「可能我們倆潛意識都覺得，這種君子之交挺好，都不想熟起來，不想改變。」

「你別說你是他朋友，別說君子之交。」林寶兒說，「你不配。」

他點點頭，說她講的對。「那天他就坐你那兒，我們倆散夥後沒兩個小時，他就死了。」

座位坐熱了，就等於你的了，許佳明什麼時候說的來著？她摸摸屁股，真是熱的，她笑了。

「我這一年，沒事就過來坐坐，感覺他就在我對面，我們還是邊喝咖啡邊聊天。」

「很長一段時間，我以為你也死了，或是你殺的他。我沒敢問，我已經出過一回這樣的事兒。但不該是許佳明啊。」

「我為什麼殺他？」李小天有點疑惑，點支菸，「他知道了？」

她點頭說：「他那天本來是想殺了你的。」

「他沒提，他一點都沒提，他就跟我說，李小天，都老大不小了，咱們一起做點正事吧。」

林寶兒把菸盒捏扁，裡面還有兩支菸被捏得散開。她問，許佳明到底怎麼死的？李小天發了一會兒呆，說明白他為什麼死了，原來自殺和謀殺中間還有一種死法。

「找死，」他說，「許佳明絕對是找死。」
「什麼叫找死？我以前生氣時老跟他說，你找死啊。但那不是找死。」
「許佳明跟我講過，有一次在包頭住小旅館。夜裡十二點聽一個女的喊救命，從窗戶看到有兩個男人要挾持一個女的上車，他拎著菜刀就下去了。」
「他去包頭幹嘛？」
「說去見個蒙古人，說想了解更多的你。我以為他跟你說了，他連洛陽都去了，就在你中學旁邊，租了兩個月的房子，把你長大的地方走了幾十遍，全畫下來了。」
她就要哭了，一年了啊，她戒哭了啊。得換個話題：「然後呢，拎菜刀下樓之後呢？」
「結果那兩個男的是便衣，看了證件許佳明也不讓他們帶走，他端著菜刀非要等穿制服的警察來。」
「旅館裡有菜刀？」
「所以說找死，可能早就買好了，就等碰點什麼事兒，把命搭出去。」
「那就是自殺啊。」她說，「他在這兒怎麼死的？」
「差不多，就別講了，太丟臉了，死得跟蟑螂一樣，一個響都沒有。」
他們不想再聊他了，可是跨不過去。林寶兒看時候不早了，準備告辭，幾個姐妹說好晚上鬧洞房呢。有件事需要講出來，她說，李小天我後悔跟你發生關係了，每天都在後悔，我只是沒勇氣上吊而已，我都沒有臉想念許佳明，我希望你明白，我們這輩子應該不會再碰上了，以後各自保重吧。

李小天想想，也要跟她承認一件事，他說許佳明從沒讓他來北京找林寶兒，是他自己來的。

「許佳明以前住那兒，我知道地址，沒想到你真在。我只是好奇他成天掛在嘴上的把他迷住的那個林寶兒，到底是什麼樣的女孩。」他又點起一支菸，「他說的對，你太漂亮了，任何一個男人都會為你瘋狂，我也一樣，我也被你迷住了。」

林寶兒站起來，狠狠地打了他一個耳光，哭著走到路口，看見李小天還坐著不動，又走回來。

「你還我一個，」她說，「狠勁打。」

「算了吧。」

林寶兒又給他一巴掌，這次更狠，眼鏡甩到地上。

「我讓你打，你現在就打，不然我踩碎你眼鏡。」

李小天站起來，瞇著眼睛找到她，掄起手臂還了她一耳光。

「你記著，」她含淚說，「第一下是我打你的，我們這一人一下，是替許佳明打的。」

31

連洞房都沒鬧，當天晚上她乘坐高鐵一路哭著回了北京。回家之後她整理許佳明的光盤，找到了他曾講過的那個海濱愛情電影。導演叫侯麥，電影名字叫《夏天的故事》，這名字真好，她想念夏天。她一邊看一邊哭，不停地問然後呢，然後呢，導演知道然後那男孩死了嗎？

她把《夏天的故事》夾在《漫長的告別》中，想給媽媽打個電話，可她怕今天兜不住。她將手機關機。按她的講述，許佳明跟她結了婚，由於工作他移居巴黎，他們又離了婚。我捨不得你和爸爸啊，她說，我就想一直在你倆身邊。

她把許佳明所有的衣服找出來，用床單封成一個袋子放在床上，抱著它試圖入睡。過了十二點她發現自己還沒睡著，對著那些劃掉的號碼又哭到一點半。哭太多了，林寶兒，許佳明死一年了，你不是慢慢好過來了嗎？林寶兒，你就是一個對不起許佳明的大傻逼，要麼你跟他去死，要麼你給我把眼淚擦乾，好好活下去。

她撕開面膜敷一張，冰冰涼涼好多了，大口吸氣，想讓情緒平穩些。可是面膜的掩護之下她哭得更放肆了，她太想念許佳明了，過了那麼久，她還是不能接受許佳明已經死了的事實，她不相信自己再也見不到許佳明那些不著調的表情，再也不能聽到許佳明哄她開心的那些笑話，再也不能抱著許佳明和他摟著親，捏著鼻子親，做著愛親，然後四條腿頂在牆上玩腳丫子大戰，直到在他懷裡睡著。

他應該還在的，他不會走遠的。深夜無人，她撕心裂肺地哭出來。湧出來淚水把剛剛乾掉的面膜又一次浸濕，摻著那些白汁從眼底漫過鬢角，淌到耳垂一滴滴落在脖子上，白色流淌一片。入睡的時候她想，也許是生命中最悲傷的一天。

32

他跟排隊的人們說借過，不好意思，真有急事，不然人家就忘了。一路半鞠躬擠到售票台，售票小姐皺著眉問夾塞的男人，您好，請問您想看哪部電影？

「剛才那女孩買的哪場？我要她旁邊的位置。」他拿出錢包說，「我女朋友生我氣呢，麻煩你幫個忙。」

售票員指給他，希望他快點，還有很多人排在後面。

「你確定是這兒嗎，這是看電影的位子嗎，面壁思過來了吧？」

半小時後坐在她旁邊他還心跳不已，雖然她不停地打電話，雖然她不斷在罵人，但他知道這是他二十七年來聽到的最好聽的聲音，後來她哭了。他找出紙巾，拍拍她肩膀。

「別管我。」她說，「把你爪子拿走！」

比剛才那句「你有病吧」還讓他激動。爆米花早沒了，他拿菸在嘴上叼幾分鐘，能夠喘氣能夠說話時，他吐掉菸，又拍拍她肩膀跟她解釋，那確實是他的可樂。真棒，完全沒察覺到。慣性使然，她又吸了兩口冰塊，滿臉通紅，低著頭邁著小碎步出去了。

你不能錯過她，你一定不可以錯過她，他望著她背影想，應該跟出去，也許你這輩子一直在找的女孩，就是她。

只有冰了啊，林寶兒，你還在吸什麼，想吸出一條縫鑽進去對嘛？她連不好意思都忘記說了，灰溜溜地下了台階。坐在大廳裡她還在想，你什麼情況，喝人家的可樂，你怎麼想的呀？她拿出手機，確實打不開。算了，跟張至東有什麼好解釋的，就讓他來吧，待幾天一起走，反正一個人坐飛機真挺害怕的。

他出來了，她故意背過身望窗外。可他卻直奔而來，問她，你手機沒電了，要不要用他手機知會一聲。知會一聲，也是從北京來的吧？她擺手說，不用了，謝謝。他還不走，腳跟黏住了似的。

「喂，要不我賠你杯可樂？」

「太客氣了，不用，也行，看情況吧。」

一杯可樂而已，他居然在猶豫，而且順勢坐在了她對面！咦？電影還沒有散場，他自己出來的。著急跑出來幹什麼呢，趕著看六點十六分的天空？他明明無事可做啊。她明白了，是衝她來的。哈，搭訕的，她太熟悉這種情況了。她往後靠靠，長舒一口氣，那你就慢慢欣賞六點二十五分的天空吧。

他側身看外面的雲，嘴裡還自言自語，那些雲真白，一片連著一片。如果不是腦袋有問題，就是說給她聽的。她才不接話，抬頭看看他側臉，是她喜歡的樣子。那又怎樣，一百萬人有這副長相，犯得著她林寶兒花痴嗎？她起身拎包，衝他點點頭，意思是你慢慢看藍藍的天白白的雲，姐要先走一步了。

她在三樓商場轉轉，不比北京的差，但也不比北京的便宜，沒必要買這些衣服帶回去。也許可以再回去看看，驗證下那個爆米花男是不是還跟傻子似的感嘆雲真白。她踩上扶梯上了樓。對面下行扶梯有個男的往下跑。哦，就是他，那就算了吧，也許他有別的事，並非針對她。那男的快到底的時候發現不對勁，咚咚咚地逆行跑上來，踏著步子跟她站在一排。

「有事嗎？」她問。

他腳下不停大口喘氣，掏出手機隔著兩條扶手遞給她，說：「要不然打二百塊錢的吧，這樣算上可樂，你就該請我吃頓飯了。」

她對他搖搖頭，沒接過他手機，正過身直視前方不再理他。他嘆口氣，稍一鬆懈又掉在後面了，順著扶梯下去了。扶梯快到頂時她笑了，她聽見後面的腳步聲，知道他換到這一側追上來了。她轉回來笑瞇瞇地看他往上爬。有沒有可能，她咬著指甲想，喜歡上他呢？

第六章　和許佳明的六次星巴克

1

和許佳明第五次星巴克的時候，他忽然跟我談起夢想。他說，李小天，咱不玩了，收收心，好好幹幾件牛逼事，畫幾幅牛逼畫，挺多驚天動地的大事等著咱們去幹呢。他說這個讓我一驚，以前他不聊夢想，難得認真一回，覺得快三十了，人生要靠譜，不能老拿才華抄近道，想成大事還是得用心加勤奮，他得清楚自己這輩子到底想要什麼，知道往哪走。他那天講了不少，一瞬間我感覺，我們不是在星巴克外面的遮陽傘下喝咖啡，而是在喧囂的海港送他起航。但都不是我現在要說的，我要說的是，許佳明前半生不著調，到處浪費才華，等真正明白自己不能再這樣，第一次樹立夢想的四個小時後，許佳明死在了蘇州河。

2

我沒開玩笑，我也很難過。命運就像個無恥惡童，又一次拿我們的生命去做惡作劇。回頭想想是許佳明約的我，他說他來上海，問我出來坐坐。我當時不是很想見他，他過得不好，和林寶兒剛離婚，小半年沒畫出什麼像樣的東西，也許手頭也沒幾個錢。我不願意花一下午的時間陪他吃飯，聽他訴苦，再借點錢祝他一路順風。我握著電話說我在外地。他問我在哪兒。我一時說不上來，哪個城市都有畫家，隨便一個電話就能打聽清楚。得遠一點，我想了想說，我在埃塞俄比亞。

我也不知道哪冒出來的地名，這讓他沉默好一陣兒，跟我確認，我剛才說的是外地，外地可不是埃塞俄比亞的意思。我說對，但我就是在非洲。他問我在那兒都吃什麼。我說吃英吉拉，有點像發酸的披薩，不過沒有肉，看起來是素雞一類的替代品，畢竟這裡是非洲。他停了幾秒，我以為他相信了，我告訴他，等我回來，你要是還在上海，我給你打電話。

「好，」他說，「但是，我現在打的就是你家座機。」

於是我們那天約在星巴克，剛下過一場雨，我和他坐外邊。兩片白雲把太陽夾出一條縫，夏日的涼風彷彿是從黃浦江面吹過來，還摻雜一絲塵土的味道。良辰美景，卻要直面這樣的尷尬。我先找話說，我說家裡就不該裝子母機，接起像大哥大的那種，走兩圈自己都忘了這不是手機。

許佳明不說話，看樣子還有氣。我換著說雖然沒去過東非，但還真吃過一家埃俄餐廳，味道還好，只是裝修令人難受，他們把非洲的攝影作品全貼在牆上，幾十張照片全都是孩子，吃不上飯的那種孩子，我把經理叫過來，問他什麼情況，他跟我解釋，之所以貼這些照片，是因為想提醒我們，還有人在挨餓，之所以菜品貴，是因為餐廳會拿出我們消費的百分之十，來捐給這些孩子們，也就是說我花五百塊，餐廳就捐五十。

「然後我就不舒服了，為什麼我不能少吃一口，直接捐五百？」

我以為他會打斷我，往下講也沒意思。我進店買兩杯咖啡，出來的時候許佳明好多了，似笑非笑地看著我。我遞給他一杯咖啡，喝過一口他問我有沒有想過，超級瑪麗應該幹什麼。我讓他重複一遍。沒錯，是超級瑪麗，小霸王年代的橫版遊戲，過去翻譯的錯誤，應該叫超級馬里奧兄弟，能蹦能頂，還可以踩怪獸。見他問得認真，我想了想說，我不知道，我記得他喜歡頂金幣和吃蘑菇。

「你要說什麼？」

「我要說，我也是這個夏天才想明白，」他說，「超級瑪麗應該幹的是，從庫巴手裡救出碧琪公主。」

什麼意思，我問他誰是碧琪公主，Bicth嗎。他說不是，是Peach。我問他，是因為長得太Peach，所以成了Bicth嗎。他等了一會兒，希望我認真，他說碧琪是蘑菇王國的公主，他們有個死對頭叫庫巴，綁架了公主，超級瑪麗去救她，可是路上的金幣和蘑菇實在太多了，到死他都不記得自己應該幹什麼。

我打斷他：「許佳明，要想說什麼？」

許佳明停下來，說了最初的那番話，他說：「李小天，咱不玩了，收收心，好好幹幾件牛逼事，畫幾幅牛逼畫，挺多驚天動地的大事等著咱們去幹呢，頂金幣和吃蘑菇是很好，可那不是我們應該幹的，夢想是插在庫巴城堡的那面旗，咱倆別鬧了，把金幣蘑菇戒了吧，專心點往前走，能走多遠走多遠，萬一哪天走得早，沒能拔下那面旗，咱也要死得離庫巴城堡近一點兒。」

好吧，就讓我把畫面定格在這裡吧，許佳明半張著嘴，滿含熱淚望著我的那一刻。關於許佳明的一切，就從這裡講起。他死後快兩年我都繞不過去，好像我當時看見了，我看見許佳明在談論夢想時眼裡泛出的光芒，我看見一個更純粹的他正在擺脫欲望之身，朝夢想艱難前行，我似乎都能看見他離庫巴城堡到底有多遠。真是的，我看見了那麼多，就是沒看見他會在幾個小時後死在蘇州河。

我們第五次星巴克是在星巴克的仙霞路店，這兩年我經常過來，每回都點兩杯咖啡，坐在遮陽傘下，想一想死去的他和活著的我。繞過悲傷和遺憾，我其實還欣慰，命運最終給他留了四個多小時，夢想過後的許佳明還有二百多分鐘的時間往夢想出發。可能是我太矯情了，不過我真的好奇，這幾個小時他都幹了些什麼？換個方式想，要是許佳明預知自己活不過那天，他還會不會做出人生最重要的這個決定，會不會去想，超級瑪麗應該幹什麼，他應該幹什麼？臨終懺悔不算，我是說，真正去為夢想做點事，往前走幾步，離庫巴城堡近一點，哪怕去買些畫布和畫筆，哪怕連展開的時間都沒有。

3

許佳明是被人殺死的，凶器是一把錘子。我後來找人託關係見到過這凶器。警察把它跟屍體一起從蘇州河裡撈出來。最普通的那種錘子，一邊是平頭，另一邊是帶尖的錐子，隨便哪個五金店都能買到。

找到我的警察姓鄭，在蘇州幹了快四十年。本來是上海的案子，跟他沒關係，因緣巧合把他牽扯進來。他拿著頭骨的X片跟我數，許佳明總共被鑿了八下，前兩下是平頭，那時就已經斷氣了，再換錐子那面鑿六下，是要確認他已經死了。聽起來好一些，但我懷疑他在安慰我，讓我覺得許佳明死得沒那麼痛苦。把片子對燈看，最多能數出有幾個洞，根本看不出來是哪個洞將他一擊致命。老鄭跟我說，他也是從法醫那了解到的，結合屍檢報告，看血管的爆裂程度，流血最多的那兩個是致命傷，平頭的鑿痕，至於後面的幾下，雖然更尖更深，頭骨的裂紋更大，可是沒能噴出多少血，因為那時他已經死了，血流乾了。

凶手是兩個孩子，男女朋友。男的叫李賀，到十月才滿二十一歲，據說上半年剛攢夠錢，買了一輛二手金杯，在虯江路趴活兒拉家具。他女朋友也姓李，叫李靜萍，比他還小三歲，在仙霞路給人按腳足療。這讓我想不明白，這些孩子為什麼年紀輕輕就湧到上海來吃苦，要麼開車，要麼按摩，怎麼會比在老家種地、打牌更幸福？

那個叫李靜萍的姑娘我見過，年初開庭的時候，被告律師拿出平頭鍬頭、死前死後這些證據，來證明他的當事人並不是故意謀殺。沒人聽他的，被告沒錢請律師，來的是法庭指定的律師，被檢察長抗議後，連過失殺人這個辯護觀點都沒講出來，就回到座位上裝模作樣地看卷宗了。

但還是能還原些真相。屍檢報告表明，死亡時間是晚上十點半。起初他們沒打算沉河，把屍體拽上金杯，滿大街轉悠。每個路口都有監控，連在一起彷彿一部小成本的公路片，可以看到汽車在夜上海走走停停。有幾處地方男孩下過車，那裡沒有路燈，沒什麼行人，李賀想看看周圍有沒有能埋屍的地方。當然沒有，這裡是上海，六千平方公里的地界住著兩千四百萬人口，將近五千萬隻眼睛不可能容他們一鍬一鍬地挖出一個坑。然而上海有兩條河，就算黃浦江人多燈亮，可還有一條蘇州河。大概一點鐘他們進入普陀區，把車停在一家便利店的門口，李賀進去要了兩個大袋子和幾捆塑料封帶。店主不會平白無故給你什麼，總要買點東西，再編個理由跟他討。李賀卻在超市買了一件最不靠譜的東西，兩分鐘後他把一大箱啤酒抱上了金杯車。

兩個孩子可能嚇傻了，藉著月光開進蘇州岸邊的樹林裡，守著屍體喝光了一箱啤酒。有那麼一陣酒勁上來，他們倆都想放棄了，聽天由命，靠在座椅上睡著了。直到淩晨五點鐘，天矇矇亮，李靜萍被日出前的寒氣凍醒。兩個人哆哆嗦嗦地把屍體裝進袋子裡，將酒瓶歸攏成堆，連同那把鐵錘一起，扔進了蘇州河。

他們太年輕了，兩個人年紀加起來還不到四十歲。除了殺人，他們還在不斷地犯錯誤，首先他們連錘子的木把都沒卸，重力浮力合起來沒有變沉多少，再就是他們應該把酒瓶灌滿水再放進去，二十多個空瓶子幾乎沒有一個吃水下沉的，全成了微信裡的漂流瓶。然而最愚蠢的是，他們從超市借來裹屍的袋子，是運送麵粉的防潮袋。防潮防水，以至於第二天早上八點半，至少有一百萬趕著上班的上海人，看到了河面上的許佳明。

4

案子不難查，拿著酒瓶在附近便利店走一圈，問問在誰家買的，再調出門口的監控，就可以鎖定金杯車。屍體撈上來的第三天，李賀被全市通緝，虯江路他是再也沒去過，警察在那裡打聽了一圈，沒問出還有個姑娘。從頭到尾李靜萍沒從車上下來過，所有的監控也沒看出來，車裡還有個活人。兩人沒結婚，那些趴活兒的老司機也是一問三不知，後來李靜萍滿身是血地來派出所自首時，警察還以為她只是個受害報警的小姑娘。

那幾天上海貼滿了李賀的通緝令，小區大門貼著，公交站貼著，連電梯裡也不放過。本來不該在那兒，估計是小區孩子鬧著玩，從公示板上揭下來，撕成兩半黏在電梯的兩扇門裡。我有天回家按下21層，看著上面的電子數字，這時電梯門緩緩闔上，一分為二的照片開始合二為一。還不是旅遊自拍照，用的是李賀身分證照片，眼睛直勾勾地瞪著鏡頭，就好像他知道有一天會這樣，他要冷冰冰地回瞪全上海。

似乎是反鎖在一場噩夢逃出不來，我一時在電梯裡很不舒服。回頭想想也許感慨更多，我那時不知道與許佳明有關，我只知道這小子殺了個人，沉屍蘇州河，可能就藏在樓道裡，伺機再殺一個搶錢逃命。我完全想不到，電梯門闔起來的這張臉會和許佳明的面孔重合在一起。警察沒說，報紙也沒提過，要麼就是我錯過去了，至少沒人揪著耳朵告訴我，他死了，李小天，你唯一的朋友許佳明，已經死了。

我一直以為他在營救水蜜桃公主的路上，我還在等他的消息，明年後年，哪怕十年二十年，他若能成器也不算晚。直到八月底我去美協，才得知這件事。

我挺悲觀的，過去十年我一直跟美協走得很近，我怕哪天畫不出來，起碼能憑著臉熟在美協混碗飯吃。創作這種事說不清，從無到有，沒準某個早上醒來，我對著畫布盯一天，不知道對一張白紙還能幹點啥，那麼我的繪畫生涯也該結束了。繪畫、作曲，連同寫作，都是一度創作，相對的是二度。歌手嗓子壞了，大不了跑調破音，演員得個面癱什麼的，不過是演得假點兒，故事還能看。可我們不行，我們沒樂譜沒劇本，若不下筆，什麼都沒有。畫家沒作品就是個廢物，江郎才盡的時候沒勇氣自殺，還是得留條後路。許佳明也明白這道理，可是他太驕傲了，他才不會去美協吃老本。有一回他向我顯擺花兩年時間考下來的A3駕照，他說哪天不行了，他就找個小點的城市，繞著圈開公交車。

我在美協沒什麼事，也用不著上班，主要是負責一些已故畫家的後事。美協這點還不錯，要是哪位畫家去世時無兒無女，老無所依，名氣也沒大到令媒體瘋炒關注，美協會幫他料理後事。除了一場葬禮，更重要的是策展，將生前作品做成一個終身展吸引藏家。我那個夏天都在籌備一位去世的前輩，七十三歲死於煤氣中毒。說實在的，我並不認為他畫得有多好，當然也不算太壞，只是找了條很聰明的路，用水墨寫意的筆法畫都市、畫上海，高樓大廈都被他畫出黃山迎客松的味道。當年的評論家很興奮，總是能從裡面讀出新東西，解讀傳統與現代的文化碰撞。沒這麼多內涵，無非是有條近道被他發現了。他也明白這些，五十歲以後想畫點新鮮的、安身立命的好東西。可是他過去也在畫新鮮的啊，還能畫什麼呢，倒退五百年去玩花鳥魚蟲嗎？跟我們擔心的一樣，那之後他什麼都畫不出來了。可悲的是他還有情懷，他愛這行，畫不出來也要把畫布展開，每天盯十幾個小時在那等。可靈感不是公交車，等了二十年也不見下一班。前幾年來美協他還逢人就解釋，說一直沒作品是要出大畫，就這一兩年了。到後來開會他都不說了，低著頭聽大家發言。

可還是沒來得及出大畫，死於煤氣中毒。警察說是意外事故，不排除自殺的可能。辦完喪事我去他家整理遺作，那張畫布還在畫室擺著，時間太久了，都有些氧化的微黃。奇怪的是這張白布還有落款，一行小字寫著——1991.7 — 2012.4，失敗。失敗是作品的名字，如果還能算作品的話。站在畫前我有些傷感，以前他老說，能出來，就這一兩年了。推遲到現在，原來是下不了打開煤氣閥的決心，〈失敗〉。

我打算把這副作品放在展廳的一號位，頂下那些水墨魔都。我那天去美協就是跟陳主席解釋這件事，我說單純就作品，可能沒什麼好說的，但這是終身展，這張白紙是對他後半生的解釋。陳主席瞇著眼睛不置可否，遞我一支菸，自己也點上一支。他要我寫一個報告，容他細細評估。我明白就算是寫了，他也不會看的，緩兵之計。他就是那種領導，每次見我都要跟我打聽，過得怎麼樣，有什麼困難需要組織幫忙的。但我們心裡都明白，他才不關心這些，那只是他和我打招呼的方式。要是我如實說我有困難呢，需要組織幫忙呢，他肯定又讓我寫份報告，給美協評估一下。

那天下午我們坐在他辦公室抽菸，他依然問我創作是否順利什麼的。沒等我回答，他就勸我別畫了，來美協工作，這麼畫下去，又畫不過畢加索，為什麼不幹點更有前途的事情呢？乍一聽是對的，我有點沮喪，回過神來我明白這是悖論，哪個行業都有幾個大師，標竿性的人物，照這麼說什麼都別幹，寫劇本前面有莎士比亞，做音樂上面有貝多芬，就是當個木匠還有魯班祖師爺呢，而且，面前一張白紙，我為什麼要認定下一幅畫不如畢加索，我畫我的，畢加索又沒擋我的道。

當然不能跟領導說這些，把菸抽完我準備離開。陳主席堅持送我，順便下樓買包菸。那就是還有事找我，可他下電梯時沒說，走出美協大院他也沒說。在路口等著紅綠燈，他跟我打聽許佳明，問我是否認識，建議我寫一份許佳明的評估報告。他說以前沒聽說過，更不知道許佳明畫過什麼，要是畫得好，可以給他做個終身展。陳主席見過許佳明，可能還有些不愉快，估計他忘了。我不想提醒他，我說能有畫展挺好的，只是他還不到三十，終身展有點早吧。他聽完直搖頭，低聲說：「凶手都抓著了，當然不早了。」

聲音太小，馬路太吵，我追著他後屁股問抓著什麼了。這回是他沒聽清，趁著變燈大步往前走。過路口就有家便利店，自動門打開時說了聲「歡迎光臨」，闔上門把汽車聲關在外面。陳主席問我抽什麼菸。我推託說不用管我。他站在櫃台前猶豫不決，想換個牌子抽，每種菸他都瞄兩眼，彷彿在回憶它們的味道。我繼續問他：「抓到什麼了，跟許佳明有關係嗎？」

「李靜萍啊，那個小姑娘。」他想好抽什麼了，告訴售貨員，轉回身跟我說：「凶手都抓到了，咱們美協再不表態，就太不作為了吧。」

可能這時候他才注意到我表情，他問我，還不知道蘇州河裡泡著的是誰嗎？不用再說了，站在便利店我腦袋嗡的一下只剩空白，就好比用手柄玩超級瑪麗正高興，金幣有的是，蘑菇隨便吃，下一個煙囪跳進去還有近道可以抄，一切盡在掌握，這時不知從哪鑽出來的烏龜撞了他一下，完蛋了。

回頭想想，超級瑪麗的死其實挺殘忍的，沒有提醒，只有告知，先是屏幕閃幾下，瑪麗逐漸變虛，然後是幾秒鐘的電子樂，說不上哀傷，只是咯噔一下知道自己完了，已經被這個完美世界抹掉了。

5

來美協的路上我聽過這新聞，當時沒在意。那天下午好幾個電台都把「打電話搶紅包」和「張大夫談養生」這種節目取消掉，集中報導李靜萍自首的事情。我當然不知道跟許佳明有關係。廣播說，蘇州河凶手是在蘇州第一百貨落網的。像個蹩腳的繞口令，在蘇州河殺人，在蘇州市被抓。

第一百貨位於蘇州最繁華的觀前街一帶，特色是有條號稱亞洲最長的室內步行街，長達五百米。趕上十一週年店慶，整個八月都在打折促銷。熱鬧一直持續到昨天，八月最後一個禮拜六的下午三點，隨著一個渾身是血的女孩走進第一百貨，一個月的購物狂歡就要結束了。

進來的是李靜萍，那個和李賀一起逃亡的女朋友。早幾天他們就逃離上海，躲在吳江。那天中午十二點鐘她離開酒店，開了快兩小時的金杯車，才找著一城市。她不知道這是蘇州，只是市區裡繞了一圈，找到一個商場，開進第一百貨的地下停車場。下車前她把西瓜刀放在座位上，然後想了想，把氣喘勻，將鑰匙也留在車裡。

李靜萍沒有受傷，那些是別人的血。從B2層進入電梯，還沒到B1就能聽見上面的熙熙攘攘。那就是來對地方了，這裡肯定有她喜歡的衣服。直到電梯門在一層打開，那些喧囂不見了。就像有人按了靜音鍵，頭幾個看見她的人先安靜下來，後退讓出一條路。然後安靜跟病毒似的向裡面傳染，不到一分鐘，整個商場都在半張著嘴看著她。挺有意思，女王登基一般莊嚴肅穆。管不了那麼多，她只想挑件裙子，把這身血衣換下來，又不是不給錢。

那天下午在觀前街派出所值班的老鄭，也接受了電台的連線採訪。後來就是他找的我，他今年五十八歲，五十五歲那年退休過一回，在家悶了兩年，後來國家改制，到六十歲退休，年初他又回聘到所裡。其實週六警察不休息，大家都來，所謂值班是留個人在所裡，其他人去對面的小賣部喝冷飲吹空調，每過一小時再換個人上來，派出所空調已經三天不製冷了。

老鄭說他幹了快四十年也沒碰著過這情況，腦袋都要炸了，房間裡五部報警電話同時響起來。但只夠接一部，另外四部電話還在響，加上報警人又用氣聲說話。他只能揀關鍵的問，有傷人嗎？沒有。有過激行為嗎？沒有。那你報什麼警？他問完想，也許措辭不對，不過意思到了，啥事沒有為什麼報警？對方沉默幾秒，他以為掛了，準備去接別的電話。這時報警人說，因為這姑娘的臉上、衣服上、鞋子上，全都是血。放下電話老鄭去窗前對著小賣部揮手，幾部電話還在響，所以他也不知道自己用了多大勁衝他們喊：「第一百貨！」

沒人攔她，五百米長的步行街走了快一半，才看中一件千鳥格的裙子。她拽出來問多少錢。售貨員退後衝她搖頭，那她就去試試。進試衣間之前，她還從兩個手持警棍的保安身邊走過。他們猶猶豫豫，只是盯著她，好像在思考要用什麼理由去放倒她。

染血的衣服被她脫下來，扔進垃圾桶。換上新裙子前她注意到上面還吊著價簽，五百六，她倒抽一口氣，這輩子都沒穿過這麼貴的裙子。她對鏡子左轉右轉，把每個角度都看一遍，要是臉上沒血就好了。她提醒自己走之前要記得洗把臉，要乾乾淨淨的。她對鏡子笑笑，推開門。守在兩側的警察撲倒了她。

老鄭沒去第一百貨，也沒守在所裡值班，那些鈴聲快要把他逼瘋了，他去小賣部喝瓶汽水。老闆打趣說剛才一哄而散，誰也沒結帳。老鄭瞪著眼睛說，我這個也記著，讓年輕人結。再回到所裡電話不響了，他知道他們把她抓到了。

見到李靜萍是十分鐘後，可能是新裙子的緣故，老鄭沒覺得她有電話裡說的那麼嚇人。小警察把兩個塑料袋遞給他，頭一袋裝著衣服，他聞了一下就知道是人血，血跡未乾，沒準還活著。第二袋是從她身上搜出來的，幾百塊錢和一張蘇南大酒店的502房卡。老鄭起身問大家蘇南大酒店在哪兒，沒人吭聲。他讓小警察查查，轉身望著李靜萍問：「人在哪兒？」

問得挺乾脆，只是答非所問，她說她是來自首的，只是想乾淨點來，才去了商場，她怕坐了牢就再沒新衣服穿了。老鄭連說幾聲好，也沒明確表態算不算自首。他不關心這些，人命關天，還得問一遍：「人在哪兒？」

跟沒聽懂似的，李靜萍沒說話，四處看看，反過來問他：「我在哪兒？」

老鄭心裡急，但時間再緊也不差這點兒，索性陪她講兩句廢話。他說派出所。她又問哪兒的派出所。觀前街派出所。之後她問出最後一個問題：「哪個城市的派出所？」

是在挑釁嗎，面前這個姑娘能是變態殺手？幹幾十年沒被人這麼問過，怪事都讓他今天趕上了。小警察過來彙報，蘇南大酒店不在蘇州，在吳江，六十公里外。他讓小警察通知吳江警方去那裡看看，剛說出口，又讓他們等下再打。他先出去抽支菸，好好想想。

其實也想不出什麼，對面小賣部的老闆笑瞇瞇地打聽是什麼案子。他裝沉思沒聽見。掐掉菸回來腦袋還是空的，他盯了女孩半分鐘，一板一眼地回答她最後一次，蘇州，蘇州觀前街派出所。她聽完直搖頭，想站起來發現自己被鏈在椅子上，重新坐好後她說：「你們管不了，放我回上海。」

到底怎麼了，這裡是蘇州觀前街派出所，剛來個吳江，又冒出個上海？他跟小警察說，一個不落下，全通知到，讓吳江那邊去蘇南大酒店502房間看看，告訴上海，他們抓到一個名為女逃犯。說完老鄭才想起來問她名字，李靜萍，他讓小警察馬上去辦，被上海通緝的李靜萍要找他們自首。

可是上海警察也不知道李靜萍是誰，他們最近在查找的叫李賀，而且不是女孩，是個小夥子。吳江警方半小時後打電話過來說，有個男的死在502房間，身中五刀，死亡時間在中午前後，在錢包裡找到身分證，名字為許佳明。老鄭通知上海警方，你們的李靜萍剛剛謀殺在吳江蘇南大酒店的許佳明，現在要到你們那裡自首。上海回覆不可能，許佳明早就死在蘇州河了。

他聽說過這個案子，把酒瓶和錘子丟到河裡沉屍，但怎麼從蘇州河扯到自己身上的？他快瘋了，下樓到對面連喝兩瓶汽水。看他臉色，老闆這次沒敢多打聽。放下空瓶老鄭問多少錢。老闆推辭回頭算。老鄭掏出一百拍桌上，又起開一瓶說，把年輕人的都算上。他大概明白了，進來坐下，把汽水推到李靜萍面前說，許佳明是你和李賀在上海殺的，蘇南大酒店今天死的那個是李賀，也是你殺的。

雖然不是問話，但他在觀察她表情，等一個答案。他猜對了，李靜萍的表情是默許。老鄭把證物袋裝好，讓小警察給李靜萍安排個地方，晚點交給上海或是吳江，反正跟他蘇州觀前街派出所一點關係都沒有。他抬手看看錶，快六點了，再打兩通電話，差不多該收了，這一天過的。但不管怎麼說，也比退休在家盼孫子、在花園看麻將有意思。

都到家門口了，他想起一事，要老伴別等他，出門打車去了第一百貨。從吳江過來，渾身是血，總不至於是坐大巴車來的，哪怕打車過來也早有人報警了。還好留意過新聞，他直接下地庫，彎腰檢查每一輛汽車。白色金杯，上海牌照，在地下繞了一圈螺旋樓層，他在B2層找到了。從前窗就能看到裡面的鑰匙，這讓他確定無疑。她是要自首，老鄭想，車都不要了，換身衣服就報警。吳江那邊說李賀是被捅死的，房間沒凶器，他認定刀就在這車裡。電話沒帶，要麼明天帶人來，要麼原封不動留給上海。他站車前抽了一支菸，依然沒能壓下他的好奇心。去電動車位卸了根車條，插進窗縫撥車鎖。保安聽到動靜，拿著手電筒往這邊跑。老鄭頭也不抬地說警察辦案。證件還在家裡，不管了。保安越跑越近，用手電筒晃著他的臉。老鄭左手一提，車鎖打開了。用不著再理會保安，不需要給他看什麼警察證。拉開車門的一刹那，老鄭就明白，這事沒完，他的工作才剛剛開始。車裡還有兩個人，而且這麼熱的天兒，這麼腥的味兒，裡面的兩個人起碼死了一個禮拜。

6

許佳明的葬禮我沒趕上，警察做完屍檢，留下DNA樣本，急匆匆地就把屍體拉到楊行燒掉了。之後兩個月我都沒出門，零零散散寫了幾萬字。我也不知道這算什麼，傳記，畫評，還是悼文？有天夜裡寫到動情時，找出〈思舊賦〉，向秀悼念嵇康的文章。我古文不好，尤其是魏晉辭賦，一句話七個字，之乎者也占上四個。大聲讀幾遍也能明白個大概，有一句挺好的，託運遇於領會兮，寄餘命於寸陰。我翻譯不出來，反正意思就是，朋友有聚有散，你不在的日子，我用餘命寸陰想著你。

倘若當傳記寫，第一句話應該是，許佳明，吉林長春人，生於一九八四。不是喬治．奧威爾的書，還是有不少一九八四的孩子。許佳明家境不算太好，準確點說是亂七八糟。父親是植物人，母親是精神病，繼父是殺人犯，繼母是被殺的那個，還是妓女。所幸許佳明逃離了那裡，十九歲考上了清華，畢業那年忽然想畫畫。於是報了個培訓班，上了三個月的基礎課。我知道那種班，比藝考培訓還要淺，從三原色講起，黃藍配綠，紅藍配紫，三個合一起是黑。學員大都是家庭主婦，送完孩子做家務，做完家務過來提高生活情趣。學不到什麼東西，但許佳明覺得夠了，就好比要當作家，識字就行。

二十三歲開始作畫其實挺晚的，基本上來不及。雖然高更三十六歲還在巴黎銀行幫人炒股票，梵高也是跑英國當了幾年老師才拿起畫筆。但二百年前地球上也才十幾億人，想當畫家的更是少之又少，而且他們之前有底子，下決心當畫家而已。還好許佳明夠聰明，他早期畫畫像寫打油詩一樣簡單，兩三天就出一幅。那時候他不值錢，沒人要，完成了就扔在一邊不管不問。等到手頭緊就託朋友帶上朋友去他家挑，好幾十幅攤在地上，得跳房子似的蹦著挑，給夠房租就拿走。我也帶朋友去過一次，可能是他們沒看上，踩著空地走一圈，說幾句恭維話，也沒在哪張畫上多看兩眼。但既然進門也不好意思空手出去，就當是扶貧，扔一萬塊錢裝滿一箱子帶走了。

我當時感覺不好，看他們這麼幹，好像快打烊的超市，一幫大媽圍著打折處理的青菜，五毛一斤還得掰掉菜幫子再上秤。畫又不會爛掉打蔫，我說我買，哪天「許佳明」這仨字兒值錢了，再讓你收回去。話是這麼說，我也沒買，我那時並不看好他，畫功一般，色彩也不怎麼出挑，最重要的是，他的畫沒表達，最多算陳詞濫調，放美院都是不及格的臨摹作品。我寧可借他一萬塊，也不會帶走一幅畫，我不認為他能有出息。

這是問題所在，想當畫家是一回事，可畫出什麼又是一回事。這世界已經有太多無聊道理，不需要我們再用作品來詮釋。可能缺少真誠，沒誠意的作品就像一場寒喧拜訪，禮數周到，盡善盡美，但你只想快點結束。直到〈繁殖〉才改變我對他的看法。老實說第一眼還是沒看上，一千塊錢被某個打算裝修婚房的男人買走了。但我後來老想起那幅畫，裡面的場景揮之不去。我也是畫家，我明白一幅畫不管好壞，若是讓人忘不了，就一定成功了。還有，我不得不承認，許佳明這個新來的，已經甩我幾條街了。

〈繁殖〉講的是欲望，許佳明畫了個植物園，裡面種了黃瓜、西瓜、香蕉和西紅柿什麼的。他說植物種類的選擇是有寓意的，也許不重要，我只是喜歡那幅畫。算擬人畫法，植物有表情有眼睛，卻充滿莫名的淫欲與克制，還在枝頭上的水果和蔬菜像是被下墜的欲望煎熬，緊緊抱住枝頭不敢下去，而那些已經瓜熟蒂落的、沒能克制住的香蕉、黃瓜等等，早就纏繞在一起，等待腐爛。

第三次和許佳明喝星巴克時，我還後悔當初沒買下這幅畫。買這幅畫的人裝修結婚，他只是要在飯廳掛點什麼下飯的東西，以為花一千塊錢買了個升級版的水果籃，嬌豔欲滴，那種九十年代攝影圖片。總有一天他和他老婆會發現，植物園裡的水果不飽滿不新鮮，對著〈繁殖〉用餐反而倒胃口，那時這幅畫也就毀掉了。我講了那麼多，許佳明倒是無所謂。這是個新問題，畫畫是為了什麼，無論有多少原因，肯定有一個是為了傳世。而他覺得，畫畫是由於他想畫，主要是每畫出一幅，纏繞他腦海裡的畫面就抽掉一幅。他說能賣錢當然更好，換不來什麼，起碼也能少一個噩夢。

可總還要生存，有兩年許佳明活不下去了，跑到山東青州去畫贗品。青州是明清贗品的聖地，許佳明仿四王吳惲，照著圖片把水墨畫謄到卷軸上，再由畫商用茶水蒸黃做舊。這無可厚非，張大千早年也是靠畫贗品為生，到現在出自他手的贗品比真品還要貴。再舉個例子，被譽為「天下第一行書」的〈蘭亭集序〉，自唐以後就失傳了，正是那些大致相似卻各有不同的贗品，將王羲之推崇到書聖的位置。可許佳明是畫油畫的，拿過畫筆的人都明白，國畫和油畫之間差別比小說和音樂還要大。用這個糊口，還不如改短信詐騙來得乾脆。

不得不佩服許佳明的才氣，那兩年他畫了一百多幅，除了最初的臨摹，大部分沒有原作，都是揣摩四王的特點重新創作，落上他們的名號，再起個古意的畫名散落全國。許佳明死後第二年，我在南昌的滕王閣看見一幅王時敏的畫作，構圖簡約，渾厚清逸，怎麼看都沒問題。可這確實是假的，只有許佳明才畫得出這麼難辨雌雄的贗品。那幅畫叫〈黃海煙客圖〉，煙客是王時敏名號，黃海為黃山雲海。明清兩代畫山水多以黃山為師，偏偏王時敏沒到過黃山，以至於他兒子王攄在黃山登頂的時候曾感慨，我父畫作最殊絕，惜未到此尋仙蹤。

他在青州幹了快兩年，比任何學校都有用，離開山東他跟猛虎下山似的連續出作品。拍賣最貴的是〈貪婪〉，一幅鬼魅之作。那幅畫立意很有趣，他想把許多美好的事物集合起來。確切地說他畫了一個女人體，把他認為最美的部分畫到一起，比如在頭像他雜糅了幾個女明星，趙薇的眼睛，章子怡的嘴巴，鞏俐的鼻子等。我忘了她們與五官的對應關係，總之他筆下的女人輕咬嘴唇極盡嫵媚之態。脖頸之下才是他要說的，他畫了蒼井空的左胸和松島楓的右胸，一大一小，彷彿一場隆胸事故。再往下他畫的是林志玲左腿，而右腿，畫龍點睛一般，他畫的是蔡依林。

我只說賣得貴，我沒說我有多喜歡。許佳明說的真好，完成一幅畫就是擺脫一個噩夢。後來這場噩夢賣了十三萬，那一年青年畫家裡的最高價，大家聚會的時候沒辦法跳過許佳明。我懷疑一個擼點多麼詭異的人，才會把這幅畫高價買回家，掛在床頭檣櫓灰飛煙滅。它講述什麼道理呢，迅雷留種三天三夜方才頓悟，人生不能太貪婪，你不能既要蒼井空又要松島楓？這也是陳詞濫調，沒一點真誠，冠以藝術的雞湯。可是許佳明敢弄這些，又是林志玲，又是蔡依林，像個坐在枝頭的混小子，他把自己弄成一個毒瘤，讓爺爺輩的畫家避之不及，至少我沒勇氣這麼幹。

雖然不喜歡，然而有爭議的時候我還是站在他這邊。這是創作態度的問題，不單是繪畫，全藝術領域，包括文學及音樂，幾乎都在一個保守的氛圍裡止步不前。似乎我們的藝術家一直逃避身處的時代，老是弄點過去的東西，名正言順地說這是時間沉澱的產物。簡單點說，畫卓別林是正確的，畫劉德華就是垃圾。這沒有邏輯，我並不是說我們要跟隨流行，而是它在那裡，就算不追也沒必要繞著走。既然是當代大師，就不該只描繪文革，九十年代，或是童年記憶。這是我們自己的時代，我們需要的是今天的作品，我們需要那些敏銳活絡的藝術家。安迪．沃霍爾弄〈可樂樽〉那陣也一樣，被保守派攻擊，拿可樂罐做藝術算什麼東西？他為此反擊道，窮人喝可樂，總統也喝可樂，我們為什麼就不行？

許佳明那段時間好多了，賣畫也賺了一些錢。我和他計畫開家畫廊，代理自己的和朋友的畫，再也不用給那些畫廊經濟裝孫子。地方還沒選好，他就把錢花光了。畫廊還是要開，沒有他股份。他把代理權給我，可他不會聽從於我，反而從我這兒借了幾次錢。他自信總有一天他的畫會賣上大價錢，他說萬一賣不出去，花我幾十萬也不至於讓我餓死。畫廊每月都要開銷，之所以繼續賠下去，不是因為對我的或其他朋友的畫抱有希望，我只對許佳明有信心，他是有大師相的人。

沒了後顧之憂，他越來越自我，有時候根本不明白他在幹什麼。有一陣畫的是林寶兒，他的前妻，耶穌似的張張有她，林寶兒在海灘，林寶兒在山頂，即使是雲層之上，林寶兒依然在那裡；後來是畫腫瘤，挺好的一片芳草地，偏偏有個碩大的腫瘤肺落在草叢裡；再後來更誇張，他迷上了病毒，從HIV到黑死病毒，反正除了電腦病毒，他一個沒落下。他跟我解釋就像是女人，越致命的病毒，DNA的結構與色彩就越完美。

他那時剛跟林寶兒離婚，估計還沒從打擊中走出來。有一段時間他去了林寶兒的老家，在她家附近租間房子住下來，把她讀過的學校，走過的街道，哭泣過的廣場，依次畫下來，做成《空城》系列。十幾幅畫裡都沒有人像，林寶兒離婚後還住在北京，他一個人在那兒把洛陽畫成了一座空城。

《空城》以後他忽然不畫了，足球有進球荒，畫家也一樣。我怕他再停下去可能會廢掉，就像長期不進球的前鋒無奈退役。我打電話問他怎麼樣，不然就來上海，我陪你把失戀期挺過去，你是畫家，最終還是要拿起畫筆。電話裡他不置可否，隔天快遞一幅自畫像給我，憔悴消瘦，雙目無光。他讓我仔細看，他已然如此，別再催他了。將畫裱好我笑了，不是他終於又畫了，而是我終於確定，他是有情懷的。ＰＳ時代了，他還要自拍一般把自己畫下來，向我證明他過得不好。他信這個，虔誠到不敢在畫裡作假，他相信畫筆會比相機更可靠。

可似乎他永遠沒法走出失戀，他最後兩幅畫還是林寶兒，頭一幅是自畫像，許佳明的背影對著鏡子，而鏡子裡的是一臉冷漠的林寶兒。第二幅叫〈你在哪〉，那是我最喜歡的作品，在那裡許佳明勾畫了轟炸過後的世界末日，地上趴著上百具無頭屍體，死者的五官都零散地漂浮在半空中，畫中心是一個男孩站在廢墟上，在這些鼻子、嘴和眼之間慌張尋找。

我知道他在找林寶兒，在他心中碎掉的那張臉。這幅畫他生前沒勇氣寄出去，他死後一年多我在遺物裡翻出來，把畫拿給林寶兒。回到北京她把〈你在哪〉掛客廳裡，電視上方，弄得好段時間什麼節目也看不下去，總是走神盯著這幅畫。許佳明死後的一年多，林寶兒忽然給我打電話，說她找到了。那次是早上五點，我揉揉眼睛，強打精神問她是不是又一夜沒睡。她停頓一下，看樣子沒憋住，失聲痛哭起來，一抽一抽地說：「他畫了，他真的畫了，他真的在上百雙眼，上百隻鼻子和嘴裡，在那面天空裡，畫了我的鼻子，我的嘴巴，我的眼睛。」

許佳明，這是我恨你的地方，我四歲拿起畫筆，十三歲決心當畫家，滿打滿算也畫了二十多年，我以為藝術就像爬樓梯，要一步一步來，就算有人快，坐電梯上去，我也不嫉妒，哪怕是坐火箭往上躥，那是你本事。可是我恨你的是，你根本無跡可尋，有時那麼好，有時又那麼差，好像不受地心牽引，失重一般隨意飄蕩；我恨你為什麼跟我選同一行，讓我李小天顯得如此愚蠢笨拙；但這些都不算，我最最恨你的是，你剛剛有夢想，剛剛要為此艱難前行，就那麼不負責任地死在了蘇州河。

7

李靜萍八月底歸案，到第二年春天才挺著肚子上了法庭。這是雙方角力的結果，一開始她律師並沒有宣布被告已懷孕，而是在各種取證上找麻煩拖時間，他想賺同情分，肚子越大越好，要是能拖到把孩子生出來，官司沒打就贏了一半。直到李靜萍的肚子開始顯形，檢方著急起來，再不開庭，就真的要在被告席上一邊餵奶，一邊接受審判了。

開庭那天我去了，許佳明沒家人，是這個世界上沒人疼的孩子，我作為唯一的家屬在下面旁聽。四個受害人，四場命案，一場漫長的審判。頭一天是許佳明，所謂第一受害人。李靜萍交代出事那天是週六，約好了下班後和李賀一起吃夜宵。他們沒同居，偶爾週末會過夜。晚上十一點她抽空給李賀打電話，說洗腳的客人要加鐘，要他再等等。李賀在那邊沒說話，她以為他不高興，安慰他起碼可以多賺二十五塊錢。見李賀還不說話，她分析這二十五塊錢都能幹點啥，比如可以加一盤菜，買條好圍巾，或是，她也想不出來了，反正這就是二十五塊錢，再說老闆也不會讓她走。這時李賀說話了，他要她收拾一下，現在就過來接她。語氣堅定得沒法拒絕，她只能求他別把車停在正門，別讓老闆看見，她會去和客人商量，從後門溜出去。

足療店老闆也證實了這些口供，後門沒攝像頭，狹窄的弄堂堆滿了臨街門市的垃圾。監控錄像裡能看到金杯車從路口進去，十分鐘後從下一個口出來，雖然找不到李靜萍上車的畫面，但基本斷定李賀是來接她的。

李靜萍說她是十一點二十上的車，剛坐進副駕位她聞到一陣血腥，回頭看到了趴在車廂裡的許佳明。她描述了那一刻的慌張，說到李賀，起初撒謊說是開車撞死了人，小轉的時候這個人從路口衝出來，他一個剎車沒停住。她長舒一口氣，勸他去自首，現在就去醫院，警察也不會懷疑他肇事逃逸。這些經不住盤問，他終於跟她承認不是車禍，是自己失手殺了他。她驚到了，冷靜過後問他為什麼殺人。李賀沒說話。她接著問現在怎麼辦。李賀也沒說話，沿著外環輔路邊走邊看。李靜萍把車窗搖開透透氣，可能這時她開始害怕了，倒不是因為有死人，或者是她跟這事有什麼干係，她怕的是旁邊這個在一起快兩年的男人，她好像根本不認識。

車停到路邊，李賀去看看有沒有拋屍的地方，他讓李靜萍把死者的錢包手機翻出來，別讓警察知道死的是誰。李靜萍重複他的話，問他死的是誰。李賀說不知道。不認識為什麼要殺他？李賀搖上車窗，拔下車鑰匙。她問你要把我反鎖在車裡嗎。李賀點點頭告訴她，我不認識他，沒理由殺他，所以警察永遠查不到我頭上。

後來的事情在監控錄像裡都能看到，金杯車沿著外環走走停停，每一次李賀都是將李靜萍和屍體反鎖在車廂後排。沒地方埋屍，李賀想去郊區看看，可是那邊的路不熟，而且他不確定，比如從市區進松江，會不會有關卡檢查車輛。李靜萍從屍體上翻出身分證，告訴他這個人叫許佳明，東北人，錢包裡還有七百多塊錢，沒有公交卡。她特意強調這樣的細節，要麼是有車，今天沒開，要麼是他不住在上海，來這邊旅行辦事的。

「這能證明什麼呢？」李賀開著車問。

「就是說，如果我們能讓屍體消失，警察就永遠查不出許佳明死了。」

別說是李賀了，就連她自己，這一夜也開始陌生起來。她彎下腰，把屍體翻一下，拾起錘子擦掉上面的血。她問他開車為什麼還帶錘子，是怎麼惹著你了，還讓你弄死他？李賀解釋沒想殺他，他只是敲了兩下，那個人不經打，就死了。沒正經回答她一件事，她把手伸到窗外迎著晚風，不想再和他說話。

「肯定能處理好，」他一個人自說自話，「把今晚挺過去，明天該怎麼過還怎麼過，年底咱倆還是見父母，我去你家提親，什麼都不會變，我們一樣要結婚的。」

李靜萍轉身瞪著他，她終於要發飆了：「那你去處理啊！幹嘛讓我知道？你就說你今天有事，明天再見面。你去把它處理乾淨，我以後什麼都不知道有多好？幹嘛要把我拉進來？」

李靜萍沒哭，李賀倒是先掉了眼淚，後來兩個人也沒說話，每次停車李靜萍就默默地看著他下車、尋找、繞一圈又耷拉著腦袋回來。許佳明是第一受害人，卷宗把李賀稱之為第四受害人，得出的結論有意思，根據被告口供，第一受害人卻為第四受害人所殺。

後來第四受害人去便利店買了一箱酒，不到兩點把車停在河邊，兩個人喝起啤酒。李靜萍頭一回抽了菸，李賀讓她別把菸頭扔外面，警察能查到。她問怎麼查。李賀說他也不知道，好像通過菸頭上的口水，就能查到你這個人。李靜萍直搖頭，我又沒到哪兒登記過口水，他們憑什麼查出來這是我的？李賀大笑，那晚頭一回笑出來，把菸頭從車裡劃拉出去，連著幹掉六七瓶，兩個人躺在前排睡著了。

快天亮時李靜萍被凍醒，微光中她看到李賀酣睡的樣子。她要抽最後一支菸來做決定，就在他旁邊燃盡，把菸頭踩到座位下，輕手輕腳下了車。要沿河邊走三百米穿過一個拱橋，才能找到大路，她盯著終點一路小跑。黎明如此安靜，以至於她跑了那麼久，那麼遠，還是聽到了身後汽車啟動的聲音。

他沒怪她，她也沒解釋。回到原地她把菸頭撿到車裡，他把屍體抱下來，最後檢查一遍，手機錢包，該拿的都拿了。高科技的事情他說不準，誰知道會不會有定位追蹤，李賀掏出許佳明的翻蓋觸屏手機，掰成兩半塞到麵袋裡。那時她才看清死人的臉。他說完事咱們就回老家結婚。她沒說話，把酒瓶塞進去，將袋口繫上。

「你忘了這個。」他說著把錘子遞過去。

不是裝進去，而是示意她也要鑿兩下。她問他為什麼，是不是不信她。

李賀搖頭，再搖頭，似乎他剛剛又哭過。他說：「我害怕，我害怕你走了，我再也見不到你。」

她咬著嘴唇，接過鐵錘，還好有人替她哭過了。眼前的這個人比那死人的臉還陌生。她閉上眼睛，手臂向下掄去。沒那麼可怕，肉肉的，悶悶的。她睜開眼睛，看見透過麵袋的一片紅，這一回她可以了，盯準了頭部又砸一下。

「夠了！」李賀叫住她。

「你把袋子解開，讓我看著臉砸！」

李賀不幹，那她就自己來。解開袋子，抓著屍體的頭髮往外拖。原來之前弄錯了，許佳明是趴在地上的，敲的都是後腦。她把屍體翻過來，記住他的臉，照著眉心敲下去。忘了是幾下，直到她的臉上都是血，直到李賀抱住她，給她一耳光，她才跪在地上痛哭起來。

8

我十月底把許佳明的人物傳發過去，三天後陳主席打電話跟我說寫得好，他都看了，許佳明是一個可以進入美術史的畫家。我說還不止，要是許佳明多畫幾年，他能改變美術史。電話那邊陳主席近乎呵呵笑兩聲，不置可否，通知我週五去美協，參加關於許佳明的討論會。

我以為是研討會，討論他的畫作，為了他傳世不朽的終身展。等我過去了才發現，和許佳明沒關係。更像是檢討會，自我批評，一個年輕人死在上海，要過兩個星期被警察通知，死的是我們畫家群體的一員，這多少說明我們工作還有一些地方需要改進。陳主席強調，從明年開始，我們要加強青年畫家的收編，讓他們成為我們美協大家庭的一員，與他們開展更多的交流和互動。整個會議我沒發言，對著面前的茶水發呆。差不多半個小時我悟到了個無聊道理，一杯龍井，開水下去所有的茶葉浮上來，過十分鐘一半沉下去，再過十分鐘一半的一半沉底，最後十分鐘，那些零星的依然不肯下沉的茶葉，被我們喝到嘴裡，用舌頭舔出來，吐到菸灰缸。

能看出來，光說許佳明大家不會來的，會議的下半部分研究采風路線。到年底了，多餘經費不只是上交那麼簡單，今年沒用完，明年相應會變少。陳主席提議去澳洲，原因有三，首先冬天適合去南半球，再就是異國風光能激勵畫家們的靈感，最後一個他沒說，大家都懂，今年開會少，剩了不少錢，這不是跑個周庄西湖就能花得完的。可是澳大利亞他早去過了，看樣子沒少去，他想去新西蘭轉轉，申請表怎麼填，也就是說，為什麼要跑到新西蘭去采風？

來開會的都是一幫蠢貨，像我一樣的蠢貨，以為跟美協混，有吃有喝有保障，真正的畫家才不屑於跟我們玩，或是像許佳明有作品，或是賺得金銀滿缽，用不著占美協這點便宜。所以在座的也不會有什麼好見解，一位老畫家搶麥說，中國人畫馬不畫羊，而新西蘭又產羊毛，到那兒采風是對國畫寶庫難得的補充。去新西蘭畫羊，這麼寫在申請表上有點扯。陳主席讓大家輪流發言，說什麼的都有，把中國文化傳給白種人，大國藝術家去感受一番小國民俗，五千年底蘊碰撞二百年新興，總之就像我愛你，說不上原因，我想去新西蘭，講不出為什麼。

輪到我被點名的時候，我正看著杯口的一顆茶葉捨不得喝，口乾舌燥又要發言。我喝口茶說，二百多年在英國殺人放火的都往美國跑，美國獨立後他們就往澳洲跑，不是新西蘭，是澳大利亞，去新西蘭的都是被政變革命趕出來的王公貴族，咱們現在不方便說澳大利亞是囚犯之國，但新西蘭肯定是有著貴族血脈的國度，所以，不是大國小國的問題，而是去看看整個國家都是王侯將相，是什麼場面。陳主席頻頻點頭，藝術最早都是貴族才玩得起的，所以要去新西蘭采風。他說就這樣，以後每到冬天咱們都去南半球交流學習。他要我留意拉美的局勢，明年我們去南美。

這像個無知的笑話，可他還要講，他說繪畫是沒有諾貝爾獎，不然在座的肯定不止一個莫言。所有人都在笑，不是被領導逗笑，而是他們當真了，他們真的以為自己才高八斗生不逢時。

我把滲到嘴裡的那顆茶葉吐到菸灰缸，真是的，許佳明，你要聽我解釋嗎，容我把〈思舊賦〉的故事講完。向秀一直信嵇康，追隨他，嵇康說不做官，去打鐵。他倆就跟重金屬樂隊似的跑進竹林裡，伴著打鐵的節拍彈〈廣陵散〉。後來嵇康被砍頭，向秀把他埋好，騎著馬去了洛陽。司馬昭見著他樂了，羞辱他說你有歸隱之心，是山林中的名仕，怎麼跑這兒來了？向秀能說什麼呢，他說狗屁名仕啊，所謂的名仕就知道躲到山裡逍遙，連皇帝的心思都摸不透，能有多大出息啊？

帝甚悅，秀乃自此役。

散會後我去了檔案室，在當代美術史的展架上尋找「X」索引，如果還有情懷，相信夢想，我們都希望死後進入這裡，做到最出色的那幾個，成為美院未來的教材。所幸找到了許佳明，這讓我長吁一口氣，寫他那麼多，就為了把他送進來。抽出檔案只有幾頁，總比沒有強，我猜他們也不會把我的幾萬字全放到這裡。可只有第一頁有行字，第二頁沒有，第三頁沒有，連許佳明的照片都沒有，連作品的影印都沒有，唯一的一行字寫著——許佳明，1984—2012，畫家，代表作〈無題〉。

這完全是扯淡，大多數畫家都畫過〈無題〉，偏偏許佳明沒畫過，他認為無題就是不知道要說什麼，既然表達什麼都不知道，幹嘛還要畫？我的報告他們一個字也沒看，我查了查，算上「許佳明」三個字，算上數字標點也只有二十五個字。許佳明活了二十八年，不一定傳世，但也不至於空白，怎麼能讓二十五個字就把他一生概括了？

我坐下來發一會兒呆，把第一頁撕下來，剩下的白紙塞回美術史。我想過衝上樓去質問陳主席，我想過把這個燒給許佳明，我想過離開美協，再也不回來。可是我不敢，我什麼都沒幹，一個月之後，跟向秀一樣，我跟他們一起去了新西蘭。

9

他們在南浦待了五天。檢察官問，住在什麼地方。李靜萍說也算不上旅館，一大堆自建的私房，家家都掛著「有房出租」的牌子。進到最裡面的樓，李賀在二樓挑了一間小點的，四十元一天，他想省著點花，好像他還有長遠打算似的，一個逃犯的細水長流。本來應該走，就算不敢回老家，也要離上海越遠越好。只是李賀要等兩天，了解下情況，不管怎麼說，這也是上海，似乎他豎起耳朵能聽見警察在普陀案情討論一般。

真不能管這叫上海，打開窗戶是一大片稻田，一條小河從中間穿過，樓下有條熱鬧小街，全都是十塊錢管飽的館子，夜裡在床上還能看見一片星空，聽著青蛙連著片地叫。有那麼一陣他們都想，不走了吧，就在這兒待下去，等風聲過了擺個小攤，找點事幹，把日子過起來。

還好能買到上海的報紙，這算留下來的理由。他們到的那天是世博會兩週年，三個版都在討論花了四千億，給這個城市留下了什麼。反正無聊兩個人把四千億寫成數字，李靜萍還少寫了兩個零。

再留到一天就對了，他們在第二版看到事情敗露了，半版的照片，打著死結的防潮袋像一個竹筏，在蘇州河上蕩來蕩去。應該沉下去的，李賀嘟囔著把房東的報紙也偷出來了。之後一上午都盯著稻田，好多問題他得重新想想，金杯車還停在樓下，車裡還有血，這絕對不行。午飯都沒吃，他和李靜萍把金杯開出來，沿著鎮中心路找到一幢爛尾樓的地庫。

下午才是真正地思考，彷彿沒玩過的推理遊戲，他想警察能不能知道死者的身分，相貌是認不出來的，李靜萍早把他的臉都敲爛了，身分證和錢包都在他這兒，事實上開下這間房就是託許佳明的福。手機被他親手掰折了，許佳明還有個背包，裝著畫筆和一個上了密碼的電腦，也被李靜萍拿了出來，就放在他們旅館。還有什麼東西能證明他是許佳明呢？李賀幾乎把他扒光了，光憑身上的T恤和牛仔褲可查不出來。

就跟給自己壯膽似的，晚上他們狠狠地吃了頓火鍋。結帳時李靜萍說，那麼好的手機，怎麼就掰斷扔了呢，翻蓋的雙觸屏，就算自己不用，賣了也能吃好幾頓火鍋。這多少提醒了李賀，他問扔哪了。

「扔袋子裡了。」她說。

那就是在警察手裡，他得找明白人問問。沿著店鋪找到一家手機維修，要編個藉口，李賀說他兒子淘氣，把手機掰成兩半了，能不能修好？老闆搖搖頭，卻說拿來看看吧。李賀說，不但掰折了，還扔到水池裡了，有戲嗎？

「呃?你還是買個新的吧。」

他長吁一口氣，拉著李靜萍往外走。老闆在後面喊聲慢走，安慰他們起碼不用換號，電話卡還能用。李賀連身都沒敢轉，拉住門框讓自己的腿別軟下去。最後還得是李靜萍連說兩聲謝謝，幫他演完這齣戲。

李靜萍問他怕什麼，有電話卡又能怎麼樣?不怎麼樣，起碼警察已經知道死的人是許佳明，要是他通話記錄的哪個朋友知道，許佳明那一天都幹了什麼，去了哪兒，那離他李賀可就不遠了。

他害怕了，第三天沒出門，李靜萍把河南拉麵和熟食買回來給他。李賀讓她明天加份牛肉，一天不出門，這是他唯一操心的地方了。夜裡下雨了，滴滴答答的雨聲讓他聽不到青蛙叫。李靜萍問他怎麼辦。他說等等，看明天的報紙怎麼說。然後他嘆了口氣，月光下看到一隻青蛙跳到河水裡。

報紙也沒說什麼，就是警察掌握一定的線索，但對記者保密。除了手機卡，能有什麼線索呢，可那還不夠嗎?拉麵也變得不好吃，多了一個荷包蛋，可是牛肉在哪?李靜萍解釋，牛肉太貴，薄薄的三五片就要五塊錢，不像荷包蛋，一個就是一個，實打實的。

「也還不錯，」他夾起荷包蛋比劃著說，「按他們的刀法，這能切四百片，能賣五十份，那就是二百五十塊錢，這雞蛋才賣一塊五。」

他實在太無聊了，算起這種帳。他們有機會做愛的，反正是一整天的雨，陰沉沉的天。出事之後他們都沒親熱過，可是關鍵時刻他老是想到一個畫面，閒著發呆不出事，可能就逮這種時候，警察破門而入。這想法把他逼瘋了，試了幾次都不行。後來李靜萍說，別多想，讓她來。她也弄不好，李賀推開她質問：「為什麼沒有牛肉，我一天就想吃點牛肉，還不給我吃？」她驚了，瞪大眼睛問，這跟牛肉有什麼關係？我沒說有關係，我就說牛肉呢！李靜萍氣鼓鼓的，晚上出去告訴老闆，不要麵，切五十塊錢的牛肉。可這是拉麵館啊。拎著肉回來她看到門口貼著撕了大半的白紙告示，剩下一點也被雨水打得一片模糊。她問房東這是什麼。通緝令，房東上午把它撕掉的，貼在這兒客人都不敢來了。她問通緝誰。跟你沒關係，放心住吧。那就是沒關係，她想，哪有那麼快的，哪能查得出他倆？

李賀現在吃飯都要貼在窗口留意著外面。其實也沒怎麼吃，一大半都給李靜萍吃掉了。上床後他們故意離得遠一些，開始她還是氣，快睡著時她想通了，別輕易嘗試，再失敗就徹底完了。等他吧，總會好起來，不會被抓，不會槍斃，四十八小時前她還是個每天給人按腳，盼著下班吃烤串的小姑娘呢。

快天亮時她醒了，摸摸旁邊還以為李賀走了。如果那樣一切都結束了，可這是三天逃亡結束了，還是兩年的戀愛結束了呢？衛生間的燈亮著，李賀沒走，他把許佳明的身分證按在鏡子上，看自己，看許佳明的照片，怎麼才能更像被他殺死的人？李靜萍哄了半天才把他弄睡著，睡到中午她去給他買午飯買報紙。走到門口她停住腳步，警察又貼了一次通緝令，這回房東也不敢動了。李靜萍認了半天，自己把它撕下來，揣在兜裡轉身上樓。用不著報紙了，也別想牛肉了，以後連做愛也不用惦記了，美好旅程在等他們倆上路，就算沒那麼好，也不能待在上海了。

10

和許佳明第一次星巴克是在五年前，趕上上海先鋒畫家雙年展，來了不少畫家。所謂先鋒的意思是，你還是新人，說不上好壞，出於鼓勵先送你一頂帽子。也許很多人還不明白，把這一次的受邀當成人生頂點，三三兩兩坐在一起交流成功的經驗，留下聯繫方式，年紀輕輕就表露出惺惺相惜，好像他日再見，你要是高更我就是梵高似的。我那年就在美協，算是工作人員，開展的前一天組織大家小聚一下。大多數畫家都是這次的點頭之交，不想多聊我就出去抽菸。我特意選的星巴克，禁止吸菸，我還有最後的擋箭牌。

我到門口時，已經有人在抽菸，我倆不認識，共用一個垃圾桶。但我是幹這個的，我知道這個人叫許佳明，參展作品是〈上海地下〉，名字挺特別，到現在沒見著這幅畫。我也不想打聽，乾脆就跟他並排望望天，望望街上的人，望望路口的無聊天橋。後來是他打破僵局，他說：「我見過你。」

僅此而已，面無表情，語氣冰冰。這反而讓我有點喜歡他，總比那種一上來就充滿熱情，抱著手機強留電話的好多了。出於禮貌我找張名片給他，我說：「我知道你，許佳明，目錄上有你照片，作品是〈上海地下〉。可能真跑地下去了，我沒見著你的畫。」

他沒說話，接過名片看一眼我名字，隨手揣進後屁股兜。這是個信號，那意思是，我不會把你名片放進錢包，回去存號碼，大家無非是萍水相逢，以後能不能再見，全憑幹這行的本事。

這仍然是我喜歡的那一掛，照這個來我也沒問他名片。之後下起小雨，我倆向後退一步，站到屋簷下。他掏出香菸讓我一下，我擺擺手，自己又點起一支說：「我的畫在展廳，你可能當成安全疏散圖了。」

我想了想，是有這麼一幅畫，像數字印刷品，硬分的話算工筆畫，擺在角落裡，上面勒出美術館的所有通道，並用星號標記如遇火災地震的應急避難場所。我確實以為是疏散圖，場館的一部分。我問他為什麼這麼畫。他搖搖頭，表示講出來就沒意思了。我說那你想說明什麼呢，畫一個上海美術館，然後命名為上海地下？剛問出來我就明白了，這還是個挺驕傲的諷刺。

三點左右陳主席帶兩個畫評人過來了，他那時還是副主席，也是這次的策展人，在上海有自己的畫廊，跟不少畫評人都有交情。再先鋒的畫家，再地下的新人，只要把他們的畫放進去，再找寫手吹捧一番，以後就是一生富貴了。道理都明白，大好前程要自己把握，弄得星巴克一時成了夜總會，男的女的都儘量離陳主席近一點，弄得許佳明被擠到外圍。就像搶座分果的遊戲，他是搶不到的那個人，拽把椅子坐到窗口。

大家齊步走，順拐的孩子一目了然。陳主席特意抽空找許佳明聊幾句。我那時在外面抽菸，聽不著，但能看見許佳明有多認真，好像頭一回見到陳主席那麼誠懇的眼神。他話越來越多，打著手勢對陳主席描述。他還是太嫩，都不明白領導的眼神越真誠，點頭越頻繁，就越沒聽進去你在說什麼。

我掐菸進門的時候，陳主席拍著他肩膀，誇他有想法，日後要找他這樣的人多合作。這時他看見我，指著我對許佳明說：「你回頭寫一份報告發給李小天，我再好好評估一下。」

許佳明沒明白，還有些天真地問：「剛才您不是答應挺好嗎，怎麼還要評估？」

真是的，一把年紀了還得從人生第一課上起。陳主席衝我笑笑，跟照片似的，又以同樣的笑容對他說：「程序還是要走的，你還是要寫一份報告。」

「報告怎麼寫？」

「很簡單，就把你剛才說的，整理成一份報告，發過來就行。」

許佳明臉轉向別處，彷彿不願讓人看見他的失望。平復過後他轉回來，問：「陳主席，我剛才說什麼了？」

「呃，」他整理一下思緒說，「你說了一些關於風格的想法。」

「無外乎風格！我到底說什麼了？」

事情變熱鬧了，那些相互留電話的畫家們也都停下來，看這事怎麼收場。陳主席左右看看，半天沒說話，那就是真的，之前他一句也沒聽進去，光顧著微笑點頭來著。他慢聲慢語地勸告許佳明：「年輕人，路還長，凡事不要那麼偏激嘛。」

許佳明皺著眉，把背包挎肩上，站起來準備離開，猶豫片刻還是忍不住把內心話講出來：「年輕人怎麼了，年輕人就得主動過來給你請安，就得跪下來給你吹一管？」

是我錯了，應該是我一把年紀才被許佳明上了人生第一課。我一直以為面對陳主席這樣的領導，就算不主動巴結，但也犯不上招惹他，真出點什麼事，就安身立命躲著走。我沒想過做人還可以像許佳明這樣，一生負氣成今日，來做神州袖手人，吃虧受氣一輩子，到老了也就是天橋下面把手插在袖子裡的窩囊廢。

不用說，〈上海地下〉被拿下，許佳明也沒出現在之後的先鋒展上。還好時代在進步，美協不至於用大字報補在空位上。我以為我見不著他了，又一堂生動的課，一個年輕人，有沒有才華另講，至少因為自己的冒失，畫家之夢破碎。

大概是第二個星期五，警察在夜裡給我打電話，他說他是浦東北蔡分局的，跟我確認我叫李小天，說我有個朋友喝多了，躺在路邊不省人事。我那時剛睡著，滿屋找菸想清醒一下，我問他是哪位朋友。他說是北蔡派出所的。我說我知道，我問我朋友是哪位。那邊沉默幾秒，好像責怪我聽不懂人話，重複一遍說：「你朋友喝多了。」

我明白他意思，喝多了，一問三不知，所以問不出姓名。可是他們怎麼認識我，怎麼確定這是我李小天的朋友？我在家把菸抽完，照他們給的地址開車過去。夜裡不堵車，剛進北蔡鎮就能看見警車打著雙閃停在路口。

兩個警察在路邊等我。其中一個說，你朋友在車裡睡著了，吐得滿車都是。我還是疑惑，幫著他們把人拖出來，翻過來一看是許佳明，一身汙穢地躺在路邊。我說：「我認識他。」

瘦點的警察露出奇怪的表情，苦笑一聲說：「你當然認識他！」

「我只是見過他，一面之緣，這不是我朋友。」

兩個警察相互看看，問我打算怎麼辦。為什麼要問我？我敬他倆一人一支菸，提議他要酒精中毒，就送到醫院，要是沒什麼事，就把他送到酒店去。胖點的警察說他沒中毒，不過他身分證、錢包和手機都沒了，住不了酒店。我說既然丟了，不是正好報警。這時他們不高興了，瘦點的說：「報警也是等他醒過來，讓他自己報。」

就這樣，半夜兩點鐘，我們三個圍著地上的許佳明站成一圈。他倆都明白，只要我把他弄回去，這事就解決。可是我不想，我一再跟警察解釋，我跟他不熟，僅僅是幾天前見過一次，還把我領導得罪了。說著說著，我想起來有個事還沒問：「你們是怎麼找到我的？」

瘦警察是打電話找的我。當然是給我打電話，我懷疑之前電話裡的就是他，我問哪位朋友，他說北蔡派出所的，我問我朋友哪位，他說你朋友喝多了，邏輯缺根筋，總給些最簡單直接的廢話答案。我精細點問他：「你們是怎麼找到我李小天的？」

胖警察回到車裡，翻了半天找出一張皺巴巴的名片。離老遠我就看到那是星巴克那天給許佳明的，真是的，後屁股兜揣一禮拜，上面還印著我李小天三個字。我反過來問警察：「如果我不管他，你們拿他怎麼辦？」

他們告訴我，弄到看守所睡通鋪，等他醒來，再看要不要報警立案。可是喝多又不犯法，再怎麼說，我也不忍心把他送進看守所撿肥皂。折騰到家已經快四點，我把他拽到床上，自己在客廳上網耗時間。挺到八點實在扛不住，我將他搖醒，把床給我騰出來。許佳明恍同隔世一般看著我，快想起我是誰時，我讓他不要講話。我說：「我叫李小天，我們認識，但你什麼都別問，也別跟我解釋什麼，大門在客廳右手邊，你隨時可以走。」

太睏了，話沒講完我就睡著了，大白天還做了個奇怪的夢，好像我在庭院是養了虎狼一類的凶猛動物，等牠們長大了在院子裡窸窸窣窣地等開飯，我反倒不敢出門了。

醒來後許佳明果然還在，失憶似的站在落地窗前。洗漱過後我打電話訂餐，問他要不要吃點東西。他搖頭，但也沒有告辭的意思。等餐的時候我們面對面地不說話，快餐來了他就看著我一個人吃。這令我很不自在，沒吃兩口我放下筷子。我想我是不是應該跟他聊點什麼，打聽他為什麼喝這麼多酒，碰著什麼傷心事。可是我過得也不好，管不了那麼多。我扔給他一支菸，整個過程還是沒話說，後來我忍不了了，直接問他：「你為什麼還不走？」

他反問我去哪裡。我說回北京，或者是去我家以外的任何地方，隨便。之後他抓頭髮，坐立不安，長吸一口氣說：「我現在什麼都沒有。」

我忘記了，我們本來就該是路人，走在街頭都不用打招呼，此時卻要面對這種尷尬。我數出一千給他，告訴他不用還了。那年頭火車還不需要身分證，臥鋪票往返都夠了。他接過錢說聲謝謝，問還能不能再跟我要一張名片。我重複說道，不用還了，你好自為之。他在門口停留幾秒，轉身下樓。

我那時其實想說來著，我想說我不了解你，不在乎你這幾天經歷了什麼，昨天夜裡你睡覺時，我好好地搜了你的畫，你挺不錯的，不需要喝那麼多酒，不需要把那麼多痛苦放在心上，你的才華和精力應該消耗在更有意義的事情上。可是我說不出口，我們還陌生，我難以脫俗地為這個冰冷世界添磚加瓦，以後如何，大家自求多福，我願你好，但總還是大路朝天，各走一邊。

11

離開上海，苦日子才剛開始。他們在金杯車裡待了三天，哪也不敢去，剛出來那天李賀有計畫，找個偏僻點的旅館，讓李靜萍去登記，上樓住進去，趁人不注意，他再溜進去洗澡睡覺。天衣無縫，這完全不是李靜萍所熟悉的世界，她張著嘴巴聽完他的全盤計畫，只說了一句：「我沒身分證。」

「你身分證呢？」

「在家啊，我那天只是上班洗腳，下班和你吃燒烤，為什麼帶身分證？」

「身分證和駕照一樣，要隨身帶著！」

「我沒有駕照。」

沒什麼話好說，他倆互不理解地望著，這幾乎是接下來三天的縮影，躺在車裡哪也不去，飯也不正經吃，菸抽沒了都懶得上國道買一包，餓了就從座位下拽一袋麵包，到最後汗味菸味混在車裡都臭了，兩個人也不挪屁股不說話，生命中從來沒有這麼厭惡一個人。

有天清晨他做了個鳥語花香的夢，一睜眼睛全都忘了，但是很美好，這幾天難得的愜意時刻。他看眼窗外，嘟囔著還好，天沒亮。他想快點睡著把夢續上。半睡半醒中李靜萍提醒他，天不是沒亮，是快黑了。時鐘混亂，黑白顛倒，這下他醒了，雙手使勁揉著眼睛，就是不願意見著她。

他問幾點了。她說不知道，反正又一天過去了，又一天沒洗澡。跟他有什麼關係，是她自己不帶身分證。李賀把掌心貼在眼皮上，溫溫熱熱的好舒服。這種感覺又來了，就跟愛過勁膩太久似的，他希望李靜萍消失，希望身邊沒有她。閉著眼睛他說：「我們沒錢了，你去賣吧。」

她沒聽懂，問他賣什麼。

「賣錢，」他說，「你去國道攔司機，一百塊一次。」

這回明白了，她懶得說話，知道他是開玩笑，離他遠點靠車窗睡。可是李賀還在說，真可以，閒著也是閒著。她讓他閉嘴，不然她生氣了。他摟住她肩膀，奇怪她都肯給人洗腳，怎麼就不接受賣。

「那不是一回事好不好？」

「對，不是一回事，洗腳更髒。」

她扭過來，他的臉離她那麼近，那麼好看，再瞅瞅都要醉了。她長吸口氣，把唾沫吐到他臉上。

找點茬吵架總比死氣沉沉地等死強。他當然捨不得她，誰要是敢碰她一下，他肯定第一個抄出西瓜刀捅死他。真是的，他應該拿這個跟李靜萍解釋，他要是真想殺許佳明，用不著錘子，這有現成的西瓜刀。

晚一點他們破天荒在服務區點兩盤炒菜，把油加滿，去廁所洗臉洗頭。李賀甩著水滴說，一禮拜了，風頭過去了，今晚就出發，走小道，出了江南就沒人查了。她問江南有多大。他說不上來，告訴她開一夜車就出去了。

看樣子還不止，小路彎彎曲曲，又剛下一場雨，車輪陷在泥裡打三轉才走一圈。有個趕夜路的摩托車一直蹩在前面，好像是車燈壞了，在蹭他們的遠光燈。李賀在後面不耐煩，無奈車不爭氣，超不上去。好容易出泥地，李賀讓她猜這男的有多大年紀。她騰地坐起來，問他幹嘛，多大年紀跟她有什麼關係。不過他想弄清楚，按幾聲喇叭，輕踩油門。那男的回頭時，李賀打燈晃了下他的臉。

「不比我大多少。」

「那也不行，」她說，「你死心吧，我不可能賣。」

她還記著呢，他想親她一下，被李靜萍躲過去。把車燈全關掉，看那男的怎麼辦。貌似他路熟，大不了開慢點。李賀在想，他這麼晚是要出門，還是要回家。跑一會兒他把車燈打開，過一陣再關上，一片漆黑。摩托車靠邊，豎著中指讓他先走。李賀也不著急，停下來等他。三番五次摩托車還在前面。李靜萍問他為什麼戲弄這個人。李賀又是那德行，半天不說話。李靜萍連問幾次他才說：「你再考慮一下，搞定他你就有地方洗澡了。」

「滾！」

她又吐他一口，被他躲開，腳踩離合，手換五檔，一腳油門下去。竄出去的金杯撞翻了摩托車。剎車之後，李賀拎起西瓜刀下了車。李靜萍嚇傻了，不知道他又要幹什麼。雨水大片大片地打在前車窗，她看見李賀連捅他幾刀。直到他一動不動，李賀在他身上一陣摸索，之後他站起來，隔著前車窗衝李靜萍笑了，向她展示剛剛翻出來的好東西，可以開房的身分證。

12

過了半個月，我收到一張兩千元的匯款單，沒有匯款姓名和地址，但我知道是誰的。我沒給許佳明名片帳號，百度李小天也找不到什麼有用信息。我猜他那天離開我家，除了克服宿醉的頭痛，他還特別記住了我的門牌號，小區名，以及路名多少弄。許佳明多給了一千，可能是想買些羞恥回去。可我不做羞恥買賣，收不了這個錢，我想給他打回去。上面沒地址，我去美協打聽會員許佳明住哪，發現他們把許佳明的資料全刪了，沒聽說過這個人。

大概又過半年我到北京開會，回程當天，我朋友拉著我收點畫再回去，他聽說有個小夥子在家裡賣畫，說不上太好，但是便宜，量大，為此他還用了衛生巾的廣告當笑話，收了他的畫，量再大的日子也不怕。

過去的路上我也沒多問，這種畫家聽多了，無非又是一個懷才不遇、生不逢時的故事。如果我打算代理他，我會請個好編劇編故事，連著畫說給藏家聽。我沒開玩笑，高價買一幅畫，花錢的人想聽的是傳奇，失敗者的聲音可是刺耳的。

賣畫的人住花家地，美院對面，左邊是金隅國際，幾十層的公寓，右邊是寫字樓，唯獨他這邊是三十年老宿舍。走在樓道裡黑咕隆咚，上了四樓門都開著，上百幅畫攤地上，再鋪一層塑料布在上面，隨便踩。有一批客人在我們前面，挑上幾幅在裡屋和他談價呢。我朋友問我怎麼樣。我說畫得還成，只是這種畫哪都有，也抬不上什麼價。他提醒我再仔細看看，地上每張畫都不帶署名的，買十張畫，署個張三李四當新人推，許佳明也無所謂，賣得好，他還能給你畫十幅張三的畫。我讓他打住，大步往裡走，快到裡屋門口我慢下腳步，我不想顯得我有多想他似的。

那是我們第二次星巴克，我倆都抽菸，乾脆把咖啡帶到門口，坐在遮陽傘下。我了解到他是長春人，我說我有個前女友也是長春的。之後我們冷了一下，我連忙笑道，你放心，我不會跟你打聽，你們認不認識。我和許佳明有多相似，他剛才也在想，要不要禮節性地問她叫什麼，然後再翻白眼假裝回憶，告訴我，他確實不認識這女孩。

多美好的時光，十一月的北京，即使是在露天廣場，也會有樹葉不時在頭頂飄落。那一次我們聊了很多，抽著對方讓過來的菸，聊他的過去，我的過去，為什麼幹這行，計畫幹多久。我開始好奇喝多那天是什麼原因，還有那之前的星巴克，吃嗆藥似的頂撞陳主席。

他有點羞澀，結結巴巴說以前有個美術教授搶了他女朋友，這有點像階級仇恨，挺幼稚的。那我就明白了，我說我也差不多，剛提到的那個長春女友，幾年前我和她住在上海，雖然沒談婚論嫁，但好像我倆都心照不宣地等水到渠成，同居快一年，認真點說是十一個月少七天，過了最初的那個階段，熱情少了，心跳也降下來了，我以為我不愛她了，一狠心我消失了，跑到北京幫人家作畫學畫，是時間讓我知道，我還愛她，天天想著她，等我回去她已經走了，不在我們同居的房子裡，早就離職了，沒處打聽她在哪兒，我能幹什麼呢，我找房東談，把房子租下來繼續等她，就是你去的那間房，後來錢攢夠了，我都買下來了，她還是沒出現，我想見到她，就算她不肯嫁給我，求她跟我吃頓飯，聽我說我有多後悔，她叫笑笑，做記者的，在報紙上也這麼署名，我居然連她姓什麼都不知道，我剛才真想跟你打聽她，其實你不認識的，不可能認識的，對嗎？

「就算長春不大，也有三百萬人口，」他扔給我一支菸，笑著說，「你不能因為碰著一個長春的，就以為她能住我對門。」

我明白他意思，用玩笑安慰我，犯不上這麼苦著自己。我說沒你想得那麼苦，我也有姑娘，偶爾談戀愛，原則是絕對不把誰帶回家，得時刻準備著，沒準哪天笑笑真回來敲門呢。說著說著，我猶豫要不要跟他講實話，我早不愛這行，早不想畫了，只是笑笑知道我是畫家，去美協就能查著我，我怕她回頭的時候，找不到我。

還是不能說，慢慢走著看。我們聊起陳主席，或者說權威，我說你沒必要這樣，咱不說巴結，起碼別得罪，因為他們真的會擋你的路。

「擋我什麼路，」許佳明打斷我，「闖到我家把畫筆掰折嗎？」

這是在抬槓，我說擋的是你成功的路，順著他們你會比現在好很多，成功早一些。他搖頭說別再講了，他對於成功無所謂。於是我閉嘴，點支菸仰頭望商場的頂樓。我說得夠直接了，許佳明還是會孩子氣地鄙視這些，標榜個性。岔開話題我們聊了點別的，可是後來我明白我又錯了，不能因為我世俗，就以為這世上沒有乾淨的人，真有人能過得許佳明一般純粹。那天分別的時候他站起來，點上最後一支菸，把火機扔給我，露出一副愛信不信的樣子講：「真的無所謂，我知道成功能讓我過得更好，但不會讓我畫得更好。」

13

她不想看新的身分證，打聽那個人叫什麼，許佳明已經快讓她受不了。但她知道他身上有不少東西，吃的用的，一部相機和一個日記本。李賀說這種人叫驢友，背著行囊四海為家，就因為不走國道專揀泥路，才死在他手裡。聽起來很霸道，好像被李賀殺了，要怪他自己不走尋常路。

驢友錢包裡有兩千多塊錢，用這筆錢他們住進了吳江最好的酒店，蘇南大酒店。一進門李靜萍就愛上了房間的落地窗，躺在床上都捨不得拉窗簾。她睡到第二天中午才睜眼，李賀不在。好多大事等著他辦，他要計畫下一站去哪兒，最終到哪兒，還得找個地方把金杯處理掉，主要是車裡的那具屍體。是他不用她陪的，沒有身分證，老從酒店大堂出出進進，事情就敗露了。

李賀回來時變樣了，他背著驢友的軍用背包，戴著太陽鏡，耳朵上夾對耳環，似乎連頭髮也變長了。李靜萍拽了一下，是假髮，看上去和驢友的照片一樣。那就是有安排。她問李賀去哪兒，什麼時候走。李賀掏出火車票給她看，原來新朋友的名字叫魏明義，從蘇州到長春。他想照著身分證地址，先去許佳明家看看，萬一他一個人住，萬一家裡還有些值錢的物件，萬一沒人在乎他死活，他們就可以在那兒常住。

這不算好辦法，可是李靜萍喜歡，往北方去，她已經能看見一片霧淞雪景，自己穿著紅色棉服，戴著印花手套在江邊堆雪人。一個晚上她都很興奮，整裝待發出門遠行，以至於忘了最重要的那件事，你沒買我的車票？

李靜萍沒有身分證，但這不是原因，李賀的計畫沒有她。他不想帶她一起，這是逃亡，沒她以為的那麼詩情畫意，跟他去東北只有兩個下場，要麼抓到槍斃，要麼追捕擊斃。李靜萍直搖頭，她說不是，我們還會有第三個下場，我們可以在那兒做買賣，賣南方包子，結婚生孩子。

「警察查不著你，」李賀瞪著眼睛說，「就算蛛絲馬跡知道你李靜萍，人不是你殺的。你給我走，滾遠點！」

李靜萍看著他就哭了，她威脅他，出了這個門，她就打110。李賀把電話扔給她，你快報警，別等，出這麼大的事，我根本就沒惦記著長命百歲！李靜萍冷笑，你不想活？你是最怕死的人！不想活你殺完許佳明又殺魏明義？

「那還不是因為你！」李賀衝她吼，「你天天嚷嚷你要洗澡，車裡沒法待了，要是我一個人，用得著再殺人嗎？」

她驚呆了，難不成魏明義的死是李靜萍的錯，剛還說是因為他抄近道走泥路。她一個勁地搖頭，她說不是這樣的，許佳明是我殺的，是我把他頭敲碎的。他給了她一耳光，警告她，你要是敢跟警察這麼講，我第一個殺了你！

他把李靜萍推出去，關上門聽了一會兒，他以為能聽見她痛哭或者是氣沖沖的腳步，可是什麼都沒有，無休止的靜寂。晚點她也沒回來，也沒有警察敲他的門。入睡之前他想，就這麼死了該有多好，這麼好的地方，要是酒店不敲門催租，他還能在這兒多睡上幾天。

14

我們後來聯繫多了一點，時不時打個電話。他在青州那年我去看過他，不大的地方，假文物成了這裡的產業支柱。下午他帶我走了一圈贋品的工序，一幅假字畫，最重要是畫紙，越老越值錢，明清民初的宣紙已經炒到十幾萬到幾十萬一張，哪怕是八十年代出廠的紙，也要賣一萬左右。好宣紙要找上年紀的人，贋品中的大師。許佳明可沒資格碰這些，給他的是幾十塊一打的畫紙。原作他也看不到，對著影印照片找感覺。我好像說過，贋品不光是臨摹，比如〈清明上河圖〉，誰都知道真品在故宮，畫得再像也騙不出手，而許佳明在做的事情是，他要對著〈清明上河圖〉影印，揣摩張擇端是怎樣的人，他擅長哪部分，缺陷在哪裡，他要替張擇端完成人生沒來得及畫的作品，既然清明有了，端午中秋重陽春節什麼的，還可以發揮一下。

假設是〈中秋下河圖〉，許佳明會一氣兒畫上二十幅相似畫作。畫商會挑出最接近張擇端的三幅，簽上保密協議，給一個不錯的價錢，再請學者專家寫文章論證，除了〈清明上河圖〉，張擇端還有一幅中秋的畫作。聽起來誇張，但這是真的，他們有足夠的擔心，拿出三百萬來做新聞。可能三年，可能五年，等到謊言成為常識，成為大家的記憶，人們就能加兩個零賣出去。

三五年時間剛好可以氧化做舊。在青州好多作坊都跟晾衣服似的，把畫掛在繩子上。這些都是用熱茶蒸過的，濕潤微黃再拿到太陽底下曝晒，差不多了再回籠去蒸，三番五次，一大鍋茶水永遠是小火咕嘟著。

參觀過後我提議找個地方喝點東西，許佳明笑道這裡是青州，玩兒的是古玩字畫，你要是跟當地人打聽咖啡，他們得問你是不是新的作假工藝。他從大鍋裡舀一碗茶水，說他們一般喝這個。我以為他在逗我，見過他喝下去，才敢小嚐一口，是茶的味道，還有絲微甜。我疑惑他們既然要的是顏色，為什麼還要加糖。

「因為這是王老吉，」許佳明說，「不知道哪來的說法，說王老吉做明清正好，放茶葉太難掌握，放多成唐宋了，要是太少，顏色出不來，沒準比兩千年的畫還白淨。」

也就是那天下午，我們坐在青州老城的巷子裡喝熱涼茶，各家門前的字畫被一陣陣微風吹起，許佳明結結巴巴地談起他這一年多的困惑。他說青州很神奇，是贋品的聖殿，之所以說聖殿是因為，這裡人真的對那些好贋品頂禮膜拜，他們尊重那些行家裡手，打心眼認為這些都是藝術家，你剛才見到的幾個老人，他們在這兒畫了一輩子，他們愛這一行，鑽研這一行，一旦有誰拿到幾十萬的明清紙，敢交給他們去畫，少數幾個人在當地提起來，都是豎起大拇指，真正的藝術家。

「可問題是，」許佳明說，「出了青州又有幾個人認識他們，誰會當他們是大師，專注了一輩子，可能連藝術的邊都沒碰著。」

這又是個新問題，其實千百年來一直在那裡，到底什麼是藝術，什麼是藝術家？也許畫有好有壞，但起碼要畫自己的東西，可什麼才是自己的？

沒多久，許佳明就捲著紙筆離開了青州。我以前說過，離開那裡是他井噴的一個階段，我在各種地方都能看到他的畫。只是畫紅人不紅，有些畫賣到了六位數，藏家卻連「許佳明」這三個字都叫不順。

第二年秋天我去北京找他，那時他剛從三亞回來。本來說好的合開畫廊，一人投一半，許佳明把他那份花個精光。誰讓我想經營他，大不了我出全部，做他經紀人。我說從現在開始，你不能什麼都畫，那樣你出不來，你要有找到你的標籤，就像莫奈意味著印象派，一提起野獸派，就一定是馬蒂斯，以後說起你許佳明，得是一個某一派代表畫家，至於什麼派，這是你要思考的，給自己一個適合的定位。見到他有些反感，我重申一次：「我出錢，就按照我的規則玩，規則是你想畫什麼是一回事，你該畫什麼是另一回事。」

我說完了，留點時間給他做決定，進店裡要兩杯星巴克。出來的時候他還在，皺眉看遠方，那表情就像迷宮裡的孩子，找不到出口，還不相信我的判斷。憋了半天他舉個例子，他說：「你不能因為我是阿加莎．克里斯蒂，下本書就一定要寫推理。」

「對，就是這樣，她必須寫推理，因為沒有人想看阿加莎的十四行詩。」我說，「其實這個世界永遠不會知道你，你只能讓他們知道你的標籤。」

許佳明搖頭，點起一支菸輕聲敲桌子，我想他對我很失望。要不是他覺得虧欠我，早就掀桌子走人了。那是我們第三次星巴克，好像還是他提前離場的，他起身搖著食指告訴我，他會去弄錢，用不著我來指揮他，要是以後聽我的，把想畫的和該畫的分得那麼清，還不如留在青州，做他們的大師。

15

李靜萍在火車站待了四個多小時，也沒找到合適的。她一直站在自動售票機旁，倚著機器觀察每一個買票人的臉。之前有幾個差不多的，二十歲上下，或胖或瘦，反正光看臉蛋也不會太明顯。可能是貪心，她老覺著下一個會更好，更像她，要是來個連鏡框都不用戴，頭髮都不用染的，那才好呢。

晚上十一點多來了個理想的姑娘，好像有鏡頭在拍她似的，一舉一動都那麼優雅。那正是李靜萍一直想成為的女孩，她都想好自己要變成她應該怎麼修飾了。可是人家有男友陪著，在門口抽菸等她出票。那時她忽然沮喪起來，好像就要到手的幸福人生又被人搶了回去。

有一陣，問自己為什麼要這樣，為什麼那麼想和李賀在一起去長春，是因為愛他嗎，不應該啊，他們在一起兩年了，愛情不該這個時候才來，好像之前都是鋪墊，就等著從逃亡開始深愛他，一直到死。她想放棄了，不然回去吧，頭蒙在被子裡，睡一夜就好了。可是回到哪裡？上海那小房間肯定不能去了，老家也不安全，沒準警察已經找她爸媽了。回不去了，扶著售票機她有點難過，從此再也不是李靜萍了。

面前的這個小姑娘卻可以回家，比她更瘦更小，剛買張到臨沂的票，就給她媽媽打電話，說想吃酥肉了。啥是酥肉，肉炸酥了不是油梭子嗎？小姑娘跟媽媽講，這次回家要多待，飯店幹黃了，她暫時不想找工作，得好好想想，她不能端一輩子盤子。

我也不能按一輩子腳，李靜萍真想拉她好好嘮嘮，可是我還得吃一輩子飯。她衝女孩點點頭，瞅一眼她的票，名字帶星號，看身分證號碼是九四年的小姑娘。她對李靜萍笑笑，似乎回應剛才的點頭，把票放好離開售票機。

李靜萍閉上眼睛，不敢多看她，就這麼等她出大廳。她不能這麼幹，太小了，比她還要小一歲，人生希望還更多呢。可是她李靜萍也不大，她可以替她活下去，比她活得更好，至少不用端碗刷盤子。那就這樣吧，我會實現你人生的願望。她看著她背影，把手伸進褲袋，拇指搓一下剛買的折疊刀，大步跟上去。

警察沒來，李靜萍也沒回來，和衣而睡李賀做了個奇怪的夢。他夢見自己下地獄，B18層，電梯門剛打開，門口的保安不讓他進，說回去領簽號排隊去，當這是你家啊，說來就來？李賀不高興了，衝他大罵，我他媽要是知道排隊，至於下地獄嗎？這時牛頭馬面竄出來，把他架上去。

拿到簽號上面寫著，您前面還有三十五個客人。之後他就坐在一樓大堂等，順便看看別人都是什麼德行。直到廣播喊他名字，他害怕了，抓著電梯門，不想讓它關上，哭著說，讓我找我老婆說兩句話。這時電話響了。是李靜萍打來的，她說在火車站西邊的公園，她要他快來，她剛殺了人。

小姑娘還沒死，躺地上捂住肚子的刀口，哼哼唧唧地求李靜萍放過她。李靜萍握著刀，感覺要雙手才能拿得住，她求她小聲點兒，不然真的殺了她。李賀在車裡看了一會兒，下車找個乾爽的地方坐下來，問李靜萍這是什麼人。她說她也不認識，把她的身分證給他看。那他就明白了，點上一支菸，好半天也不知道說什麼好。

「你已經捅她一刀了，幹嘛不弄死她？」

「她老是跟我說話，老看著我。」

九四年的小姑娘插話求李賀放了她，她什麼都不會說的，讓她活著就行。

「你怎麼活啊！」李賀衝她喊，那語氣更像是生李靜萍的氣。「我給你打120叫救護車嗎？」

小姑娘愣了一下，搖頭說她可以走出去，她回家自己治。

「血都流這麼多了！公園門口你都走不到！你已經差不多了。」

小姑娘傻了，哭著重複她不想死。李賀先不理她，把李靜萍的刀拿來看看，罵了一句，說你還特意買把刀。李靜萍騰出手在褲子上擦血。

「你帶我走吧，我可以跟你一樣狠，我這回是真殺人了。」

夜裡有點冷，李賀把外套緊一緊，問李靜萍：「身上有多少錢？」

李靜萍先說自己的，想到他問的應該是小姑娘，伸手在她身上翻一遍。女孩呻吟幾聲，疼得要斷氣。錢沒有多少，有個項鍊，不知道是真金還是鍍金，從脖子上扯下來，遞給他。李賀說：「真要是逃命，以後就這麼過了，你不能只用她身分證，還要弄幾張換著用，日常開銷也得找這些人要，你行嗎？」

李靜萍點點頭，她知道他在說什麼，平均每人揣五百塊錢，湊乎兩三天，再殺下一個，他們要踩著屍體往前走。

李賀又點支菸，跟小姑娘說：「那你走吧，是死是活，看你的命。」

她說「謝謝，謝謝」，連站起來力氣都沒有了，雙臂撐起來往前蹭。金杯車就在她前面的二百步遠，李賀抽著菸看她到底能走多遠。

「你瘋了吧，」李靜萍問李賀，「她記住咱倆了。」

他沒說話，望著小姑娘在月光下搖搖晃晃，有幾次撐不住了，就在地上趴一下。覺得差不多了，他把菸掐掉，大步上去，抓住女孩頭髮往金杯車拖，拉開車門他拽出西瓜刀，對著她肚子連捅幾刀，最後一腳踹進車裡。把車門關上李賀轉回身，搓著雙手問李靜萍：「讓她死那麼遠，你抬呀？」

16

不出半年許佳明還是進了我畫廊。他那時在戀愛，好像是等待一場戀愛，聽他的意思是，林寶兒許諾他，一年半載就來到他身邊，好好和他大愛一場。聽著跟約炮似的，高級點兒叫約愛，還是空頭支票。不過許佳明信了，他想跟我簽份長約，多賺點錢養林寶兒。於是他主動來上海找我，提議找個地方喝東西。

又是星巴克，和許佳明的第四次星巴克。直到買好咖啡坐到門口，我才意識到，我和他幾乎沒去過別的地方，一直在這裡。我那時和許佳明已經很熟了，說是我最好的朋友也不為過。兩個男人從來沒在一起喝過酒，我和他之間總隔著點什麼，好像一張咖啡桌剛好是我和他的距離。我那天說起這件事，我說我要是能比你晚死幾年，有機會給你寫傳記，我可能就從星巴克寫起，和許佳明的二十五次星巴克，多說點，三十次星巴克，每次一個主題，一層一層把你寫清楚。不幸言中，沒幾年我便將這願望實現了。

我記得那回我們說好了的，晚點都別走，找地兒喝點。一直到天黑，兩個人誰也沒提，看眼時間都起身拿外套，擺出握手的姿勢，說常聯繫，離開上海前給我打個電話。現在想想，這樣也不錯，還好不是酒肉朋友，每回碰面才能真的聊藝術，我們都害怕走得太近，沒那麼純粹了，狐朋狗友有的是，我不願把許佳明也拉進摟脖抱腰的行列中。

回到正題我問他，想好畫什麼了嗎？我說我尊重一點，按你的方式問，你想畫什麼，這輩子堅持畫什麼？我說得夠含蓄了，沒提過類型、標籤、派系，或是投其所好這種字眼。稍作深思許佳明告訴我，這段時間他想好了，他想畫的是看不到的東西，但是值得畫下來。我問他是什麼，說來聽聽。

「你不會滿意的，我想畫的不是某種風格、類型。」他左顧右盼，點上一支菸，「我想畫快樂，畫悲傷，畫忘乎所以，畫永誌不忘。」

我以為我聽錯了，眨著眼睛不知道怎麼接。快樂，悲傷，這些倒是存在，可這他媽是什麼玩意兒？我努力控制自己別生氣，我問他怎麼畫，你要把忘乎所以畫成什麼樣？他搖搖頭說不知道，他不想抄小路，就像表現主義，畫些意象來表現悲傷，表現快樂，那不是他要的，他打算真真切切地把這些畫出來。

我徹底不想再討論了，什麼都沒有，你來找我？話題到此為止，出於禮貌我打聽一下他和林寶兒的事，其實我一點都不關心。後來天黑了，我還惦記著說好的晚飯，估計他也一樣，我們倆都不想在短時間看見對方。我起身伸手說，今天先到這兒，改天請你吃飯。他也承諾離開上海前會聯繫我。我倆背對而行，走出百十米遠我長舒一口氣，每次都想見，每次都這麼操蛋。

意外的是他還真給我打電話了，他說他在浦東機場，說好走之前給我打電話。寒暄一兩句他直奔主題，他冒出一個詞，三垂線定理。

「什麼意思？」

「三垂線是立體幾何最難的一塊，尤其是沒標記的，都不知道從何下手。」他解釋說，「後來高中老師跟我們講，其實很簡單，就五個字，一找出，二算。只要找到那根線，把它算出來，就只剩技術活了。」

我大致聽懂了，他想說服我，如果夢想分兩步，他已經完成最難的那部分，找到自己畫什麼，多少人還不知道人生的三垂線藏在哪兒。我點起一支菸將電話子機換隻耳朵問他：「你要算多久？」

「那得看你什麼時候收卷？」

隔著電話我笑了，我又盼望和他喝杯咖啡，好好聊聊。我真想問他什麼時候登機，浦東機場有沒有星巴克。我沒有問，到死他也沒能把三垂線解出來。以前我沒燒紙的習慣，萬一哪天心血來潮給許佳明燒兩刀，我一定會告訴他，我來收卷了，這套題沒標準答案，因為我也很好奇，悲傷都長什麼樣。

17

快天亮時他們想再試一次，上回還是在南浦，弄得一塌糊塗。之後誰都沒提，這些天就算膩得發慌也沒敢試這個。兩個人都明白，再一次還不行，就不是偶然事件了。可今天不一樣，像個儀式，他們剛剛確定，死亡之前他倆會一直在一起。

剛親吻到她的嘴，李賀就知道還是不行。他扭頭轉過身，把落地窗簾拉開。李靜萍在身後說，衣服都沒脫，你憑什麼就放棄？李賀沒理她，站在窗前想事情，彷彿思考是良藥，可以催情起飛一般。那就洗洗睡吧，她把火車票收好，關上燈，自己鑽進被子裡。

睡到一半她醒了，愣一下神知道他進來了。有幾次她想推開他，卻被他胳膊一拽，更猛烈地頂進去。完事以後他好久沒出去，她抓起他胳膊墊在下巴上。他抱緊她，說剛才兩個多小時，他只想一件事，一定要讓她懷孕，想著想著他就可以了。

她指尖劃著他手背，問他是不是你想要孩子了。他講起小時候看的一部電影，好像是一個女魔頭到處殺人，無惡不作，最後被警察抓到時也沒槍斃，因為懷孕的女人是不能判死刑的。真的假的？他說不知道，要是真的就好了。

「真到那一天，被警察包圍，你千萬別跟我一起死，你要投降自首，就算坐幾十年牢，起碼還是活著的。」

真是的，這樣她也能哭出來，之後她哭醒好幾回，每次都把他胳膊抱緊點繼續睡，最後一次她終於不想睡了，半起身望著熟睡的李賀。和蘇州河的清晨一樣，她要再讓自己猶豫一支菸的時間。絕對是最後一支菸，不會容他再跟上來。以前到底為什麼呢，她愛他，尤其這幾天，越來越深，她想讓他也愛她，為了得到他的愛，死多少人她都願意。今天早上她得到了，李賀親口講出來的，只有拚命想懷孕，保住她的命，他才能做出那件事。這太夠了，知道他愛她，就別讓更多的人死了。

她把菸掐掉，光腳下床，從軍用背包裡找出西瓜刀，將刀尖抵住他胸口，輕喚他名字。她想再等一會兒，等李賀醒來親口告訴他，等他聽到她說我愛你，再把刀尖插進去。

18

蘇州觀前街派出所老鄭，幹了一輩子民警，風平浪靜，處理的最大事情也就是肇事逃逸，臨了卻捲進了這場連環殺人案。找到我的時候，他已經去過湖南，去過東北，去過山東臨沂，去過三位受害人的老家。本來不需要去，上海、吳江的案子，蘇州的警察，再說都已經是退休過一回的人了，所謂回聘，無非是給你一些打更值班的活兒，熬到六十歲。但是他想去看看，死亡頭一回來得這麼凶猛，他想知道什麼樣的人，才有顆殺人之心，而什麼樣的人，生命又如此脆弱。

後一個原因聽起來都有些玄虛，然而他還是陷進去了。他先去的山東，九四年小姑娘的老家。那時離劉娟被殺已經過去了半個月，她母親一直想不明白，當服務員而已，招誰惹誰了，怎麼就有人想殺她？他在那邊住了三天，臨別前她母親做山東酥肉招待他，告訴他本來是等劉娟回家接風吃的，誰知出了事，這十幾天自己也沒心思吃這些。這讓老鄭一陣陣作嘔，酥肉是風乾的，沒有壞，老鄭只是噁心，老天爺怎能這麼無恥，瞄著好人朝他們扔石頭？

魏明義的老家在常德，和劉娟的母親正好相反，他父親納悶，兒子怎麼現在才死掉？他們父子倆差不多十年沒來往了，他無法理解兒子的想法，從小就是，什麼作死幹什麼，小時候爬山上樹，等大了就爬珠峰玩漂流。閒聊中老鄭感覺他是故意的，他要相信兒子早死了，才能把日子過下去。

他沒在他家住，去長沙轉了幾天。正好藉這個機會好好逛逛。快六十歲了，一直在蘇州，最遠也就去了趟西湖。以前電視裡老說什麼文化旅行、美食地圖，那他算什麼，沿著死亡的味道，尋找他們出生的地方。挺好，他喜歡這說法。在長沙他逛了滕王閣和橘子洲頭，吃了臭豆腐小炒肉。離開湖南前他又回一次常德，他想告訴魏明義的父親，你兒子愛冒險、愛挑戰，是好是壞我不知道，但他不是作死的，他是被人殺死的，僅僅是因為，兩個逃犯想用他的身分證住酒店，就把他像豬一樣的宰了。

可能這事辦砸了，他不確定魏明義的父親會好一些，還是更難受。回到蘇州他就開始自責，以至於最後一個都不想去了。那是許佳明，也是最初的一個，一直拖到冬天才動身。這期間他一直在研究許佳明的卷宗，發現他才是老鄭最該回訪的人。算上李賀和李靜萍，五個家庭只有許佳明的家裡有殺人犯，他繼父于勒還在監獄服刑，罪行是越獄殺人。這是老許想不通的地方，越獄殺了七個人，按理說早該槍斃了。

過完正月十五他就去了東北，飛機上還能看見夜空裡的煙花。在鐵北監獄他見到了比李賀還要冷血的于勒，不像他想的那樣，許佳明的繼父是聾啞人，他們只能隔著窗子寫紙條。文字交流沒時間寒暄，老鄭寫的第一句話就是：「你的繼子許佳明，去年被殺了。」

他把紙條遞過去，扭頭不願看于勒的臉。他是沒哭泣，聾啞人也不能說話，可那是好長時間的悲傷。隔著玻璃窗，沒法說話，沒法拍他肩膀，于勒硬把難受挺過去，寫凶手為什麼要殺許佳明。老鄭也不知道。于勒搖頭，殺人怎麼能沒有原因？老鄭嘆口氣寫下來，因為殺他的人死了，被另一個人殺死的，所以，誰也不知道許佳明為什麼被殺。

窗戶那邊于勒打了一串手語，老鄭看不懂，後來想想于勒並不是跟他講話，這有點像發洩，要麼就是打給老天爺的。于勒還想問，寫寫又劃掉了，凶手是誰，另一個人是誰，是怎麼殺的？既然他劃掉，老鄭也只是講出來，另一個人是凶手的未婚妻，兩人想好，想白頭偕老，可這得以更多人的死為代價，可能是良心發現吧，她殺死李賀就自首了。寫紙條還是挺奇妙的，想問又問不出口的話，在紙上卻看得一清二楚。

臨別前于勒想拜託他兩件事，頭一個是他兒子是畫家，可他一幅許佳明的畫也沒有，他託老鄭搞一幅，好掛在牢房的牆上。這也是老鄭輾轉找到我的原因。第二件事是，許佳明還有個母親在精神病院，不管她是否清醒，把這事告訴她，許玲玲時好時壞，但這句話能烙在她心裡。于勒相信不管病情有多嚴重，死前一刻老天爺肯定會給她十秒鐘的清醒，把這輩子過一遍，等那時她想起這句話，知道兒子不在了，也能少一些留戀。

照著于勒給的地址，老鄭最後一站去了四平。難以想像，他們兩口子當年是怎麼過到一起的，于勒是聾啞人，一聲不吭，許玲玲卻話多得要死，除了吃飯睡覺就是講，只是她不對人講，壓著腿衝歪脖子樹說個不停。一下午老鄭都站在樹的這一側看她說，等她喝水的空隙，連忙把這句話告訴她：「許玲玲，你兒子許佳明死了。」

許玲玲停了幾秒鐘，擰上瓶蓋對歪脖子樹失控般地吼道：「這回你高興了吧，許佳明也死了，你把我徹底毀了，你滿意了吧！」

老鄭後來聽明白了，那個「你」是許林森，許佳明外公，五零年離開許玲玲母親去鴨綠江，不出半年全連都被炸死在清江川。老許還活著，他害怕了，回不了國，又不敢去找大部隊，一分鐘戰場也不想再上，改名異姓在朝鮮當農民，晃蕩了幾年，『三八線』都停戰一年多了，他游過鴨綠江從延邊回來。他悄悄溜回家，他兒子前年肺結核沒了，老婆成了烈士家屬。烈士家屬有了新家，一個陌生的男人，一個半歲的女兒，那時玲玲還不姓許。

這是一個怎樣的家庭，一家四口人，爸爸，媽媽，女兒，還有一個早該犧牲的烈士。老鄭也沾到過那個年代的尾巴，他能理解那種無奈，三個成年人都害怕，對丈夫而言，如果不是烈士，就要把房子和糧票收回去，老婆和女兒怎麼活；老許那邊也害怕，不是烈士，就有可能是叛徒，憑什麼全連死了就你還活著，為什麼不聯繫營部？

四個人在同一屋簷下生活了三年，打記事起玲玲管老許叫大伯，是爸爸從唐山來的表哥。直到有一天快四歲的玲玲在清晨醒來，意識到爸媽已經出差好幾個月了，她才明白，他們再也回不來了。到底發生了什麼事，玲玲問了幾十年。光是老鄭在這兒的一個下午，她就對歪脖子樹問過三五遍，你都幹什麼了，你怎麼弄死他倆的，你為什麼把我改姓許，為什麼逼我叫你爸？最後一遍許玲玲加了一句話：「你說啊，你把我媽爸埋在哪兒？我要把佳明也埋過去。」

19

本來老鄭還想去李賀、李靜萍的家裡看看，後來還是放棄了。太遠了，比東北還要遠，李賀住青海黃南州，李靜萍在果洛州，也是青海，兩個孩子是在上海認識的。庭審的幾天家屬也沒來，李賀父母是沒臉見人，再加上窮，反正兒子已然沒了，長途電話裡反覆表態聽從黨和政府的安排。李靜萍家倒是籌到了路費，買了往返的火車票，可當他們聽說女兒有身孕，又把票退了。他們想等孩子生下再過去，把外孫抱回青海，所謂錢要用在刀刃上。真是的，那麼遠，幹嘛還要成雙結對地跑過來，客死異鄉都沒錢收屍。

老鄭求我挑一幅許佳明的畫送給于勒。我手頭他的畫不多，十來幅的樣子，況且沒多大影響力。除了極小一部分成功的，許佳明可能成了六十九億九千九百萬中的一員，怎麼來怎麼走，帶不走沒什麼，也沒留下令人記住他的東西。不過重新看他的作品，感覺會不一樣，我以前疑惑過，他的畫風過於絢爛了，以及一個人怎麼能到了二十三歲，無緣無故地想畫畫？現在明白了，許佳明在啞巴樓長大，有意無意的畫面都是比語言更有效的表達。

我從《空城》系列挑出一幅帶給老鄭，我說這畫講的是思念，算是給他繼父的一個念想。回蘇州前我和老鄭去了趟青浦，李靜萍在這裡服刑。我不知道這筆帳是怎麼算的，第一第二受害人許佳明和魏明義並非被告所害，算是窩藏罪；第三受害人劉娟是故意傷害，致命一擊是李賀幹的；至於第四受害人李賀則是故意殺人，但也是為了遏制罪惡的進一步蔓延；考慮到自首情節，三罪並罰，李靜萍被判無期徒刑。被告無異議，不上訴，雖然也是在監獄裡待一輩子，聽起來比死緩要輕一些。

法院沒怎麼提李靜萍懷孕這件事，去青浦的路上我問他是真的嗎，孕婦不被判死刑。老鄭點點頭，他說不但這個不能判，哪怕她監獄裡不小心流產了，都不能死刑，而且還要輕判。我開著車，往前一段封路並道有點堵，這讓我好一陣沒說話。路段回復正常我說，這不公平，這會讓孕婦故意做壞事。

「首先有沒有死刑都沒人願意坐牢，」老鄭頓一下，擺弄的菸盒。我說你抽吧，沒事，我的車又不是星巴克。這讓他一愣，點著菸長吸一口說，「再就是，沒有一個母親不想給孩子積點德，懷著孕還要去殺人的。」

青浦監獄比青浦還要遠，而且又是上海外籍犯人的關押點，膚色紛雜，在探監室坐上十分鐘，感覺又回到了陸家嘴。李靜萍是被人攙著出來的，沒手銬，沒腳鐐，八個多月的身孕比任何鐵鍊都管用。她見過老鄭，在蘇州審了她一下午，算是她認識的第一個警察。然而她不記得我，老鄭介紹我是許佳明的朋友。李靜萍對我點點頭，最後一下稍微一頓，索性盡可能地鞠個躬。我其實有氣，我本來想說許佳明死了，你跟我鞠躬道歉沒用，你和李賀拋屍那天對許佳明鞠過躬沒有，你把他腦袋敲爛時道過歉沒有。可是說不出來，那麼大肚子，人家法院都已經人性化了，我少說兩句還是應該的。

那天是老鄭跟她說得多，還帶了些孩子衣服給她。我坐在旁邊一語不發，有一陣都出幻覺了，感覺我是替許佳明來的，之後就一直在揣測，要是許佳明坐在這兒，他能對眼前這個不到二十歲的小姑娘說點什麼，他會不會原諒她？

許佳明可能這麼說，我已經原諒了殺死我的那個人。但我無法原諒，趁他倆不說話時，我對李靜萍說，你殺死的那個人叫許佳明，是個畫家，其實他最近過得也不好，婚姻失敗，沒靈感創作，身上一貧如洗，可能你不殺他，他也活不了幾年，但他想好，不是說活得有多久，他想從此以後做點牛逼事，離夢想近一點，離庫巴城堡近一點，所以你們不能這樣。

「因為，只有疾病和意外才奪走他生命，但你和李賀沒有這權利，你們沒資格殺他！」

說著說著我有點激動，一時間眼淚都上來了，我問她：「你們為什麼殺他，憑什麼弄死他。」李靜萍低著頭說真的不知道，人是李賀殺的。一時間三個人誰也不說話，好像都難過得需要安慰。後來我們又扯回孩子，李靜萍求老鄭，在外地找個靠譜的孤兒院，她不想孩子回老家，她怕殺人犯的孩子被瞧不起。老鄭不置可否，下個月孩子的外公外婆就要從青海過來了，到時候他再來次上海，跟兩位老人談一談。

會面時間大概有十五分鐘，獄警通知時間到的時候，李靜萍又使勁對我鞠個躬。我搖搖頭，就這樣吧，你好好養胎。差不多要進去時，她轉回身告訴我：「錘子是許佳明的，是李賀從他手上搶過來的，許佳明隨身帶著，李賀說，就算他沒殺他，許佳明也會去殺別人。」

回去路上下雨了，雨點啪嗒啪嗒打在前窗上，眼看著天要黑了，我勸老鄭今晚別回蘇州了，不行就去我那兒將就一夜。老鄭也在猶豫，含糊其辭地說，到上海再看。之後我就一支支地抽菸，把車窗開道縫，任雨水打進來。也許是發現我情緒不對勁，也許是他想領我的情，老鄭拐著彎地又聊起許佳明。他打聽許佳明是個什麼樣的人，如果好人是十分，壞人是零分，許佳明可以打幾分？這種算法有意思，可真要是打分，還無從下手。我說我沒覺著他多好，當然也不是個壞人，可能有時候人品是可以靠智商來彌補的。老鄭沒明白，他得想想這句話的邏輯。我解釋說人都自私，都想把你的變成我的，我坑你一百塊錢，那時我人品有問題，但如果我想點辦法從你身上賺一百塊錢，那就跟人品無關了。老鄭哈哈大笑，他喜歡這說法，彷彿這句話一下子解決了他快六十年的人生困惑似的，咂摸了半天。

車進外環時他問我，要是李靜萍說的是真的，許佳明是要殺誰，他買了一把鐵錘，他那天到底要見誰。我又點一支菸，我說他要見我，我下午見面，一起喝了咖啡，不到七點我們就散了。

「出事的時間是十點多，」老鄭說，「這中間有三個小時，他正準備赴約，或者已經跟那個人見了面。」想到有這個可能性，想到在某個陰暗角落，還藏著一具被許佳明殺死的屍體，老鄭興奮起來。他求我仔細回想，許佳明有沒有跟別人結過仇，或是，有沒有哪個朋友消失太久沒聯繫。

前方是我家和火車站的岔口，我放慢速度問他是回蘇州，還是去我家。這一次他更猶豫了，似乎要取決於我能不能想出來這個早就死了的仇人，留他在上海調查。我先出外環，把車停輔路上，關上雨刷，雨水將車窗打得一片模糊。我應該告訴他，讓他去做決定，我說：「許佳明那天見的我，下午見面，晚上他沒見任何一個人，他也不打算再見誰了，因為他想殺死的那個人，就是我。」

20

就像我一開始說的，和許佳明第五次星巴克時，他忽然跟我談起夢想。回頭想想是許佳明約的我，他說他來上海，問我出來坐坐。我當時不是很想見他，他過得不好，和林寶兒剛離婚，小半年沒畫出什麼像樣的東西，也許手頭也沒幾個錢。我不願意花一下午的時間陪他吃飯，聽他訴苦，再借點錢祝他一路順風。但這些都是胡扯，真正的原因是我不小心睡了林寶兒，雖然只有一次，雖然有一段時間，然而依然是人生之恥。後悔也沒用，倘若我還沒有勇氣自殺，就要得把事情瞞下去。

我們約在下午三點，在那之前他有足夠的時間，找一下午挑到那把錘子，然後他就一直坐在店門口的遮陽傘下等著我。差不多四點鐘我姍姍來遲。他左手握著咖啡杯，右手一直摸著包裡的錘子盯著我看，他想聽聽我會說什麼，他想知道我是不是還當他是傻逼，顧左右而言他。

結果就是這樣，我講了埃塞俄比亞的東非菜，講了家裡就不該裝子母機，講了這十幾年的美術史，有人拼搏了一輩子，為了就是幾句中肯的評價。這時他把右手抽出來，雙手去握咖啡杯，他問我超級瑪麗應該幹什麼，他說李小天，咱不玩了，收收心，好好幹幾件牛逼事，畫幾幅牛逼畫，好多驚天動地的大事等著咱們去幹呢。可能那個時候他一下子明白，我不配令他以命相抵，我只是李小天，不是庫巴，如果夢想是抵達庫巴城堡，我充其量也只是路途中的某個烏龜怪獸，超級瑪麗絕不會冒著危險和哪個小角色糾纏不清，他很清楚，倘若踩不到，就把我拋在身後，越快越好，碧琪公主還在前面等著他。

可是許佳明，沒幾個小時你就死了，你真的在往前走一些嗎，要是沒能更靠近，就應該折回來把我踩死，要知道這一兩年我像烏龜一般在星巴克的桌子間反覆巡視，比死更痛苦。

21

許佳明是第一個受害人，他的凶手李賀成了第四受害人，而最終活下來的李靜萍正在青浦服刑，看起來一切都結束了，只是最初的那個疑惑，許佳明和李賀，畫家與司機，兩個看似毫無交集的人，是怎麼結的仇？這成了老鄭的心病，就像去山東、湖南、東北一樣，沒人命令他，但他想知道，那個玄之又玄的問題，人與人的謀殺之心是因何而生？

之後一個月他都拿著錘子和許佳明的照片，把上海的每家五金店都打聽一遍。可不止是五金店才賣錘子，大概是李靜萍的孩子出生第三天，一家超市的收銀員張玲認出了許佳明。

那是九個月以前的事情，張玲回憶那天是週末，照片上這男的進門時已經很晚了，他說他中午買了這把錘子，沒用上，能不能退掉。這事不歸張玲管，她只是離門最近的那個收銀員，她說有小票的話，可以替他去問問經理。明顯是沒有，許佳明搖搖頭說算了，將錘子放回包裡存箱，推車進去買東西。再出來時許佳明是在旁邊排的隊，當時人多，加上快打烊，算是收銀員一天最忙的時刻，要不是許佳明跟人起了衝突，差點打一架，張玲可能永遠不會記得，這個買了錘子又想退掉的男孩。

她沒看見另一個男孩，臉被拉架的人們擋住了，幾天後小區裡貼著通緝令她也沒認出李賀來。她也沒打聽這事，並不稀奇，在超市待兩年，每天都會有人插隊，她們收銀的可管不了，後面的大都也是息事寧人，只不過這次有人呵斥了，只不過這次插隊的人脾氣更火爆。

給李賀收銀的小姑娘已經辭職了，老鄭在超市又問了幾個收銀和保安，沒幾個記起來的，而且完全沒把這事和沸沸揚揚的蘇州河沉屍聯繫到一塊兒。有個保潔阿姨能說上一些，她說後來的那個小夥子買的不多，沒推車，沒拎框，很順利地擠到前面去了，排隊的人自然不高興，提醒他別加塞，小夥子回瞪他們，同時讓收銀的小姑娘快點，他趕時間。

我他媽要是知道排隊，至於下地獄嗎？

我在電梯裡的通緝令上見到過這種回瞪的眼神，雖然證件照對每個人都是噩夢，但李賀絕對是眼神最凶的那一個。不是不敢攔他，只是沒必要討嫌，大不了多等兩分鐘。許佳明也在這一排，他那天出頭說李賀，可能是心情不好，這倒也是，他放過了李小天，可不想再受別人的氣。於是李賀在等找零時，聽到許佳明對他喊：「滾到後面去！」

保潔阿姨說，夾塞的小夥子衝過去踹了他一腳，肯定是不對。但她挺同情這個孩子的，因為大家都對他有氣，其實是拉偏架，有人趁亂下了黑腳。他們把李賀放倒，讓他對許佳明道歉。李賀的臉被按在地上，嘴上雖然不罵了，可心裡不服軟，一直瞪著許佳明付帳找零。拉架的人已經在防止李賀會報復，一直等到許佳明離開收銀台，坐扶梯上了二樓，才鬆開李賀的頭。

老鄭跟我說，許佳明不該再逛了，他應該走出超市就消失在上海，二樓逛完逛三樓，李賀一直在超市門口等著他，直到他走出大門，一路跟住他，找個沒人的地方對他下手。後面的事情老鄭查不出來，他相信李靜萍沒說謊，李賀開始並沒打算弄死他，估計想打傷他，出這口惡氣，錘子許佳明拽出來自衛的。可是你怎麼這麼笨，怎麼拿著傢伙，還被李賀上了手？

查清這些老鄭終於回到蘇州辦退休，他無法釋懷這麼小的事情，怎麼就引起殺人之恨，這是不是就是殺人之心，以及被殺的宿命？如果超市的人冷靜一點，別讓李賀受辱，如果許佳明走遠一點，別讓李賀跟上，也許這事就過去了，許佳明繼續畫他的畫，李賀繼續愛著他的李靜萍。而我難過的是，命運還真是個無恥惡童，不該死的時候你讓許佳明去死，而且又讓他死得如此屈辱。許佳明有他的夢想，有他的愛恨情仇，生命終止的原因千萬種，疾病，謀殺，車禍，槍斃，自殺，溺水，中毒，等等這一切都能接受，你卻讓許佳明像蟑螂一樣，無緣無故地讓人用腳底板碾死。

22

許佳明走後的第二年夏天，我在朋友的婚禮上見到了林寶兒。我和她一直沒聯繫，以前也只是見過一面，還發生了令我們永遠後悔的事情。婚禮結束後我約她到星巴克坐坐，我回家把許佳明的〈你在哪〉拿給她。

沒別的遺物了，我們一時難過得沒話說。喝過一杯我說，我和許佳明最後一次星巴克就是坐在這個位置，這一年多我沒事就過來坐坐，想想他，想想我，有時還會想起你，那句話怎麼說來著，寄餘命於寸陰，許佳明算是把他被剝奪的時光，全寄存到我的餘生裡了，他有很多願望還沒完成，我記得他後期一直在思考，他將如何畫悲傷，畫快樂，畫忘乎所以，畫永誌不忘，要是他還活著，也許已經畫好了。我們老聽見這種台詞，類似於你放心走吧，有什麼心願，哥們兒替你辦了，可這些我辦不了，我才華不夠，可能以後我的成就會比他高一點，那是因為我活得久，因為我精於做人攻於投機，論才華與靈性，我連他一小手指頭都比不了，他是對的，我連讓他殺了我都不配。

零零散散講了一大堆，前後一點關係都沒有，好像命運又把許佳明還給我，以林寶兒的樣子坐在我面前，憋了那麼多的話要對她說。有一陣我聊到了最初的困惑，我說許佳明死前第一次有了夢想，我說的是夢想，庫巴城堡的那面旗，不是再像以前那樣，總說我該畫點什麼，要在幾號之前把作品趕出來換錢，而是他真正明白自己要什麼，為了什麼而畫，可是三個多小時之後他就死了，我在想，這個時候的夢想是否還有意義，夢想是不是不朽，你知道嗎，有時候我真想找到他的墳，把他從裡面拉出來，搖著他的肩膀問他，許佳明，夢想還在嗎，哪怕是長埋地下，你還有向夢想靠近嗎？

可能是我沒講清楚，或者是這個話題太玄了，林寶兒並不感興趣，她問我許佳明是怎麼死的。我不想跟她講這些，不願讓她知道許佳明死得有多羞恥。好像要下雨了，起風的時候她問我最重要的那個問題，為什麼要和她上床？我沉默幾秒反問她：「為什麼要和我上床？」

她說是她傻逼，那段時間他們糾纏不清，他們該分手，卻分不開，恰巧許佳明的朋友出現了，她以為這是個不留退路的辦法。我沒聽錯，她用的是第三人稱，她甚至不願稱我為「你」。然後她問為什麼，許佳明唯一的朋友為什麼這麼幹？我也可以找藉口，藉口越多愧疚越少，我說許佳明之前老說你漂亮，多令他著迷，那次我在北京見到了你，是真的漂亮，我不想錯過你；我說許佳明因為你，小半年畫不出東西來，我想這樣做可以令他徹底死心，大不了他恨我，起碼從此可以畫出好東西；但這都不是原因，重要的是，許佳明是我想成為的那類人，他的膽識，他的才華，他的桀驁不馴，這些哪怕我擁有一樣都會讓我好受些，可這些我偷不來，我能偷到的只有一樣東西，就是他的女人。

我想我傷害了她，林寶兒含著淚給了我兩巴掌，將我的眼鏡打碎在地。之後我看不到了，世界一片模糊，但我知道她走了，因為哭聲漸遠。林寶兒走後我一直在那呆坐著，腦子一片空白，也許這就是死後的感覺。後來風更大了，隨著一聲巨雷，大片大片的雨點砸到頭頂的遮陽傘上，我聽見旁邊的幾桌尖叫著跑進店裡。服務生跑出來收杯，建議我進去坐坐。我搖頭不語，猛然一陣風將幾隻盛著鮮奶與糖漿的塑料杯吹翻。我看見牛奶順著颱風的方向，從杯裡流到桌面，經過一灘糖漿被阻斷，從兩側繞過去，直到更多的鮮奶灑過來，漫過糖漿，白色流淌一片。

服務生走後，只留我一個人在大雨中，彷彿一個完美世界，整條街大雨如注，而遮陽傘下的這一塊空地則如清空萬里般，未曾淋濕。一道閃電過後，我看見了許佳明。他從遠處走過來，我以為是幻覺，然而很真實，一步一步向我靠近，坐到我對面，把背包卸下來放腿上，右手留在背包裡。他問我，李小天，你是不是有病，雨下這麼大還約出來幹嘛？我一時激動地語塞，結結巴巴問，你還好嗎。他說不好，但其實很好。

「肯定過得比你過得好。」

這一年多他哪也沒去，什麼人都沒見，一直悶在他拿來當畫室的車庫裡。他說他是來交卷的，夢想是碧琪公主，他已過了第一關，說著他右手從包裡掏出幾幅畫。第一幅畫我就認出了那是悲傷，說不上他畫什麼了，但那確確實實是悲傷，不是表現或表達悲傷，甚至都沒有使用我預想中的冷色調，它讓我感覺悲傷就應該長這個樣子；下一幅是快樂，一個簡單到愚蠢的構圖及色彩，卻一下子就感到愉悅；接著他又讓我看了三幅畫，每一張我都能叫出來它的名字，那麼準確，那麼不可思議，尤其是最後一張，永誌不忘，怎麼描述呢，上面所呈現的就像是，你能看到的，最遠的地方。

他知道我會驚嘆，來之前就已經想到了。他說這一年多他真的什麼都沒幹，現在想想似乎飯都沒吃過，偶爾閉眼睛，他就能看到下一幅畫的每一個細節。超級瑪麗一路要經過無數個煙囪，但有一個可以直通第九關，他就要找到那個煙囪了。我可能一直在哭，看著他眉飛色舞，我終於忍不住了，我哭著說：「許佳明，別這樣苦著自己了，你已經死了。」

這像個暫停鍵，超級瑪麗也會定在空中。許佳明看看四周的大雨，問我開什麼玩笑，人死了能畫畫嗎，況且還畫得這麼好。這是他試圖開的玩笑，給自己找台階。可是我真的受不了，我擔心他不得安寧，我說你看看你自己，從大雨裡過來，根本沒被淋，你說你這一年多誰也沒見，哪兒也沒去，是因為你見不到，去不了，你再看看你的畫，一點都沒有濕，你拿我的咖啡杯試一下，你喝不下去的。

「這些是不對的，許佳明，這個真實世界再也沒有你了。」

他早就知道，我不是在告訴他，而是戳穿他。許佳明對我直搖頭，噙著淚威脅我，再也別想看到他的畫，李小天，你是在嫉妒我，你這輩子都追不上我，你就在後面一直看著我背影吧，你就是個懦夫。他把畫放回包裡，抹抹那雙早已流不出淚的眼睛，向遠方走去，在雨中越來越小。

就像那些和許佳明的星巴克，就像他提前離場的盛宴，我看見他頭頂的白雲一片連著一片，我看見他前方的雪融化過後又再次結冰，我看見剛自慰的少年滿心慚愧地撞向卡車，我看見山頂的雪水裹著白沙向山腳流淌，我看見面膜之下哭泣的眼淚，我看見牛奶流過糖漿在桌沿漫散。這一切我都看見了，而我只能一動不動，任雨水沖刷，以止住這一片流淌的白色。

從此以後，我沒能再見到許佳明。

後記——我為什麼還要寫作

二〇一二年春天我在南京，有天下午去一家書店避雨。很小一張門面，要彎著腰下幾節台階才能進來，裡面幾乎沒有燈，所有的書都是零散堆在地上，我要跟跳房子一樣找地兒下腳。反而書架上沒幾本書，彷彿從書架到書垛是條單行道，讀者把書從架上拽下來，翻幾頁扔在書垛上，老闆就懶得把它們再一一塞回去了。我以為挑不出什麼，雨停之前還是找到兩本書準備結帳，一本是梁實秋的集子，這是我在寫作文的年紀就喜歡的作家；另一本是我朋友的舊作，以前見到他都是假裝看過這本書，讀一讀讓自己別那麼心虛。詭異的事情在結帳時發生了，我拿到門口問老闆多少錢。他一臉茫然，皺眉看著我。我知道這種小書店價錢不定，有些是全價，大部分會打折，具體的折扣要看出版的年份和版次，甚至要靠考慮那年代的物價，這是個複雜的換算。他把兩本書放到公平秤上，告訴我一斤二兩，算我七塊。我沒明白，問他怎麼算的。好像我在懷疑他的業界良心，他讓我再看秤，指著上面的數字大聲說：「六塊一斤，十元兩斤。」

這是讓每個寫作者都會心碎的一句話。我去過很多城市，很多書店，我從沒想過會在這裡問出菜市場一樣的口令——這書怎麼賣的，多少錢一斤？而事實上，菜市場也很難找著比十元兩斤更便宜的東西。豬肉十五一斤，牛羊三十一斤，香蕉蘋果也不只這個價。真的，每個字要寫多重才能生存？

我十四歲立志當作家，十八歲開始寫作，小時候以為作家可以有很多種活法，像歌德那樣高光，像卡夫卡那樣陰暗，像拜倫那樣多情，像福樓拜那樣孤獨，像格林那樣居無定所，像厄普代克那樣足不出戶。他們都寫過好書，都曾激勵我前行，可我從來不敢想像，有一天這些大師的作品就像牛羊肉那樣滴著血，放在秤上論斤賣。

對文學而言，這是最糟糕的時代，視聽藝術更快捷更準確地替代了文字閱讀；每年人均讀書不到五本，其中還算上中小學生的二十本教材；圖書出版每年以百分之五十的速度向下遞減；近十年的研討會都在討論文學是否已死，或是還有多久會死；那些剩下的作家，彷彿邪教成員一般稀少而古怪。這種種的一切讓我在三十歲的時候開始質疑，最初的夢想是不是一個死胡同？十五年前王小波就自問〈我為什麼要寫作〉，他說他要做那個反熵的人，他認為他有文學才能，他要做這件事。他提醒過我們做這件事有多苦，只是他沒說有那麼苦，而且十五年後會更苦。

我零四年出版第一本書，到現在正好十年，陸續出版幾本長篇。或好或壞，但我一直在努力。有過一些吹捧之辭，說我如何堅持，如何有實力有潛力，早晚成大器。這些懇請不要再講，聽起來說起來都像是酒醉之後的失敗之音。說多了沒意思，我肯定往前走。也有人勸做些富貴事，反問我，繼續寫作有意義嗎，難道寫得過博爾赫斯嗎？說這話的是前輩，我擔心是好意，所以沒翻臉離席。我想回答他，首先，我也不知道我下一部作品能不能寫得過博爾赫斯，他站得再高也沒擋著我的路；再說，就算寫不過，就算一萬個寫作者才能頂出一個博爾赫斯，我起碼可以為九千九百九十九個白骨貢獻一個單位，不要那麼懷疑地看著我，我沒粉飾自己，總要有人做白骨。

這十年所有審判文學的研討會我都沒參加，我不相信文學會死，我不相信我的夢想是一個死胡同。沒有理由，我必須信，因為只有相信這些，我才有力氣幹好這件事。也許這些可以解釋，我為什麼還要寫作。這是文學最壞的時代，但也是最需要我們的時代，要是文學哪天真的守不住了，那我就做一個文學守陵人，告訴來往的後人，文學曾經葬這裡。

附錄 蔣峰創作年表

作品名稱	刊物（或出版社）
《維以不永傷》（長篇小說）	春風文藝出版社二〇〇四年五月初版；中國少年兒童出版社二〇〇九年四月再版；北嶽文藝出版社二〇一五年一月再版
《我打電話的地方》（中短篇小說集）	南海出版社二〇〇四年十二月
《一，二，滑向鐵軌的時光》（長篇小說）	花城出版社二〇〇五年一月初版；北嶽文藝出版社二〇一五年一月再版
《才華是通行證》（中短篇小說集）	重慶出版社二〇〇五年十月
《去年冬天我們都在幹什麼》（長篇小說）	上海譯文出版社二〇〇五年十月初版；北嶽文藝出版社二〇一五年一月再版
《淡藍時光》（長篇小說）	中信出版社二〇〇六年九月初版；北嶽文藝出版社二〇一五年一月再版
《戀愛寶典》（長篇小說）	湖南人民出版社二〇一〇年一月初版；北嶽文藝出版社二〇一五年一月再版
《為他準備的謀殺》（長篇小說）	中信出版社二〇一一年四月初版；北嶽文藝出版社二〇一五年一月再版
《死在六點前》（中短篇小說集）	安徽文藝出版社二〇一四年一月
《白色流淌一片》（長篇小說）	北嶽文藝出版社（簡裝本）二〇一五年三月；北嶽文藝出版社（精裝本）二〇一六年十月

國家圖書館出版品預行編目 (CIP) 資料

白色流淌一片 / 蔣峰著. -- 初版. -- 臺北市：人間, 2017. 01
496 面；14.8 x 21 公分
ISBN 978-986-94046-1-7（平裝）

857.7 105024046

白色流淌一片

作者 蔣峰
執行編輯 曾葯筑
校對 黃淑芬、高怡蘋、曾葯筑
封面設計 蔡佳豪
內文版型設計 黃瑪琍
排版 仲雅筠

發行人 呂正惠
社長 林怡君
出版 人間出版社
台北市長泰街五十九巷七號
電話 （02）23370566
傳真 （02）23377447
郵政劃撥 11746473・人間出版社
電郵 renjianpublic@gmail.com

定價 四五〇元
初版一刷 二〇一七年一月
ISBN 978-986-94046-1-7

印刷 崎威彩藝有限公司
總經銷 聯合發行股份有限公司
新北市新店區寶橋路二三五巷六弄六號二樓
電話 （02）29178022
傳真 （02）29156275